CW00918872

Serge Doubrovsky

Fils

Gallimard

Serge Doubrovsky est né à Paris en 1928 d'un père d'origine russe et d'une mère française. Agrégé d'anglais, docteur ès lettres, il est professeur à New York University depuis 1966. Il partage son temps entre New York et Paris.

« *Cerf-volant d'images, je tire les* fils. » *Au réveil, la mémoire du narrateur, qui prend très vite le nom de l'auteur, tisse une trame où se prennent et se mêlent souvenirs récents (nostalgie d'un amour fou), lointains (enfance d'avant-guerre et de guerre), soucis aussi du quotidien, angoisses de la profession. Ici, professeur, qui devra faire son cours, le soir, sur le récit de Théramène.*

À peine sorti de chez lui, voilà S.D. déversé en plein Grand Central Parkway, l'autoroute qui mène à New York : au fil des routes qui sillonnent sa vie, au volant ou à pied, se compose l'histoire d'un exil américain, douloureux et énigmatique. Ces fils, où tenter de les dénouer, sinon dans le face-à-face avec l'analyste, au cours d'une longue séance, où ils s'obstinent à s'enrouler autour du personnage du fils. Particulièrement, dans le rêve d'un monstre marin, mi-crocodile, mi-tortue, surgi du texte de Racine dans l'esprit du critique endormi. L'interprétation du rêve se reversera dans l'explication du texte racinien, dont la nouvelle lecture permettra de relire en retour la vie du narrateur, qu'on aura suivi entre-temps, après la visite au «psy», à travers le tintamarre solitaire de New York, les silences calfeutrés de l'université, jusqu'à la salle de classe où s'accomplit sa jouissance : le dénouement.

Autobiographie ? Non, c'est un privilège réservé aux importants de ce monde, au soir de leur vie, et dans un beau style. Fiction, d'événements et de faits strictement réels ; si l'on veut, autofiction, *d'avoir confié le langage d'une aventure à l'aventure du langage, hors sagesse et hors syntaxe du roman, traditionnel ou nouveau. Rencontres,* fils *des mots, allitérations, assonances, dissonances, écriture d'avant ou d'après littérature,* concrète, *comme on dit musique. Ou encore,* autofriction, *patiemment onaniste, qui espère faire maintenant partager son plaisir.*

S. D.

À ma mère
qui fut source

pour Noémi
qui fut ressource

Strates

je n'ai pas pu. Je me suis rallongé contre toi.
Lentement, j'ai dû tirer le drap sur tes

SEINS

je glisse vers ton bassin   lisse doux de talc à la
peau de mon oreille qui t'étoute   tic-tac paisible
de mes tempes   et ton ventre   murmurant
au puits de viscères bourdonnant au nid de ténèbres   vibratile vie de ta pulpe tiède   ton
sang bat faible   tambour tendu qui résonne   remué par une rumeur   grondement
sourd s'étrangle s'émousse   crisse crie rien
          calme palme   ton flanc s'enfle à la ma-
rée lointaine de ton souffle   mollement reflue in-
sensible bercement remonte   fleuve effluves
          enfoncé dans l'âcre senteur alvine   en
toi perdu en ta toison de suint et de sel à mes narines à
ma langue qui s'irrite   en ton sang descendu
coulant à l'infini de tes vaisseaux je m'irrigue

plus haut encore, tirer le drap, recouvrir ton cou,
ton visage, t'envelopper dans ce suaire, te coudre dans
ce linceul, te jeter à l'eau dans ce sac

quatre chatons en une portée   deux tigrés un
noiraud un grisâtre   accouplement d'infortune
au-delà des murs du voisin   moment mal choisi   la mère les lisse les lèche   quatre serrés
pelotonnés sur un bout de tapis rouge dans la cuisine
toujours froide toujours humide   des yeux déme-
surés tordus jaillissent de la peau flasque des patates   rutabagas demi-pourris   purée boueuse de pâte sucrée jaune dans la bouche   gluante
collant à l'œsophage   sur les planches de l'office
à échardes sous la toile cirée qui s'effiloche   provisions fondues trésors volatilisés   plus même un
morceau de beurre ranci flottant dans l'eau du bol bleu
ébréché   Ducatez nous l'a vendu au marché noir
quatre cent cinquante francs le kilo   geste huma-
nitaire   matières grasses de la semaine de H 29 à
H 35 bloquées   pas de distribution   pain
rassis qu'on trouvait en supplément à la boulangerie de
la gare   un rêve   fermière de la Creuse
porc confit contre du tissu   quand son paquet
est arrivé dans le grossier papier d'emballage invio-
lé   liesse fromages bombance beurre   engloutis disparus   rien   le Père a pris le
sac   et Minou a dû sentir parce que féroce elle a
essayé de griffer câlin félin maintenant sifflante de haine crachant se jetant sur lui   je n'ai pas voulu y
aller mais le Père m'a ordonné   être un homme   on a longé la rue Henri-Cloppet dormante

16

pris à gauche le boulevard des États-Unis passé le pont
du chemin de fer   jusqu'au lac artificiel
        face au temple réformé où Orieux venait jouer
de l'orgue moi fasciné écoutant le remue-ménage magique des pieds sur les pédales des doigts sur les touches
Pierre démiurge toccata en ré mineur de Bach jaillis-
sant en dures perles de son corps lourd   sac tressaillant moi transi les miaulements piaulements déses-
pérés déchirant l'oreille   cris d'un geste bref le
Père a lancé le paquet gigotant   dans l'eau verdâtre à moustiques là-bas écœurante   il a pris
ma main au retour il l'a serrée sans un mot sans un regard en arrière ou entre nous mes doigts enfouis dans
la paume calleuse   À LA GUERRE COMME À

        je t'ai tuée. Hier soir, toute la nuit, ce matin,
dans une sanglante agonie de moi-même. Exsangue,
je gis. À mes côtés, immobile, muet, ton cadavre.
Comment j'ai pu. Plus fort que moi. Que toi. Je ne
saurai jamais. J'aurai beau forer, sonder ce qui
me sert de cervelle. En vain. Secret sous le crâne.
Meurtre sur les bras. Dans les bras. À force de
t'avoir perdue, je suis sans force. En montant, après
dîner, dans la chambre, torture, hoquets, sanglots,
pendant des heures. Je t'ai quand même assassinée.
Nos soleils, nos sommeils. Nos cris de joie brutale,
explosant en silence, sillonnant nos corps. Nos
retrouvailles impossibles, impensables, train, avion,
bateau, sur l'un et l'autre versants du monde, par-
delà l'adieu, l'abîme. Écartés, écartelés, démembrés.
Et soudain, du fond de l'oubli, resurgis, ressoudés.
En un instant, en un éclair. Tant de fois morte. Res-

suscitée. Ici, là, partout, en un tournoiement d'aérodromes, de débarcadères, de gares, qui se tamponnent dans ma tête. L'aube bleue se lève, bleus
les murs, le couvre-lit, bleus les rideaux, bleu le ciel
même. Ironie. Par les draperies mal jointes, l'azur
qui filtre est un luxe. Ici, un produit rationné.
Vannes dorées entrouvertes, il coule. Léthé laiteux.
Des funérailles éclatantes. À la Churchill. SKYWAY
HOTEL, SOUTHAMPTON. Face aux quais vides, aux
docks mornes. Aube dernière en Albion. Boucle
bouclée. Amours circulaires. Auront duré pendant
trois ans. D'un rivage à l'autre. De ton corps à ton
cadavre.

interdite, la première fois, à notre première
rencontre, la mer glauque, entre Boulogne et Calais,
sur les dunes aux herbes dures, frôlant les têtes
mauves des bruyères, griffés aux épines des genêts,
mordus des vents, aspirant la solitude salée, tes pieds
nus dans le sable froid enfoncent, je m'époumone à
ta suite, et la peau givrée de ta main entre mes doigts,
de ton épaule sous ma paume, t'ayant rejointe,
immobile, éblouie, debout contre toi, en surplomb,
tournoyant aux dérives du noroît, rasant les vagues
moutonneuses, frappés, happés, par-delà la houle
qui halète, aux confins de l'étendue verdâtre qui
tressaille, vers l'invisible rivage, les yeux rivés, je t'ai
dit, *je ferai n'importe quoi, je t'emmènerai avec moi en
Angleterre, chez ma sœur, je ne peux plus te quitter,*
depuis cette nuit, greffé à toi, hier soir à l'hôtel
tremblant d'Ambleteuse, lueurs hésitantes du phare,

marches branlantes, j'ai vacillé, passé tout entier à toi, en toi, dans le lit mou aux draps glacés, rencognée contre le mur, si loin de moi, quand tu t'es soudain retournée, dans l'obscurité tâtonnant, tout mon corps explose solaire, *viens avec moi, je ne peux plus te laisser repartir vers Paris,* te perdre, quand tu vas repartir chez toi, retourner chez lui, pour traverser, il te faut un visa spécial, Europe de l'Est, lépreux, tarés, trop tard, à Calais nous avons couru, consulat anglais, rien à faire, voir ambassade à Paris, je ne peux pas abandonner, t'abandonner, je m'agrippe, je t'ai dit, *je parlerai à l'officier d'immigration, j'irai à bord, tu verras,* je monte à bord, je fais la queue, interminable, pas à pas, pouce à pouce, dans le dos, long du boyau, on s'écrase, pont, coursive, *gentlemen, ladies,* au-delà des odeurs entrebâillées, urine et vomi de la traversée précédente, jusqu'à la porte du bureau, officine de l'officier, le bourreau fait son office, j'ouvre le bec, il me le cloue, bouche déchirée, je hurle, *a visa for two days only,* impassible, impossible, *no sir,* voix calme, dans le tohu-bohu du bateau, deux syllabes exquisement glacées me décapitent, je titube, perdu la tête, je vacille, le plancher glisse et se soulève, pas remarqué, paquebot à l'amarre bouge, l'imperceptible frisson reflue, le long des jambes, monte, marée biliaire, l'écœurement douceâtre me ballotte, déjà retranché de toi, question de temps, au plus trois semaines, vers ton pays, vers lui, pour te marier, samedi 13 août, vendredi dernier rencontrée, déjà huit jours, déjà coupé, j'ai redescendu la coupée, je devrais être en Angleterre, visite familiale, adieux d'un an, après je pars, ma vie à l'autre bout du monde, devoirs m'appellent, je n'écoute rien, que ta voix, *je n'ai jamais vu la mer*, tu dis, je ris, *mais il n'y a pas de mer chez nous*, quelqu'un qui n'a jamais vu la mer, j'offre, *je vais chez ma sœur, vous m'accompagnez*, voiture de Dieppe à Calais, par la côte, *je prendrai un billet pour le retour en train*, moi par bateau, elle d'un côté, moi de l'autre, court chemin, après on se quitte, d'abord refuse, une boursière faire faux bond, une stagiaire quitter l'hôpital, échange de Prague à Paris, doctoresse est venue pour travailler, *vous n'avez jamais vu la mer*, mer la travaille, *elle a vos yeux*, entre Boulogne et Calais, gris-vert, glauque, eau salée de ton regard, naufrage en toi, dès le bassin des Tuileries, grande allée, toi allant vers la Concorde, moi vers le Louvre, je t'ai suivie, assise près de la balustrade, moi assis, écailles noires de tes lunettes, quand tu t'es tournée, ressac et houle, bu, lapé dans ton regard, tu m'as suivi, jusqu'à la mer, sans me toucher, Gisors, Bois-de-Cize, soirs solitaires, pas voulu, tu as refusé, dernier soir, hôtel branlant à Ambleteuse, moi vers l'Angleterre, toi vers Paris, puis ton pays, au fond du lit, dos tourné, soudain retournée, béante, en toi sombré, j'ai fait naufrage, en ressortant du bateau, nausée immobile, je t'ai retrouvée au parking, *je ne pars pas, je reste avec toi*, elle dit, *mais non*, vers Bruges, dentelles de fils, ajours de pierre, repartis, ponts arqués sur les canaux, béguinage, à toute allure, avant la nuit, Belgique comme Albion barrée, pas de visite sans visa, refoulés, je voudrais tout te montrer, tout t'offrir, amonceler tous les trésors, régiments là entassés, semaines de mitraille, morts engloutis, cadavres qui flottent, mains qui quémandent, agrippées au rebord des barques, dans l'eau sale jusqu'au cou, coup de crosse, embarcation surchargée, un de plus, on coule, un de moins, hurlement noyé, rumeur douceâtre, digue monotone, plage morne, stèles à la mémoire, pluie fine, on est passés vite à Dunkerque, nuit tombante, arrêtés au Cap Gris-Nez, le lendemain, au bas de la falaise, dans les éboulis déshabillée, frissonnante dans le vent, tu t'es lancée, jusqu'aux genoux, jusqu'au ventre, puis avalée dans les vagues, écume blême, brève percée de soleil fade, langue de sable, tu t'allonges, langue de sel, je te lèche, pores rosis, papilles palpant ton épaule, tout le goût de ton corps d'huître inondant ma bouche

SKYWAY HOTEL SOUTHAMPTON   tu auras traversé la mer   trois ans après   pour y mourir   MEURTRE   torture hoquets sanglots toute la nuit je t'ai veillée j'ai sué la sueur d'agonie   instants d'acier tournoyant comme un cimeterre au-dessus de moi j'ai ouvert la fenêtre à guillotine j'ai passé la tête   QUE FAIRE   tombée dans le clapotis lugubre en bas le flot noir palpite   roulant à la fosse abyssale cognant aux tempes haletant un moment pour respirer la brise soyeuse au-dehors   puis vers le lit obscurité de nouveau étouffante bain moite   haleine calme tiède entre tes lèvres tes seins gonflant la plaine de ton ventre à peine sillon des cuisses enfoncé dans la nuit sur le dos dormant   draps en désordre sur le matelas près de toi allongé des heures   tiré celui du dessus peu à peu recouvert tes seins ton cou ton visage

revenu à moi   du long périple sur
ton corps   réveillé   ne pas t'entendre
remontant   ne pas parler   dernière fois
        seins   je suce   sur l'un deux poils
durs   sous l'autre je bois les coups moites   de l'un à l'autre ballotté   je lèche   la salive luit sur la chair ocre   colimaçon mince chemine filet colle aux pointes serpente
sur la poitrine   je tète   mouillée aux doigts
écartés masse molle d'une main masse pâte rose lève   soulève aérienne caresse   de l'ongle
effleurée   à peine touchée toute tendue
        raidie hardie exigeant les dents la morsu-
re   bouche ouverte l'ourlet édenté de mes lèvres
lape le mamelon liquide

ÉBLOUISSEMENT BRUSQUE BRUTAL

        soleil vif traverse la vitre   entre vi-
te   entre plis durcis du ciel de bronze   antre   caverne un instant illuminée   lumière
éclabousse s'ébroue au brou luisant du bureau briqué
ma cellule   à perpétuité cul-de-basse-fosse
        sur trois côtés six rayons aux parois parmi les
livres pris   rayonne inonde ma prison   un
instant   asphyxie pas d'oxygène apnée la poussière accumulée duvetant les tranches des livres   carreaux presque carrés quatre par quatre
encastrés dans la fenêtre   résille noirâtre piquée
de taches albumineuses   vitrail maculé mâchuré
par ma vitre   levant la tête   balafre subite

zébrure jaune zigzag lumineux trouant l'ouate épaisse
des nuages à ras d'arbres   sur le tertre en face
maison étranglée entre les bras grêles des branches   je nage au jet froid de jour remonte le
ruisseau de clarté source jaillie de la brèche   flot
d'écume charbonneuse   déferle un instant tourbillonne sur ma table embrase lettres paperasses en
vrac   délivré délesté céleste   LÀ-
HAUT   puis cendre grise braise ternie
        lueur se noie dans la mer d'encre   en-
gloutie dans un bain de boue   jour sale maintenant de suie   les carreaux de la fenêtre grillagée
retournent aux traînées bistres aux stries de poussier   étincelle éteinte   encagé encellu-
lé   à chaque averse qui s'écrase les gouttes accrochent leurs taches grenées   sillons tordus mottes éclatées boue sèche constellant les vitres
        diaprure des diarrhées hivernales   revenu
à moi   réveillé

        les pensées emmitouflées, emmaillotées dans
le coton opaque des paupières qui se referment, de
la tête qui retombe, des tempes qui cognent, un
Mandrax ne suffit plus, il en faut à présent un et
quart, sans compter deux Calcibronat effervescents,
enrobé dans la brume de bromure, tâtonnant dans
la torpeur des tranquillisants, j'alterne avec le
Valium, associé au Binoctal, barbotant dans la buée

des barbituriques, hier soir, j'essaie, me détendre, immobile, je parcours mes pieds, dénoue mes cuisses, je relaxe mes épaules, yogassoupi, me défais du sinciput, dans un affaissement de plomb, affalement des membres, pour la visitation du néant, douce succion dans le vide, rien, me raidis, soubresauts nocturnes, il fait soleil dans ma caboche, à peine joue sur l'oreiller, grand jour en pleine nuit, j'allonge la main vers le guéridon, vers ma montre, 11 HEURES 22, couché à dix heures, demain ce sacré cours sur Racine, 82 minutes d'insomnie, relire Barthes, sur *Phèdre*, important, Mauron, c'est fait, 7 pages de Barthes, bien tassées, denses, dès le réveil, peux pas dormir, MINUIT PASSÉ, si je prends un 3e Calcibronat, mort lente au bromure, demain, pesanteur de pierre, ankylose des pensées, cent kilos sous crâne, prendre ou ne pas prendre, hésite, tant pis, faut, dormir nécessaire, tâtonnant vers le gobelet de plastique, verse, avale, bois, buée, nuée des yeux, à présent patauge au marais poisseux, écœurement vertigineux, je sombre, flotte, à la dérive, sur l'oreiller, mains sans doigts, inerme, inerte, poulpe mou, tente d'innerver, faisceau d'ordres, se lever, irradiation motrice perdue, entre deux neurones, dissipée, entre les synapses, poisson crevé, jeté sur le sable, bouche en rond, je bouge, rideaux mal tirés, me tortillant dans les ténèbres corticales, soudain, choc, 8 HEURES 20, me lever, vite, soulève la tête, lézarde de lumière par les paupières entrouvertes tu me regardes, tu as dormi d'une seule traite, dans le lit bleu, la chambre bleue, l'aube montée, le ciel ruisselle. Je n'ai pas pu. Hier soir, je me suis rallongé contre toi. Lentement, j'ai dû tirer le drap sur tes seins. Nuit marine, toute la nuit. Allant, venant, à la fenêtre, clapotis faible. Dans la journée, on a erré sur les quais, les docks, dans le désert des hangars. Calcaire de caisses, pyramides de malles, couches de colis, sédiments des sacs. Port minéral. Demain, paquebot arrive, je m'embarque. Par le dédale des dépôts, on a longé la berge de bitume. Hôtel le plus proche. Pour les adieux le plus commode. Toi, tu reprends le train pour Londres, l'avion pour Prague. On a dîné. Cérémonial à l'anglaise. Skyway Hotel, Southampton. Serviettes d'amidon doux, batterie de couverts d'argent. Vin exquis, vue sur le port, sur le vide. Sans sommeil ou somnolent. Oui ou non. J'ai vacillé. Jusqu'à l'aube, bourdon éperdu, cloche folle, battant mes tempes. Toi ou ma femme. Une rive ou l'autre. Une vie ou l'autre. Une ville ou l'autre. CHOISIR. Qu'un mot à dire. Tu m'as dit *Serge*. Rien qu'à ta voix. Pendant le dîner, hier soir. Compris, occasion ultime. Depuis trois ans. Retours, éclipses. Derniers instants. Je dois mourir. Retrancher une moitié de moi. Meurtre. Suicide. Te tuer. Ou ma femme. Toi ou elle. Moi ou moi. Je tinte d'angoisse. Je retentis d'indécision. Excision. Je coupe. Cordon ombilical. Lequel. Je ne veux pas. Je veux tout. Toi et elle. Une rive et l'autre. Une vie et l'autre. Moi et moi. Rien demandé. Elle n'a rien dit. Elle a dit *Serge*. Intonation. Détonation. J'explose. Colère. Je ne veux pas m'étriper. M'étriquer. Ma double vie, mon double vice. Paris, New

York. Ma double ville. Pendant trois ans. *Et.* Maintenant. *Ou.* Coincé. Plus rien à faire. Trois ans, par intermittence. Par lettres. Et puis, retrouvailles mirage. À l'horizon resurgie. Quatre coins d'Europe, aérodromes, débarcadères, gares, qui se tamponnent, routes d'été qui s'allongent, aux flancs des plages, pentes des pics, au nord peupliers, au sud platanes, pins, sapins, communiant sous les espèces végétales, senteurs âpres, s'évaporant au soleil, lavées de pluie. Fin du périple. Columbarium à souvenirs, incinérés dans des cases. Déposés dans les cellules du cortex. Impalpable cimetière. Je te touche. Là, au réveil. Chaude contre moi. Ton ventre. Tes seins. Peau poussant ton souffle, bombant ton haleine. Sous le drap. Un mot. Un seul. Linceul.

assis, réussi à me lever, jour blême. Un moment ébloui. Chape fuligineuse fendue, nuages déchirés. Ciel s'ouvre. Happé, lapé, là-haut. La lumière coule dans mes yeux, elle me lave, je m'allège. Mes membres rayonnent. Désembourbées, pensées s'envolent. Hors du marais, du marasme du réveil. Cerf-volant d'images, fils se déroulent. Je tire vers moi, je les ramène. À moi revenu. Mon bureau brille, bien astiqué, toutes les lettres, papiers en tas, correspondance pour des siècles, puis s'éteint. Tu me colles à la rétine. Premier regard clignotant. J'ai ton souvenir-poussière dans l'œil. Southampton, dernière soirée, l'été dernier. Dehors, la pluie tombe, fins filaments, les carreaux se raient. Lueur d'ambre.

Maintenant ciel d'ombre. Mer d'encre. La porte coulissante, en face, garage du voisin, en haut du talus, se soulève. La voiture à reculons sort. Rampant pour ne pas déraper. Marche arrière sur le verglas qui menace. Ciment se paillette. Taches luisent. Temps de novembre. Temps. C'est l'heure. Signal. Le voisin part. Moi, je me lève. La brèche de feu pâle s'est refermée. Bientôt, ce sera la neige. La première, puis toutes les autres. Nuit diurne s'installe. Interminable. Du crépuscule plein les yeux, plein les narines, à étouffer. La portière de la grosse auto frôle, en sortant, l'excavation de ciment gris, la bordure rêche. Le trottoir, les arbustes, l'herbe pelée se piquent, gerçures de glace. Des mois, j'ai attendu ta lettre des mois. Cessé d'écrire. Tu es retombée au silence. La Lincoln contourne l'angle coupant de la tranchée, évitant de justesse la saillie du coin, pachydermique. Aujourd'hui, beaucoup de livres à emporter. Sacoche énorme. En tas sur la table. Du rayon depuis hier sortis. Refeuilletés. Mauron, Barthes. Dos à dos, deux à deux, les déposer dans la besace cabossée. Ventre à bouquins, engrossé par quinze ans de classes, trimbalé de salle en salle, bourlingueur de continent en continent. Je le referme. Tire la languette entre les poignées, jusqu'au déclic du fermoir. Sur le cuir brun, racorni, *J.S.D.*, armoiries dédorées, s'efface.

      à ton silence à ta nuit retournée   avant-
hier   dans mon casier à mon bureau   TA
LETTRE   d'un coup au cœur revenue   ma
revenante   maintenant me hantes   chair
évaporée corps évanoui tu m'effleures en vagues sono-

res tu te soulèves en souffles dans ma tête tu danses en phrases   solaire de l'autre côté de l'ombre tu m'éclaires   de l'autre côté du rideau de mer de fer   dans Prague enfermée   tu brilles invisible   l'espace ténébreux se troue   rayon tu gicles   clarté m'inonde ton brasier pâle   toute ma mémoire remue   lettre m'ébranle   morceaux par bribes   tu agites tous mes fragments   pieds à la tête de haut en bas   séisme   dans mon casier ton écriture retrouvée   irruption éruption   brusque brutale   affalé flasque gisais   geyser   source brûlante tu bouillonnes   corps   géologique   on a couché ensemble par couches

le rire. J'avais oublié le rire. Enfantillages. Nos grimaces. Au restaurant, quand je t'ai pincée sous la table, quand le garçon s'est approché. Tu m'as donné un coup de pied. Âge d'or. Depuis des décennies, des siècles, plus ri. Dès que le garçon s'est détourné, on a éclaté, ton visage contorsionné, me tenant les côtes. Rire remplit. Nourriture hilare. Tous deux. Tellement. Bouffé, pouffé.

près de la frontière espagnole   quand on a fait cette ascension   toi bien sûr pas le droit d'entrer frontière interdite   tu as voulu au moins voir   Cerbère dépassé dernier pic avant Port-Bou promontoire de là-haut on voyait gare internationale le train arrêté   montés sur la cabane de berger debout sur le toit en ciment   azur répercuté en fla-

ques bleues dents des roches réverbéré fulgurant aux
saillies ocre chapelet d'anses de criques feu s'accroche
aux   éperons   bruns   pendant   l'ascension
         pas cessé   sous la pierraille qui roule
sous nos pieds dévale sous notre pesée peut-être des
serpents   *mais non voyons Serge*   balan-
çant mon appareil de photo sur sa lanière baguette de
sourcier frappant devant moi le sol   prospecteur
d'ophidiens pourfendeur de langues bifides guettant la
blessure mortelle   *on n'a pas idée*   kodak
en reconnaissance à petits coups secs sur la rocaille
pour dépister l'ennemi   l'étui de cuir s'éraflant
luxueux détecteur de mines   tu en faisais te re-
tournant sans cesse   *mais c'est idiot*   là-
haut devant moi biche agile   la sueur dégoulinant des tempes secoués tous deux rire du thorax aux
orteils irrésistible

      rire courir escalader descendre ramper monter lé-
cher sucer pleurer rire   redécouvert mon corps
d'enfance   avec ton corps

      avant d'arriver aux Pyrénées sortant d'Arca-
chon   mont Pyla   on est montés
         cent mètres de sable la plus haute dune de
France   arrêté en bas la voiture on a décidé
cœur cognant   yeux aveugles taupes pataugeant
poussière de grains aux paupières pieds qui s'embour-
bent vase de feu   souffle labourant la poitrine   toi devant toujours ressorts d'acier de tes
cuisses grimpant moi retombe enlisé dans la pente marécageuse   raidis la jambe la sueur me sillonne le
corps je fonce j'enfonce calciné jusqu'aux genoux je

flambe fièvre jaune de silice sables mouvants englouti
dans le marais amaril   cœur se calme   je
m'assieds à mi-côte   respiration revenue suspendu entre ciel et terre   tapis de pins noirs en bas
ondoyant à l'horizon   tu as disparu derrière la
crête

Monter chez mon oncle, le cinquième, c'est
fatigant. J'aime m'arrêter au troisième, sur le fauteuil de velours vert. La rampe noire brille. L'escalier sent l'encaustique. Le tapis rouge, entre les
tringles de cuivre, escalade les marches vernies.
Siège pour vieilles dames. Tant pis. Quand je suis
seul, je fais halte. Si personne ne me regarde.
Enfant poussif. Pas très sportif. Quand je suis avec
le Père, bien sûr. Alors, d'une traite jusqu'au cinquième. Hors d'haleine, avant les autres. Appuyé
contre la porte luisante, j'attends. J'ai pressé l'œil
rond du bouton doré, entre les deux vis à pointes.
Carillon de la sonnette. Des pas, on vient, on
ouvre.

visite rue de la Pompe cérémonial en famille
on prend le métro à Saint-Augustin juste après la
boutique de Radiola lèche les vitrines T.S.F. dans
les boîtes oblongues de bois blond trois gammes
d'ondes séparées par deux lisérés horizontaux ou
verticaux rouge et vert gramophones à manivelles
coudées le nôtre ne rend plus qu'un son de crécelle
quand Damia ou Fréhel chantent un filet trouble

voix aigre tremble ressort usé ne dure même pas
le temps du disque soudain voix s'étire au ralenti
s'allonge au beau milieu il faut se mettre à remonter très vite chanson repart ragaillardie guillerette j'aimerais bien un gramophone c'est trop
cher des disques neufs nouveautés Trenet dans *la
Mer* Jean Sablon et Jean Lumière parce que *les Yeux
noirs* et *les Cloches du soir* par le chœur des cosaques
du Don en russe assez entendus rabâchés l'aiguille
grattant le sillon usé le chœur s'égratignant en tin-
tements de verroterie le coffret rouge enfermant la
ritournelle des mêmes quinze disques depuis des
années

   disque peut-être avec de la chance qui sait j'en
recevrai un aujourd'hui grand jour Jour de l'An
chez mon oncle

   rue de l'Arcade on a quitté l'atelier Saint-Augustin
on a descendu les marches roides âcre chaude poussière
du carrelage blanc saisit à la gorge   trajet rituel   sept stations   jusqu'à Pompe   quand il fait beau on sort à Trocadéro   c'est chez nous   c'était   démoli   cette infecte saloperie de Chaillot en chan-
tier   buffet du vieux Trocadéro concession cinquante ans dans la famille   enterré   itinéraire   coin de la place et de l'avenue Wilson
prendre un bouquet chez la fleuriste kiosque là depuis
le tournant du siècle   ne jamais monter les mains
vides   nous reconnaît *comment va Monsieur
Max   Madame Caroline   et Monsieur
Henri   justement nous y allons   vous lui*

direz   après   Malakoff   c'est   chez
Louise m'a gardé regardé comme son enfant   a-
venue d'Eylau on prend par la contre-allée de droite   NOTRE QUARTIER   à cause du Père exil
dans le huitième parois de la rue de l'Arcade étranglées
coincé entre Mathurins et Pasquier   bout du
couloir suis confiné à ma chambre clients tailleur pas
faire de bruit   grand jour grande sortie
        rond-point à gauche on descend la rue de
Longchamp   AU CŒUR AU CENTRE   oncle
Derogy Tante Marie 5 villa Longchamp avant
14   ma grand-mère et mon grand-père au
3   22 rue de la Tour déménagé en 1915 tardif
Renée Henri là   y suis né avant ma naissance
      TROCADÉRO   bobines Pathé le Père pro-
jette sur écran d'argent déplie écrin aux trésors nos
merveilles   Mounet-Sully filmé dans Hamlet laisse tomber d'un large geste le crâne de Yorrick dans la
fosse   gémissant harmonieusement avec les yeux
crevés d'Œdipe   séances du dimanche cinéma
gratuit   Maman raconte   Sarah Bernhardt
chevrotante amputée de sa jambe de son talent appor-
tée en scène dans Athalie Madeleine Roch drapée dans
le Tricolore et beuglant la Marseillaise   mes souvenirs me précèdent   concierge du Troca tire au
fusil sur les Taube alerte la grosse Bertha crachotte
descendre à la cave   où dorment les vins blancs
Bedel   avec poulet servis au Père le dimanche rituel   quand on rend visite au buffet   moi
ai droit de temps en temps mille-feuilles ou tarte sous
cloche en verre *qu'est-ce que tu veux*   voudrais
tout mais pas possible   urticaire   on longe
le lycée Janson   si on va habiter chez mes

32

porte s'ouvre, *ah vous voilà, entrez,* debout sur le seuil, franges noires au front, Tante Paule, je suis presque aussi grand qu'elle, foule dans le vestibule, la foire fourmille, nouba déborde, Jour de l'An, avec le ban et l'arrière-ban, tout le clan et le bataclan, bourriches de belons, les saumons fumés, toute la famille, tranches de pain bis beurré, en pyramides, s'entasse dans l'entrée, Tatère, oignon d'or au gousset, avec la chaîne, moustache grise, drue, peau tendue raide sur les os, baguettes des doigts fouillent, porte-monnaie, *voilà cent sous,* Mémée, œil bleu vif, de gosse, gai, rieur, dans le visage débonnaire, labourée de rides, varices violettes sur les jambes, debout plus d'un demi-siècle, dès l'aube, ouvrir buffet, ouvre bourse, deux billets bleus, vingt francs, lui saute au cou, corne d'abondance, collier d'ambre à gros grains m'écrasant la joue, m'achèterai un revolver à barillet, lance des morceaux de patates, carabine à plomb, peut-être, plie canon, on met chevrotine, chevrotante, Grand-Maman Montel, Alice, Suzanne, en rangs compacts, tribu serrée, embrasse à droite et à gauche, j'avance dans des suçons moites, idées avancées, on parle politique, dernier édito de l'*Huma*, Blum, se méfier, intellectuels, souvent des traîtres, Staline veille, un pur, épure, les purges, nécessaire, Toukhatchevsky, les trotskistes, Addis-Abéba, hélas, Espagne, holà, tollé, ollé, ici, on milite, militaires, Franco, on les mettra au pas, je passe, champagne de coupe en groupe, rouges à lèvres gras m'agressent, bouches alcoolisées, Benjamin, Germaine, débarqués de Gargan, Riri, Nénette, encore un baiser, je pousse, je passe

salle à manger, ruisselante de lumière, sapin constellé d'ampoules, ponctué d'étoiles, fils d'argent pendus aux branches, dans les bougies multicolores, sapin, nous on n'en a pas, Noël pour chrétiens, que chez mon oncle, l'arbre rutilant se dresse, la fête clignote, joie scintille, lustre au plafond, cadeaux accrochés ou par terre, paquets en rond, les plus gros, j'approche, grotte du crâne résonnante, la caverne d'Ali-Baba, béante, le paquet là-haut, tout plat, peut-être un disque, Trenet pour étrennes, dans la ramée, sur la branche mince, je bute sur mes deux cousins, Tédo me stoppe, Jacky me pince, les yeux levés, dans le papier de soie blanc, blonde, je me cogne, musclée, lisse, svelte, ma taille, mon âge, *alors mon Julien*, tifs en bataille, à la garçonne, c'est ma cousine, Solange m'attire

sable brûlant plein les paupières blépharite de soleil grésillant sous les cils assis Élisabeth derrière la crête disparue montée sur la dune moi dans l'enfance descendu je me relève cœur de nouveau à mi-côte cogne pieds enfoncent grimpe en diagonale tout droit trop raide en bas verrières d'hôtels flambent vérandas fulgurent immense incendie des pins le mont Pyla comme un môle d'ambre sous moi

sans cesse se dérobe j'ahane au sommet parvenu
dernier sursaut soudain longue langue plate s'étire
s'étale autre versant l'ample bassin presque rond
cratère entre mer et terre points blancs parsemés
des voiles sur l'eau claire vitre paisible mais au-delà
de la passe des mâchoires closes du goulet se fon-
çant se fronçant en plis bleuâtres assombris l'océan
bat profondeurs troubles remuent Élisabeth là-bas
debout robe de lin ton sur ton avec le sable ses
jambes tirant deux traits à peine perceptibles à la
limite de l'espace striant à peine l'incandescence
de poussière et de lumière sur l'arête

      bassin d'Arcachon je ballotte   *éclairs de*
toi   *et Claire de toit*   *familial*   *et*
femme iliaque   DÉCIDER   une fois pour
toutes   m'engager   qu'une parole
    qu'un mot à dire   en descendant du Py-
la   là tout à l'heure à toute allure   repartis
dans nos errances   là ébloui assis dans le silence
de silice abandonné sur ma dune   quand je t'ai
rejointe et puis   pente de sable dévalée folle-
ment   main dans la main aux pieds croulant   toute résistance écroulée   J'AI
CRU   en riant aux larmes   vers le sud le
soleil l'océan parmi les villas rupines entre les pins

      tures de bazar les croûtes masquant les plaies
du mur de ma chambre d'abord l'Église d'Auvers
du Van Gogh de Prisunic reproductions criardes

pour turne estudiantine ou du Matisse Femme en bleu à 20 francs puis plus tard avec le progrès une toile d'artiste du cru L. Orzel marguerites jaune citron s'affolant sur fond d'herbe caca d'oie danse de papillons émus ça se marie avec les murs six rangées de livres jusqu'au plafond entre les fenêtres à carreaux presque carrés sales sertis dans un treillis de métal jadis noir peinture éclatée s'écaillant en taches blanchâtres vitres souillées sillons des pluies pulvérulence des bourrasques en stries en plaques mi-chambre mi-bureau mi-figue mi-raisin mi-bourgeoise mi-miteuse mon mitard

miroir au-dessus du lit reflétant la lampe à trépied la table basse du téléphone gros fauteuil de skaï noir neuf gros tabouret assorti matelas de caoutchouc mousse aux fesses ai beau changer de siège rien à faire sciatique scie vertèbres lombaires commence à gauche descend le long du fémur de muscle en muscle se faufile du petit au grand fessier tordant le biceps crural pinçant le plantaire grêle ruginant le jumeau trajet complet tout y passe aspirine nature tamponnée Compralgyl à double noyau Tylenol *acetaminophen no aspirin* aux grands Mots les grands Remèdes ai beau cisaille le croupion bouquin sur bouquin vie assise pas une existence

lit orthopédique nouveau fauteuil ai beau renouveler le mobilier impossible de sauver les meubles c'est l'âge rien à faire me détériore me détraque la méthode Coué à l'envers *tous les jours à tous points de vue je vais de mal en pis* pâte poisseuse du sommeil bourbe du réveil vie à l'envers la glace au mur réfléchissant mon existence maison louée d'abord puis achetée aux propriétaires au moment de leur divorce désormais mienne mon gîte ci-gît entre nouveau rayonnage en bois de chêne monté par le menuisier poli astiqué au lieu des briques et des planches avant progrès couche grattée à l'émeri puis une autre passée au papier de verre couche d'enduit d'années de livres déposés superposés sépulcres de cuir sarcophages de carton dos blancs brillants des Pléiades plèbe des bouquins brochés duvet de poussière parfois dérangés dans leur torpeur traversés de résurrections furtives selon besoins hasard des cours débarqués à chaque voyage chaque bateau par vagues successives

9 HEURES MOINS LE QUART. Partir. Du pied gauche. Sacrée journée. Pour tout faire, quelques heures à peine. Pour tout caser. C'est pas une vie. Deux, dix. Qu'il faudrait. Vingt vies dans un crâne et une journée. Vite. Trot. Trop. Plein à éclater. Regarder dans l'agenda. Rendez-vous pour déjeuner. Midi trente. Retenir la table. Ne pas oublier. Téléphoner tout à l'heure. Me souvenir de ne pas oublier. Je griffonne sur une enveloppe pour me souvenir. Au galop. Gymnastique, douche. Au moins, pas de bruit. Gosses à l'école. Femme au travail. Famille moderne. Tout le monde a disparu. Silence. Chacun pour soi. De son côté. À ses affaires. Je suis encore engourdi. Affalé à mon bureau. Se lever, se soulever. Effort me fatigue. L'ondée subite brûle. Fouet de feu mou. La vapeur, en nuage dense, floconneux, emplit la cage. Tourner le robinet de droite. Une averse glaciale

gicle. Rectifier le tir. Pluie tiède maintenant frappe, crépite sur la nuque, pétille le long des vertèbres. Bien-être doux, douche coule aux membres. Une éclaircie dans la tête. L'écœurement onctueux se dissipe. J'ouvre la porte vitrée. J'oubliais. Nettoyer le carrelage de la cabine, porcelaine rose. La maintenir propre. Avec de l'essuie-tout le long des rainures. La sueur s'y dépose en suie. Difficile à enlever après, gratter des heures. La femme de ménage refuse. Je frotte. Me sécher. Sortie de bain autour des épaules. Les cheveux mouillés dans le cou, la poire fuit. À vérifier. Resserrer la douille. Vite. Ne pas prendre froid. Boulot, classe. Dos, poitrine. Une m'a dit qu'il était gros. On dit ça aussi des Noirs. Racisme. Pourtant, elle devait savoir. De l'expérience, de l'expertise. Une connaisseuse. Aux autres de dire. Plus ou moins dur, plus ou moins long. Comme les carottes. *Toi, mon coco, tu es une vraie asperge.* Sur les étals du marché, en bottes. Prix à la craie, selon qualité, suivant grosseur. Les acheteuses, c'est elles. Les consommatrices. Ma marchandise. *Montre-moi ta petite boutique.* Savoureuse ou pas. Bien achalandée. *On ne cache rien à sa maman.* Ma momie. Pour la conserver, la sécher. Je l'emmaillote. Pas de gerçures. Au bonheur des dames. La bête humaine. Désolé, Zola. Cochonnerie. Failli me coûter la vie. Manque de peau, au gland. Manque de pot, au camp. Réchappé de justesse. Tous les tours que ça m'a joués. Épididymite. Oreillons à l'âge adulte. Failli clamser. Les vieilles humiliations. Police, bas le froc. Les nouvelles. Quand ça bandait mal. Sous-vitaminé, sous-homme. Sacrée jeunesse. *J'avais vingt ans. Je ne laisserai personne dire que c'est le plus bel âge de la vie.*

Bien dit, Nizan. Encore dix ans. Après, je rengaine. Je dételle. Les rancarts. Les mets au rebut. Aînée majeure, cadette seize. Au train actuel, grand-père ou presque. Alors, fini jeunes filles en fleur. À d'autres. Quinquagénaire hors du quadrille. Je n'entre plus dans la danse. Lauriers coupés. Palmes académiques. Légion d'honneur. Du violacé, du sanguinolent, en filets. À la boutonnière, au nez. Type respectable. Serait indécent. Pourrai plus draguer. Avec une batterie de médailles. En attendant, poudrer. Propre, net. Encore bon pour le service. On verra ce soir. Si elle vient à mon cours ou non. Marion, poupine, youpine, ses grands yeux noirs, *otchi tchorniè*. Cheveux, quand elle les dénoue, torsade de jais. Jusqu'à la ceinture. Qui tombe. Mieux vaut les tifs que les nichons. Les siens, admirable équilibre. Pas y penser, pas le moment. Récompense vespérale. Avant, une sacrée journée. Akeret, il a beau dire. *There will always be those who have developmental problems with their fathers.* Complexes du Père, il a beau dire. Pas d'illusions. Je vais vers les années maigres. Tous les jours, à tous points de vue, je me décompose, je me faisande. Je rouille. Cheveux bien noirs, crâne bien garni. Bon pied, bon œil. Bien conservé. Une apparence. Les deux tubes fluorescents font un flash, crachent un éclair zigzagant, s'apaisent en jet de pâle phosphore. ÇA. MOI. Ma gueule. Dégueulasse. Nuages bas, dehors fait si noir. Je flotte, un fantôme. Image errante, entre les deux montants de métal, sur le miroir. La pluie picote la vitre. Dans le contre-jour, la lumière falote creuse les rides, allonge les lignes. Musique au front, une vraie portée. Burinée, avec le néant à la clé. Marche funèbre. La glabelle se pince, le nez coupe. Les pommettes saillent, les yeux s'évident. L'évidence. Tête de mort. Moi. Ça. Depuis des jours infinis, des semaines sans nombre, je promène mon cadavre. L'autre fois, avec Akeret, j'ai voulu dire : quand elle est morte. *When I died.* Langue a fourché. Lapsus. Flagrant délit. Ai dit. *Quand je suis mort.* Constat de décès

je t'ai tuée   à n'y pas croire   comment j'ai pu   aurai beau creuser forer ma cervelle   comme le sac de chatons miaulants avec le Père en 42 quand on a été jusqu'au lac   d'un geste jetés dans l'eau verdâtre   ou les lapins dans le clapier exécution matinale   pas tout de les nourrir   les manger   l'animal par les pattes suspendu battant l'air geignant gênant moi ne veux pas regarder entendre le Père ordonne pas droit de détourner les yeux être un homme mon apprentissage viril   râble carré mâchoires serrées buste court robuste petit mais fort Père lève main droite dru sur la nuque rabat d'un seul coup couine sang gicle aux commissures des paupières poissant en filets rouges le museau blanc soubresaut d'un revers de main taquet à la nuque paquet à l'eau   Skyway Hotel à Southampton   venue du fin fond du monde   maillet merlin t'ai abattue tombée tout d'un bloc aube bleue chambre bleue   jour pointe perce chairs sanglantes sur le lit dévêtue dépecée tu te disloques membres disjoints tu te disperses éviscérée l'écheveau de tes entrailles se déroule je te découpe pièces et morceaux je te ficelle malle je t'envoie à ton mari gare de Paddington à Londres Jack l'Éventreur spécialité du pays amours britanniques j'enfile à l'anglaise

comment pouvais-je deviner penser prévoir te croyais morte cendres refroidies que tu renaisses quand je t'ai quittée à Prague en 68 adieu main appuyée au toit du taxi tu es entrée dans ta gare vers ta ville de province vers ton mari disparaissant dans la masse le chauffeur m'a dit *on y va* doigts crispés sur la tôle décolorée de la Moskva j'ai dit *un instant* ressortie un éclair de loin tu m'as regardé sans faire un signe moi sans bouger tes yeux invisibles me transpercent

pas de lettre aux oubliettes tu as sombré au néant des mois d'hiver depuis octobre 68 grisaille des averses sales au fond des neiges boueuses au long des jours mornes toi dans ton recoin d'univers moi sur mon autre planète gouffre nuit interstellaire

sortant ressortant le télégramme de ma poche ARRIVÉE ORLY 13/7 1400 pour y croire lisant relisant le message inconcevable passant repassant devant le guichet des contrôles au tableau des arrivées rien encore maintenant au bout du hall hauteur du stand de journaux bureau P.T.T. toilettes où je me peigne me repeigne une fois de plus faisant demi-tour depuis l'interminable demi-heure la foule tout autour se pressant se poussant dans la poussière la R-16 en valse lente sur son socle thorax en tumulte creux d'estomac aux épaules courbaturées plantes des pieds raclant le gosier à sec carcasse à vif toi là d'un instant à l'autre

imminente un rêve au fil des mois ténu tenace au fil des jours en plein travail trou tu parais entre les nuages dans la rue rayonnant ton visage au volant de ma voiture m'aveugle fil du discours soudain se brise en classe me coupes la parole brèche du silence tu passes dans le texte me submerges langue fourchant t'enfourchant allongée reins cambrés pour l'étreinte ocre tes seins pointus ta taille mince entre mes mains

l'avion d'Air France en provenance de carillon cristallin à l'heure deux heures juste titre des journaux je quitte le stand COMPTE À REBOURS VA COMMENCER POUR LA LUNE abandonne P.T.T. toilettes peigné repeigné *vient d'atterrir*

Je n'ai pas voulu t'écrire Il y avait si peu de chances Je n'y ai pas cru avant que l'avion décolle mari reçu bourse du gouvernement britannique pour travailler à Londres recherche histologie avec spécialistes anglais elle demande autorisation de le rejoindre comme toujours visas cachets tampons mais presque impossible maintenant avec les Russes devient encore plus improbable Prague prison bureaux queues dès six heures du matin aux consulats *je ne pensais jamais pouvoir* avant d'aller en Angleterre arrêt en France

Mustang bleue on s'est assis *pas à Paris je n'y ai plus d'appartement* malgré le climatiseur suffocant vitres fermées sous la tôle *Où veux-tu aller On a neuf jours dix maximum* dit *Ça m'est égal décide* dis *Je parie que je sais où* Résidence de Rohan deux ans déjà téléphone pas de place normal week-end 14 juillet c'est un signe *bis repetita* dis *Un ami un connaisseur m'a recommandé le château de Mercuès près de Cahors très bien paraît-il* dit *Comme tu veux* téléphone à ce prix toujours de la place on y sera demain soir

chevaux à présent hennissant emballés dans la forêt la Mustang s'arrachant au sol pampas sauvages vers Pithiviers par Orléans direction Vierzon notre route ensuite droit au sud affolé trop de monde foule qui coule en double file s'égoutte aux contrôles dans la cohue cou tendu yeux écarquillés me poussant jusqu'à la barrière j'épie passeport vert en manteau bleu là-bas bavarde arrêtée avec une fille pas possible conversation nonchalante avec copine halte moi halète cheveux pas les tiens les siens tissés en nimbe tête ballonnée en auréole TOI tifs bruts touffes courtes ELLE copine inconnue lui parle mains se serrent elles se quittent manteau inconnu bleu d'un pas souple vient vers moi non pas déçu belle désirable dur à dire PEUR pneus qui grincent j'accélère

ressorts geignant aux cahots moteur rageur Alain m'a dit Mercuès *c'est très bien* Bosquet s'y connaît lui faire confiance château XIVᵉ repris par Simca-Chrysler Moyen Âge à l'américaine piscine sur le piton aride vue à pic le Lot en bas en cascades *Il faudra prendre de l'omelette aux truffes* tu m'as dit *Ça m'est égal* pas vrai je savais d'avance guichet P.T.T. on est retournés ensemble demandé tout de suite Résidence de Rohan *complet* phare de la Coubre sur les dunes Gironde béante sur le large Nausicaa à Nauzan

      deux ans déjà sur la plage au creux de l'anse entre les rochers épuisé par tant d'errances *Heureux qui comme Ulysse* soupé des voyages sans cesse en branle neuf mois d'Amérique trois mois de France arrêt stop depuis quinze jours revenue de route en route de site en site voiture vagabonde ensemble on colle à la mer Peugeot nous emporte barque on suit le littoral on cabote du cabotinage en 67 on rejoue 66 deuxième rencontre on refait la première *bis repetita* pouce joue plus halte

      Nauzan arrêt Nausicaa sur la plage dans la crique entre les rochers te regardant sur le sable t'avancer vers moi ton ombre s'allongeant roulis de tes hanches encore marin porté par un jaillissement de vagues Pénélope à l'autre bout du monde à Boston faisant et défaisant sa toile peinture d'amateur beau coup de pinceau torchant les mioches attaches ménagères filant sa quenouille je file me défile je reste dans l'île aux miracles

      aux mirages vagues vertes battent le rivage allongé houle glacée aux épaules ruisselle ressorti le premier tu m'as rejoint ton ombre sinueuse s'étirant m'attirant côte à côte à plat ventre phare de la

Coubre sous le déluge africain désert moutonnant des dunes soudain te collant à moi agglutinée à ma sueur crissante de grains roulés dans le blé grinçant de la grève ventre maintenant contre ventre tes doigts avides me fouillant brusquement au creux des cuisses nid du maillot ta main me faisant surgir colonne de roc me plantant roide dans la syrte sty- lite dans l'aveuglante lumière érigé flambeau phare

de la Coubre pas osé des estivants quand même au loin si on nous pince grenaille rêche sur ta langue dans ma bouche limon sel râpeux aux lèvres mordues ton râble tressaillant sous ma main de l'en- colure à la croupe mouillée ongle fouineur soudain en toi tout entière vibrant en ressauts de hanches ressac de cuisses par frissons par ondes tes yeux d'algues m'implorant écumant des seins moussant du ventre aux plis des bras coulant noyé j'ai relevé un instant la tête regardé là-bas au loin braise de lumière plus fort que moi pas osé pas pu

Résidence de Rohan deux jours là en 67 deux soirs halte haletante ombre de nos soleils morts encore tiède épices de nuit végétale senteurs salines sous les parasols du jardin dîner aux chandelles d'étoiles patron lui-même venu servir terrine roque- fort maison tous les fruits de l'océan sur plateaux te regardant en toi descendus moi défendus foie rate gésier interdit la joie de tes lentes bouchées dans ma gorge déglutiés nourri de toi par toi après chemin de corniche serpentant par les buissons de tamaris tonnelles de branches tordues des vents après sillon- nés on s'est dévorés vivants mangés des mains mor-

dus des yeux rostre avalé dans la furie de ton ventre
fête festin on s'est dépecés dépensés tripes entrailles

je parie que je sais où j'ai téléphoné pas de place
complet signe du destin je fonce droit au sud après
Vierzon cap sur Cahors lèvres pincées fesses serrées
conduisant trop vite pour arriver château-fort per-
ché sur pic piscine sur roc tub de riches pédiluve de
luxe on s'arrosera le nombril on se gavera de truffes
dix jours déjà Mercuès lointain distance intersidé-
rale déjà repartie t'ai mise au bateau de Southampton à Cherbourg pour rejoindre ton mari à Londres
moi mon colloque coloquinte chez un prof travaille
l'été Centre Culturel *Enseignement de la Littérature*
directeur je me dirige vers Cerisy avant te quitte à
Cherbourg tache bleue de ton manteau contre passerelle qui s'éloigne parmi stridences de mouettes
sifflets de sirènes ferry Thoresen infime point trace
perdue sur l'étendue verte

et puis ta lettre *viens je t'en prie* sur la table de
l'entrée entre enveloppes de vingt pays cent timbres
petit cachet rond 24 JLY 1969 7[15] PM dès ton arrivée
à Londres à peine revu ton mari *Serge promets-moi
sinon je repars j'irai* soudain perdu dans la foule des
célébrants cohorte des érudits cailloux augustes brillant aux rayons acidulés du soleil à cidre ma décade
suis responsable peux pas partir elle perd la tête *je
deviens folle* elle est capable si elle essaie sans visa en
pleine séance *on vous demande* téléphone appel au
secours ta voix *Serge viens j'irai t'attendre à Douvres*

méthodes structurales hors des discours trébuchant frayant mon chemin vers la cabine abasourdi *mais tu sais bien après je dois m'embarquer sur le France* 1ᵉʳ août vers l'Amérique dit *on ira ensemble à Southampton*

pas pu résister affaires pressantes dois partir comment mais c'est votre colloque interloqués pas pu faire autrement repris la route dans la Mustang après Humières Hesdin la nationale vers Boulogne plissée de collines convulsive de tournants attraper le ferry de Douvres reviens où ça a commencé trois ans déjà *vous n'avez jamais vu la mer* herbes dures sur les dunes cinglés du vent griffés d'épines jusqu'au rebord jusqu'au surplomb debout ton épaule dans ma paume haleine perdue corps accord après dîné à Boulogne pris la route à flanc de colline décollant en l'air nuit planante tombante Ambleteuse au bout du sentier détrempé à travers flaques jusqu'aux marches raides en bois branlant chambre nue senteurs de sel de soir de sciure lit glacé dos tourné quand tu t'es soudain retournée

Mustang contre la rambarde rangée coque s'ébranle Boulogne s'éloigne le casino s'estompant sur l'esplanade cube de béton vaguement bleuté de céramique peu à peu se fond à la grisaille de la côte trois ans déjà on y a trouvé une table touristes anglais étudiants américains indigènes bal du samedi tourbillonne jusqu'à l'aube Boulogne grimpés aux remparts revenus au port bruine grise effleurement humide aux joues le long des quais barques chalutiers écailles luisant sur les ponts caisses au fumet âcre on a erré trois ans déjà dans le fouillis des mâts lianes des cordages lisière de la forêt marine soir dansé casino toute la nuit tournoyante pâle rectangle découpé sur le ciel maussade maintenant s'amenuise dans le lointain esplanade rapetisse falaises se tassent

pont gémit coque commence à rouler moi planté là le ferry toussotant crachotant vers Douvres vers elle ultime rencontre m'attendant au débarcadère dans la Mustang on ira jusqu'à Southampton après moi vers l'Amérique elle Londres Prague après c'est mon autre vie mon autre ville me recommence à zéro faudra repartir après dernières retrouvailles dans les claquements d'espace Boulogne à présent hors de vue mur encore à l'horizon de falaises France ici yeux rivés au rivage qui disparaît accroché au bastingage arrière tout bascule dans les rafales sursauts des lames je coule au fond des sifflements du vent au fond des grincements métalliques m'arrache me lève vais vers l'avant du navire

brusquement abrupt à l'autre horizon l'autre mur dressé l'autre falaise en pleine mer deux bords surgissent l'ANGLETERRE sur le pont je me retourne encore là-bas la FRANCE jamais encore arrivé houle haletante deux rivages ensemble aux deux bouts debout ensemble jaillis mer serrée entre deux môles en même temps les deux parois les deux crêtes moi pris entre elles les deux murailles les deux terres face à face avec moi-même. Dernier coup de peigne. Ma gueule flotte, un reflet. Elle erre au loin, à l'infini, entre les montants de métal qui sertissent le miroir. La lueur blême du néon suinte des tubes, encastrés sur les montants. Mon image, enchâssée entre les tubes. Glabelle pincée, nez coupant. Les pommettes se décharnent, les yeux s'évident. L'évidence. Déambulant depuis des jours sans nombre, un cadavre. Ma défroque. Ce qui reste. Saloperie. Il va falloir traîner ça. Des années encore. Des lustres. À moins que. L'auto dérape. L'avion tombe. Un bon cancer. La quarantaine, c'est l'âge. Peut-être, mûrit déjà dans ma masse. Lobes, vertèbres, ganglions, dans cette boue de boyaux, gélatine intime. Tumeur. Tu meurs. Débarras. Laisse derrière moi le nécessaire. Assurance-vie, doublée en cas d'accident. Je survis mal. À la tête. Tout ce bromure abrutissant. Revient. Douche tarie. L'ondée phosphorescente s'arrête. Mon visage s'envole. Déclic. Nuit, soudain. Je me remets en place. Dans l'armoire de la salle de bains. *Jeris, Hair tonic. Top Brass, deodorant. Noczema, medicated shave.* Flacon vert, bombe rouge, la blanche. En ordre.

9 HEURES 5. Vite. Carrelage noir au sol, murs abricot, cuvette rose. Je sors de mes ablutions. Je traverse le palier. Retour dans ma chambre. Au pas. Gymnastique. Je prends du ventre. Sacré problème. Trop à manger. Trop bon. Le réfrigérateur est trop

plein. Restaurants près de l'université trop tentants. J'ai trop d'argent dans ma poche. Expliquer ça aux Biafrais. Aux Bengalis. Gosses qui regardent manger, œil à la vitre, les touristes au Guatemala. Comprendraient pas. Auraient du mal à se figurer. On n'aurait pas leur sympathie. Pas leur problème. Le mien. La brioche. Pas encore énorme. Pas une grossesse. Mais une grosseur. Là, à la taille. Garder la ligne. Nécessaire dans le métier. Traiter Racine. La traite des blanches. Dans professeur, il y a prof. Et fesse. Gagne-pain dépend des filles. Clientes, à quatre-vingts pour cent. Littérature, c'est féminin. *Mignonne, allons voir si la rose*, avec du bide. *Brise marine*. Passerait pas. Interprétation, c'est physique. Risques du métier, obligations professionnelles. Âge se dépose à la ceinture. Vieillis par couches. Comme un tronc d'arbre. Mesure les années. Quand les piges s'ajoutent aux berges. Fleuve du temps, soudain visible. Vais l'endiguer. Contre-offensive. J'entrouvre la fenêtre. J'actionne les manivelles des hublots. Les carreaux bâillent. Une lame d'humidité s'insinue. Pluie fine continue. Le trottoir, les arbustes, l'herbe rase luisent. Pointes de verglas. Pas de vague à l'âme. Au travail. J'inspire. J'expire. Attraper le rythme. Battement, croisement de bras. Moulinets. Une-deux, plus vite. Vent coulis au cou, courant d'air. J'accélère. Je halète. Essoufflé. Déjà. Début prometteur. Je suis en forme. Sacré sportif

   toujours été ainsi   pas d'aujourd'hui pas raconter d'histoires   pas question d'âge   jamais été comme les autres   à l'aise dans son

corps   heureux dans sa peau   habitant paisible de sa tripe   normal de vivre   joie des
muscles   inconnu néant

  décidé. On va chez Léonetti. Papa dit : « Quoi,
encore ? » Maman dit : « Qu'est-ce que tu veux faire ?
Le petit en a besoin. » Léonetti, antisémite. Il ne dit
rien, mais on le sent. Tous les juifs allemands, qui
rappliquent. Ex-généraux à médailles, ex-directeurs
d'entreprises. Aussi, forcément, parmi eux. Des docteurs. Pologne, Russie, rats de ghetto. Allemagne,
Autriche, différent. Plus la vermine, des collègues.
Des concurrents. Médecins français, souvent. Presque
tous, plus ou moins. Ne nous aiment pas. Léonetti,
pareil. Mais client du Père. Il vient s'habiller chez
nous. On se déshabille chez lui. En route, Maman
m'emmène. Aujourd'hui, délaissera l'atelier. Elle
qui s'occupera de moi. Pas Louise. Ma crise d'urticaire, notre sortie. J'aurai peut-être une tarte. Mais
pas aux cerises ni aux fraises. Fruits rouges, pour
moi, fruit défendu. Visite, toute une expédition.
Filles-du-Calvaire. On passera devant le Cirque d'Hiver. Peur bleue des clowns blancs. Les visages enfarinés, il paraît que j'ai hurlé. Dû me sortir. En pleine
représentation. Papa, fou de rage. Fils froussard.
Reçu une raclée. Citrouilles à trouille. Il avait payé
les billets très cher. Payé aussi, lui ai gâché son plaisir, vlan. Cirque, s'était serré la ceinture. Moi, la
ceinture. Me démange. Là que je gratte. Ongles, me
racle. La nuit, depuis deux jours, me réveille. Mis du
talc, en vain. De l'eau avec du vinaigre. Résultat nul.
À force, saigne. Plus qu'à aller chez le docteur. Léonetti, de droite, mais soigne bien. Prescrit Mucoso-

dine pour la gorge. « Fais ah ! » Le clapotis salé roucoule. J'étouffe. Hoquet, je crache. Recommence. Au fond du gosier, suffoque. Ressorti par les narines. Langue poissée de sels amers. Guéri. Un larynx tout neuf. Maintenant, le foie. Attente au salon, angoissée, que va-t-il dire. Sur rue, bruits ouatés aux plis des rideaux lourds. Sur la table, illustrés luisants. Comme les *Adam*, chez nous, à l'entrée. Je n'ai pas le droit d'y toucher, pour les clients. Soudain, me lève, me soulève. « Tiens-toi tranquille. » Sonnette, deux dames sont introduites, pas feutrés. Silence. On sent que c'est grave. Tout, ici, est important. Chaque geste compte. Comme au théâtre, avant le lever du rideau. Après les trois coups. La porte s'ouvre. Calvitie blonde, une couronne duveteuse autour, dessous les yeux bleus. La main tendue, sourire sec. La vrille du regard me sonde. Étrange émoi. En moi. Il me voit aux rayons X. Ses prunelles fluorescentes, dans mes replis. Cravate sobre, il porte un beau complet marron. Cabinet, il tire le rideau de velours. On entre. « Qu'est-ce qui ne va pas ? » « C'est la digestion, docteur. Une grosse crise d'urticaire. » Bleu froid me scrute. « Asseyez-vous, madame. Toi, petit, viens avec moi. » Drap blanc, appareil à ausculter, comme une civière, je me dévêts. M'allonge. « Ça te fait mal, là ? » Non. Ses deux doigts poussent, passent. Il continue. « Et là ? » Toujours rien. J'ai peur. Et s'il ne trouvait pas ? Rien. C'est le pire. Je voudrais bien avoir mal. « Là ? » Frémissement, vibration aux viscères. Mais ce n'est pas une vraie douleur. Peux pas mentir. Ici, impossible. On paie trop cher la vérité. Dans l'étroit cabinet blanc, aiguilles dans les armoires de verre, flacons, seringues. Ça sent l'éther. Horreur pâmée. Les yeux au plafond, je défaille. Maintenant, l'oreille, chaude, à travers la serviette, se déplace. Du crâne jaune, une odeur de savon, un arôme de tabac montent. Il se redresse. Les mains recommencent, poussant, pinçant. Doigts en pointe. En haut, près du nombril. Soudain, à droite. Aïe! ENFIN. Ça y est. J'AI EU MAL. Sauvé. De tout son poids, maintenant il pèse sur ma tripe. Je geins. Je crie. «Docteur, ça me fait très mal!» Il a trouvé. L'endroit. «Rhabille-toi.» Maman en attente, au bord du siège. «Alors, docteur?» Il passe derrière l'énorme bureau. Les yeux bleus moussent. La Science ruisselle. Je baigne aux gros livres de cuir, rouge, brun, sous les vitrines. Léonetti sort le bloc blanc d'ordonnances. Plume en or. Le verdict. Je verdis. *Régime.* Pas de fruits frais, fraises, des compotes oui, pas de. Familier. Je connais. Rien d'extraordinaire. *Prendre le matin à jeun une ampoule de.* Je dresse l'oreille. Un médicament nouveau. En «ol». *À chaque repas, croquer deux cuillerées à café de.* Il lève la tête. «Tu aimeras ça, c'est parfumé à l'anis.» Les granulés, c'est bon. Pas amer, comme les ampoules, petits nuages sales dans un demi-verre d'eau claire. Et puis, ça croque. Une friandise. Citron, anis. Doux, sucré. Je me détends. Me dilate. Une sacrée veine. Pas de piqûres. À la pharmacie Mosnier-Louinet, en bas de chez nous, j'ai voulu voir les granulés. Tout de suite. Impatient. Tube jaune, précieux étui. J'ai soulevé le couvercle. Dedans, comme du blé. Grains, comme des bouffées de campagne. Je hume. Seulement, pour y goûter, il y a jusqu'au dîner à attendre les piqûres, horreur. Dans le gras du bras, le mou des fesses. Les infirmières qui enfoncent une seringue comme une épée. Celles qui jettent l'aiguille comme une flèche. Tir à l'arc. Moi la cible. Après, ça brûle. Du feu rampant qu'on injecte. Tout endolori. Des jours entiers. Malgré les compresses. Au bras, on peut à peine écrire. Au derrière, même plus un plaisir de chier. Sur le bois du siège accroupi, vous cisaille. On m'a emmené d'urgence. Léonetti en vacances. Chez Renard. Soudain. Comme ça. C'est venu. Là, à la gorge. Dans le gosier. Stop. Passe plus, descend plus. La nourriture, impossible d'avaler. Peux pas, j'essaie. Inutile, bloqué. Maman s'affole. Même Papa. C'est grave. *Si le petit cesse de manger.* Conséquences redoutables. *Tiens, voilà du pain et du beurre bien frais.* Coupé ce matin à la motte, sillonné d'appétissantes rainures. Je croque. Croustillant. Je mâche. Mou. Du jaune onctueux, tendre, dans la bouche. Maman, penchée, me regarde. Papa a même quitté l'atelier. Attention. Un effort. J'avale. J'étouffe. J'éternue. Je recrache. Des larmes aux yeux. Je suffoque. Peux pas. *Une barre, là.* Dans la gorge. «Où donc, mon chéri?» En bas. Au fond. Ça serre. Comme si on m'étranglait. Papa marmonne. Il s'approche. Il a pris son air sévère. Il a la voix qui commande. Comme aux coupeurs, aux giletières, à l'atelier. *Fais ce que je te dis. Nénette, prépare un autre morceau, avec du beurre.* Le Père a pris lui-même le morceau, il me l'a tendu lui-même. *Mange.* Il a le menton mauvais, les lèvres durcies. Assis sur le tabouret de paille, table de la cuisine dans le dos, Papa et Maman en face, tartine fraîche dedans. Je mastique. Consciencieusement. Avec méthode. Les arêtes de la croûte craquent, la mie mouille. De nouveau crème épaisse et douce sur la langue. *Avale.* Quand c'est le Père. J'obtempère. J'ingurgite. Je déglutis. Je dégorge. Je dégobille. Ça dégouline. *Eh bien, il restera sans manger.* Sentence. Condamné à mort. Sans manger, comment qu'on peut vivre. Je chiale. *Voyons, Zizi, on ne peut pas laisser cet enfant dans cet état, il faut l'emmener voir Renard.* Le Père fronce le sourcil. *Je te défends, Nénette. Il mangera quand il aura faim.* J'ai faim, bon sang. Pas ça qui manque. Peux pas bouffer. Pas de ma faute. Un cran d'arrêt. Passe pas. Ferai pas long feu. Fichu. On m'enterre. Mes os tombent en poussière. Et ce salaud qui ne veut pas que je voie un toubib. Une pilule. Un comprimé. Une ampoule. Une poudre. Des granulés. Quelque chose. Miracle, je suis sauvé. Comme ça, suis mort. Je pleure à mes funérailles. Deux jours entiers. Commencé les étourdissements. Ça vacille. J'entends mal. J'ai mal. À la nuque, au ventre. Adieu, je m'éteins. *Zizi, j'y vais.* C'était péremptoire. Au Père. Maman le lui a pas envoyé dire. Il a rien dit. *Viens, poupele meins.* Chez Renard comme chez Léonetti, attente. Toujours. On est là, en train de clamser, et on poireaute. Je meurs. D'inanition. D'impatience. En peux plus. La tête me tourne. Depuis deux jours, je suis vide. Les dernières crottes. Après, plus rien. Qui entre ou qui sorte. Bloqué, verrouillé. La porte s'ouvre. Renard, il a la légion d'honneur. Plus vieux que Léonetti, l'air plus sévère. En complet noir. *Nous allons voir, madame.* M'a fourré des trucs en fer dans la gorge. Je hoquète. Son appareil lumineux, comme un casque, sur son front. M'aveugle. Je me débats. Ça y est. Je vais m'évanouir. *Voilà, votre fils va prendre ce comprimé avec un verre d'eau.* Je proteste. *Je ne peux pas, docteur.* J'essaie. Impossible. Je recrache le comprimé blanc. Goût d'aspirine dans la bouche. *Alors, dans ce cas.* Il a été vers une armoire, a fouillé dans une étagère. Il est revenu. Coup au cœur. Dans sa main. Un espadon. Une colichemarde. Une seringue. Aiguille épaisse comme le petit doigt. Effilée comme un immense clou. *Eh bien, madame, voici. Vous allez descendre jusqu'à la boulangerie en bas. Vous lui achèterez ce qu'il veut, un croissant, une tarte.* On m'a remis au salon, tout seul. Des heures, des siècles. Maman enfin revenue. On est rentrés dans le cabinet. Chausson aux pommes, enrobé de papier de soie. Sur la table, seringue, aiguille. Ruban rouge à la boutonnière, Renard assis. Regard fixe. Maman m'épie. Son souffle s'arrête. Cœur battant. Je mords un morceau. Pâte feuilletée s'imbibe de compote. Dans la bouche, un bouchon moite. Lentement suinte, descend. Suées. Dans la gorge. Colle. Œsophage, s'accroche. Toilettes, évier, soudain débouché. ÇA PASSE

quand ce n'est pas la digestion   c'est la migraine la vraie l'étymologique   moitié droite de la calotte saperlotte sonné des cloches tintouin aux tempes   vois plus bien   tout trouble   lettres vibrent valsent sur la page   peux plus lire les panneaux dans la rue signes se brouillent se déforment   comme un mètre d'eau   branches plongées soudain se tordent se gon-

dolent   à l'intérieur pointes qui picotent les prunelles   quand   ce   n'est   pas   la   migraine
     crampes   crampes deviennent des coli-
ques   stopper la diarrhée   danse en rond
cercle vicieux   à cinq heures j'ai mes vertiges   sarabande des symptômes farandole des
douleurs c'est la bamboula des bobos   tombe de
Charybde en sciatique de Scylla en insomnie

     maintenant, génuflexions. Les rotules craquent.
Je m'assouplis. Douze fois. Les cuisses geignent. Les
tarses grincent. Le squelette brinquebale. Je cahote.
Arrêt. Je dégringole. Sur le dos. À plat, à présent.
Ciseaux, bicyclette. Pieds joints, lentement levés, en
équerre. Orteils au-dessus des yeux, au plafond. Je
descends, j'abaisse, doucement, à petit feu, cuit au
ventre. Sale bidoche. Tressaille. Six fois, dix fois.
Sert à rien. Peine perdue. Remous dans la gélatine,
j'agite la lymphe. Perds pas un pouce à la taille, un
cran au nombril. Sauf entraînement de boxeur,
punching-ball des heures, saut à la corde. On perd
pas un gramme. Falloir se mettre au régime. Fondre
le lard. Bifteck au gril. Supprimer le pain. Combien
de calories DANS LA BIÈRE

     À LA MAISON   revenus vivants   Vésinet
rue Henri-Cloppet   éclopés hâves   notre
havre   sur   l'émail   jadis   blanc
     29   trous de rouille au tablier de la grille

le regard plonge   croyais jamais la revoir   dix mois partis dix mois terrés   cachés des siècles   folles herbes dans les al-
lées   délabrée   maison   tombe   en   ruine

plumes dans le poulailler. Ripaille. Ils ont tordu
le cou aux lapins, bouffé les poulets. Laissé les
plumes. Bamboche de Boches. Quartier d'officiers.
Youpins déportés, Fritz s'installent. Les voisins ont
fermé les yeux, les oreilles, les volets. Du moment
qu'il n'y a pas trop de bruit. Nous ou eux. Ils ont
laissé les quatre murs. Fêlés, fissures. Moellons éclatés, des morceaux manquent. Maison vide, ils ont
emporté tous les meubles. On a poussé le battant
grinçant de la grille, butant sur le seuil éraflé de
ciment. Forêt vierge, dedans, savane, jungle. Revenus de douze ans en arrière. En friche. Abandonnée. Comme à notre première visite. La maison. En
jachère. Achetée en 32. Maintenant, même fouillis.
Taillis d'herbes, buissons d'ombelles, on ne voit
plus le gravier. Pas grave. On est vivants. Pas si mal.
On est revenus. N'en reviens pas. Pas encore. Du
temps pour s'y faire. Croire que j'existe. N'arrive
pas. Faut me pincer. On a refermé la porte, on a
remis le cadenas. Rien à voler. Plus que les murs.
Geste machinal, question d'habitude. Faut s'y
remettre. Livres de Maman, tissus de Papa, Delau-
nay, gérant d'affaires juives. Nettoyé l'atelier, rue
de l'Arcade. Meubles, frusques, au Vésin, c'est les
Allemands. Ratiboisés aux deux bouts. On tient le
bon. On repart. Franco-prusco. Tant pis. Plus rien.
On redémarre. La mairie fait les choses en grand.

Zèle sublime. On nous a octroyé trois chaises ban-
cales, une table branlante, un bureau lézardé, une
armoire où il manque les étagères, la Pétain respectueuse, pendant la guerre, se réveille, recoiffe le
bonnet phrygien, rouge Marianne la mairie, tricolore à présent la France, plus un tabouret de cuisine, plus trois sommiers rafistolés. Pas se plaindre.
À la guerre comme à l'après-guerre. On s'en est
tirés. La vie reprend. Le fisc fonctionne. Admirable
administration. Huit jours après notre retour. Libération. Dans la boîte à lettres, feuilles d'impôts.
Avant, Police aux Questions Juives. Maintenant,
à peine au bercail, accueillis. Contributions. Tant
pour sang. On a casqué. Papa, lui, voulait attendre.
Maman dit. *Non, on aurait des ennuis.* Et puis, devoir
patriotique. Père a ronchonné. Peu à peu, a repris
le rythme. Les douze heures à l'atelier. Plus de
tissu, il en invente. Plus de fil, il en ourdit. Des com-
plots, pour se remettre en route. Des complets,
contre du beurre. Des gilets, contre du sucre. Agile.
Il a repris la forme. On repart. On répare. Le toit,
d'abord. Brûlé dans l'incendie, en 37. La toile de
goudron, tremblante sur ses lattes, on la remplace.
Toit de tuiles. Éden primitif, jardin déblayé. Allées
à présent visibles. Aller de l'avant. Le calorifère,
quatre ans éteint, se rallume. Plomberie neuve,
tuyaux repeints, Carbilliers a installé de vrais radia-
teurs. Dans les chambres replafonnées. La cuisine
ressuscitée. Corvée d'anthracite, le poêle à secouer.
Fini. L'hiver prochain, chauffage central. L'offensive
boche, aux Ardennes, terminée. Saillant refermé,
morte la bête. La maison luit

fini. Terminé. Terminus. Le Père-Lachaise. Le Père descend. Mou bouffé aux mites. 41 de fièvre en 42. Docteur Darrée est venu. A dit pneumonie. Sulfamides. Darrée est mort. Les médecins aussi. Crèvent. 42 en 43. Weil est venu. A dit pneumonie. Sulfamides. On a cru. Toux raclante. On s'est trompés de bactéries. Pas de coques, des bacilles. Pas sphériques, tout droit. À la morgue. À bride abattue, phtisie galopante. Sueurs nocturnes, un robinet. L'atropine n'y fait plus rien. Atropos. Par plaques, en écharpe, sur le ventre, zona purulent, putride. Le Père pourrit. Lessiveuse, Maman fait bouillir. Ses déchets. Douzaines de mouchoirs sanglants. Par paquet, par baquet de glaires. À chaque crachat, entrailles s'arrachent. Viscères s'effilochent. En secousses grasses, en sternutations caverneuses. Dans le thorax, peu à peu, la cloche à vide. Dans l'ancienne salle à manger des vieux temps, chambre d'agonie. Au rez-de-chaussée, entre l'armoire, aumône de la mairie, et le bas du buffet normand qui reste. Rescapé des fastes. Avant-guerre, la préhistoire. Trop moche, les Allemands n'en ont pas voulu. En plein incendie d'été. Moi, tout seul. Touffeur humide. Dans le petit bois, j'entends les râles par la fenêtre. Torse nu, même enlevé chemise de peau. Sur la table de la cuisine, que j'ai sortie, toile cirée en loques. Entre fusains et fougères, dans l'ouate obscure du sous-bois. Fourmis qui grouillent, moucherons en nuages. En nage, cou, épaules. Transpiration s'égoutte en traînées, sur ma poitrine. Dans la chambre, hurle, ulule, animal souffle, souffre. Peur d'y aller, peur de ses yeux. Pleine conscience. Entre torpeurs de morphine. Toute sa lucidité. Jusqu'au bout, debout. Un homme droit. *J'aurais voulu m'inscrire au Parti.* Dernier souhait. *Qu'est-ce que vous allez devenir.* Dernière pensée. Pas pour lui. S'en fout Jamais eu la trouille. Cœur solide. Les docteurs n'en reviennent pas. Évidé, éviscéré. Cœur tient encore. À un fil. De jour en jour. Devrait être dix fois mort. Cogne quand même. Entre nous, c'est la course de vitesse. Entre ses BK et moi. Sprint. Je fais tout ce que je peux. Me dépêche. Je ne peux pas aller plus vite. Sur la table, tous mes livres, tous les manuels. Je fourre, j'avale, je tasse. Une glandée dans l'œsophage. Oie à l'engrais. Coudes entre mes bouquins appuyés, entre mes notes, je suffoque. Poitrine à l'air, ventouse de chaleur me suce. Concours de l'École Normale. Quelques semaines qui restent. Pour tout savoir. Été irrespirable, j'arrête. Pause. Ravitaillement aux premières lignes, ma sœur arrive. Vivandière, me ressuscite. Claire fontaine, puits d'eau fraîche. Je tends les lèvres. Goulues au goulot. CANETTE DE BIÈRE. Poisse, la mousse est tiède. Peux pas atteindre le poteau, perdu la course. Littérature, n'importe quoi. Philo, le moindre détail. Histoire, ancienne, la moderne. Les jouets à Athènes. J'ai pas la tête. Le Père qui crève. Père de Jaurès. Il faisait quoi. Amiral. Faut le savoir. Tout savoir. Guerre italo-turque. S'est passée où. Pas évident. Pas des voisins. En Tripolitaine. Effectifs de chaque côté. Noms des généraux. Pire que le Concours Général. Toutes les matières. À la fois, ensemble. M'écrasent. *Admissibles*, première étape. *Admis*, on recale encore les deux tiers. Pour avoir son nom sur la liste. À la fenêtre du concierge, à l'entrée de l'École. On en prend à peine plus de vingt. Être ou ne pas être. Normalien ou rien. Plus qu'à faire mes paquets, des paquets. Magasinier, calicot, grouillot, télégraphiste. N'importe quoi, démarcheur, pigiste. TAILLEUR-TAILOR, fonds de commerce, on a mangé les derniers sous. Maman va se remettre à l'anglais, à la sténo. Pour tâcher de se nourrir. Elle, ma sœur. De ne pas vendre la maison. Tenir. Comme sous l'occupation. Si c'est possible. L'état de siège, la guerre recommence. Une autre, autrement. Vaincre ou mourir. Le Père ne passera pas l'automne. Derniers sous, dernier souffle. Du premier coup. Un seul coup. Je n'ai qu'une seule chance. Si j'intègre pas à l'École. Désintégré. Pensées en colle de pâte, mes idées gluent. Coudes sur la table, tête perdue dans les nuages de moucherons. Zigzagant parmi les loopings des moustiques. Si je loupe. Bière tiède, canette fadasse, en vain vidée. Boisson déjà évaporée dans l'ombre moite. Dans le petit bois retrouvé. Croyais jamais le revoir. Trop beau. Toit de tuiles. Tout repeint. Intérieur à neuf. Pour rien. Si j'échoue. Lire, écrire, être écrivain, un jour, plus tard, il faut le temps. Mûrir comme un fruit. Sinon, mourir comme un chien. Par la fenêtre entrouverte, volets mi-clos, jusqu'ici j'entends le râle. Sauvé de Drancy, pour quoi faire. Si on n'a pas une vie qu'on aime. Autant crever

agent de police   début novembre 43 en civil en vélo   venu à l'aube   SE CACHER   *on vous recherche partez vite* plus vite dit   que fait   plus facile   d'être cueilli   qu'accueilli   abris logis de rechan-

ge   faut avoir savoir   où aller   chez
qui   chéquier   pas suffisant pas assez   gens qui hébergent des juifs   si on les
pince coffrés avec   s'achète pas avec du
fric   vaut mille   vaut des millions
        pas de prix   une planque   inesti-
mable   se terrer   où   on détale déla-
tion   lettres anonymes   pluie de poulets   chez les poulets   concierges
            *Monsieur le Commissaire je vous signa-
le*   repaire on est repérés   Golds-
mith   avec ses diamants sa famille   il est
resté   y est resté   savait pas où aller   pourtant savait où il allait   bobards
fini la période   illusions on s'en faisait
plus   allusions on en faisait   des clai-
res   noir sur blanc   dans les journaux   qu'à lire   *mort au juif oui mort le
juif n'est pas un homme*   tel quel   signé   redressement camps de travail   y croyait plus   camps de la mort connu   *Paris-
Midi Paris-Soir Je suis partout*   c'était partout   *qu'ils s'estiment heureux que nous n'appli-
quions pas le seul remède radical à l'épidémie juive   l'extermination*   notre   destin
        écrit   qu'à lire   texto   voya-
ge au bout   arrivée but   poteau on exécute   au Vésinet parmi les riches plusieurs familles
villas de luxe prévenus   même agent même journée même fournée   cuits   savaient
pas   où aller   ils savaient   où ils al-
laient nous   *allée de la Gare*   au
30   on savait   où

Renée s'il arrive quelque chose venez chez nous nous on sait deux temps trois mouvements quatre à quatre il était moins cinq paletots sans étoiles enfilés on a filé Maman Zézette moi Saint-Lazare puis gare de l'Est pas long pas loin proche banlieue à l'époque des bicoques presque la zone les fortifs pas fortiches tout du long en menait pas large flic à chaque soudain le cœur qui regard de travers chamade un cauchemar on a traversé sans histoires pas eu d'alerte bombardement alarme police déposés au pied de la petite gare passé sous le pont route en pente raide pas pris de valises trop voyant à la main des sacs on a fourré quelques affaires laisser tout derrière nous à la maison on a dû adieu Vésinet Villiers-sur-Marne descendus remonté grand-rue vers Champigny c'est des champs allée de la Gare tout en haut voilà à droite on a tourné plonge soudain d'un côté trottoir pavillons moellons au bout immeuble en face banlieue s'évase en campagne s'évade en tomates y a des carrés de haricots des carottes retour à la terre terrain morcelé fils de fer des barrières une rue tout en lopins lapins y a sûrement des cabanes

grille pas comme la nôtre au Vésinet pas de tablier même rouillé simples piquets de métal ouverte on voit à travers toute la cour d'un seul coup d'œil faudra se cacher sur devant promenade interdite murs mitoyens ici y en a pas treillis en fer entre voisins pas séparé peut voir pavillon c'est pas propriété privée

mais fusains arbustes faux lauriers courette du gravier sous les pieds crisse pas de paillasson racloir
nos semelles en bas du perron on frotte gratte pas
salir pas chez nous dans le garage enfermé hurlement chien aboie trop fort alarme pourrait donner
aux voisins alerte après bombardement lettres anonymes

nous a vus a dit *attendez j'enferme Honeck* bête
mahousse dents crocodile danger mâchoire odeur
peut pas nous sentir vers nous se jette faudra faire
gaffe Damoclebs à nos tibias suspendu dans le
garage porte refermée chien enfermé aboie hurle
elle dit *venez entrez vite* grille à claire-voie entrouverte
on s'est glissés demande *où est Zizi* retourné dernière
fois à l'atelier Père s'occupe des affaires peut pas
laisser tout en plan danger police pincé bien sûr a
pris des risques *il nous rejoindra plus tard*

pas de la porte sur le seuil joues rouges rondes tirés
en chignon cheveux noirs œil noir enflammé derrière espoir luit gros verres des lunettes illumine on
retient nos souffles sentence verdict Tante Nénette
nous regarde nous on est là garde-à-vous figés fixes
en chiens de faïence nos vies elle a entre ses mains
dire quoi cois on reste là oreille basse œil humble
humide la queue qui frétille *interdit aux juifs et aux
chiens* qui accueille la vermine rage qui veut du cho-
léra syphilis morpions la peste qui accepte nous
on empeste un juif ça pue *n'est pas un homme*
où qu'on nous veut à part Drancy à part entière
humains en semblables en frères

risques Riri Grand-père Solange elle a sa famille si on nous chope échapperont pas youpins si on ouvre sa porte on vous déporte camps y a de la place pour tout le monde risque leur peau Gestapo on part ensemble en fumée pas de la porte sur le seuil Maman a dit *Nénette que dire* cheveux en chignon joues fleuries a répondu *ce n'est pas pour vous que je le fais c'est pour Henri*

frère de Maman c'est pour mon oncle lui qui nous sauve de loin depuis quatre ans zone nono séparés depuis un an disparu englouti plus de nouvelles plus une carte juif résistant danger double volatilisé envolé c'est un mort qui nous donne vie

phare à distance du fond de la nuit des temps mon oncle perdu dans la zone ex-libre ex-libris en son nom signé *Weitzmann* livret de famille *Henri Renée* livre de ma vie je porte leurs initiales ma marque

des profondeurs de profundis phare éclaire du fin fond ma bonne étoile sa lumière chemine d'avant 14 en route d'avant le déluge de feu panzers qui foncent Paris Ville Ouverte années-lumière Ville Lumière remonte de Paname à impériales avait un empire une puissance Madeleine-Bastille temps des guêtres Paris tiré à quatre épingles à huit chevaux canassons piaffent rue de Longchamp monte raide remonte de si loin l'hiver sabots glissent on met de la paille dessous dans la rue

Derogy limonadier épouse Tante Marie sœur de Mémée nous sort de la mouise croisement épouse un goy carrefour dans la famille porte chance Valseurs Mondains Mémée rencontre Tatère épouse roc c'est mon socle mon siècle c'est ma souche buffet du Trocadéro mon talisman

fées tutélaires Orphée d'enfance retour aux sources machine arrière notre miracle de la Marne Sarah Bernhardt Buffalo Bill Isadora Duncan nous protège main qui s'étend à travers nuit jusqu'à nous à travers guerre corps fabuleux danses des déesses sur vieilles planches vermoulues scène craque acoustique était pas bonne salle trop vaste résonance entends échos *Renée ne me remerciez pas* Maman sur le seuil *Nénette je ne sais comment* se répercute ondes sonores *c'est pour Henri*

Trocadéro qui nous sauve ailes de soie tabernacles sous sa tente qu'on campe sortie du désert sur sa scène soudain ça me peuple en nous grouille la Famille soudain fourmille Maman fragment de Mémée satellites tournent tourbillons dans les sphères Nénette pour Henri nous sauve Maman sa sœur pour mon oncle fragment du soleil

mon astre du fond de la nuit lueur brille *c'est pour Henri* pour faire ça accepter nous abriter faut-il qu'on l'aime pour lui nous recueillir à quatre lettres anonymes d'un voisin suffit d'un regard de travers qu'on nous remarque une lubie *Monsieur le Commissaire je vous signale* famille suspecte venus loger se cachent d'un coup découverts

son père son mari sa fille Tante Nénette Gestapo
elle risque leur peau la sienne avec toute sa famille
en bloc au bloc embarqués en chœur fallait du courage mon oncle il fallait qu'elle l'aime pas qu'un
peu POUR à la folie une folie pour faire ça fallait
être toqué

de lui de mon oncle bien sûr mais pour sa propre
sœur aussi Tante Nénette ça passe par Tante Paule
secondes noces Henri a épousé une aryenne mange
maintenant du porc croisement notre second carrefour familial le bon chemin sinon direction Deut-
schland si *Derogy* d'abord on avait pas dérogé
Flamant ensuite mon oncle avait pas suivi mauvaise
voie convolé avec schikse kapout on était catapultés
Drancy d'abord *Auschwitz* ensuite

vie a tenu à un fil d'Ariane d'Aryenne amours
détours au labyrinthe des baisages chaud lapin
avunculaire mon oncle Thésée d'île en île d'elle en
elle s'il avait pas vadrouillé écumeur des mères des
filles s'il avait pas trouvé sa Phèdre on était faits
comme des rats youtres on dératise rafles on ratisse
ratait pas terminé exterminés nous prendre fallait
être cinglés nous devaient rien devaient à mon
oncle générosité débordante se déverse don réversible *attendez j'enferme le chien* chiennerie dans les
grands moments ça paie pas dettes pour rendre
faut pas qu'on puisse s'acquitter ce qui vaut c'est ce
qu'on peut pas revaloir garage porte refermée
Honeck enfermé Tante Nénette elle est venue vers
la grille si on nous dénonce nous on amène la malemort nous la vérole la vermine elle ouvre tous les

trois on est entrés vestibule resserré carrelage nu
pavillon

pue juste à l'entrée les waters à droite cogne soudain
ça tape porte entrebâillée accueil aux narines situation sent mauvais début novembre 43 Alliés ils ont
pas débarqué nous on débarque combien de temps
fin cauchemar Sœur Anne rien en vue calendes
grecques en Italie Anglais piétinent paillasson on
s'essuie les pieds pas salir *juifs se reconnaissent à
l'odeur* on est négroïdes hall parfume en face salle à
manger qu'un pas des chiottes

joues rosies cheveux de jais œil s'allume derrière les
lunettes phare flambe sans elle flambés à la seconde
dès l'aube à ses risques et périls venu agent prévient
dans une heure en une minute faut décider ce qu'on
va faire où on va fuir tuyau pour qu'il gaze faut
qu'on échappe courants d'air sinon main sur la
gorge au collet serre étau étouffe asphyxie seuil de
la porte on est passés Tante Nénette la referme
Renée vous êtes ici chez vous quand même on respire
les waters soudain de la rose aux narines poitrines
se dilatent Maman dit *Nénette vraiment je ne sais*
Nénette dit *plus un mot de ça Renée* deux femmes qui
s'appellent *Renée* deux fois qu'on me donne la vie
deux mères

immobiles, un moment, en équerre, pieds au
plafond, retiens mon souffle, mollets raides, muscles
frémissent, tendu entier, en attente, orteils au zénith,
corps plié comme un canif, lentement, descente

commence, doucement, sans accroc, lisse, vers le sol, poitrail qui siffle, ventre qui souffre, tiraillements douloureux à l'abdomen, c'est bien, bon signe, j'inspire, j'expire, combiner l'allure et l'haleine, talons approchent du tapis, se posent. Terminé. Je reviens à moi. Fatigué, mes tempes bourdonnent. Afflux de sang. Je flotte entre parquet et lustre. À plat, sur le dos. Yeux embués, je barbote. Mon fantôme remue dans la brume. Je sors des limbes. Mal aux lombes. Par lambeaux, je reparais. Je disparais. J'atterris. Je redécolle. Poussé, propulsé. Peux pas me poser. Nulle part. De part en part, en partance. Je bâille aux vents. L'espace m'engouffre. Balayé dans les remous. Vie en avion. J'existe en trous d'air. Hors de souffle. Déjà épuisé. Un beau début de journée. Étiré sur le tapis, tirant la langue. Reprends haleine, je reprends pied. Sur le dos, à plat. Paumes en supination, suppute. Vingt coups de ciseaux. Trente tours de bicyclette. Dix élévations bien roides. Tout contracté de la panse. Dolent du diaphragme. Vaut cinquante grammes de pâté. Trois rondelles de saucisson. Une tranche de tarte aux pommes. Mais pas à la fois. L'un ou l'autre, hors-d'œuvre ou dessert. Vingt minutes de gymnastique, combien de calories. Je fais mes comptes. Tous les matins. Examen de conscience.

9 HEURES 25. Sortir. Vite. Pas en vacances. Jour de boulot. Gagner sa croûte. À la sueur de son front. Je transpire. Malgré le vent coulis de la fenêtre. La brise grise. L'hiver qui vient. Je me relève. Assez flâné. Regardant l'heure, je vois le verre de ma

montre. Rayé. Cuir du bracelet s'érafle. Les faire changer. Une Oméga se respecte. Tolère pas d'imperfection. Peux pas supporter les défauts. Demande qu'une chose. La perfection. Que tout soit net. Rien qui traîne ou qui divague. Le droit chemin. En règle, en ordre. Peux pas supporter le fouillis. Je cafouille. Salmigondis d'imperfections, salade d'impuretés, immonde mélange. Ça. Moi. Je me vomis. Ce ventre, on va le réduire. Cette taille, la rentrer. Tremble, carcasse. Plus de quarante ans qu'on est ensemble. Inséparables, agglutinés. Lui et moi. JULIEN-SERGE. Mauvais ménage. Me tire à hue et à dia. Peut pas durer. Endurer. Vie double. Côté cour et côté jardin. Trop de facettes. Jeux de glace. Trop de reflets, je me volatilise. Valse, vertige. Chassé-croisé. Je veux m'attraper. Insaisissable. Un moustique, coup sec, claque, bras rabattu, doigts refermés. Je les ouvre. C'est l'autre insecte. *Métamorphose.* Pas moi que j'ai pris. Je me cherche. Angoisse. J'ai changé d'espace, d'espèce. Peux pas mettre la main sur moi. Introuvable. Sais pas où je suis. Qui je suis. Du Kafka. Monsieur Cas. Je relève de l'asile. Du dépotoir. Saloperie. Tombé dans un trou de vidange. La lunette des W.-C. On a tiré la chasse d'eau. Une crotte qui surnage. Je me dépêche. Je me repêche. À temps, de justesse. Il faut bien. Je ne peux pas exister sans moi. Sans moi, rien. Je suis tout. Si je meurs, monde s'éteint. Un phare. Sans moi, du noir. Faisceau tourne, on voit. Passe, nuit. Phare-balai. Un courant alternatif. Un va-et-vient. Feux tournoyants. Fanal à occultations. Soudain, néant. Suis la lumière. Impalpable. À peine ici, je suis là. À peine là, ailleurs. Jamais en place. Un feu sans lieu. Sans feu

ni lieu. Sans foi ni loi. Une âme errante. Je tourne
en rond. À l'intérieur de moi-même. M'aime aussi.
C'est forcé. C'est évident. Un peu, beaucoup, passionnément. Je n'ai que moi. Je me suis très attaché.
Je m'y agrippe. Je bois à ma santé. Je trinque. Julien,
Serge. J'ai trinqué. Ils m'en ont fait voir. Baver.
Chien et chat dans la même pièce. Dans la même
peau. Cousus ensemble. Se mordent, se griffent. Ça
hurle. Avoir la paix, les séparer. Impossible. À tour
de rôle. Je les prends sur les genoux. Je les berce. Je
me choie. Tantôt moi et tantôt moi. Ils ronronnent.
Des fois, ça marche. Quelques instants. Ça recommence. Je veux une chose. Moi veut l'autre. On tire
sur la corde en sens inverse. En raidissant le jarret.
Lutte serrée. M'étrangle. J'étouffe toujours. Entre
les deux. Lacet au cou. Lassant. Je veux une mère.
Moi, une épouse. L'autre, une maîtresse. Mère-
épouse, épouse-maîtresse, maîtresse-mère. Père qui
soit fils, frère aimé en amant. Coquecigrues. Basilic,
catoblépas. Me mange les pattes. Centaure, tête
d'une espèce, croupe d'une autre. Me divise pour
régner. Janus bifrons, je coupe ma poire en deux.
Jamais le même visage. Atlantique, je me fends par
le milieu. Mes tronçons, de chaque côté de l'océan,
se tortillent. Corps démembré, cœur écartelé. J'ai la
cervelle fêlée. À plat ventre maintenant, poussière
du tapis gris dans les narines. Matinée grise. Dernier
effort, derniers ressorts, fais jouer avant-bras, coudes,
épaules. Élévations, muscles tendus. Ma bidoche
en jus d'ectoplasme va durcir. Énorme pression,
un quintal à bout de biceps, je retombe. Sport est
fini. Journée fade, hier, demain, qui s'étirent, même
odeur, même saveur. Insipide. Fromage blanc à

deux pour cent de matières grasses. Je me remâche, manducation monotone, survivre. Pour quoi. Maintenir carcan, carcasse. À 37 degrés. Dégringole les marches. D'un seul coup, m'écrase à terre. Tapis, à plat. Baudruche dégonflée. DÉPRESSION. Souvent ainsi, après les nuits à drogues. Casque au crâne, étau à la nuque, réveils de fer. Ma vie sur rails, long tunnel à traverser, tout droit. Sans cesse parti, n'allant nulle part. Jours après mois, damné en années

de nouveau affalé avalé   vase étrange des réveils   épuisé prostré   gris de laine tapis à odeur douce de poussière   j'enfonce au sable des paupières refermées   je vois je vois   je bois je bois   chaud sueur soif   grains rouges de braise tournoient ronde d'étincelles   Gironde   phare de la Coubre au bout des dunes   route dans le sillage de résine tiède fûts d'ombre raide dans le hérissement des pins   débouche clairière incandescente le phare debout droit   seul aveuglé de ciel   courant aux vagues courtes blanches monticules de la grève pieds calcinés plongeant dans le gel liquide   bain d'écume verte   solitude solaire ta main me prenant   ventre contre ventre   sable crissant   quand tu m'as

ouste, vite. Je m'arrache. Sur les genoux, d'abord, pesée des cuisses, cent kilos, je me lève du tapis. Le ciel de pluie, de suie, a digéré tous les soleils. Novembre en grêles filets, en rosée sale, souille les

vitres. C'est le cafard des somnifères, les cauchemars au gardénal. Goût saumâtre sur la langue,
relents d'existence. Ma vie me reflue aux papilles.
Une heure à peine d'écoulée. Lente, lancinante
agonie. Ça ne fait que commencer. Ça peut durer
vingt-quatre heures. Ça peut durer vingt-quatre ans.
Mieux sous l'herbe. Dalle funèbre, mieux qu'un
dédale sans but. Pas le courage d'y descendre. De
me descendre. J'attends que ça vienne tout seul.
Accident, maladie, dans la fièvre, à la morphine.
Ou court, carambolage de bagnoles, instantané. La
balle en pleine poitrine, plis du drapeau, plus possible. Plis du ventre, plus de guerre. Pour moi. La
mienne, passée, loupée, trop tard. J'étais trop jeune.
Classe 48. Pas porté armes. 9 HEURES 27. Languette
enfilée dans la boucle, montre en place, au poignet. Empoigné. L'Oméga m'agace. Rien à faire,
je suis son rouage. Elle me règle. Elle me compte.
Je suis libre. Travaille pas pour un patron. Personne
que j'engraisse. Sauf moi. L'université, pas un business. Chaire est faible, mais inamovible. Titulaire,
tutélaire. Veille sur moi, me garantit ma vie à vie.
Après, garantie expire. La seule mort qui soit exclue.
Mourir de faim. Progrès. Mes ancêtres, rachitiques,
tubards, dans les ghettos, Pologne, Russie. Mon père,
dans son enfance, pas mangé. A été bouffé aux
bacilles. Les cuits au four, partis en fumée. Moi, suis
rivé. Arrivé. Peux pas être renvoyé, mis à la porte.
De quoi je me plains. Belle carrière, vie en or. L'été,
voyages, vacances, amours. Travail, bien sûr, pendant neuf mois. Enfante livres, accouche articles.
Ma gestation spirituelle. De l'artisanat en chambre,
fignole les idées. Fioritures stylistiques. Quand je

veux. Personne qui me commande. Que moi. Je suis mon esclave.

Pointage sévère. Au chronomètre. Pire qu'un coureur. À la seconde. Un garde-chiourme. Avec moi-même. Fouet à la main, je me lacère, je me torture. Avec des aiguilles de montre. Sais pas pourquoi. Comme ça. Une impulsion. Irrésistible. Obligé. Peux pas vivre autrement que frénétique. Dans mon cocon, ma coquille. Abrité, enfermé parmi mes livres. Sur trois côtés, sur six rayons, aux parois partout. Même dans la glace, en reflets. On n'en sort plus. Sortant deux fois par semaine. Trois au plus. Faire mes cours, dîner en ville. Un cocktail, à l'occasion, c'est rare. Reste du temps, du temps de reste. Plage immense, grise des jours. À perte de vue, durée déserte. Maison qui dort, rues assoupies. Se laisser aller, flâner au fil des classes. Collègues qui flottent de cours en cours, comme eux. Pourrais. Ne pourrais pas. Sans cesse, vite, le pied sur l'accélérateur, moteur vrombit, pneus gémissent. À cent à l'heure dans mon fauteuil. Sprint sous le crâne. Pensées hachées, quand je parle, débit rapide. Écrire staccato, mots qui crépitent. Vivre en trombe, cadence infernale. C'est l'usine. Gestes prévus, tout est réglé. Je me minute. Rêve, la nuit. Rêvasserie, l'après-midi, une heure, pendant ma marche. Jours sans cours. Le matin, petit déjeuner, après gymnastique. Journal, après petit déjeuner. J'écris, après le journal. Je mange, après écrire. Je marche, halte, pause dans les idées. En liberté dans ma tête, je gambade dans ma cervelle. Promenade, rituel. Une heure. Se récréer, se recréer. Magasins, j'en profite. Pour faire les courses. J'achète le nécessaire. Mon luxe. Retour, courrier, une demi-heure. Jamais plus. Lettres entassées, tant pis, en attente. Maintenant, au fauteuil, assis, carcan des classes. À préparer. Ce soir, récit de Théramène. Racine ou Proust. Piles de livres au pilori, à satiété, à sciatique. Là, me lève. Fesse gauche oblige. Irrésistible. Aspirine, pythie immobile, sur mon trépied. Je me rassieds, esprit rassis. Calme intérieur, postérieur. Je recommence. Une mer, un océan. Englouti dans le savoir. Tout à lire, tout à apprendre. Et puis rapprendre. Et puis relire. Je trime. Déjà périmé. Tous les bouquins déjà écrits, tous ceux qui sortent. Par flots, par vagues, une marée montante. Vertige, j'ai la nausée. Roulis, j'ai le tangage en tête. J'assimile Sartre, je mastique Merleau-Ponty. Faut recracher. Plus la mode. Sauce Saussure. Recommencer la cuisine. D'autres recettes. Déguster la linguistique. Ingurgiter Heidegger. C'est déjà Nietzsche. Virevolte, le vent saute. Ne pas manquer le dernier bateau. Lévi-Strauss, déjà du strass. J'embarque dans Barthes. Plus de sujet, littérature ne dit qu'absence de. Où je pense être, je ne suis pas. Là où. Lacan. Ailleurs. J'accoste, vite, *Lettre volée*, Freud en fraude. Je frôle Foucault. À peine au sous-sol du savoir, on remonte. Sent le moisi. Vent vire, girouette tourne, j'irai où. Me dirige sur Derrida. Culte aboli, autre idole, on a retourné sa vestale. Prophétesse, c'est Krist. Eva. Sinon, barbarisme, sollersisme, on vous la boucle. Proclamations, manifestes. Plus c'est *Tel Quel*, plus ça *Change*. Fulminations, fulgurations. Madame Bovary, c'est toi. Marx, c'est moi. Tempêtes dans les encriers, ouragans. Je thématise, j'anathématise, j'anagramme, je paragramme, je paradigme, je para-phrase, je parade. Au paradis du baratin. PARIS. Au loin. À l'autre bout de moi. Du monde. Me manque. Soudain physique, comme une drogue. Dans chaque fibre. Relents lancinants me reviennent. Ça me torture.

   9 HEURES 28, je me secoue. Me secourt, montre vient à la rescousse. Mécanismes d'horlogerie, me mets en marche. M'arrache aux vapeurs de pétrole, aux instillations de mazout. Sous le ciel bas, la fenêtre à peine ouverte, pénètrent. Odeurs d'es-sence en suspens, quand le dôme des nuages frôle les toits, été, hiver. Tout pue. Même les arbustes en fleur au printemps empestent. Le plant de muguet du jardin, neutralisé, est inodore. La touffe de civette, à côté de l'appentis, insipide. Seules, sur les branches de lilas, à ras de narine, si on se penche. Parfois tremble un filet suave. Aussi, par instants, en mai, par bouffées, des triomphes entêtants de magnolias, ferrures des candélabres posés parmi les gazons, torchères d'encens sur les trottoirs. Reste du temps, marécage de miasmes, gris fuligineux, éma-nations méphitiques. Portées jusqu'ici sur la bruine, combustion de hauts-fourneaux, entre Kennedy et la Guardia coincé, particules délétères d'aérodromes. Vais à la fenêtre, où filtre un jour terne, s'infiltre un vent gris. Dégrisé, je la referme. Exercices mati-naux, après. Journée fade. La Cadillac descend la pente, que la Lincoln avait remontée. Lentement,

elle tourne à droite, au coin, elle vire vers la grand-route. Signal, mon tour, départ. Quartier se vide. Je me dépeuple, de nouveau. Plus fort que moi, à la fenêtre m'attarde, m'englue, m'engloutis, dépression, je rechavire, c'est par vagues. Invincible ressac, revient. Reflue. Je rebascule, bas de la rue, la voiture a disparu. Balayée de pluie. Je broie du noir de suie. Noir animal. Je suis en cendres, sous le crêpe du ciel, immense retombée d'escarbilles. Je m'accumule en scories, morne champ de mâchefer. Je bute sur mes détritus. C'est la journée-dépotoir. Ramassis, ramassage de mes ordures, je me déverse. Jeudi, le jour. En partant, sortir les boîtes. Bennes de voirie, avant dix heures passent. Poubelles, ma tâche, ne pas oublier, mémoire d'outre-tombereau, je me dégorge. La vie finit en vidange. On ravitaille un charnier. De quoi je me plains. *Toi, tu n'es jamais content.* Écho crâne. Déjà entendu. *Tu veux la lune.* Retentit loin, remonte. *Avec toi, il manque toujours cinq sous pour faire un franc.* Carrière, fric, filles. Oui. Succès. Succédanés. Ersatz. Pas ça qui remplit. La panse, la pensée. Qu'une chose qui manque. Pour de bon. Pour toujours. Je n'ai plus rien. Façade, squelette, la peau et les os, plus d'organes, plus de viscères, on m'a ouvert. Comme les lapins, au clapier, pendant la guerre. Le Père, coup sur la nuque, gigotent, après, à la cuisine, le gros couteau, du cou aux couilles, taillés, déballent tripes sur la table. Fourrure se retourne comme un gant. Muscles dénudés, fibres rougeâtres, on m'a nettoyé jusqu'à l'os.

Filer. J'enfile. Cravate en place. Je pavoise. Verts, épinard, caca d'oie, turquoise. En carreaux, de l'outre-mer, entre. Lignes brisées, en redan. Des bruns, noisette, rouille, roux, en carrés. Je me bigarre. Bagarre optique. Une macédoine de tons, ratatouille de teintes. Je me tatoue. Mon fantôme exsangue se ranime. Je prends des couleurs dans la glace. Je ressuscite à vue d'œil. J'existe presque. Je regarde. Il manque quelque chose. La pochette. Je déplie la soie italienne, polychrome, commode, dessus il y a toutes les couleurs. Choisis la bonne. Du marron, simple, par contraste avec la cravate. Je la replie en pointe, je l'ajuste. Ne pas oublier. Quoi. J'oublie ce que je ne dois pas oublier. Liste est trop longue. Stylos, à pointe feutre, pour paraphes, à pointe bille, pour notes, à pointe or, pour le courrier personnel. Mon personnage. Je me compose pour la journée. Waterman dans la poche du veston, les deux Parker, dans la serviette. Je glisse, petite boîte, trousse portative, mon en-cas clinique. Deux Véganine pour migraine, un Librium pour équilibre, Digel pour acidités gastriques. Défaillances, postprandiales, prémagistrales, je me prévois. Champ de bataille, je me munis. Six à huit, ce soir, penser au cours. Sacoche gonflée, boursouflée, j'enfourne. Racine, édition Garnier, on peut écrire dans les marges. Sur le tabouret de skaï noir, en attente. Tous les enfants qu'on lui a faits. J'emporte ceux qui m'intéressent, les derniers. Mauron, Barthes. Dans la serviette, quoi encore. Œil, accroché aux rayons. Littérature, par section, critique, divisé, casier philo, sciences humaines. Furtif, le promène. Bien sûr, *Linguistics and Literary Theory*,

Spitzer. Mâchoires entrebâillées, l'engouffre. Abîme de perplexité. Ce soir, que dire. Le récit de Théramène, mort d'Hippolyte. M'emmerde. Même avec Escande, bien scandé, l'ai entendu, passe pas, pompier. Baroque sous les lustres, du clinquant sous les bobèches d'époque. Alexandrins mangés aux vers, idole moisie. Un cadavre. Faudra faire du bouche à bouche. Une insufflation. Le ranimer. Sur le dos, à plat, traction des membres. Pesée sur la poitrine. Après la gymnastique du matin, celle du soir. Critique, métier de croque-mort. Je travaille sur macchabée. Je dissèque, je disserte. On m'amène les corps. Faire de l'esprit. Les ressuscite. L'Hippolyte de Racine, faudrait un miracle. Dramaturge, lui. Thaumaturge, moi. En s'y mettant peut-être à deux. Courage à deux mains. Comment le prendre. Texte pas facile. Me fiche le trac. Trouver un truc. Avant six heures. Après, trop tard. J'interprète, j'entre en scène. Sur l'estrade, tout seul. En face, là-bas, bic au garde-à-vous, bec ouvert. Faut les nourrir. Peut plus leur servir des salades. Du solide. Prof, aujourd'hui, plus un prophète. Faut des preuves. Monstre marin. Leur faut une démonstration. *À peine nous sortions des portes de Trézène.* Savoir où on va. *Il suivait tout pensif le chemin de Mycènes.* Chemin mène où. Bien sûr, il y a les sentiers tout tracés. C'est déjà dans Euripide. Tyrannie de la tirade, rhétorique du récit. Parfaitement étudié par Schérer, *La dramaturgie classique.* Vous y renvoie, page 241. Si Théramène est si bavard, double fonction. (1) C'est un plaidoyer, il se disculpe. (2) C'est une oraison funèbre, sonnerie aux morts. Naturellement. D'accord. Oui, mais. Scène utile ou inutile. Point de vue Phèdre-Hippolyte, point de vue Thésée, dépend dans quelle perspective. Vinaver, la reconnaissance. Suffit pas. Peux pas répéter les autres. Payé pour être original. Noblesse oblige, nouvelle critique, faut du neuf. Court pas les rues. Se trouve pas. Sous le pas d'un cheval, Spitzer a subodoré le quadrupède. *Tantôt savant dans l'art par Neptune inventé, Rendre docile au frein un coursier indompté.* Hippolyte, jadis zélateur de Neptune, sera puni par le dieu du dressage. Neptune à un bout et à l'autre. Spitzer a vu beaucoup de choses. La meilleure étude, la seule. Sur le plus fameux récit classique. Jamais traduite en français. A bien montré le côté baroque. Commentaire d'Antoine Adam : *idée absurde et qui n'a pu naître que chez un barbare.* Texto. Dans son *Histoire de la littérature au xvii*e *siècle.* Petite note. À régler les comptes. Du baroque, idée de Teuton. Wölfflin au poteau. Spitzer, un Boche. Osé parler de Racine. Sale métèque. Les lettres françaises aux Français. Racine à nous, nous appartient. Clarté française, le Grand Siècle. Maurras, mort aux. Hippolyte, c'est mon pioupiou. Thésée, ton tourlourou. *Ils n'auront pas l'Alsace et la Lorraine.* Sorbonne bleu horizon. La connerie cocardière. La critique cocorico. Je monte en épingle, je suis injuste. J'exagère l'exégèse. Mais non. Du tout. Peux prouver, trouver. Textes en mains. Comme ça. D'ailleurs, on me fait le coup. Régulier. N'y coupe pas. On me les coupe. Sans arrêt, sans trêve. Quoi. Mes lettres à moi. Je n'ai pas un nom français. D'accord. Pas une raison pour m'esquinter, me mutiler. Il n'y a qu'à lire. Pas difficile. Zingibéracé, scramasaxe. Des mots français. Il n'y a qu'à vérifier l'orthographe. Un petit effort.

Pour moi, pareil. Demande pas trop. DOUBROV-
SKY. Que dix lettres. Prière respecter. Chacun ses
goûts. Quand on m'épelle à l'envers, ça me retourne.
Quand on m'estropie, ça me blesse. Mon nom m'a
assez coûté. M'en a fait baver. J'y tiens. A failli me
faire passer à la casserole. On me met à toutes les
sauces. Doubrovski, Doubrowski, Doubrowsky, Dou-
brouski. N'importe quoi, n'importe ky. Monsieur *k*.
Du kif, i ou y. W-v ou w-c. Suis pas injuste, exagère
pas. Comptes rendus, sur les programmes. Services
rendus à l'Éducation Nationale. Sur mes Palmes
Académiques. Sur mes diplômes. Nom à coucher
dehors, on me charcute. On ampute à qui mieux
mieux mes moignons. Simple erreur, simple inattention, vous êtes chatouilleux, vous n'êtes pas Beckett
ni Gombrowicz, c'est excusable. Impolitesse statistique. Sans cesse, si on vous manque. Actes man-
qués, je vous renvoie à Freud. Ça se répète, pas par
hasard. Comme pour Spitzer, au passage, dans les
mollets. Coup d'Adam, quenotte en note, découvre
les crocs tricolores. Baroque, idée de barbare.

*Les chevaux qui traînent le corps d'Hippolyte, sont
ceux, classiques, du cauchemar. On sait qu'étymologi-
quement, « cauchemar » signifie « jument qui foule ».* Là,
sérieux. Racine commence avec Mauron. Avant, rien.
Que Racine. Perroquet pour concours du Conser-
vatoire. Momie à thèses. Monument national. Orai-
sons funèbres au Français. Péroraisons en Sorbonne.
*Les ennemis de Racine. Les maîtresses de Racine. Vers
le vrai Racine.* Des tonnes de tomes. Notre grand
homme. Doumic, donne-moi ton Mornet. Je te
repasse mon Picard, je te refile mon Dédeyan. Les

délayages. C'est de l'antique, c'est du grec. Non, chrétien, c'est du jansénisme. Minauderies de Jules Lemaître, pirouettes de Giraudoux, élégances de Thierry Maulnier. Je me boucle, je te bichonne, on le calamistre. Fauve de salon de coiffure. Du tragique pommadé. Musc au masque. Pas tout à fait faux. Faut avouer. De ça dans l'original. Vaut pas Sophocle ni Shakespeare. Modèle de clarté française, le plus français des auteurs. C'est le moins universel. Pas exportable. Doit se consommer sur place. Comme certains vins de pays, certains fromages. Excellent, mais voyage mal. Ne sort pas de l'Hexagone. Racine, exigu. Arrêté à la frontière. Injouable ailleurs. Illisible. Pas comme Molière. Rabelais, Proust, en vingt idiomes. Racine pas. Se traduit pas. Frêle survie. Tient à un fil. En sursis dans une culture. En prison dans une langue. LE FAIRE PARLER. Notre boulot. Mettre les poucettes, serrer la vis, un tour d'écrou. Devient intelligible quand il hurle. *Un effroyable cri sorti du fond des flots, Des airs en ce moment a troublé le repos.* Qu'est-ce qu'il crie. Mauron l'interroge. Barthes le questionne. S'il résiste, on le pénètre. La pénétration critique. Jugement acéré. Œil aigu. On sonde Racine. Le percer à jour. Avec de nouveaux instruments. Des outils modernes. On va pouvoir enfin trancher. En attendant, on découpe. Découpage, c'est l'opération principale. Voir ce qu'il a dans le ventre. Mauron a ouvert la voie. Digestive. *Et Phèdre au labyrinthe avec vous descendue.* Entrailles maternelles, symbole archaïque. Comme les grottes à monstre ou à dragon. Justement, il y en a un. Ici. Sort des flots, pour tuer Hippolyte. Dévorateur, aime les chairs adolescentes. Sent la chair fraîche, mère ogresse. Voudrait initier le fiston. D'après Jung, d'après Mauron. Attentat à la pudeur filiale. Mais il y a le cheval, aussi. Ne pas oublier Neptune, Spitzer. Monstre marin. *Parmi des flots d'écume un monstre furieux.* Curieux animal. Mâle-femelle. *Indomptable taureau, dragon impétueux.* D'ailleurs, ce n'est pas lui qui tue Hippolyte. Foulé aux pieds des chevaux. Étymologie. C'est par définition. Un cauchemar. Doit se déchiffrer. Comme un rêve.

Il y a LE MIEN. Mes rêves, en ai déjà un carnet plein. Suis méthodique. Au réveil, lambeaux qui traînent, j'écris mes souvenirs nocturnes. Façon de parler, inexact. Lueurs aurorales, pêche à la surface. Le filet ne plonge pas au fond. Nuit noire, on ne se rappelle plus. Faudrait se réveiller au beau milieu. Avoir le courage. L'ai eu au début. Signal d'alarme, sirène de brouillard, je sors un bras hors du sommeil. Tâtonnant, à côté, la table. Sur le guéridon, feuillet, stylo bille. M'entrebâille. Agrippe, sans voir. Griffonne, sans savoir. Là. Jaillit, hâtivement, fuite d'encre. Éjaculation nocturne. Laisse des traces, graffiti grêles. Course aveugle. Peur de ne pas me rendormir. Peur de ne pas me rappeler. Entre deux peurs, je navigue, entre deux eaux. Mauvais coup de barre, dans l'ombre de la chambre j'échoue. Dans la nuit du cerveau je chois. Palpe fébrile le papier. Médium, message de l'en-deçà, je transcris. Main, pulpe molle, en pleine pâte de sommeil. Tranche de ténèbres, gâteau des songes, ne pas en perdre une bouchée. Je mords à belles dents. Me mange. Avide, je me remplis. Pas perdre une miette. Comme un déclic, grelot au fond du coma, sonnerie, je me réveille. À même un rêve, le chevauche encore, engourdi, raide. Vapeur autour, je nage entre mon lit et ma tête. Houle d'images, emporté. Coulant soudain, je baigne. Noyé, succion, je descends. Irrésistible. Sous-marin plonge, stylo se dresse. Main retombe, périscope rentre. Les cornes dans sa coquille, l'escargot sombre. Œuf de nuit. Au début. Faisais du zèle. Maintenant, la clochette ne tinte plus. Je dors autant que je peux. Me contente des restes. Ce qui traîne dans le filet, entre les cils, au matin. Pli d'image qui colle aux paupières, fragments de mots qui résonnent. Ce qui surnage. Pêcheur en eaux troubles. Ma dernière prise. Quitte la sacoche, ouvre le carnet, sur la table.

At a beach (in Normandy ?) in a hotel room. I am with a woman. Through the window we look at the beach. I say : "If only it were sunny, we could swim". Suddenly we see some sort of monstrous animal come out of the water and crawl on the sand (head of a crocodile, body of a tortoise). I want to shoot at the animal

Continue, toute une tartine, une page entière. Si on traduit, veut dire quoi.

Sur une plage (en Normandie ?) dans une chambre d'hôtel. Je suis avec une femme. Par la fenêtre, nous regardons la plage. Je dis : « Si seulement il y avait du soleil, nous pourrions nager. » Soudain, nous voyons une espèce d'animal monstrueux sortir de l'eau et ramper sur le sable (tête de crocodile, corps de tortue). Je veux tirer sur l'animal

Continue, toute une tartine, une page entière. SI ON TRADUIT. VEUT DIRE QUOI. Évident, à force de lire et relire. Tout l'après-midi, hier, jusqu'avant-dîner. Préparer mon cours. Le récit de Théramène, l'ai emporté avec moi. Rejoué Racine dans ma boîte osseuse. Refait la scène. Chez Racine, taureau-dragon. Chez moi, crocodile-tortue. Moitiés disparates, être double, Julien-Serge. Le monstre sort de l'eau, rampe sur le sable. Une sacrée peur. Pourtant. Normandie, pays tranquille, verdure, crème fraîche. Hôtel, vacances. Envie de nager, bien normal. Avec une femme. Une jolie situation, un beau site. C'est mon tableau préféré. Ombre au tableau. Pas de soleil. Pas si grave. Si on est en Normandie, coup de vent, vite balayé, temps change vite, on peut espérer. Et puis, le monstre. Angoisse terrible, cauchemar. La preuve, a dû me réveiller. Devenu rare, écrit en pleine nuit, crevant la digue des drogues, m'a secoué. Comme à Loch Ness, sort de l'eau. Racine, à ma manière, nouvelle version, nouvelle critique. Résonné sous ma voûte. Hier, aucun écho. Relu le texte. Tyrannie de la tirade, rhétorique du récit, c'est déjà dans Euripide. Mort. Mornet. Rien à dire. Autant se taire. Impossible. Parler, mon métier. Payé pour. Spitzer, Mauron, ouvert la voie. Le chemin de Mycènes. Il faut poursuivre. Hippolyte, pas à pas. Continuer, sais pas comment, aucune idée. Quand même, ce fameux récit. Conclut la plus grande pièce de notre plus grand théâtre. Doit être central. Essentiel. Nœud du tragique. Doit en être le dénouement. Depuis le temps qu'il y a des fils aux prises avec des mères. Etéocle-Jocaste. Néron-Agrippine. Enfants menacés de mort par les pères. Xipharès-Mithridate. Iphigénie-Agamemnon. Mauron a débrouillé l'écheveau. Fils se resserrent, fils mis à mort. ICI. D'ailleurs, mort particulière. Corrida spéciale. Hippolyte en matador. *Et d'un dard lancé d'une main sûre, Il lui fait dans le flanc une large blessure.* Faible banderille. Lui porte pas chance. Meurt de malemort. Malédiction paternelle. Mais pas tué par le monstre. Important. Ce sont les chevaux qui s'emballent. *À travers les rochers la peur les précipite. L'essieu crie et se rompt.* Pourquoi. Comment. Commenter.

Streets

autos autos autos   le bus fonce carré comme un car carreaux en hublots le conducteur dans le gros œil transparent carlingue de tôle ondulée pilote   me frôle arrêt au coin   bouche la voie m'obstrue j'attends   en averse en trombe dans la pluie l'une après l'autre en file en rafale folles guêpes d'acier membres de métal avides de mordre élytres de mort antennes dressées dardant l'aiguillon de leur ventre dans un volettement d'éclaboussures un vrombissement de flaques giclant sur la chaussée détrempée   fange à l'infini fondrière matinale dans la bourbe de la ville dans la tourbe banlieusarde pataugeant au paludisme urbain à travers miasmes marécageux puanteurs gazeuses je m'ébranle dans la clarté baveuse   devant moi le bus démarre en ronronnant pot d'échappement crachote dans le couloir empilés debout empaquetés ficelés cargaison des passagers brinquebale   moi à travers vitres fermées dans ma cloche à vide longue agonie des narines

ma chance unique un interstice le bus à dix mètres devant voie une seconde se dégage je déboîte dans le

déferlement des véhicules je me faufile   ONE
WAY   contre-voie latérale rampe au flanc de
Union Turnpike veinule courant parallèle à l'artère tu-
méfiée me jette pompé vers le cœur de la ville

    ponts de béton arches d'acier rubans de ciment
en tous sens à toutes hauteurs dans un vertige d'en-
trelacs un tournoiement d'autoroutes se tordant se
lovant s'élevant s'abaissant sur la colline éventrée
éviscérée dans un hérissement de piliers en béton
entre les crevasses de métal vert terre-pleins soute-
nant les arcatures suspendues claires-voies d'arc-bou-
tants en demi-cercles montées en trèfles descentes
en flèche zigzags des tronçons géométrie en délirium les directions s'entrecroisant en panneaux
verts qui hurlent luisantes la nuit aux phares phos-
phorescence tournoyante

                        INTERBORO PARKWAY
                  UNION TURNPIKE
VAN WYCK   EAST WEST
SOUTHBOUND TO KENNEDY AIRPORT NORTHBOUND
TO TRIBORO BRIDGE
                  QUEENS BOULEVARD
                              TO LA GUARDIA

    inattention erreur du volant en un éclair
emporté fourvoyé broyé entre les murailles mouvantes qui filent énormes camions à remorque pris
dans la mâchoire salie du déblai prochaine sortie des
kilomètres sans recours sans retour à cent à l'heure
dans le troupeau ferrugineux rugissant des bolides

j'accélère à fond prends mon élan prends ma place cavalcade pétaradante

au bout de la contre-allée qui longe les six voies de Union Turnpike vers le dévalement immense paupières clignotent dans un battement d'essuie-glaces parmi les filaments liquides

GRAND CENTRAL

coup d'œil   vers le centre coup au cœur
        New York m'avale dans le ventre de la baleine
au creux de ma voiture dévoré m'enfonce m'engouffre

courbe en esse virages amples chaussée glissante planant sur l'asphalte en l'air sur le sol grands moulinets de volant vagues je freine en bas

déjà derrière moi file impatiente cinq six sept en un instant agglutinés veulent bondir prêts pris grain de chapelet qui s'allonge grossit sur la boucle s'accumule en guirlande derrière remontant la pente lacet on va m'étrangler

sur ma gauche muraille sifflante typhon de ferraille cataractes de roues en roues rejaillissante embruns boueux cascadant sur mon pare-brise j'augmente la vitesse des essuie-glaces mieux voir pas une fissure un interstice

on me klaxonne Ku-Klux-Klan vont me lyncher leurs chenilles vont m'écraser

pluie qui fouette mon clignotant signal de
détresse inutile dans la férocité de l'assaut panzers
chargeant en pleine portière si je bouge pris en
écharpe de la charpie

la Buick en rut a ralenti microseconde de sursis me glisse sauvé dans la file de droite soudain
encastrés les uns dans les autres rivaux rivés qui se
ressemble s'assemble en queue-d'aronde jointoyés
tête-à-queue mortier mortaise c'est la mort si un
pneu crève dix mecs claquent

essaie me glisser dans la voie médiane impossible je reste refoulé sur la droite longeant Flushing
Meadow Park coincé contre l'interminable grillage
qui protège les deux lacs

nappe de plomb lisse picotée de pluie immobile ovale au fond de la vaste vallée fluviale presque
asséchée au creux de l'immense pénéplaine

WILLOW LAKE

colle un instant à ma vitre
langue d'eau saumâtre à ras d'herbe étirée
nue léchant la berge bordure de saules malingres contre
le treillis de l'autoroute   mare perdue entre les
Expressways   parallèles   Grand   Central
Van Wyck   miroir noir dans le désert
verdâtre   morne flaque inhabitée pas un chat pas
un canard sans volatile   rien qui vole que des
grondements d'avions invisibles au-dessus dans les nua-

ges   sur terre au loin là-bas ma falaise là-haut
mes hauteurs

        pente de la 78e rue. Dans les sautes de vent,
tourbillons de feuilles. L'herbe des pelouses survit
par plaques. Je longe les maisons de brique. Pas
pareilles et toutes les mêmes. Là, encorbellement,
ici, colonnes, façades plates, des avancées de perrons.
Si on regarde. Fenêtres identiques, petits carreaux
sertis dans l'armature de métal noir. Le quartier ne
manque pas de charme. Si on ne regarde pas de trop
près. Sous les frondaisons de juin, dans la neige de
janvier. Le trottoir en dalles de ciment mal jointes
glisse le long des pelouses confondues. L'Amérique,
c'est sans murs. Heure de promenade, quitte ma
maison. Peux pas me plaindre. Cossue. À mi-pente,
de mon bureau, demi-vue. Section demi-chic. L'entrepreneur n'a pas si mal fait les choses. Acheté un
vaste terrain plat, dans Kew Gardens. Dessus, il a
fabriqué des pentes. Parmi les bicoques de Queens,
dans l'infini des immeubles miteux, des rues dépa-
vées, défoncées. J'ai mon trou. L'architecte, le même
sur dix kilomètres. Ici, il a fait un pâté de villas
agréables, de maisons particulières. Isolées du reste.
Un luxe. Gâté. J'ai ma part du ghetto. La demeure
modèle. Unique, à cinquante exemplaires. Chambres
à coucher, trois, petites, salon, salle à manger, grands,
cuisine vaste, jardin minuscule. Sur ce continent
énorme, le plus rare, le plus chichement compté,
c'est le terrain. En bas, sous-sol. Chacun l'aménage à

sa guise. Pour jeux d'enfants. Cabinet dentaire. Suivant besoins, pour tous les goûts, la même bourse. Ceux qui ont les mêmes moyens, au-dessus de la moyenne. Mais pas vraiment riches. Les riches, ailleurs, au-delà du réseau des routes, l'autre versant de Queens Boulevard. Ils ont leur ville. Fortifiée, avec leurs murailles, leurs gardes. Forest Hills Gardens. Sans pont-levis, entre eux et les autres, un fossé. On n'a pas le droit de s'y garer, s'y égarer. Poursuites judiciaires. *No parking*. Leur police. *No loitering*. Rôdeurs seront arrêtés. Vingt, trente pièces, ils ont leurs castels en pierre. Ou brique patinée, genre Oxford, les rues ont des noms anglais. Arbres somptueux, parterres de fleurs, printemps, été, escouades de jardiniers s'affairent. Je passe parfois devant. Reluque, renifle. Symphonie des senteurs, n'est pas pour mon fichu nez. Là-bas, prix commencent à cent mille dollars. Ici, à quarante. Différence, forcément, peut pas avoir la même allure. On n'est pas de la même classe. Ici, on n'est pas mal quand même. Voisin de gauche, psychiatre. Celui d'en face, à Lincoln, petite usine. Celui à Cadillac, sais pas trop ce qu'il fabrique. Professions libérales, suis encastré parmi les cadres.

J'attrape le rythme. Le vent passe dans le foulard, je resserre. Lourdes semelles raclant les feuilles. Muscles des mollets se réchauffent, tendons s'étirent. Je m'assouplis. Je m'assouplis. Mes pas me martèlent, mes ruminations se dénouent. Croisement de la 78e et de la 138e rues. Droite, gauche, deux heures, désert. Traverse. La pente continue, je continue, elle descend raide, je descends vite. Pelouses pelées, plaques encore vertes, l'herbe lutte. Arbres demidégarnis, odeurs rousses, squelettes silhouettés sous des feuilles solitaires. En bas de la côte, PARK DRIVE EAST. Je tourne à droite. Aux yeux, aux pieds, à la poitrine, l'immense vallée s'ouvre, dévalement à perte de vue, gouffre soudain s'évase, appel de vide, la ville se volatilise. Au loin, au milieu de la plaie, de la plaine béantes, miroir noir, Willow Lake. Je longe le boulevard suspendu, au bord de l'immense dépression. Ma dépression. M'appartient, j'y règne. Personne. Le vent debout fouette brutalement le visage. L'été, plomb fondu qui coule. L'hiver, gel qui siffle en rafales. Battu d'espace, dans les tourbillons, Park Drive East est immobile. Silence. De temps en temps, des avions, dans l'ouate noire, assourdis. Parfois, une voiture égarée file. Je remonte le col du manteau, mains dans les poches. Liesse, mon thorax se bombe, trêve, tripe a hissé le drapeau blanc. *78-17, 78-15.* À peine sorti de l'enclave à cadres, *Terrace*, les appartements-jardin commencent, discrètes H.L.M. Basses, deux étages, ne pas gâter la perspective. Brique effritée, faux portiques, auvents vert-de-grisés. Mais vastes gazons. En juin, bordure de bégonias, d'artichauts nains, du chèvrefeuille, des odeurs molles. C'est le même entrepreneur. Les terrasses, les a construites en même temps que les quatre sections de rue plus dorées. Il en faut pour tous les goûts, toutes les bourses. Que ça aille ensemble. Que ça jure pas. Qu'on s'injurie pas. Pour l'instant, on coexiste. Nos colocataires du quartier. On se voit pas. On se parle pas. On s'attaque pas. Encore. Encore sûr, pas de surin, un coin tranquille. Combien de temps, sais pas. J'en profite. Je me promène sans couteau à cran d'arrêt. Sans tube à gaz lacrymogène. Sans me gêner. Mains dans les poches, suis pas armé. Mais suis muni. Quand même, vingt dollars sur moi. Tarif-survie, c'est rançon minimum. Avec l'inflation, bientôt faudra trente. Park Drive East, tellement vide, si nul. Il n'arrive jamais rien.

Pour l'instant, pas dit que ça dure. Je te perfore l'abdomen, je t'enfile aux omoplates, poches retournées en dix secondes. *Mugging.* À la morgue. Arrive à tout le monde. Au métro, jamais prendre une sortie de secours. Personne qui vous aide. Un fait. La guerre. Des races. De classes. Civile. Sans civilité. Pas en dentelle. Un Noir. De but en Blanc. Il vous bute. Ou un Jaune. Couleurs de New York. On passe par toutes. On y passe. Passants, ils voient jamais rien. Assassiné au grand jour. On est rétamé n'importe où. Chercher un paquet de cigarettes. On revient sur une civière. Descendre acheter une bière. On remonte dans un cercueil. Sur Broadway, après-midi, bonne femme agressée, trois voyous, quatre heures, je vois rien, Bronx, bronche pas, j'interpelle pas, j'interviens pas, les démêlés, moi m'en mêle pas, je marche, en rangs compacts, foule tout autour. N'importe qui, faut se méfier de tout le monde. Cheveux longs ou cheveux courts. Courtois ou brusques. Hommes ou femmes. Sexes, âges, tous. On voudrait se tranquilliser. Criminels sur catalogue, meurtres étiquetés. On raconte. Surtout les drogués. Les jeunes. Question peau. Bon loup chasse de race. On dit. Plus la peau est basanée, plus y a de bousin.

Plus c'est boucané, plus y a de boucan. Davantage de rififi quand la tignasse s'ébouriffe. Peut-être vérité. Statistique. C'est pas la vérité. Réelle. Riquets à la houppe hippies. Ou bourgeois en frac. Pour du fric. On tue père et maire. Président, sénateur, n'importe qui. N'importe quand. La vérité, c'est tout le monde. Qui égorge tout le monde. Il y a des assassinats hirsutes. Pour vingt-cinq cents. Des mendigots, pour un mégot. Il y a des hold-up distingués. En complet veston, cravate. Pour cent mille dollars. Au coin, à Vleigh Place, à deux cents mètres de chez moi, trois fois en trois semaines. Messieurs très doux, très polis, très blancs, au drugstore, au delicatessen. Tirent un pistolet avec une amabilité exquise. Six heures du soir, parmi les patrouilles de police. Et encore. Si on n'en veut qu'à votre pognon, un sacré pot. Faut dire merci. Des larmes de reconnaissance. Parce que commence à changer. Prendre le pèse, dépassé. Plus à la mode. Maintenant, on vous fait le portefeuille. D'abord. La peau. Ensuite. D'abord, travail. Ensuite, plaisir. On donne la bourse. Ils veulent la vie. Peut plus s'entendre. Peut plus raisonner. Qui arraisonne a raison. Couteau en main. Revolver au poing. À trois contre un. Plus grand-chose à faire. Je dévalise, je détale, mais avant. Je te descends. Je TE HAIS. Parce que TU ES. De trop. Je te supprime. En prime. En supplément. Ton argent, l'ai déjà pris, plus besoin. Mais tu es trop bien mis. Tu te fringues, je te flingue. Tu as l'air purée, je te passe à la moulinette. Payer ric-rac sert plus à rien en Amérique. Quand même, par précaution. Un reste, un geste d'avant-guerre. Toujours vingt dollars dans ma poche.

Le long de Park Drive East, j'avance. Terrasses aux bâtiments de brique délavée, escaliers de brique au milieu, un chêne, devant. Je dépasse. Au pas cadencé. Érables effeuillés le long des trottoirs, voitures endormies le long des érables. Colonnes blanchâtres des porches, faux balcons de métal albumineux sur les murs orbes. Auvents verdis. Mes grosses chaussures raclent le ciment raboteux, traînent sur le dallage inégal. Je traverse la 77e avenue. Sans regarder. Personne. La planète s'est dépeuplée. Les feuilles froissées crissent au sol. En bas, à l'aplomb, le Subway Yard. Dépôt des rames de métro, rangs après rangs, sur rails rouillés. Là qu'on les nettoie. Neufs, flancs d'aluminium, que deux couleurs, T bleu, A rouge, Transit Authority, entrelacés sur le wagon de tête, face aux butoirs. Les vieux wagons, d'avant-guerre, laquelle, peinturlurés, bariolés, entre les portières noirâtres, toits balafrés. Au repos, à l'air, en sillons, attendant leur tour. Coup de chiffon. Planchers où l'on crache. Sièges où l'on pisse. Arrive, ça sent. Salis, métal bosselé, trop d'usure, trop de fesses, frottant à toute heure. Interminable tintamarre, pas d'arrêt la nuit, roule toujours, cahote sans trêve. Du haut en bas, du Bronx à Battery Park. De biais, de Brooklyn à Rockaway. De l'Hudson à l'Atlantique. En pleine mer presque. Sur pilotis, ponts coupant Jamaica Bay, travées aériennes. Rentrant sous terre, infernale, brinquebalante ferraille. Labourant les boyaux de la cité, secouant les rues, vibrant sous les trottoirs, sous les crânes, quand on marche. Par profondeurs, métro, on descend par couches, trois, quatre, transports spéléologiques, mine étouffante. Là, à l'air libre, paisibles dans leur torpeur, wagons silencieux, parc minéral. Après la 77e avenue, deux promenades possibles.

L'éperon du boulevard prend une courbe lente, Park Drive East tourne mollement. Je peux poursuivre. Après les appartements-jardin aux murs lisses, aux faux balcons, à portiques vert-de-gris, étagés en profondeur sur leur pelouse. *A new block*. À présent flanqué, à droite, d'une haie de maisons. Petites. Privées. De tout intérêt. Particulières. Aucun attrait distinctif. Du pareil au même. Encore plus indiscernables que dans ma rue. Contre trottoir, Buick. Ou Oldsmobile. C'est toujours General Motors. Aucune différence. Aux carcasses. À peine, aux calandres. Imperceptible aux feux arrière. Aux enjoliveurs, légers signes, pour reconnaître l'année. Savoir qui a une voiture neuve. *73-87, 73-83.* Numéros sautent, plus deux à deux, quatre par quatre. Talus à hauteur d'épaule, construit sur tertre. Nombre des marches de ciment : 3 paliers de 4. Escaladant le gazon. Rampes de fer peintes en noir. Repeintes chaque printemps. Par le même peintre. Il fait la rue. Pelouses sans haies, tondues par le même jardinier. Il fait le trottoir. Son tapin, le tapis d'herbe. Tous les vingt mètres posées, les maisons. Pareilles. Sous les maisons, les garages. Identiques. Fendant la butte, petits ravins parallèles, les allées en ciment gris. À double rainure pour les roues. Entre les rainures, gravier ou gazon. Portes coulissantes en bois verni. Marron ou beige, enduit luisant. Sur les portes des garages, numéros. Chiffres en fer forgé ou en cuivre. Semblables. S'achètent à la quincaillerie. Au-dessus des numéros, renflement, saillie. C'est le bow-window du salon. Vitrage en relief, œil d'aquarium. Paupières en nylon blanc ou rose. Pas de volets. Fenêtre unique. Peut pas se fermer. Ni s'ouvrir. Pas de courants d'air. Pas d'air. Sous la protubérance de la baie, rectangle du climatiseur. Façades à revêtement de brique, parfois de pierre. Plate, plaquée, maigres parements. Un luxe. Écailles colorées des aisseaux, brun, rouge, mauve. Toits d'ardoise. Triangles des frontons. Jaune ou vermillon, du bleu ciel. Portes d'entrée, sur le côté, en haut des marches, chambranles dérobés. Qui vit là. Les vois jamais. Entrer, sortir. Pas le moindre bruit. Inhabitées, maisons inertes. Bungalows aplatis, un étage, boîtes oblongues. Dedans, six pièces. Dedans, des gens. Invisibles. Rauque aboiement au passage, parfois. Dans les profondeurs, un chien hurle. L'été, sous le soleil encore pesant, dès 5 heures, tourniquets arrosent. Tuyaux verts, rituel, flaques sur les dalles crevassées, trottoir s'égoutte. Maintenant, novembre, l'herbe a cessé de vivre. Pas encore morte. Rase, rabougrie, roussie, encore des plaques. Mottes qui manquent, le terreau par endroit affleure. Trous noirâtres aux pentes. *73-83, 73-79.* Érables maigres, presque effeuillés, en bordure, alternent avec les réverbères. Troncs d'aluminium plantés. Allument le fleuve de nuit. Dès quatre heures. Tremblotement jaune longeant la berge de Park Drive. À présent éteints. Lumière glaireuse suinte entre les grumeaux de suie. Jour fade, en filaments pâles, pénombre de gel aux joues.

Et puis, soudain, plus deux par deux, quatre par quatre. Numéros sautent de six en six. Pourquoi. Sais pas. Personne sait. Faux chiffres. Délire arithmétique. Sans queue ni tête. Dans le fouillis, le désordre. Pas de nom aux rues. L'humanité en matricule. De 77 Avenue, j'avance, longeant le bloc. Au bout, c'est quoi. Croisement de 73 Terrace. 76, 75, 74, Avenue, Street, Road, Drive. Sont passés où. À l'as. Ou quelque part. Perdus. Je ne sais pas. Personne ne sait. Seul le facteur. Pas même. Le courrier s'évanouit en cours de route. Je reçois les lettres d'inconnus. Eux, les miennes. On se les renvoie. Parfois. Quand on y pense. D'ailleurs, jamais sûr qu'elles parviennent. À quoi bon. S'égarent. Un vrai labyrinthe. À faux numéros faussement logiques. 78 Drive, 78 Road, sillons parallèles, 78 Avenue, plus loin, à cent mètres. 78 Street, c'est à cinq kilomètres, presque à Brooklyn. S'y reconnaître, faut pas chercher. Du reste, rien à trouver. Plus ça change de rue, plus c'est la même chose de brique. En villas ou pavillons, maisons particulières ou duplex, en appartements bon marché ou énormes tours prétentieuses. En lignes droites ou courbes, en zigzags. Dans toutes les directions, Queens n'a pas de sens. On tourne en rond à l'infini. On va nulle part. Rien où aller. Plutôt commode. Devient difficile de se perdre, puisqu'on peut pas arriver. Temps en temps, une voiture s'arrête. Revolver, regarde, non, renseignement. Où est la 71e rue. Puisqu'on est à la

72. Gens, incrédules. *I have no idea.* Pas de la mauvaise volonté. Après, la 72e rue. 71e s'est envolée. Au diable. Savoir où. Diabolique. Pour les invités, un problème. Doit faire un dessin, un graphique. Comment venir jusqu'ici. *Prenez la Jamaica-179 Street Line, descendez à Kew Gardens, attention, s'appelle aussi Union Turnpike, attention, il y a six sorties, prenez la bonne.* Autrement, perdus, c'est arrivé, avec Jan Kott, avec Jean Paris, l'hiver, la neige, en Sibérie, dans les tourbillons de bise, sans se voir, errant des heures, sur Queens Boulevard, sans se rencontrer, des âmes en peine, en panne, en plein désert d'autoroutes, piétons pas prévus, pas de sentier, pas une piste, si, une, unique, introuvable, mince liséré invisible, bordure secrète, le long de Union Turnpike, à pied, à cinq minutes de la sortie, boussole en main, peut-être, un sixième sens, direction inexplicable, j'ai essayé, en vain, *sortez en tête de ligne, à droite, trouverez Crossroad Pharmacy, cabines téléphoniques, ayez une pièce de dix cents, vous m'appelez, j'arrive en voiture, une Plymouth blanche,* j'aurai le *New York Times* à la main, œillet rouge à la boutonnière, favoris longs, je ne porte pas de moustache. Grand, brun, cheveux ondulés. La quarantaine guillerette. Me reconnaîtrez. Je suis risible à l'œil nu. Au ragoût du jour. Je suis la mode. *Mod.* C'est venu d'Angleterre. Un beau matin, Anglais débarquent. Mes italiennes, à ras de fesses, effacées. Vestes cintrées. Épaules étrécissent. Pantalons bâillent, pattes d'éléphant. Genoux, se pincent. Les revers enflent. Les tifs tombent. On m'annule. J'existe plus. Faut repartir à zéro. Me recommence. Des pieds à la tête. Me reconstruis, pierre à pierre, pièce à pièce. Bouts rectangulaires, chaussures à

boucles. Falzar violet, effet violent. Veston idoine, sardoine. J'en rajoute. Cravate-fleuve, effusion mordorée au poitrail. Par morceaux, par bribes. Chaussettes rouges, en rôdant à Alexander's. Dans les recoins de Gertz. Sur les rayons de Klein. Mes grands magasins. Cartes de crédit en poche. En furetant, je me retrouve. Je me refabrique en série. Je me refais à la chaîne. Woolworth, ici, Prisunic. On s'acharne, on veut m'effacer, me gommer. Que je me volatilise. On m'évapore. Gaz, Zyklon B, années 40. Nuées de microbes, spirochétose, hépatite. Dans les méninges. Gencives qui saignent. Je m'en vais en hémorragie. Je réagis. Années 50, tubard. J'ai la vie dure, chevillée au corps. Coriace. Ni les Fritz, ni les bacilles. Maintenant, on me démode. L'autre fois, l'autre garce, en plein visage, me jette. *You are too old*. À peine on avait commencé à. En pleine poire, non. *Tu es trop vieux*. Comme ça, au coin de la 8ᵉ rue, en bas du bureau, juste avant que je remonte. M'a démonté. La salope. On verra. Qui survivra le dernier. À chaque décennie, je sombre, je surnage, FLUCTUAT NEC. Ma devise. Le dollar. Avec, me requinque. Je me retape de pied en cap. Remis à neuf. Ceinturé de la taille, pincé du genou, béant du bas. Pattes d'éléphant contre pattes-d'oie. Ceinturon martial, à grosse boucle, contre ventre. Je répare, je repars. Décati, je me relustre. Taillade, je me recouds. Usé aux coudes, Julien. Je me rhabille en Serge. Change de prénom, change de coupe. Je prends le pli. Plie, mais ne romps pas. Roseau pensant. Pansu. Favoris longs, je ne porte pas de moustache. Grand, brun, cheveux ondulés, je n'aurai pas le *New York Times* à la main. Me reconnaîtrez. Aisément. C'est ça, le malheur. PEUX PAS CHANGER. J'arrive pas. Entre moi et moi, même si je mets l'Atlantique. Collé à mes habitudes. Pas une fissure. Peux pas glisser entre moi et moi un interstice. Col du vieux manteau remonté, soulevant les feuilles d'érable qui traînent. Mes grolles sont octogénaires, Saint-Germain, les ai achetées rue Au-Pain, Raoul, depuis des lunes, boutique disparue. Pantalon qui date d'Orléans, déformé, gabardine décolorée, depuis des siècles. Mon grimpant depuis 54. Tient le coup, un hiver de plus, encore un novembre. Je le conserve. Suis conservateur. Un musée. Mes tiroirs, réserves du Louvre. Refringué, dix paires de chaussures, une douzaine de complets, une vingtaine de chemises. Noblesse exige. Obligation professionnelle. Faut bien plaire. N'ai pas encore dételé. Avec les mignonnes, je me défends. Le malheur. Je m'interdis. Jeter quoi que ce soit, impossible. Tout ce qui peut encore servir, je garde. Nippes, m'agrippe. Quand c'est hors d'usage. Fait toujours un souvenir. Ma mémoire est dans mes placards. Dans des cartons. Godasse dépareillée, tringles tordues. Vieille paire de lunettes, j'ai changé de vue. Pierres à briquet, je ne fume plus. Cartes de visite. *Julien Doubrovsky, 29, rue Henri-Cloppet, Le Vésinet*. Je m'appelle Serge. Depuis, changé trois fois de profession, philo, anglais, lettres françaises, dix fois de domicile et d'existence. J'existe plus. Du bric-à-brac, marché aux puces, mais quand je marche. J'habite mes frusques. Suis heureux dans mes défroques. Vieux pantalon ouaté aux genoux, malgré le vent, encore thermogène. Pas gênant, on me voit pas, personne. Manteau acheté en Irlande, plus de vingt ans, tout mon bazar, à bazarder. Peux pas. Plus fort que moi. Toutes mes lettres. Papa, en vacances, en Normandie, à Saint-Hymer, en 46. Maman demande si je mange bien, si je suis assez couvert. Ma sœur me donne des nouvelles de Minou. Copains. Profs. Filles. Ficelés, en paquets. Ou en vrac, dans mes cartons. Cagibi à préhistoire. Fouille jamais, relis jamais. Regarde jamais. Je garde. Pour quand je serai mort. Grand nettoyage par le vide, ma poussière. On me jettera à la voirie.

ME RECONNAÎTREZ. Sans mal. Malheureusement. Plus je change d'adresse, de rue, plus je suis la même chose de bric. Et de broc. Tête de ligne, à la station de Kews Gardens. Qui s'appelle Union Turnpike. Suivez tout droit, sortir à droite. Déboucherez devant Crossroad Pharmacy. Cabine téléphonique, sonnez, j'accours. Parfois, pas souvent. Quand même, collègues, amis de passage, les visiteurs parisiens. Entre deux vols. Commode, entre Kennedy et La Guardia. Carrefour des aérodromes, au croisement des autoroutes. Butor venant de l'Iowa. Claude Simon du Chili. Goldmann en tournée. Bosquet en route vers le Middle West. Bonnefoy, retour de Pittsburgh. Rencontres, me réveille. Rendormi, me recouche, sur mon beau divan, courbe, beige, à ramages, à quatre places. En face, deux fauteuils de peluche serin. Table à dessus de verre, dessous, boiserie en volute. Verres à whisky, peuvent pas laisser de marques. De temps en temps, faut les remplir. Remplis mes obligations. Vaste salon, espace inutile. Je reçois peu. Maison de retraite. Je vis seul. Vice solitaire. Ma promenade, à deux heures, désert. Sacrée, comme Kant. Toujours la même. Lui à Königsberg, moi, mon iceberg. À Queens. Park Drive East, après déjeuner, la même marche. Kant, on raconte. S'est arrêté que pour la prise de la Bastille. Moi, faudrait l'holocauste atomique. Dès la fin du repas, dernière bouchée, deux minutes après la dernière gorgée de café. Parois stomacales se contracturent. Réflexe, en route. Par tous les temps, pluie solaire, flocons de neige, dans la sécheresse de feu, la boue grasse des dégels, je prends le large. Dans ma chambre, suis à l'étroit, dans ma carcasse, c'est mon carcan. Vivre de livres. Long boulevard immobile, ça me balaie. Les pensées. Respirer, coup d'aspirateur, m'aère. Comme les wagons du Subway Yard, mon nettoyage quotidien. Matin, douche. Après-midi, tête. Mon désert minéral scintille. Boulevard, on peut aller jusqu'au bout. Ou bien. Il y a l'autre promenade. À mi-chemin du promontoire, route de crête, peux m'arrêter. À gauche, face aux maisonnettes, boîtes oblongues en rang d'oignons, *playground*. Terrain de jeux grillagé, agrippé au mamelon de la rive, presque à l'aplomb de Van Wyck, sur la berge du fleuve à voitures. Balançoires décrochées, bascules au repos, plus de sable. On a enlevé le robinet de la fontaine. Cage à écureuils dresse son squelette dénudé. Raquettes rangées, le court ne trépigne plus, à deux, à quatre, cheveux longs, poitrines bleues, jeans élimés, silhouettes plates, filles ou garçons, bondissant, plus de balles contre le mur, sur la plaque de ciment sale, PEACE. Paix, silence, je passe. Traverse le playground. Côté des petits, côté des grands, j'avance entre les deux grillages. Lieux d'aisance clos, devant, le mât du drapeau nu. Cinquante étoiles envolées. L'été, *Stars and Stripes,* on hisse, quand on pisse. PEACE encore, sur le mur des chiottes. En lettres rouge sang, tracées à la bombe, peinture sous pression. Jusqu'au printemps, portes de métal noir fermées. Je monte sur la passerelle. Sous moi, l'Expressway, Van Wyck, vacarme. Soudain, sous mes pieds. À remorque, à benne, à citerne, camions, grondement, ruée. Vers Kennedy, sifflent, zébrures d'espace, zigzags d'obus, taches de couleur criardes, files de phosphènes, bombardement de la rétine, vertige. Voitures, sud, vers l'aérodrome ou vers Brooklyn, nord, Whitestone Bridge, direction Bronx. À flots, en flèches, cesse de lorgner, m'étourdit. Descends la rampe. De l'autre côté, j'atterris. À plat, au creux de la vallée ex-fluviale, Flushing River, reste que le nom, bassin asséché, par-delà la coulée bitumineuse de Van Wyck, terrain vague, vaste, verdâtre, herbe rase, chauve, avec des plaques, çà et là, de sablon, des croûtes de cailloutis, des squames argileuses, fondrières pluviales, lorsque le ciel se déverse, poudre sale aux semelles, quand l'azur croule, mottes dures maintenant, buttes de chaume, houppes de brins rêches, sol rugueux, cages des buts de base-ball abandonnées, posées sur la toundra bosselée, ma steppe, stoppe, me retourne, si loin, subitement, sons amortis, silence de mort, à distance les véhicules de Van Wyck, inaudibles, passent, étoiles filantes, sans une trace, sans un bruit, reprends la marche, à pas inégaux, heurtés, reprends l'allure, vent glacé gifle, gerce, l'air claque, resserrant mon foulard, enfonçant ma casquette, menton baissé, entre les deux escarpements, mâchoires de la faille, au centre de la dépression, mon terrain, mon

territoire, en face cubes roussâtres des hauts
immeubles sur la crête, derrière, au loin, presque
invisibles, bicoques naines de Park Drive ourlant
l'horizon, là-bas, dévoré de grisaille, là-bas, m'étant
laissé, délaissé, délesté, céleste, brefs vrombisse-
ments d'avions cachés dans l'ouate, plus léger que
l'air, me gavant de vent, avide de vide, volatilisé,
j'avance, jusqu'au but, au bout, nappe d'étain blême,
eau goudronneuse, léchant les joncs de la berge, à
mes pieds, m'arrête, de l'autre côté, bordure de
saules malingres, pas un oiseau, pas un chat, personne, rien, en suspens, en surplomb, dessous,
flaque d'encre

WILLOW LAKE

colle un instant à ma vitre langue saumâtre à ras
d'herbe étirée contre le treillis sur ma droite longe
s'allonge interminable grillage qui protège les deux
lacs saules maigres m'accrochent coin de l'œil en
bordure peux pas rester coincé contre Flushing Meadow Park dois déboîter dois me glisser dans la voie
médiane sinon à deux cents mètres expulsé EXIT
éjecté jonction de Long Island Expressway sortie
brutale dans les deux sens vers Midtown Tunnel
vers le nombril de Manhattan en sens inverse Long
Island pullulement à la queue leur leu des ban-
lieues sur l'île jusqu'en face du Connecticut je
fonce gouttes s'écaillant sur mes yeux entre les battements égaux d'essuie-glaces cils brouillés voile de
bruine aube incertaine pluie indécise jeté en pleine
guerre EUX OU MOI

muraille mouvante malstrom de ferraille cataracte de roues en roues écumante embruns boueux venant ponctuer mon pare-brise pas de fissure de lézarde peux pas me glisser pénétrer tourelles ouvertes vareuses de cuir noir qui dépassent canons dardés de l'avant camions débâchés fusils entre les jambes triomphe blond aux yeux aux lèvres victoire dégoulinant des torses assise sur les genoux torrent les tympans crevés les vitres vibrent le pavé râle c'est fini c'est l'agonie dans le soleil qui cascade leurs chenilles vont m'écraser comme deux et deux font quatre sûr et certain j'y resterai un jour ce sera mon tour échapperai pas sur les accotements carcasses sur les bas-côtés abattues épaves crevées éventrées portières tordues arrachées coffres enfoncés dans les fosses bombes descentes sifflantes de Stukas mitraille corps déchirés dans les débris entrailles évidées membres épars giclure écarlate croûtes brunâtres dans les caillots sur les cailloux vitres au sol éclatées myriade d'étincelles coupantes on a remisé les monstres morts car de police feu tournant au toit cartouchière à la ceinture revolver enflant la hanche matraque au flanc colosse debout parmi les blindés d'un geste détournant le trafic la circulation ralentit halète allure rampante au pas dans les grincements soudains de freins surpris en pleine course place sirène hurlement l'ambulance arrive civières sur l'asphalte sous la couverture mecs sanguinolents exsangues visages tout rouges tout blancs macchabées artères béantes pas encore tourniquet de l'oxygène un souffle de vie dans la viande l'ambulance ulule démarrage foudroyant on repart débarqués à la salle des urgences et de là au-delà un jour c'est inévitable j'ai beau mettre ma ceinture sécurité tournoyer de l'œil bornoyer des cils droite gauche dans le rétroviseur la rétine ubiquitaire relâche un instant une seconde faisceau du phare cesse de balayer un éclair tamponné choc chute noir

je longe je plonge MIDTOWN TUNNEL dix mètres avant le panneau vert toujours coincé contre la grille du parc sans préavis sans signal le type déboîte VW cloporte gris me coupe sans clignotant l'insecte hitlérien se jette devant mon pare-choc Volkswagen divague le braque braque EXIT *sa place* coup d'œil de volant est libre coup de champignon me rue voie médiane me déporte gauche Cadillac presque m'emboutit non de justesse fait accompli incrusté encastré enkysté suis au milieu centre du cyclone soudain tranquille en piste en vol plus un bruit plus un remous en plein ciel plane 50 milles au compteur moteur inaudible de temps en temps cahot trou d'air la file file paysage défile mobile devant mon hublot dense dance sous ma cloche à vide

l'étau se desserre route se dégage dégorge MIDTOWN EXIT par paquets boueux moitié des voitures qui sortent sur Long Island Expressway la pire des routes c'est la débâcle intersection dangereuse circulation étranglée artères éclatent camions énormes

crevant le ciment déciment l'asphalte partout des
trous des travaux partout pneus qui pètent la goudronneuse on bouche on obture amortisseurs se
cabrent se cassent pneus repètent se répète chaque
jour chaque fois jamais pu passer sans dépasser une
catastrophe remorque se referme en canif camion-
nette se retourne dix dingues se télescopent cinq
morts la même histoire ceux qui doivent toujours
ALLER PLUS VITE averse verglas dans la neige la
gadoue nuit jour priorité absolue comme monar-
chie de droit divin tempête de grêlons ils doublent
droit sacré héréditaire c'est de naissance les aristos
de la route les deux extrêmes se touchent se tamponnent Volkswagens et Cadillacs les Datsuns contre
les Lincolns les cylindrées de 1100 et les moteurs de
8 litres 50 contre 300 chevaux à l'assaut à la charge
cheveux longs contre cheveux courts MAKE LOVE NOT
WAR contre AMERICA LOVE IT OR LEAVE IT hommes
contre femmes jeunes contre vieux si c'est un Noir
je me range obligatoire vieille Ford à Portoricains
bondée brimbalante laisse passer un Jaune c'est plus
paisible d'habitude blanchisseurs propres cuisine
soignée Chinatown pas sanglant sans gangs si gangues
diamantées montures ovales lunettes pailletées d'argent autour têtes frisottantes vieilles dames au petit
trot pas dangereux tiennent la droite moi reste au
milieu la gauche c'est pour les fous s'entredévorent
anthropophages sur roues cul-à-cul dans les cahots
queue leu leu des pare-chocs contre pare-chocs au
moindre accroc accrochage pluie gicle gel patinant
petits à cent à l'heure se ruant sur les plus gros
aboyant aux trousses klaxonnent plus vite qu'on se
range la rage européennes contre américaines japo-

naises contre européennes haine contre haine les
tuyotés sur les Toyota les ferrés sur les Ferrari s'en-
ferrant à-coups fourrés brusques embardées baroud
sur routes massacre droit sacré toujours tout droit
doivent passer doivent dépasser devraient trépasser
tous qu'ils crèvent à mourir de rire par milliers four-
milière éventrée comme des mouches sur l'asphalte
éclatés comme des rats accidents y en a pas assez
tous faut qu'ils réussissent à s'occire oxyde qu'ils se
gazent carrefours crématoires

        après la sortie de Long Island paix un peu ponc-
tion c'est mieux succion on respire route s'étire
entre les restes du World's Fair l'Expo-fiasco colossal gouffre à dollars par millions vertige vestiges
Globe de métal planète de Calder Sphère squelet-
tique bras d'acier se lève une tour se dresse des oripeaux de métal des pans de béton tronçons d'allées
en demi-cercles ruines qui rêvent dans leur cimetière géométrique pas eu le cœur de tout raser ossa-
tures grêles dans le lointain gris ossuaire on a enterré
l'Amérique d'un coup d'un tour de roue se réveille
soudain Shay Stadium à la saison été matches élimi-
natoires automne World Series temple du Base-Ball
peut plus passer vermicelles mystiques enroulés aux
boyaux de Grand Central occlusion intestinale bouchon sur des kilomètres dans l'humidité poisseuse
soleil d'eau aux fesses qui collent Shay Stadium on
bouge plus été automne vannes entrouvertes de
l'écluse à sous à ciel cœur caniculaire rebat afflux
affluence repompe le parc désert se repeuple apo-

plectique en quelques heures pour quelques jours
le Parking Field immense grouillant palpite mort
morne maintenant dans la pluie froide fouettant
le pare-brise granuleux terre cesse sol se dérobe je
longe je plonge FLUSHING BAY bordure boueuse
anse abandonnée eau inutile un jour on l'abolira
bolides il faut de nouvelles voies là-bas La Guardia
nouvelles pistes nouveaux envols nature un luxe
bras de mer on le comblera du gâchis une seconde
grisaille liquide bains d'yeux rétine dans l'œillère au
passage bref soulagement ophtalmique aperçu marin
me sens mieux déjà gommé fait place seul poste
d'essence sur Expressway unique oasis dans le Sahara
routier si on la manque panne sèche moteur mort
de soif *emergency lane* carcasse sur l'accotement pétri-
fiée en attente en vain au secours *help* poignée
portière on attache mouchoir flottant on hisse le
drapeau blanc trêve on se rend guerre est finie entre
hommes humains sommes pas des bêtes personne
s'arrête chacun pour soi tous contre tous pas de
secours assis transi dans la bagnole décédée pluie
froid neige flot déferle rien personne ça défile on se
défile en panne en peine on peut crever pneu qui
claque on clamse changer la roue vous passent sur le
corps en bouillie on rampe jusqu'au bas-côté on
rend l'âme sur le remblai pieds gelés cœur meurtri
plus qu'à attendre

Godot vient flics lourde patrouilleuse verte
chiffres en gros sur la portière *CALL 911* ralentit se
gare Notre-Dame-de-la-Garde notre gendarme cous

de taureau coups de bélier poings énormes PEACE
sur les caboches hirsutes se rabattent IN VIETNAM
matraques sur les tifs ébouriffés lacrymogènes en
bidons genoux dans les bides filles par les tresses
traînées en détresse y a qu'eux qui viennent rigoles
sanglantes rigolade parfois étudiants tirent dans le
tas dans l'État Illinois Kent fusillade parfois à répétition réflexe sortent de l'étui des tueurs des anges
de merci monsieur l'agent au secours EUX SEULS
police pas niable rappel salutaire salut grosse
bagnole verte descendent miséricorde au cou au
ceinturon revolver menottes matraque au poitrail
badge d'acier brillant sur uniforme bleu foncé bleu
de Prusse poigne de Bismarck biceps de la loi
muscles de l'ordre à sec sur la berme échoué portière en berne mouchoir qui flotte en panne en
peine *help* personne qui s'arrête qui ralentisse trafic
plein gaz à fond qui fonce tout seul gelé dans la
pluie en cage sur l'accotement CALL 911 accoste
lettres qui dansent délivrance police-secours vaut
mieux avoir de l'essence je vérifie coup d'œil au
compteur 50 miles au réservoir à demi plein en
ordre en règle en bordure de la baie sale reste
de mer seule aire d'accueil station-service soudain
dépassée après le Stade le Parking pompe unique
aux artères interurbaines aux réseaux fous

routes roulent, trajets mémoire, fragments
remontent, par en dessous, subreptice tremblement de terre, PENNSYLVANIE. Conférence à Penn
State. À peine reparti, en peine. En panne. Surface
lisse, sur trois voies glisse, perte de vue, horizon
ras, sur l'autoroute, roule tout seul, soudain stries,

rocaille rugueuse, soudain secoué, là sans secours, carcasse tressaute, carosserie grince, portières frissonnent, crécelle ferrugineuse dans le silence agitée, à perte de vue, à perdre haleine, me coupe le souffle. Cent vingt à l'heure, jeté sur glace. La cuirasse de la chaussée étincelle, l'acier bleuté sous moi scintille. Glissade mortelle, chute savonneuse, sur verglas, à l'infini. Cheville tressaille, pied se soulève, d'instinct, décélération, jamais freiner, zigzag, me retourne, le toit s'écrase. Sanglante ferraille, périr à l'envers, je plane. En attente, flèche lancée entre les buttes de sapins, sifflant entre l'excavation des rocs, gel coulant, morve rupestre en stalactites épineuses, tuyaux tordus aux parois, colonnades aux flancs de la tranchée, sépulcre de neige. Seul, en suspens, en vertige, entre les mâchoires massives. Cahots, haut-le-corps, cœur cognant. Le verglas se noue en arêtes, se crispe en crevasses, course rêche. Raidi, gant transi, levier vitesses, boîte automatique, geste d'automate. Passe en seconde. Minute en minute, survie à un fil. Grondement sourd d'engrenages dans les bas-fonds. Racle la route, d'un coup, ralentis, ressac amorti, gratte le sol. Soudain, tournoie. Pare-brise bascule, buissons chavirent, poitrine éclate. Déporté par le travers, sens inverse, coupe l'autoroute. Si une voiture, si un camion. Digue de conifères nains, j'oscille, embardée, j'erre. Congère énorme, précipité, soudain m'arrête, jeté dans la neige. Capot englouti, statue de gel, silence blanc, linceul sibérien. Entre les ais de mon sarcophage, je regarde par la vitre, jusqu'au ras de l'horizon, plate, plaine de gel se déploie, la mer sans rive, sans ride, rideau tiré, au réveil, au saut du lit, je sursaute. La grâce lacustre m'illumine, soudain ébloui. *Seaway Motel.* Plastique vert, j'ouvre, tire sur la corde, se replie en tuyaux empesés. Vaste vitre sale, vacillement blanc, lisse, à l'infini. Le soleil rebondit en cascades, lumière se renverse, le lac gelé pleut dans le ciel. Au coin de l'œil, un bout de parking s'accroche, un morceau de route en bordure, cabane rouge d'un restaurant mort. Mer de glace, nappe sans rivage me happe. Devrais m'habiller, repartir, Cleveland encore si loin, heures de voiture, j'oublie la douche. Sors, je cours, parking, route, hier soir enduits de nuit, squelettes vagues au fond des phares, motel titubant dans la fatigue, englouti dans les ténèbres, tout éclate dans le soleil cristallin. Me jette à bas du talus, talons de gel, pupilles de sel, sol lentement se soulève, vaguelettes dures, lac Érié, blanc aux narines, blanc aux tempes, sorbet d'acier bleu sur la peau, à sec, je baigne dans l'embrasement glacé, semelles claquent sur la surface fendillée, arêtes de roc en nickel, je me liquéfie dans l'air, je m'envole de la planète, plane au fond des âges, je m'effiloche dans le vent, légères éraflures de brise, mars s'adoucissant déjà d'azur, entrailles encore prises au froid, profondeurs d'eau contracturées, crampes de glace, sur le ventre de lait durci, entre les mamelons de marbre, je rampe, larve infime, larmes de joie, au miroir insaisissable mon reflet se volatilise je me ranime, le froid pince la peau du visage, pénètre aux pieds, repartir, il faut, c'est l'heure, dois être à Cleveland ce soir, demain conférence, Case Western University m'appelle, peux pas m'arracher, m'extraire de l'ondée de feu blanc, à pas prudents, ne pas glisser, mouvements feutrés, frôlant, m'avance. J'ai beau écarquiller les yeux, horizon nul, pas de rive, le Canada n'existe pas, là-bas, au fond, au bout, le Pôle, j'aborde la calotte glaciaire, sans borne, scintillant, lisse, jusqu'au ciel, brasillant, plate, sous mes paupières qui clignotent. Miracle. C'est arrivé alors. Tache, ton sur ton, blanc sur blanc, presque invisible. Mirage. Impossible. Je suis seul. Unique survivant de l'espèce. Au pôle, personne. Qui donc. Quoi donc. J'hallucine. Le bord du lac, me retourne, loin derrière, a disparu, plus de route, restaurant rouge, dévorés par le soleil. La berlue. Pas à pas, peu à peu, m'approche. De quoi. De qui. Hors du temps, je ne sais plus, en marche depuis des siècles. Une tente, non, une toile, tendue sur quatre piquets, rempart. Fortification fragile, en demi-lune. Astre mort, brasero sur un trépied, charbon qui rougeoie. Protégé par son drap de lit, pieds emmitouflés de chaussettes, mains dans ses moufles. Canne en l'air, fil roide, tombant au milieu du trou. Tout rond dans la glace. Découpé comme au couteau, dans le beurre bleu. Sous la croûte, dans la grotte, œil noir de l'eau. Je regarde son visage. Boue craquelée du front, marais desséché des joues, mât du nez échoué dans la crique désolée de la bouche. De quel naufrage.

Sur cet iceberg. Quatre-vingts ans. Quatre-vingt-dix. Visage sans âge. Une épave. Un survivant. De la catastrophe quaternaire. L'air glaciaire, un cadavre préhistorique. Trou dans le sol, troué le silence. Dis *hi*. Hoche le menton. Près du brasero, tiédeur subite, mes pieds fondent, dégel aux genoux, nez se débouche. Je me demande, je lui demande. *What are you trying to catch* ? Il pêche quoi. Qu'est-ce qui peut vivre là-dessous. Me réchauffe, son œil s'allume. *Bass*. Lèvres ont trembloté à peine, lettres ont chevroté. Message intersidéral. Je hoche la tête. Sons qui zèbrent les espaces. Immobile en face de lui. Attardé au calorifère, je m'approche, je m'accroche à la tiédeur de la cuisson

GLACE

transi sur la croûte transparente, j'aurais pu me retourner, capoter, contre la paroi de roc, exsangue au pied des sapins, enfoui dans mon linceul de neige, un instant évaporé dans la splendeur du site, écrasé au creux du ravin, ravi, Route 80, vierge, juste ouverte, autostrade minérale, striant, sinueuse à peine, les plis amples des montagnes, courant tout droit, tout seul, soudain bloqué dans la faille, failli me tuer, échappé belle, beauté m'éblouit, entre les môles de roc, les gradins de conifères, suintements gelés en tuyaux d'orgue aux parois étincelantes, désert routier, dans ma prison de sapins, mon stalag de stalactites, Penn State University, oublié, hier palabré, *crise de la critique*, paroles s'envolent, les cris restent, dans ma gorge ravalés, dans mon ravin me ravive, forcément, tout le temps sous clé, sous séquestre cérébral, fauteuil de skaï noir, vissé au siège, vice des intellectuels, travailleurs du fondement, je fonde la théorie sur la pratique, la pratique sur la théorie, j'érige sur le roc de l'anus, Janus Bifrons, côté cours et côté jardin, côté Jourdain, classe sur Molière, prépare Racine, récit Théramène, forcé, côté vie, où c'est, côté culture, où est le côté nature, on m'enferme, murs capitonnés de caoutchouc mou aux fesses, ma chambre-asile, me cogne la tête contre les murs, nouveaux bouquins, frappent sans cesse, faut qu'ils entrent, cervelle est pleine, crâne éclate, rayons débordent, dû faire construire une annexe sur le palier, grammaire, Port-Royal, grammaire, générative, grammatologie, pas au gramme, au kilo, c'est au quintal, m'esquinte, plus de place, je dégorge du cellier à la cave, bondé, forcé, bondis, chaque fois, sur occasion, départs, partances, regarde par la fenêtre, sillons grenus sur les vitres, entre les carreaux, les barreaux, ciel couvert, ouvert, je m'échappe dans les lointains, j'existe à distance, je pense donc je fuis. Sortir, jaillir, je gicle, lettre dans mon casier, oblongue à en-tête savant, *Pennsylvania State University*, département de français, directeur, on serait heureux si, parfait, *crise de la critique*, excellent, crise c'est ma spécialité, sans crise, peux pas vivre, *de la critique*, me fera vivre, 200 dollars, voyage payé, tope là, c'est fait, fête, mais prévu en mars, mais trop lointain, voudrais déjà, allégresse aux roues, liesse du volant, stop, des mois et des mois, tirer en taule, dans mon cabanon rembourré, fièvre retombe, suis bloqué sur ma banquise, mars c'est sur la planète Mars, ravale salive, rentre mon envie, mal des routes me dévore au ventre

dépassé depuis longtemps Philadelphie, 105 milles jusqu'à Harrisburg, là je tourne, prends la 322, plus d'autoroute, étroite, tortueuse, la radicelle de goudron grimpe aux montagnes, serpente aux pentes, après la rangée des grandes demeures, désuètes, jadis seigneuriales, au bas de la ville, au coude de la Susquehanna, sur la rive de la capitale défunte, fin d'après-midi qui s'éteint, projeté dans les hauteurs, encore des bancs de neige en mars, ruban de route déblayé, en boucles amples m'élevant, fûts de sapins, maisons à peine, villages invisibles, Lewistown seulement, un bourg morne, boutiques sur l'unique grand-rue vite effacées, bref néon dans le néant, cœur de la ville trois postes d'essence, moutonnement bossué, blanchâtre, la lumière expire, oblique. Respire pleins poumons, en route vers Penn State, roule. Depuis tant d'heures, plus de durée. Oubli mobile, je monte en vrilles. Maintenant, bien palabré. Bombance dans la salle obscure. Un dîner à la chandelle. En ai une fière. D'habitude, on n'y coupe pas. Gueuleton rituel, à six heures, après le cocktail à cinq. Hors-d'œuvre, compote en fer-blanc, fruits en boîte. Poulet à peau molle, jus glaireux d'hormones. Dessert rosâtre, verdâtre. Crème glacée, une double crotte. Conféren-

122

cier, plat de résistance. Moi, je résiste. Repas, refus absolu. M'assieds, poli, parle. Les autres mangent. Clauses, j'honore, partie du contrat. Donne jamais de coup de canif. Ni de fourchette. Cocktail, d'accord. Cocteau du coin, Sartre ambulant, longtemps j'ai baladé Camus, Céline, bonne parole, faut en changer, de disque, j'ai mon répertoire, varie, au cours des cours, au cours du jour, maintenant le filon critique. Faut l'exploiter. Discours, je suis l'homme de la Méthode. Nuit tombée, au fin fond des bleds, Savoir perdu. En cubes tout neufs d'aluminium, en âges antérieurs de brique, bâtiments énormes. Dédales minéraux, on marche dans des tunnels de roc. Soudain, porte de contre-plaqué, plaque de cuivre, poignée dorée. *Professor X, Professor Y*. Les Sciences de A à Z. Caverne platonicienne, pas une ombre. J'avance dans les couloirs du Larousse. Regard tendu, pas à pas, dans l'encyclopédie je cherche. *Department of Philosophy*, pas ça. *Classics*, pas là. Soudain grotte. Frappe, Séasme s'ouvre. Antre aux merveilles, à peine j'entre. Enveloppe, me tend mon chèque. J'enlève mon pardessus. *How are you ?* M'assieds. Me lève, afflux des collègues. Présentation, *Professor Doubrovsky*. Bain de foule, je serre des mains. Anonymes, un peu sourd, noms j'entends mal. Je tends le bras. Français de service. Rôle se retourne. *Comment que ça s'épelle ?* D comme Désiré. V comme Victor. Pour Y, j'ai jamais su. Pour K, non plus. Mon K se décline. À l'ablatif. Sans prépuce, à l'accusatif. Décembre 41, fallu faire tamponner les cartes. Identité, en lettres grasses, à l'encre rouge, par le travers. M'est resté dans le gosier. Commissariat, haussement d'épaules, un nom à coucher

dehors, d'où que je sors. Père, Tchernigov. Grand-
père, Dombrowicz. Ça se dit né à Paris, dans le 9e.
On m'a pas tué. On m'a tatoué. J'oublierai pas, la
mémoire longue. Fichiers français, ils étaient supé-
rieurs aux fichiers boches. Peux pas m'en fiche. En
triple liste, par noms, par professions, par rues. Le
bottin des lécheurs de bottes. Boches étonnés, zèle
modèle, télégramme Dannaecker, félicitations Gestapo. On a retrouvé dans les archives. C'est dans
mes classeurs. Esprit cartésien, logique française.
François, directeur de la Préfecture de Police. Service agents capteurs, signé Hennequin. Autobus à
plate-formes, cars police-secours, coups de crosse,
à coup de gendarmes. On nous raflait. Maintenant dans le Larousse, on nous embaume, on nous
empaume. *Drancy, camp de prisonniers politiques.* Définition est jolie, fallait y penser. Forme du zob,
politique. L'agent n'a pas d'odeur, vive la France.
Maintenant, la France. C'est moi. Gloires nationales,
le Panthéon, viole les tombes, vole les cadavres.
Je les ranime, leur insuffle mon haleine pestiférée.
Commissaire, moi qui commande. Antoine Adam,
Spitzer, un barbare. Sale étranger. Souille Racine. Corneille, lui ai mis le grappin dessus. Concession au
cimetière. Pour vingt ans, j'exploite les ossements.
Pour entrevue avec Corneille, loge du concierge,
sonner à ma porte. On passe par ma grille. Gignoux,
pour monter *Suréna,* Miquel *Horace.* Lettre d'étu-
diant, dans le *Nouvel Obs,* fac Nancy. *Professeurs se
seraient mis tacitement d'accord pour refuser systématique-
ment toute explication de Corneille, inspirée de Doubrovsky.* Garde coupure dans portefeuille, mascotte,
portera bonheur. Grasses, rouges, quatre, lettres.

Françaises. Les reprendrai. Reprends ma serviette. *Mes collègues et nos étudiants vous attendent.* Palabré, Penn State. De la chance. Dîner aux chandelles. Échappé au poulet bouilli, aux petits pois boursouflés, à l'ice-crime. Plateau désert, forteresse du savoir, hôtel de l'université, le seul, donjon énorme. Dans la salle sombre, somptueux festin. Conférence, *problems of criticism.* Problème critique. Au moins, on a mangé après

AMERICAN EASTERN MOHAWK AIRLINES soudain jaunes rouges vertes lettres accrochées au verre fumé de l'aquarium devant La Guardia lueurs couronnant le rectangle de la façade noms alignés flamboyant dans la grisaille rampes d'accès à double étage départs arrivées coupant l'œil courant sur le hall principal sautant sur moi scintille squelette globuleux cubique au fronton enluminé avant à droite ai dépassé la traverse mal indiquée du *shuttle* hangar de tôle appentis de l'aérogare navettes Boston Washington métro aérien *subway* on descend ici on monte pareil sans réservations qu'un billet ticket d'envol on file rame on embarque plein on attend l'avion suivant sans trêve vrombit en l'air en flèche filaments blanchâtres veinures dans le marbre noir des nuages quand Bert débarquait c'était LÀ tombé des nues de Boston tout d'un coup de téléphone *coming* arrive entre deux avions deux conférences entre deux filles moi je cours je vais l'attendre l'entendre enfin dans un éclair réunis lui à M.I.T. moi à New York coupés l'un de l'autre et puis maintenant disparu porté pâle s'est tiré au pôle s'est retiré Californie là-bas à Berkeley maison sur la baie souvenir béant Hubert parti en fumée chanvre indien parmi les calumets de paix de *pot* dissipé perdu chapeau cow-boy sur cheveux roux besicles hippie sur yeux fouineurs mine chafouine mine de rien l'innocent en veste de cuir à franges franchit l'Amérique j'enjambe vingt ans d'existence Brandeis notre rencontre lui philo moi débute vie prof vie professionnelle conjugale ensemble à Cambridge temps de Harvard en 55 puis de Brandeis University banlieue Boston lui moi juste mariés sa Pat épatante ma Claire radieuse j'ai retapé mon nid bourgeois repeint les murs le dimanche canapé râpé fauteuils rouge déteint reliques du précédent locataire j'ai racheté les défroques enfin dans mes meubles un jour on en aura des neufs 8 Plympton Street vers le haut de la rue en pente en bas Charles River fleuve lent berge herbue étudiants lisent s'enlacent m'en lasse jamais ma promenade quotidienne après je reviens par Boylston Street remonte jusqu'à Harvard Square retour par Mass Ave rues grouillantes mémoire fourmille en face ma fenêtre Widener Library six millions de livres mesure de l'œil un jour y ajouterai les miens à table avec Bert ensemble au lunch moi déjà quitté Harvard vie de prof profession c'est que des étapes monte les degrés *assistant professor* suis à Brandeis rencontre Bert discute des heures Platon à Husserl spécialiste Heidegger on parle Sartre enseigne en tous genres Kierkegaard Wittgenstein tous écrits tous écriteaux bibliothèque Widener salles de lecture drague assis Aristote en main déniche des filles c'est là qu'il a trouvé Pat moi Claire à Paris American Center boulevard Raspail là que je chasse angliciste langue se pratique avec la bouche abouchés premier moment que l'on s'est vus avec Bert complices amis c'est pas compliqué comme avec femmes débute tous deux de but en blanc amis à vie avide m'apprend philosophie américaine Dewey Austin Rile connais pas à Brandeis là que j'ai connu amitiés tous mes amis Vigée le patron un père Ronnie devenu *Up* Sukenick monté en flèche romancier de renom alors grimpait secrétaire du président savait secrets au lunch tous à table déballait tout tripes et loyaux amis que ça de durable côté France en visite Yves Bonnefoy Henri Thomas Jean Paris le plus beau nom l'ami Paname PAN AM TWA m'agressent griffent la rétine m'agrippe à la petite traverse Bert c'est LÀ *coming* appareil se pose apparaît joie subite inébranlable sourire bonne humeur bon amour toujours gai toujours pressé *je ne peux te voir que pour une heure* besoin pressant l'attendre l'entendre serre sa pogne velue voilà sa pilosité rousse russe d'origine aussi comme moi Dreyfus on vient du même ghetto d'avant-naissance immense détour d'un demi-siècle d'un hémisphère tombés l'un sur l'autre à Brandeis plus de quinze ans déjà peux pas croire pas possible Bert déjà plus à Brandeis Charles River en bas de ma rue talus d'herbe cours du fleuve encore contenu encore étroit à Cambridge vers Boston s'évasant d'un coup en estuaire mâchoires des rives à l'horizon s'écartant voiliers blancs sur la langue mauve maussade de l'eau trouble à hauteur de M.I.T. moi déjà plus à Plympton Street suis parti vers la banlieue Auburndale avec Renée gosse ça pousse mieux entre les arbres se pousse mieux long des rues vides désert feuillu près de Brandeis on trouve même de vrais bois mais dimanche matin pleut qu'il vente vite vers Bert M.I.T. lui toujours à son bureau de Cambridge vaste vue fleuve s'ouvre l'Institut de Technologie premier au monde Bert enseigne Kant aux matheux Sartre aux ingénieurs *Humanities* Don Quichotte aux physiciens dimanche matin trajet rapide cours j'accours en vingt minutes par Waltham puis longe les rails du tramway à Watertown droit sur Cambridge par Mass Ave au bout bureau en haut de la tour derrière table en désordre assis Bert couloir des sciences humaines porte Chomsky passe devant ici Husserl dans le texte on parle phénoménologie lui et Pat ils traduisent Merleau-Ponty *Sens et non-sens* en anglais on raisonne on déraisonne résonances déjà lointaines venant le voir d'Auburndale au diable moi n'habitant déjà plus à Cambridge lui n'enseignant déjà plus à Brandeis prof profession vadrouilleuse grimper l'échelle gravir degrés pour monter faut tournoyer de poste en poste place en place *Et je m'en vais Au vent mauvais* après Smith College dans les collines d'Amherst lointaine vallée mon bled deux heures de route de Boston perdu un peu Bert de vue puis maintenant moi à New York Bert encore là encore avec Pat téléphonant de Boston appareil *coming* une heure après appareil se pose apparaît moi de ma maison sur Grand Central Expressway en dix minutes arrive à la traverse mal fléchée *Shuttle* vers le hangar aux navettes métro aérien gare céleste le voilà phalanges rousses dures entre mes doigts je serre j'écrase sa végétation villeuse enfin en ville retrouvé LÀ intact inchangé mots jaillissent émotion cascade POUVOIR PARLER débonder bouche j'ouvre l'écluse plus d'exclusion joies débines on débobine déboires se déballer les idées trop longtemps dans une tête pensées ça sent le moisi renfermé c'est rance rousse tignasse intact inchangé m'aère on sort de la salle aux transits vite à la voiture je t'amène à la maison on va monter dans mon bureau moi j'y ai jamais de visite tout seul à la longue j'étouffe écrire c'est sec traces figées écrit c'est cruel du cruor avec la langue amitié gicle en salive tu viens dîner tu viens coucher non il couche avec une fille loin d'ici à Long Island Pat fini déjà divorcé dit *you know I don't have too much time* toujours pressé besoin pressant quand même ce n'est plus souvent qu'on se voit je le regarde malin malingre yeux fouineurs sourire à rides rouquin à bouquins plisse les paupières non *that's not at all what Hegel means* remarque aiguë esprit coupant il coupe les cheveux en quatre en huit un intellect au rasoir parmi ses livres dans son bureau de M.I.T. hésite médite *no Serge I don't think that* haut de la tour surplomb sur l'estuaire à voiliers dans son repaire mon repère soudain évanoui maintenant méconnaissable blouson daim à franges galurin cow-boy en cuir besicles en fil de fer doré binette en friche tifs en folles herbes colliers à gros grains au cou changé de poste changé de piste maintenant sur ordinateurs travaille philosophie scientifique quitté Sartre a quitté Pat laissé Boston maintenant Berkeley quatre ans de psychanalyse le ci-devant jeté au vent au divan défiguré transfiguré Bert ébouriffé béat mémoire béante Californie voyage au loin voyage au kif un peu mescaline en musique *the Doors* ou *Lucy in the Sky with Diamonds* L.S.D. au tourne-tête au tourne-disque pépée à poil la pipe ensemble dis *je peux pas croire* dit *si tu devrais essayer* chiche haschisch cuisant sur l'aluminium troué d'épingle braise baise formidable paraît-il s'envoie en l'air cuite à deux zizi en zizique sensass suce en trombone sexe au saxo notes s'allongent croches s'étirent on bande cosmique temps se gonfle à l'infini turgescence d'espace dans la tête retentit en ondes démultipliées se déploie on se propage du pageot aux galaxies l'excite me raconte moi j'écoute téléphone plus de sonnerie subite *coming* San Francisco autre planète de loin en loin par lettres arrive de moins en moins en personne de mois en mois ça fait déjà des années

traverse du *shuttle* s'efface AMERICAN EASTERN MOHAWK maintenant de front au fronton des cages grises de verre grands halls luisant dans la bruine bruits d'envols sifflements d'atterrissages parfois train déployé tombant à pic chute libre Boeings 727 en rase-mottes frôlent le toit des voitures vont s'écraser nous écraser passent la haie se posent on voit plus que leur queue mais aux oreilles leurs tuyères dans les tuyaux éclatent taxis montant et descendant la double rampe zébrant la façade soudain de partout surgis véhicules m'enveloppent les quatre voies de Grand Central se recollant après les butées des passerelles sortie d'aérodrome à toute allure embardées puis on s'incruste on s'encastre de nouveau au ralenti on râle compteur descend à 35 30 fleuve épaissit eaux mortes essuie-glaces battent plus net on voit mieux grandes lettres des

grandes lignes coloriant de jaune de rouge de vert
la crête vitrée à ras de ciel enseignes lumineuses des
allers et des retours zigzags d'espace lieux vacillent
temps se tamponnent *Qui m'emporte De çà de là Pareil*
à la trous d'air chute abrupte ballottage de la tripe
au fond du gouffre remonte dans le chuintement
soyeux des moteurs bruissement soudain s'effiloche
aile se soulève vire chavire silence on bascule à
l'abîme tournoyant vers le coton blanc noyé dans la
laine noire l'haleine coupée en bas immobile à présent paralysé bourlingue des carlingues abolie roues
touchent terre léger sursaut on avance en marche
arrière porte s'ouvre plaie de fer d'enfer catapulté
stop halte dans le battement des gouttes buée aux
vitres perclus reclus dans ma cage en verre je saigne
à blanc incolore hémorragie diaphane ma substance
s'est dissipée embouteillage s'épaissit encore compteur baisse encore à 10 on rampe asphyxie morne
relents se glissent narines s'empoissent l'aéroport
me pénètre par tous les pores je m'éparpille en
haillons de pensées fuligineuses volutes sous crâne
où suis-je irréel des heures des siècles assis là où
halls teints s'éteignent vitres remontées pue dans
la tête pestilence dans la cervelle la ville aérienne
m'envahit l'odeur m'avale nuages roulant bas couvercle rabattu dans la marmite des particules délétères je mijote m'agite en vain prisonnier été hiver
carrefour des aérodromes entre Kennedy et La
Guardia avions en traînées blanchâtres suintements
de suie au plafond de ciel maculé strié bistre mon
lieu sur terre mon canton de l'univers mon coin
d'espace suis où mais où mazout

s'affole de nouveau trafic rebondit on redémarre blindés bloqués d'un seul coup reprennent l'offensive tintamarre de tanks ma main tâtonne bouton noir au milieu du tableau de bord radio je tourne voix sourde grimpe éclate *President Nixon said yesterday* échelle des cordes vocales monte les degrés s'arrête *about American disengagement in Vietnam* nasonnement distingué je distingue quand ça nasille trop haut sons se mélangent ça m'échappe *that the war* guerre sérieux accent cultivé timbre élégant speaker de classe quand c'est des interviews dans la rue micro-baladeurs aux marchés *nope the praice ain't quoit roight* irlandais quand c'est italien Noirs encore pire Portoricains je comprends plus voix quand c'est trop populaire m'égare trop cher et puis les malfaçons balances faussées hamburgers passés au colorant rouge cacher la graisse pour les vendre au prix du maigre inflexions rageuses mégères criardes injustices criantes dans les écoles directeurs blancs dans quartiers noirs jamais l'inverse protestations parents d'élèves s'élèvent on se bat bagarre à Belford Stuyvesant flics abattus à bout portant Lower East Side fusillade au Bronx pruneaux à Harlem les pompiers aussi y passent quand ils rappliquent pour un feu on fait feu sur eux aussi tous uniformes reçoivent traitement identique extinction des incendies c'est sous protection armée *that the war would be de-escalated according to plan* guerre au Vietnam on va se replier en ordre retraite sur positions prévues par diplomates nouvelles militaires limpide c'est clair quand Nixon parle on comprend annonceurs ils articulent nouvelles locales les interviews en direct brouillé bruit de fond ça graille ça grouille *Mayor Lindsay dedicated this morning a new city housing project* taudis démolis *slum clearance will proceed in that area* on reconstruit de gros immeubles fameux logis les délogés où on les met ailleurs où ils peuvent où ils pleuvent hôtels minables *welfare hotels* on les y fourrre par décret on les recase par oukase de l'Oncle Tom arrêté municipal vagabondage on les arrête on réquisitionne les bouics dépotoir aux pauvres gratuit loyer la ville qui paie forcé après c'est moi qui casque coin de rue vols à la tire tirent six mois sortis de taule tirent sur la gâchette cette fois écopent six ans ressortent au bout de trois pas de place dans les prisons on les remet dans les hôtels ça recommence yeux hagards les bajoues embroussaillées titubent à haute voix New York ça parle tout seul chômage 8 % volant de sécurité c'est 4 mains qui s'agitent morale industrielle les tics psychotiques doigts qui menacent les fous fourmillent au mètre carré sait pas où les mettre lieux sordides allocations de misère de taule en taudis du mitard aux mites bouges sans chauffage chauffe bouge forcément sont pas contents l'Amérique c'est pas l'Eldoradollar flasques à whisky vides sur les trottoirs quand ils trouillotent du goulot j'ai pas la trouille suint des sans le sou quand ça cocotte au passage *a quarter please* pas amusant ça va encore font la manche je donne la pièce passe encore pisse encore déjà moins drôle bâtiments publics contre les murs mais fèces à l'air là m'emmerde posent culotte aux urinoirs les cracras crottent partout étrons dans Washington

Square colombins sur l'herbe bêtes humaines chient pire que les chiens l'usine à tripe sous mes vitres buildings de l'université vais faire cours Proust me demande comme ça va marcher sais jamais dans quoi on marche Mercer Street du pourri ou du vomi y a pire bouteilles cassées aux caniveaux on évite mais tessons enfouis dans le sable enfants se fendent les doigts pointe de verre exprès plantée dans l'écorce d'un tronc d'arbre à hauteur de mioche c'est moche fille de mon toubib arrivé en plein parc en pleine paume hurlement rouge

all news all the time boutons noirs automatique presse au milieu *10 on your dial* toujours par là que je commence station radio du *New York Times* commente la journée nouvelles locales couleur locale *at 7 o'clock this morning two well-dressed individuals* quart d'heure du crime peut pas tout dire y en a trop trier les vols sur le volet les meurtres assassinats se sélectionnent garder la fleur la crème du crime *walked into a delicatessen on Hillside Avenue in Jamaica* près de chez moi à cinq minutes en voiture ça se rapproche *and asked for a piece of apple-pie* d'accord mérite d'être au palmarès deux types qui entrent bien mis bien amis demandent café breakfast tranche de tarte aux pommes sept heures matin tôt boutique vient d'ouvrir vieille demande à son vieux s'il reste de la tarte non *apple-pie* épuisé pas encore eu de livraison il y en aura tout à l'heure c'est à l'instant qu'ils en veulent *we have doughnuts* offrent beignets reçoivent beignes les deux mecs sautent le comptoir deux vieux se débattent *then one of the hoodlums drew a gun* tête du vieux contre la tempe à bout portant deux coups premier type l'autre pendant ce temps la vieille la prend à la gorge avec couteau de cuisine la taillade et puis se taillent tiroir-caisse ils ont pas touché intact dedans dollars ont pas piqué un centime affaire sentiment refus les blesse ils vous mutilent pas un geste utilitaire meurtre gratuit vieux ils sont morts pour des pommes pour des prunes *the two owners were survivors from Buchenwald* rescapés camp petite échoppe comme au shtetel village de Pologne de Russie petites gens petit argent boutique ancestrale histoire commence en Ukraine pogroms milieu Buchenwald aux fours finit à New York au crâne

ça y est les *r* roulent l'air clironne on chante station permanente du *New York Times* en ai assez tourne bouton New York Vietnam j'ai eu ma ration de massacres breakfast de cadavres circulation se dégage main droite peux lâcher le volant tâtonne sur la bande d'ondes couacs au passage grésille nasille soudain tonitrue *diez y cuarto* 10 HEURES UN QUART me dépêcher pas en avance rendez-vous dans 25 minutes bout du monde à l'autre bout de Manhattan RADIO UABO doucement tinte rumba débute *Reloj* ça veut dire *montre* aussi mais pas pareil temps en musique du temps en transe tremble en cadence rythme sur ma banquette assis piétine sur place frotte corps à corps immobile prison des vitres s'illumine étincelle de silex dans la Plymouth

lueur s'irradie flambe me berce le combo bat lancine faible lento limaille des marimbas grelotte à
contretemps *Reloj* la voix revient ritournelle gras-
seye jotas rauques flamencos grêles guitares qui
raclent mariachis s'envolent par le nez au Mexique
sons descendent aux grottes gutturales j'aime station favorite joue jouis soudain plus seul deux dix
aux yeux au cœur d'un coup de braguette magique
musique me transforme me transporte dans ma
geôle sans bouger vibre mémoire à mousmés
s'émoustille Debbie au début forcé l'ai forcée un
peu hésite *écoute je ne sais pas si* son prof *ça complique*
a des complexes dis *mais non tu verras c'est tout simple*
avec moi bonne franquette sans manières le style
direct droit au fait aux fesses elle dit *non* sur 8e rue
Florsheim Shoes magasin chaussures habite parmi les
godasses milieu vitre renforcement porte entrée
dérobée se dérobe *écoute non* bonne fille cœur
casque d'or toison filasse sur gros rire lui secoue ses
nichons de nourrice quand elle se tord poitrine
plantureuse toute barattée peau crémeuse se lève
je voudrais monter ascenseur souffre je gémis on
grimpe porte en fer son living est sans fenêtre deux
chambres partage avec une copine absente obscurité poussiéreuse remugle salon s'assoit soirée déjà
avancée fais mes avances toujours *non* ténèbres
aigres-douces des mois qu'on se connaît à mes
cours qu'on se frôle sans se toucher appétissante
compatissante bon cœur bon rire une fois sais pas
pourquoi sortis dîner au Village conversation soudain poussée recherche de pointe sur son divan
temps qui passe copine va rentrer elle dit *je vais
mettre un peu de musique* français fait aussi de l'espa-

gnol ses disques sud-américains j'aime joue peu à peu contre joue tangos on tangue immobiles roulis rumbas musique on met le cap océan samba ensemble on navigue caraïbe on flotte calypso mer des Sargasses on ondule algues remous mambo on nage dans bonheur acoustique grenaille du rythme sur coussins dans les reins l'airain répercute cymbales tintent lèvres de métal qui claquent dans un cliquetis de dents bientôt peu à peu vite appas cadencés fracas des cuivres sur son divan l'ai tringlée au triangle

    moment silence timbre rauque revient après rumba *Gira gira* tango éclate s'égrène en grelots argentés tempes argentines air me martelle tourne tourne soudain bouge légèrement le volant courbe s'accentue attention Buicks les gros tacots Cadillacs si pansu quand ça vous frôle frôle accident direction démultipliée volant trop lâche déboîtent soudain se déportent portière contre portière à l'improviste sur les quatre voies de béton ballottent image hésite pause Pamela à Paris Buenos Aires Terre de Feu vient du Pays du Tango cours Corneille explication du *Menteur* ses yeux me mangent quand je parle envie dévorante des mois on s'est jamais parlé puis un jour dans mon bureau perdu la tête corps explose rue Chardin on est remontés par Chaillot père diplomate langue espagnole école anglaise parle français sans accent nom italien vécu Italie échos dit *quand je vous entends* ses temps ses lieux tout qui vacille sait pas où vivre où se fixer quel pays rien

qui la fixe la regarde distance infinie en face assise
dit *quand vous expliquez* le Menteur ris *c'est un peu
ma spécialité* attirance presque insoutenable passion
commune on est fondés sur le mensonge sa chair-
aimant désir à la seconde partagé tous deux déchirés qui ne peut pas se rassembler se ressemble dans
le bureau tout a tourné retournés ensemble à pas
lents par les jardins de Chaillot vit déjà avec un type
elle dit *quand vous parlez* qu'une fois la seule dans le
grand lit défoncé du meublé presque aussi grande
que moi nue membre à membre soudain féroce
rage de bras m'a pris serré entre ses jambes d'un
seul coup quand on a joui entre ses dents m'a
presque coupé la langue *Gira gira* s'estompe déjà
lointain Paris rue Chardin flotte dans l'air grenaille
aigre violons miauleurs pourrais tourner le bouton
musique stop palpite poitrine contre poitrine n'importe quelle je jette les genoux en avant glisse puis
demi-tour chaloupe soudain bascule image se renverse sur l'avant-bras je la redresse je me dandine un
moment on piétine toréador puis plongée pas de
côté je chasse du pied dans le piano qui trépide son
torse s'enroulant au mien en moi son souffle s'en-
gouffrant on tourbillonne *Gira gira* cascade de sons
capillaires torsade châtain clair ondule comme sur
les ondes bouton quand on tourne *Gira* tâtonne un
moment chaque station éclairs mélodies brides
tremblantes pause se pose sur elle cheveux qui flottent retombent robe verte sur les épaules nues avril
froid au coin 8e rue

la sacrée garce reparaît tango l'usine à Vénus Mélusine à longs cris me déchire magie à femmes m'agite ma foutue fée les yeux gris dur droit dans les miens se plante là sur le trottoir sans manteau robe d'avril frileuse encore dans le vent frais ses cheveux châtains balayés sur son visage mince naevus noir au cou commissures des yeux des lèvres se plissent fronce sa peau fine elle fait effort en sortant du restaurant 8e rue à l'autre bout de Debbie vers Astor Place *je veux te dire* sybilline de Sybil Sarnow pas causante pas liante mais délurée diablesse à poil cette fois-là le second soir quand on a mangé le dessert s'est pas rhabillée assise jambe remontée sur la chaise menton sur la pointe du genou l'autre cuisse à plat le grand écart con en équerre pubis folâtre ébouriffé moi surpris un peu étonné quand même elle cigarette entre les doigts tirant des bouffées ses yeux gris dur droit dans les miens me regardant peler l'orange pas pu attendre repas trop long après sortie du cours Corneille petite table dans la kitchenette elle a fourni les couverts j'ai apporté salade pommes de terre prosciutto acheté chez l'Italien sur Hudson Street tranche de fromage salami sans salamalecs prof étudiante pas pu tenir jusqu'au bout me retenir orange demi-épluchée à peine fini le jambon sur les jambes tête capiteuse tournant au vin Californie me lève bouche encore pleine mains agrippant ses épaules l'attirant elle a rien dit tirant la fermeture-éclair de sa robe verte sans un mot milieu du dîner laissé retomber mon couteau tombé la veste jeté le masque la robe glisse poitrine lisse seins debout sans soutien-gorge bas le falzar elle a pas baissé les paupières sur le divan sur le ventre elle à miauler moi à braire joui comme des chiens la seconde fois en levrette animal gémit plus avant pénètre plus profond dans la tripe bosse qui s'emboîte ses fesses fermes sous mon bas-ventre on s'encastre d'abord à genoux la soulève un peu pour entrer âne ahanant déjà crémeuse en elle croulant coulant à plat à plein cuisses sur cuisses elle couinant seins en grelots entre mes mains triturés crécelle secouant le torse après on est revenus à table elle nue moi remis mon froc elle à poil biche pas effarouchée cibiche à la bouche menton appuyé sur le genou jambe remontée sur la chaise fini l'orange j'ai repris une gorgée de vin Gallo dégueulasse la salope *alors* c'est quoi le message coin 8ᵉ rue en face Zum Zum en haut mon bureau heure réception monter il faut que je me hâte *je veux te dire* pendant déjeuner rien dit graisse suinte du hamburger trop cuit couronnes d'oignon frit mortuaires silence mortel fricot infect l'air empeste début avril ils ont mis le climatiseur courant glacé me pique la gorge après laryngite demande *qu'est-ce que tu as* déjeuner elle a rien dit soudain s'arrête devant Cookery au coin *c'est fini entre nous* dis *quoi* interdit interloqué bat la breloque haut-le-cœur *comment fini* l'autre soir quinze jours à peine commencé comprends pas pige pas elle callipyge toujours moi embrasé nichons pointus elle est bombée incendiaire dis *tu es folle* dit *je ne suis pas amoureuse de toi* dis *et alors* même pas quinze jours sur le divan en levrette elle me froisse ses traits se crispent *je ne sais pas je n'ai plus envie* amour moderne s'éprend comme une envie de faire pipi après ça passe ses vessies moi les prends pas pour des lanternes faut

140

qu'elle m'éclaire j'éclate *mais enfin quoi* au juste
pas me raconter de salades la salope ai pas été la
chercher venue toute seule poisson d'avril hame-
çon mordu sans mal boniment elle a avalé mes histoires pour mon roman ai besoin d'une traductrice
l'intéresse écrit poèmes talent artiste se cherche
supplément j'en rajoute *mais vous êtes exactement la
personne dont j'ai* besoin d'un prétexte peux pas lui
sauter dessus ça fait des mois que je la guette notre
ghetto au cinquième bureaux les uns sur les autres
pourtant anonymes apparaît chacun disparaît on
communique mémos ronéotypés occasion des mois
d'attente je la tente traduction américaine trois cents
pages combien de dollars à discuter avec mon édi-
teur il cherche la trouve là assise porte entrouverte
dans sa cellule vitrée cheveux caracolant sur l'encolure piaffe m'emballe à la seconde à bride abattue
abattage châtain clair lui coulant sur les épaules les
yeux gris dur retournés droit dans les miens elle a
pivoté sur son siège *mais oui je voudrais voir cela m'intéresse* forcé doit travailler ensemble mieux chez elle
monte la voir sur mon texte ensemble on se penche
incline le cou coin 8e rue avance la tête avril glacial
elle sans manteau bras nus robe verte la même qu'il
y a quoi quinze jours à peine commencé déjà front
se contracte visage mince taille élancée peau tache-
tée de rousseur se fronce yeux se voilent eau pâle
s'atténue je crie *mais enfin pourquoi* dit *on n'a pas les
mêmes valeurs* éberlué *qu'est-ce que tu veux dire en quoi*
dit *je ne sais pas on est différents* hurle *en quoi* à pleine
gorge point douloureux incisé insiste c'est ce fichu
climatiseur foutue laryngite tête d'épingle dans les
chairs plantée là sur le trottoir hausse les épaules

elle dit *tu voudrais que ça dure* dis *c'est normal* dit *tu
vois on n'a pas la même conception* dis *en quoi* dit *tu voudrais déjà que j'aille avec toi en France* comprends pas
demande *eh bien* prunelle d'agate iris de marbre dit
tu vois bien tu es trop possessif se penche encore naevus noir comme une mouche aguichante explose
elle fait feu à bout portant en bas du bureau au coin
du trottoir soudain en pleine poire grenade en
pleine gueule me lâche soudain YOU'RE TOO OLD

parasites sur le pont coupe radio autoroute
matinale terminée pylônes câbles d'acier gris travée après travée Triboro Bridge cahote kilomètres
de camions enkysté dans les poids lourds pont se
déploie East River large comme une baie au-dessous
eau noire par instants me frappe tressauts du tablier
de fer à ras de rambarde coincé contre garde-fou
métallique dans un râle de ferraille abruptement
Rikers Island s'envole East River s'évapore précipité
au bout *125 Street Keep to the right* tiens ma droite
écriteau vert dernier avis Triboro Bridge pont en
équerre traverse Randalls Island d'île en île soudain
sur Manhattan se déverse clignotant qui papillote
péage m'arrête palpite entre les paupières frange
embrumée des gratte-ciels m'élance à droite Harlem
moi tourne à gauche panneau jumeau *Franklin Roo-
sevelt Drive* bretelle en tire-bouchon pivote en vrille
pénètre vers le périphérique descend s'enfonce
pneus qui geignent essieux grincent carcasses cata-
pultées sur l'autoroute circulaire Manhattan on
tourne autour à cent à l'heure sans y entrer on dévale

jusqu'à la pointe de Battery on remonte rive du Hudson ceinture de fleuves maintenant longe East River *116 Street Exit* immeubles délabrés en bordure vieilles bagnoles à l'abandon au bout des rues 114ᵉ et 113ᵉ sans issue les culs-de-sac se succèdent sur la contre-allée éventrée goudron crevé de nids-de-poule flaque après flaque luisante le long du Drive un désert bariolé aux pans de murs *Viva Nixon* barré rajouté effacé repeint se répète 106ᵉ bientôt ma sortie quitte milieu me glisse à droite la prochaine me prépare de nouveau clignote lueurs de fleuve fanal d'eau phare aquatique d'un coup s'éteint jeté à sec *96 Street* tourne m'engouffre dans la Bête de Béton

le Béhémoth de Bitume me happe j'ai l'habitude pourtant me frappe chaque fois au cœur plus fort que moi irrésistible Manhattan m'attend monstre m'épie m'horripile m'appelle m'empale je m'empile derrière la file d'attente aux feux rouges hauts fourneaux flambent creusets crachent sur la ville flammèches aux cheminées géantes par deux par trois à la lisière des quartiers à la frontière du fleuve par paquets d'usines à gaz à fumerolles à volutes fuligineuses je danse sur un volcan mettre la musique à cause des parasites du pont j'avais coupé tango fandango farandole veux retourner le bouton rangée s'ébranle c'est à nous j'ai le choix décider vite *97* ou *96* revient au même mais différent *97ᵉ* sens unique tranchée étroite si dégagé c'est plus rapide si camion s'arrête bloqué c'est fini à perpète attente pour l'éternité *96ᵉ* double sens plus large mais toujours du monde Florence Nightingale Clinic les ambulances les taxis livraisons aux boutiques se bouche par à-coups irréguliers mais au moins sûr se constipe pour quelques instants mais toujours pousse passe réglé redémarre choisir j'opte pour 97 Street qui virera verra je tourne à la première à droite cônes de brique à bandes bleues en haut et rouges cheminées en éruption permanente cratères jamais éteints lave qui bave nuit et jour dans la coulée de la rue dans le magma des murailles parmi les cendres qui retombent je m'insère m'incinère ça remonte jusqu'ici d'en bas au coin de la 14e et du fleuve après les Avenues A B C alphabet américain je lis mon destin énorme météorite chu là bloc écrasant la pyramide d'argile géante se hérisse de troncs rougeoyants l'usine à gaz éructe ses rouleaux noirâtres cigares des cheminées allumés New York fume c'est mon chemin la ville flambe se calcine cuit dans ses fours je m'enfourne à droite terrain de basket grillagé dans le froid moite des Noirs jouent en chemise torse nu force féline des gestes aisance des cuisses blue-jeans se plient du caoutchouc de muscles des Blancs aussi quelques-uns ballon sur rue terrain de ciment mains se tendent cris s'entendent bras se touchent terrain commun c'est la rencontre matinale la récréation la recréation faudra tout refaire à reconstruire l'Amérique est morte flambée à recommencer maldonne faudra redistribuer les cartes donner aux Noirs la bonne couleur sans ça ça saute c'est pas de la charité de la justice de justesse si on fait vite on évitera peut-être avec de la chance mais pas sûr déjà ça chauffe ça bout au bout la marmite à oppression explose gare aux dégâts ils vont casser la baraque les zigues vont nous zigouiller processus déjà entamé rétamés camés à jeun à sec de sang froid sang coule déjà coups de poings coups de bouteille coups de couteau le coup de fusil on paiera cher l'addition une sacrée note la nôtre on est pas sortis de l'auberge avec ou sans Hegel gueulent avec ou sans Marcuse accusent en avant Marx ça s'ébranle ça branle Nixon ou Kennedy ou pas *paf* parti en route cette fois pour de bon feu vert au but au terme on arrive je traverse First Avenue entre First et Second voie est large pas de difficulté j'avance feu vert encore maintenant se rétrécit boyau obscur radio tourne le bouton mets la musique même station plus d'espagnol se loue à l'heure Bikel je reconnais la voix c'est en yiddish le tour des Juifs *Reloj Paloma* envolés *Unter a Kleyn Beymele* pour tous les goûts pour tous les peuples même station se loue s'alloue aux diverses nostalgies trente minutes de retour aux sources je me retrempe dans la mélodie triste tendre larmes me montent aux yeux *In droinst iz a regn* c'est pas les mots peux pas comprendre pas ma langue je pige pas quand ça ressemble à l'allemand j'attrape une bribe çà et là je cueille un sens un son me ranime *kleinele schatzele* c'était mon petit mon trésor pour ma mère *bärele* c'étaient les histoires d'avant-dormir d'avant-naître le grand et le petit ours remonte à la nuit d'antan le soir dans mon lit ma mère *alors le grand bärele* écoutant avide à vie ça reste inscrit DEDANS *dit au petit bärele* sais pas QUOI connais pas ma langue on m'a coupé de mon verbe j'ai fait du latin du grec le yiddish pour moi de l'hébreu *goldike* la désinence inconnue me désigne c'est moi *poupele meins* c'est moi me connais pas me comprends pas un autre écho me répond au fond en bas dans ma glotte dans ma grotte j'existe une langue imparlable un sens aboli un son plein ça éclate en moi ça vibre c'est ma vie ma mère qui m'appelait ainsi j'ai la langue des autres la mienne il me reste à l'inventer je l'ai perdue quelque part entre Tchernigov-Ukraine Dombrowicz-Pologne entre deux grands-pères entre deux guerres ma mère mi-rue-de-la-Tour mi-Alsace ma grand-mère de Strasbourg ces caresses de la langue c'était peut-être de l'alsacien ou du yiddish sais pas ma mère non plus à peine tout dire avec des mots qu'on connaît pas l'origine s'est dérobée je suis sans tréfonds *liebs poupele* peuplé de fantômes sonores mon nom s'agite impalpable imprenable l'esprit tue la lettre vivifie sais pas comment je m'épelle *Doubrovsky* en caractères cyrilliques ou hébraïques peux pas me lire peux pas m'écrire traduit trahi j'ai pas accès à l'original latinisé je me volatilise j'ai disparu dans l'alphabet romain avalé par la langue de Descartes engouffré dans le gosier classique Corneille me digère Racine me dissout sucs nourriciers lymphe olympienne c'est le Discours de la Méthode Assimil similitude pareil aux autres il faut être comme tout le monde ne pas se faire remarquer perdu dans la foule au restaurant ne pas parler trop haut dans la rue ne pas crier trop fort ne pas avoir le nez trop long les idées trop courtes au goût du jour suivre le courant le modèle c'est la mode patriote nationaliste l'Idiot International 40 50 60 70 caméléon des décennies j'arbore la camelote de l'heure dans la pampa je suis gaucho à Paris gauchiste j'en remets toujours j'en rajoute plus royaliste que le roi son commis faut des commissaires du peuple de police faire les commissions de Staline je préside les tribunaux Il ordonne je m'exécute on m'exécute je ressuscite chez Lazare Frères banque Rothschild *Left Bank* les cheveux me tombent aux épaules je suis plus hippie qu'un hippie ma seule règle ma loi mon code *un peu plus pareil aux autres que les autres* j'y échappe pas c'est ma vocation le peuple élu j'explique Voltaire aux Français Shakespeare aux Anglais je fais la littérature américaine Marx aux hommes j'édicte leurs actes Freud j'élucide leurs rêves je règne dans l'Universel Moi c'est l'Autre en mieux y avait Yahvé il est mort Dieu ait son âme je suis l'Homme la voix se pince mon cœur se serre elle ramasse sa tendresse en notes aigrelettes grêles voix chaude puissante de stentor se fait douce syllabes égrenées tout bas perles de caresses *Hulyet Hulyet Kinderlech* la mélodie agite les palmes du soir les calmes du ciel le village dort le visage sort balalaïka babouchka la bouche se penche *Volt ich gelofn, Esther'l kroyn* c'est le baiser ultime en châle noir de paysanne du shtetl adieu au sommeil guitare cithare cordes vibrent doigt qui gratte voix qui chuinte suinte cesse fini liquidé tout ça parti en fumée mille ans de rires gutturaux aux fours d'humour aimant aux gaz molles berceuses danses échevelées kasatskis des noces après les verres cassés bénédiction du rebbe travail de la shadchen est fait marieuse touche sa prime je naîtrai neuf mois après c'est réglé les bains le sabbat le cycle le cercle des gestes des jours rites hérités de siècle en siècle us et coutumes d'avant Jésus d'après le déluge l'ordre règne à Varsovie pas de survie plus de ghetto pas un juif qui reste un youpin qui demeure tous morts ou en Amérique après les Portoricains radio longueur d'ondes entre 13 et 14 sur la bande demi-heure après ce seront les Italiens puis le tour des Grecs les Chinois jamais entendus peut-être une autre station Polonais ont commencé colonels des années trente après les Einsatzgruppen dans les fosses à la mitrailleuse des dizaines de milliers dans des camions clos échappements d'oxyde de carbone pas assez sûr pas assez vite par centaines de milliers camps Zyklon B le gaz qui gaze la science progresse par millions ma civilisation a crevé ma culture est disparue rescapés assassinés à la hache à la pioche par les paysans Polonais ont terminé le boulot après la guerre pendant les blancs les rouges après pogroms en 46 meurtres d'enfants aux hospices officiels ont fermé les yeux fermé la bouche faudra écrire l'histoire entière un jour hécatombe polono-boche russo-allemande plus d'écrivains yiddish exterminés par Staline que par Hitler exact c'est vrai mathématique en main davantage pas croyable mais prouvé langue interdite maudite à Moscou comme à Tel-Aviv vivante encore ici un peu à peine deux trois journaux des revues se parle à Brooklyn s'entend dans la rue s'étend encore aux boutiques boulangerie-pâtisserie cachère boucherie cachère on joue à cache-cache plus pour longtemps temps est compté les jeunes s'en torchent du yiddish savent plus le comprennent plus des mots surnagent en américain l'argot les garde *schmaltzy* trop sentimental *nudnick* un emmerdeur je me rapprends par la bande en contrebande dans l'anglais le *mohel* cisèle la queue *hutspa* du toupet le *hassen* épouse sa *kolleh* se reglisse en moi bravo *mazel tov* je me renjuive à New York Céline disait Jew York

des retrouvailles je me remange *gefilte fish* au rai-
fort c'est bon *borchtch* à la betterave à l'oseille *lox and
bagels* je me rebouffe boulettes de *matzo* dans la
soupe je me rebiffe j'aime pas c'est lourd concombres
au sel décombres tout ce qui reste sur Houston
Street à Katz's Delicatessen des Noirs se tapent du
pastrami poivré des Chinois du pickelfleisch juteux
chez Ratner's 2e Avenue et Delancey y a des *blintze* et
des *latkes* tout le monde est circoncis l'Amérique a
pas de prépuce aux pissotières toutes les pines sont
pareilles les zobs sans bonnets bas la culotte ici ça
servirait à rien aurait fallu autre méthode que le
phallus d'autres indices d'autres techniques autre
chose que les agents de Vichy aux chiottes rafles
flanqués contre le mur des toilettes tombez le grimpant allez ouste sortez vos bites agents parisiens gendarmes à Drancy ici ça n'aurait pas marché pas
possible tout ce qui reste c'est accroché au ventre au
bas-ventre de la ville essaimé sur la masse du continent concentré sur les trottoirs de New York perdu
perdure persiste insiste combien de temps encore
pour combien d'années quelle trêve avec la nuit
quel sursis en suspens un millénaire assassiné un
peuple aboli cette langue lancinante à l'agonie la
mélopée se tord se love s'élève retombe voix qui
chantait Bikel s'éteint

it is now exactly rappel à l'heure horaire comprimé je vis au forcing camion gronde me double
dans le boyau étroit me frôle de justesse entre les
tôles alignées j'ai pas entendu tant mieux on verra

bien je peux pas aller plus vite ce con-là m'a rendu
service j'évite de me biler pour rien plus rien à faire
oublier la montre après la 2e Avenue la 97e s'étrangle tout à fait le camion a pris à gauche je file tout
droit je coupe la ville en deux bâtisses de trois quatre
étages brique effritée murs souillés les journaux
jonchent le sol poubelles contre les murs toujours
dehors en plein air ramassage on les avance on les
pousse au bord simplement après les recule de nouveau au pied des perrons balustrades jadis peintes
en noir rampes jadis de fer forgé maintenant squelettes rouillés rongés aux mites des pluies des neiges
marches usées creusées en auges écuries d'Augias
pour les nettoyer personne détritus dégorgeant des
couvercles champ d'épandage traînées d'ordures
noyé dans les eaux ménagères tessons aigus plantés
dans les caniveaux chaussées cannibales dents tar-
trées des rues déchirent les pneus dévorent le jour
il fait sombre soudain sentier sentine sur le dallage
de ciment sentinelles ponctuation de merde virgules
de boue histoire de fèces je m'enfonce dans le
cloaque tout à l'égout boîtes de bière de boissons
évaporées aluminium roulant au vent conserves
éventrées en vrac peaux de banane pourrissantes
mucosités purulentes on expectore partout la rue
crache pas un chat un chien des crottes écrasées
promenade digestive au long du boyau 3e Avenue
feu vert je traverse encore plus profond dans le
tube presque nuit nuages s'enrobent suaire s'épaissit presque noir rideaux du ciel se tirent voile de
volutes il va pleuvoir *80° now and sunny in Miami*
voix joviale de l'annonceur la minute de publicité
elle a payé pour la chanson de Bikel *Az Der Rebbe*

Zingt c'est pas gratuit pas donné faut trouver un
sponsor le responsable commerce d'âmes à Miami
maintenant il fait 27° cieux d'azur le soleil éclate
and believe me the sun is fun ça c'est vrai vague après
vague quand l'écume vient roussir au sable paupières closes le corps à la cuisson lente pâte de la
peau se dore l'être s'endort bercement sourd du
ressac roulades des brises trilles des vents *when you
come down here* vrai qu'à s'envoler là-bas partir laisser
l'habitacle de fange sortir de son trou gelé qu'à
Epstein brothers will take care of you serait pas désagréable y a pire *remember the Commodore Hotel* plage
privée piscine privée pas besoin d'aller à la mer
vingt mètres à faire trop loin puis y a les vagues
l'eau est trop fraîche la piscine juste en bas la bai-
gnoire tiède face aux flots tous les avantages flotter
sans risquer de fluxion puis les transats tout autour
on sèche propre grains de sable collent à la peau
s'agglutinent entre les orteils *you get all you want for
breakfast* cachère ou pas cachère comme on veut y
en a pour tous les juifs pour tous les goûts pour tous
les goïm *you also get a beautiful luncheon* mazette *ama-
zing dinner* fichtre *you meet the most interesting people*
rumbas de rombières vison en visite l'épouse bronze
six semaines l'époux quitte Wall Street pour la
rejoindre les week-ends on laisse le delicatessen
ensemble quinze jours pour se délasser toute une
vie de travail accumulé petit pécule gros magot
dommage de pas profiter on passe deux mois au
soleil dès les frimas théories de Cadillacs sur la
Route 1 queue-leu-leu de Lincolns le long de la côte
vers le sud toutes les heures envols d'avions tarifs
spéciaux étudiants les jeunes aussi mais eux à

Pâques par caravanes en motos par hordes en guimbardes des jamborees-fumeries sur les plages en
plein air maintenant eux pas la saison très loin
les vieux ça commence exode de New York vers
l'azur colonies de cocotiers corsos fleuris d'Orlando
miasmes de Miami en route vers la Terre Promise
Moïse c'est Epstein Brothers *remember only 30 dollars
a day at the Commodore Hotel* trait décisif attrait final
A JEWISH HOME AWAY FROM HOME vrai foyer juif un
super-home service superbe rabbin pour sabbat sau-
mon pour breakfast dîners à la carte en musique
fox-trots cachères les joies du sexagénaire juif ça
promet pour mes vieux jours lopin en Floride
cabane dessus on m'enterrera sous les fleurs rue
défoncée détrempée je patauge dans la gadoue
après la 3e Avenue 97e monte raide s'engorge
encore davantage de poubelles s'englue de déchets
encore plus nuit encore plus minable avant-poste
de Harlem quelques passants les peaux se foncent
ça se basane suis à la frontière je longe des bagnoles
échouées jantes des roues à nu pneus volés enjoliveurs évanouis parfois on ouvre le capot démonte le
moteur reste plus rien tout grignoté un squelette
de voiture on met le feu aux sièges housses cra-
mées *junkers* les épaves automobiles *junkies* épaves
humaines *junk* débris encombrant les rues même
racine du même mot du même mal

Rêves

— *Well ?*

Bref silence. Où commencer. Trop à dire. Tout dit.
Rien à dire. Je. Plein. Vide. Pas à moi de décider.
Que ça vienne. À gauche, le grand bocal de bonbons sur l'étagère. Au-dessus, jusqu'au plafond, les
livres. Il a l'œil bleu, ce matin. Clair, vif. L'attention
aiguë. Bon jour. Pas toujours pareil. Parfois, il met
des lunettes. Le regard change, tamisé, oblique, se
dérobe. Parfois, semble fatigué, a l'air endormi. On
s'ennuie. Parfois, m'enfonce très profond, oublie
tout, au bord des larmes. Dépend. On ne sait jamais.
Où commencer. On se retrouve au même point.
On tourne en rond. En vrille. On ricoche aussi. À la
surface.

— *Well.*

Bref silence s'éternise. Il faudrait vraiment du nouveau. Hors du commun. Impression de piétiner.
Surface. Sur-place. Mots sont d'avance encrassés.

155

Du connu. Ritournelle. Jeux rituels. Son œil pétille. Le bleu acier miroite. Prêt. Les coudes sur les accotoirs. Calé dans le fauteuil de skaï jaune. Chemise de coton à rayures rouges, le col ouvert. Quand il n'a pas une petite cravate étriquée, bon marché, en ficelle. Quel âge a-t-il. Pas tellement plus vieux que moi. Peut-être le même âge. Plus jeune, non. Sûrement pas. Alors. Impossible de donner un chiffre exact. *In his late forties.* Ses cheveux grisonnent. Les miens sont encore d'un beau jais. Presque. À quelques poils follets près. L'inouï, c'est qu'il n'ait pas froid, en manches de chemise. Je peux sentir le vent souffler à travers la porte fermée de la terrasse. La vaste pièce, sorte de véranda vitrée, dans son fouillis de plantes vertes, a la fraîcheur d'une cave. Au lieu des chaleurs d'une serre. Assis là, sans bouger, dans mon fauteuil de skaï jaune jumeau, en face de l'autre, malgré chandail et chaussettes. Je risque d'attraper froid. Gorge fragile. Laryngite permanente. Maladie professionnelle. De professeur. Toujours en train de parler. Mes paroles me nourrissent. Elles m'épuisent, je m'époumone. Deux heures d'affilée, faire cours. Et que ce soit magistral. Ce soir, le récit de Théramène. Rien de spécial à en dire. Cinquième acte qui traîne, en attendant la scène à faire, la mort de Phèdre. Spitzer, Mauron, Barthes. Déjà tout dit. Relire encore dans mon bureau, avant la classe. Au cas où il me viendrait une idée.

— *Listen, could you do me a favor ?*

Me faire un plaisir. Inutile de lui préciser lequel. Il s'est levé en souriant. Habitué, indulgent. Indifférent. Il me connaît. Il branche l'appareil rond de chauffage électrique. Le ventilateur ronronne. Idiot de risquer d'attraper froid. Non que j'aie froid. Mais je pourrais prendre froid. Sans le savoir. On ne s'en aperçoit pas tout de suite. Insidieux, traître. Au début, rien. À peine une tête d'épingle qui égratigne, un grattement dans la gorge. Pas d'importance. Puis, grandit, irradie. Piqûre maintenant diabolique, qui élance. Jour après jour, gosier à vif. Fosse gutturale à feu et à sang. Je me sens mieux. La buée molle me caresse maintenant les mains, m'atteint le visage. Crispé, je me détends dans le fauteuil. Pas très en train. Morne, c'est mort. L'existence n'a plus de pouls. La vie ne bat plus. L'envie m'est passée. L'énergie gît. Gisant de bronze sur ma tombe. Je pèse deux cents kilos de plomb sur mon siège. Mes mains ballent au bout des bras du fauteuil. Soudain, réveil. 11 HEURES MOINS 17. Là, électrique, sans tic-tac, heures lisses, sur le rayon. Près du bocal à bonbons, en évidence. Bien en face. 3 minutes de perdues. Silence est d'or. Mes paroles, de l'argent. Torpeur est au-dessus de mes moyens. Je me secoue. Il s'est rassis. Lueur bleu acier. Ses vrilles brillent.

— *I had a dream last night.*

Il hoche la tête. Je cherche mon carnet beige. Il n'est pas là, à mon côté, à sa place. Pourtant, en accrochant mon pardessus dans l'entrée, je l'ai sorti de la poche. Je me lève, je sors du bureau. Dehors, sur le banc du vestibule. Second oubli. Ce matin, je l'avais déjà laissé sur la table de ma chambre. Bien. Une indication. Le travail est tout tracé. Je ramasse le petit carnet sur la banquette, je rentre dans le cabinet. Je lui explique l'incident. Il hoche la tête. Par où commencer. Par là.

Sur une plage (en Normandie ?) dans une chambre d'hôtel. Je suis avec une femme. Par la fenêtre, nous regardons la plage. Je dis : « Si seulement il y avait du soleil, nous pourrions nager. » Soudain, nous voyons une espèce d'animal monstrueux sortir de l'eau et ramper sur le sable (tête de crocodile, corps de tortue)

tiens curieux en relisant je m'aperçois croyais avoir écrit *in Normandy* mais c'est *(in Normandy ?)* parenthèse et point d'interrogation ce n'est pas sûr pourtant j'étais certain lieux sont brouillés est-ce dans le rêve lui-même est-ce hésitation au réveil peu importe même type qui rêve et écrit *Normandie* un peu refoulée pays brumeux

— *Shall I read the rest ?*

Lui, souvent un fragment lui suffit. On s'y attelle illico. On jette les premiers jalons. On se repère. Moi, j'aime la totalité. Un morceau en dehors du tout, je déteste. Comme l'explication de texte sacro-sainte : quinze vers séparés d'une pièce. *Sois sage, ô ma douleur* sans référence au reste des *Fleurs du Mal.* Il hoche la tête. Il me laisse faire. Je continue

I want to shoot at the animal, although I have nothing but a pellet gun, like the one I had in my childhood. But someone opens a rear window and shouts at the animal which creeps back into the water. I am very angry that I didn't have a chance to shoot.

Je veux tirer sur l'animal, bien que je n'aie rien d'autre qu'une carabine à plomb, comme celle que j'avais dans mon enfance. Mais quelqu'un ouvre une fenêtre de derrière et crie contre l'animal qui retourne en rampant à l'eau. Je suis furieux de ne pas avoir eu la possibilité de tirer.

Tranquille, il détache les mots :

— *Let's take the first part.*

Il ouvre le grand bocal, sort une menthe, suce. Il attend. À moi de jouer. Quand même, il demande :

— *What do you see ?*

ce que je vois ce que je vois pourquoi *la Normandie entre parenthèses* d'abord pourrait être là être ailleurs pourtant ça insiste au réveil c'est bien la Normandie qui m'est venue *beach* plage il m'a déjà entendu là-dessus sait ce que l'eau est pour moi je revis au bord de la mer je suis un animal aquatique *in a hotel room* il connaît mes habitudes mes mythes *with a woman* pardi *sur une plage dans une chambre d'hôtel avec une femme* baigne dans mes archétypes mon scénario favori

— *I know, I know. But what do you associate this particular fragment with ?*

Fragment qui s'associe à quoi. Là, aucune hésitation. Le reste diurne crève les yeux. Hier, le récit de Théramène. Le sacré monstre de Racine est ressorti dans l'océan de ma cervelle. Il a resurgi de mes eaux. Mais Akeret est américain. Bien que né en Suisse. De toute façon, dans la mauvaise, la Suisse allemande. Il faut lui expliquer Racine. Qui c'est. En dehors de l'Hexagone, un inconnu. J'indique la source. Clair résumé de la pièce, de la scène. Je fais mon cours, pour une classe de troisième. Consciencieux bachotage. Pour l'instant, rôles renversés. J'enseigne.

— *All right. Now do you see anything else which happened during the day ?*

quoi d'autre dans la journée ou avant quoi sûrement pas une visite à Rockaway Beach novembre
pas la saison Cross Bay Boulevard Cross Bay Bridge
les hauts immeubles bordant la lagune pointes de
brique et puis après au-delà de la promenade en
planches on passe sous l'arche du *boardwalk* éblouis-
sement infini du sable éclaboussement sonore de
lames vertes les tours d'eau courant à moi trombes
cascadant à mes pieds basculement du ciel liquide
mon être entier se baigne s'humecte au fin fond de
l'horizon jusqu'au trépied d'Ambrose Tower fini
pour des mois la route de l'eau est barrée plus que
sous la forme de pluie semaines mois incarcéré
dans la ville j'ai donc pas été à la mer me suis pro-
mené sur Park Drive East le long des trottoirs de
ciment au bord de l'habituelle faille ondulant en
suivant la crête j'ai vu Willow Lake en bas Meadow
Lake au loin au bout quand on croise Jewel Avenue
des mares sales pas de sable pelade d'herbe croûtes
cailouteuses le monstre n'est pas sorti de là de
l'eau croupissante stagnante d'ailleurs on ne peut
pas y nager *je dis si seulement il faisait du soleil on pourrait nager* furieux je dis à Élisabeth après Nantes à
Châtelaillon flaques de pluie sur la route détrempée marée basse laisses de mer mates nuages lourds
gris rien qui miroite de l'eau sans reflets hôtel bleu
Hôtel Le Rivage miettes de croissants sur la table
mirage en miettes présente mais pas là dissipée perdue après quel inutile retour face à la mer à travers
les mares lentement on a démarré repris la route
des errances sans but au sud vers Rochefort Royan
depuis notre départ de Paris ciel de crêpe bruine
en Bretagne pluie partout Hôtel Ar-Vro dîner

sompteux temps maussade pareil sur la Côte Sauvage à Quiberon rageur *je dis si seulement il y avait du
soleil* revenue en juin 67

— *I got a letter from Elizabeth the day before yesterday.*

Reçu une lettre d'elle avant-hier. Lueur aux yeux
bleus. Il s'arrête de sucer. Suspens. Sous Racine, Élisabeth. Forcément, elle a remué nos rivages, fait
écumer nos ressacs. Tourbillon d'hôtels, fouillis de
côtes, senteurs d'algues. Nos varechs en vrac.

— *Do you think she is the woman in the dream?*

si elle est la femme du rêve tentant je reçois lettre
le mardi casier à l'université battement de cœur je
trouve descend dans case du cerveau mercredi soir
je rêve *at a beach (in Normandy?) in a hotel room I am
with a woman* les paroles coïncident à Châtelaillon à
Élisabeth *I say : if only it were sunny* mes paroles

— *Were you ever in Normandy with her? I'm getting a bit
lost in your trips.*

si j'ai été en Normandie avec elle il se perd dans nos
voyages moi aussi tous nos étés se fondent se confon-
dent dans un tournoiement de soleils de plages une

éruption de montagnes en 66 juillet août entre
Dieppe et Calais puis vers la Loire à travers les Alpes
en Italie par miracle revenue en 67 juin juillet du
Mont-Saint-Michel à Biarritz épousant la côte puis
coupant par les Pyrénées Banyuls rochers rutilants
Collioure échancrures des criques brûlantes de la
Tour du Madeloc vue plongeante sur la dentelure
ocre des rocs on a escaladé le dernier pic à la frontière moi frappant les cailloutis avec mon Kodak
dépistage des serpents éclats de rire *Serge tu es fou*
jarrets cuisses nus courant devant moi plus haut
comme au mont Pyla déjà loin en avant grimpant la
pente moi glissant à mesure retombant elle presque
au sommet moi pieds pataugeant dans le marais
igné de silice embourbé sur la dune énorme accroché au sein croulant de sable

— *Yes, when I think of it, I was with her in Normandy
once.*

Avec Élisabeth, en Normandie. Oui, une fois. Je lui
raconte. Colloque à Cerisy-la-Salle, Centre Culturel
International. *L'enseignement de la Littérature. Sous la
direction de Serge Doubrovsky et de Tzvetan Todorov.*
Noms bien français. Juillet 69. Ouverture prévue le
22. Un sacré travail. Des douzaines et des douzaines
de lettres. *Je ne peux pas venir. Je peux. Je ne peux plus. Je
re-peux.* Repos. Bien mérité. Jeudi 10. À Barbizon.
Avec Nicole. Fait l'amour sur les bancs de mousse.
Tièdes senteurs de résine. Elle avait un pull à grosses
mailles. Relevé, de petits seins dessous. Retroussée,

fesses serrées. Au fin fond des bois. Je fais retraite. Pénitence. Sur les aiguilles de pin. Télégramme dans la cambrousse. *Arrive Orly le 13.*

Je lui explique les circonstances. Le temps presse. Impossible de tout dire. Choisir les détails, élaguer le vague. À l'âme. Retour soudain d'Élisabeth, le 13 juillet 69, après deux ans. Orphéons, fanfares, notre première nuit. Bal de village, tintamarre jusqu'à l'aube. Débutait mal. Allongés, inutiles, sur le lit tressautant d'éclats de cuivre. *Bien sûr, je savais où tu aurais voulu aller.* Ne dit rien, soupire. *Mais tu as vu, j'ai téléphoné tout de suite.* Cabines des P.T.T., à l'arrivée, couru aussitôt, demandé la Résidence de Rohan, sur l'estuaire de la Gironde, juin 67, mais rien à faire. Plus qu'à monter dans la Mustang, tout droit d'Orly vers Pithiviers, de Pithiviers à Orléans, tout droit au sud, après Vierzon, le premier soir de son retour, dernier voyage, épuisés, on s'est arrêtés. À Vatan. Je lui explique.

— *Vatan in French sounds like « va-t-en », go away. A strange kind of greeting...*

Il hoche la tête. Il faut bien que je lui dise. Jeux de mots en français. Les allusions culturelles. Pas bête, il pige vite. Y met de la bonne volonté. Il s'informe de bonne grâce. Voilà, sur le conseil d'un ami, on a été à Mercuès. Château XIVᵉ, rafistolé par Simca-Chrysler. De Vatan à Cahors, d'une traite. Vue superbe, piscine olympique sur le piton aride de roc. Truffes partout, hors-d'œuvre au dessert. D'accord, abréger. Abréagir, aussi. Faut bien. Suis là pour. Vite. L'essentiel. Où. C'est quoi. Si je savais. Un mot, une fortune. 50 minutes, 25 dollars. Mes voyages, peux pas lanterner en route. Quand il parle trop, cela m'irrite. J'apprends des faits intéressants. La fille qui jouait à touche-pipi avec son père, passionnant. Mais c'est moi qui paie. Ses expériences avec patients sous L.S.D. Pas la patience d'écouter. Trop cher. Trop à dire. Je veux parler. Quand lui parle trop longtemps, je suis tendu. Gratuit, j'aimerais bien entendre ses histoires. Il en connaît. Chez lui, on se dénude à l'os. On baisse culotte. Groupe d'ex-drogués noirs à Harlem, en tête à tête avec le Blanc. Tous ligués contre. Il m'a dit : *it was the toughest moment I've known.* Il raconte. Les Noirs ne pouvaient plus travailler ensemble. *Rehabilitation center for addicts.* On l'appelle. Drôlement bardé. *Whitey.* Un vrai cirque. Il en a pris pour son grade. Peu à peu, parvenant quand même à. *You see.* Oui, je vois ça d'ici. C'est cher. Enfin, sans exagération. Peut être 30, 40 dollars l'heure. Parfois, 50. Marché libre des complexes, bourse des pulsions. 25, je ne peux pas me plaindre. Presque un prix d'ami. Pourtant. Quand il s'embarque, ça me tend. J'attends. Passionné, mais qu'il finisse. Moi, ça presse. Dégoiser. J'aboule. Je déballe. Coins et recoins, tripes et boyaux. J'ai envie de chier à la langue. Je me retiens. Vite, qu'il termine. Je me dépêche. J'arrive. En NORMANDIE, oui. D'Orly à Vatan. Mercuès. Elle a pleuré.

On est partis. *Serge, tu n'es plus le même.* Première nuit de larmes au château gothique. Mascarade de fantômes, elle ne trouvait plus mon spectre. Table tournante, esprit es-tu. L'esprit s'est tu. Il ne reste plus que la lettre. Quand je l'ai reçue avant-hier, forcément. Elle a ému, remué les souvenirs à la pelle. À l'appel. Échos. J'ai le crâne en grotte. L'occiput en voûte. Suis envoûté. Jets, jeux de maux. Je raisonne pas. Je résonne. Schizophrène. Hébéphrénique. Mes facultés s'allitèrent. Littérature. Je ne mâche pas mes mots, je les concasse. Fait ding-dingue-dong dans la tête. Syllabes pètent, re-pètent. Répètent. Les sons m'éclairent. Je prends mes vesses pour des lanternes. En anglais, je suis constipé. Peux pas. Vient pas. Pourtant, pas le choix. Déchiré en deux continents, en deux langues. Il faut bien lui expliquer

après deux ou trois jours à Mercuès, nous sommes repartis en voiture là où nous avions séjourné avant, en 67, mais il n'y avait plus de place à la Résidence de Rohan and so we were obliged

dans le fouillis des arbres clairière verte ouverte barrières blanches le rectangle du bassin aux nénuphars trois pignons au castel pointu toit d'ardoises dîner tiède la nuit dehors sur la terrasse et la chambre 84

promenade le long des rochers sentiers d'odeurs arbustes formant des tonnelles parmi les tamaris banc en bordure l'estuaire de plomb fondu en bas dû repartir Sahara sous le déluge africain dans le sinistre solaire le phare de la Coubre derrière nous disparu évaporé à plat sur le moutonnement mou monotone du sable ventre contre ventre au loin à l'écart sa peau crissante de grains de feu sueur agglutinée à ma sueur ses doigts avides me prenant sous mon maillot me faisant surgir colonne dans le désert de la plage

Eh bien, la seconde fois, trouvé moche. Géraniums dans les parterres, sous les fenêtres. Bien maigres. Décolorés. Beaucoup plus petit. Comme une impression d'enfance. Deux ans après, c'était malingre, rabougri. Retourner au jardin d'Éden, interdit. Quittant Mercuès, l'aridité du roc, fuyant vers l'eau, on a voulu quand même essayer. On a regardé la Résidence de Rohan. Castel aux trois pignons pointus. On a repris la voiture. Remontés dans la Mustang. *Bis repetita.* On ne peut pas recommencer. *Mais nous sommes d'anciens clients. Je regrette, Monsieur, nous sommes complets pour juillet.* Quand même y passer. Pour voir. Revoir. Irrésistible. Plus loin, on a dû aller ailleurs. Jusqu'à l'île d'Oléron, et puis, temps rétrécissant, la reconduire jusqu'au bateau pour l'Angleterre *and after staying for a couple of days in a small sunny island just off the Atlantic shore, we drove back slowly toward Cherbourg*

Il m'interrompt. En plein voyage, m'arrête.

— *Just for the record. How was it on your Il-e-d'-Au-lé-ronne ?*

très bien Hôtel Le Grand Large ciel d'azur merveilleux soleil deux grands lits bleus huîtres avec de petites saucisses piscine à l'intérieur au cas où mais sable brûlant on a été à la plage au Château-d'Oléron à la pointe jusqu'au désert de rochers mérite son nom île lumineuse

— *I mean : how did you feel ?*

Le salaud. La fiente. Il me coince. Ce que j'éprouvais. Peux pas lui mentir. Coûte trop cher le mensonge. Je le paye pour lui dire vrai.

— *How did I feel ?*

Il m'a attrapé. Crochet du gauche au menton. Au menteur. Monté sur les grands sentiments. Chevauchant les souvenirs idylliques. En plein délire de la lyre. Vlan. Nicole. Je voulais amortir le coup. Ma roue de secours. Arrachements viscéraux. Départs qui désentripaillent. Ai eu ma claque. En 66 et 67 à Paris. En 68, à Prague. Soupé des adieux. Pas envie de recommencer. Ménager les transitions. Plus vingt ans, éviter secousses du cœur. Mais oui. J'admets. J'ai appelé Nicole. Oléron, île lumineuse. Hôtel Le Grand Large, piscine intérieure, lits tout bleus, avec Élisabeth, couchée, en face

— I told her that I had to call my secretary, that I needed her at Cerisy, to help me with the symposium

Élisabeth allongée me regardant dans les yeux j'ai dit *Excuse-moi Ce ne sera pas long Deux minutes Dois appeler ma secrétaire* occasions-là j'improvise avec aisance imaginer m'est naturel *Besoin d'elle pour Cerisy pour colloque* le 2 à Cerisy dur à avoir attente interminable assis-là
important urgent finalement au bout du fil Nicole *Où es-tu Que fais-tu Moi rien me repose* Élisabeth allongée en face sur le lit me regardant sans rien dire j'ai dit à Nicole *C'est tout arrangé T'ai fait réserver une place Peux pas te parler maintenant Pourquoi* interurbain c'est cher *au revoir On se verra mercredi prochain* je raccroche à Nicole lui ai pas dit de qui était le télégramme au Domaine de Corne-Biche à Barbizon vois pas pourquoi inutile sert à rien de mélanger j'ai dit *C'est des affaires pressantes Suis obligé de rentrer à Paris Rendez-vous à Cerisy dans douze jours*

Plus de place mais téléphonerai pour toi ne t'en fais pas
J'arrangerai les choses Tu pourras venir j'ai tenu parole
lui ai téléphoné d'Oléron

une fille qui débarque au beau milieu d'une autre.
Chat échaudé. N'allais pas lâcher tout à fait la pre-
mière. Craint l'eau froide. Larmes, sanglots, je savais
d'avance. Je suis frileux. Nicole, pas le grand amour.
Une copine. On était bien ensemble. L'Autre arrive.
Avec sa majuscule. Ma déesse. Oui, j'avoue. Fatigué
des émotions fortes. C'est l'âge. Commence à accu-
ser les coups. Alors, je case. Élisabeth. Entre deux
morceaux de Nicole. Sécurisant. Prudence est mère.
Pas romantique. Reconnais. Pas noble. Confesse.
Plus de la littérature. Le Ténébreux. Grande Âme
Errante. Dans les romans. Lectrices. Jouissent. Écri-
vent. M'est arrivé. Pleure ensemble. Tristan à l'état
pur. Purée. Paumé. Peux pas mentir. Je le paie pour
que je dise vrai. Vérité, c'est

en face d'Élisabeth allongée sur l'autre lit jumeau

I called Nicole, to make sure she would come to Cerisy.
— Why did you do that?

pourquoi pouvais pas supporter l'idée de me retrouver seul totalement vide après plénitude avec Élisabeth

— Because it had become so «full» again with Eliza-beth ?

avec elle   si c'était redevenu plein oui à éclater
soleil éclatant ses yeux gris vert routes qui fulgurent

*But you just told me you called Nicole long distance from
Ile d'Oléron. How's that ?*

Appelé Nicole, c'est vrai. Mais le contraire aussi est
vrai. Se complique. Autrement, pas besoin de lui.
Services, pourrait s'en passer. Si c'était simple,
serait facile. De s'y reconnaître. De se connaître.
Me scrute. Me trouve. Tout seul. Serait plus commode. Moins dispendieux. Qu'à regarder par le
trou de l'âme. D'accord. Contradictoire. Appelé
Nicole. Pouvais pas supporter l'idée de. *Pour remplir
un vide, après le plein.* Des sens, moteur tourne, Élisabeth, randonnée foudroyante, poudroyante, de
routes. Déroute. L'entends soudain à l'envers. Première nuit, reçue à *Vatan.* Mercuès, suis *changé.*
Résidence de Rohan, sommes *déçus.* Décider. Oléron, j'appelle l'autre. *Si ç'a été plein ou vide.* Cette
fois-là, cette fois encore. Juillet 69, Élisabeth, Eury-
dice. Retrouvée ou perdue. Les deux. Contraires
ensemble. Pas logique. N'y peux rien. Si on appuie
trop sur le vrai, devient faux. Si on presse à fond le
faux, gicle du vrai. *How's that ?* Comment c'est pos-

sible ? Théorie, son rayon à lui. Moi, raconte. Même
à Mercuès

— *We did have some fantastic moments. Even in Mercuès. When she cried, it was a beautiful evening.*

de la route tortueuse en remontant vers le château
dans l'obscurité totale longeant les arbres phares
rares d'une voiture au passage après nuit plus noire
encore allumée faiblement là-haut de points scin-
tillants ouatés d'odeurs de garrigue côte à côte sans
se tenir marchant revenant descendus promenade
après dîner premier soir soudain se tournant vers
moi j'entends ses larmes *Serge tu n'es plus le même*
j'ai conduit d'Orly rageur trop vite vers Pithiviers
comme un fou sans desserrer les dents sans rien
dire à Vatan c'était lamentable dans les éclats d'or-
phéon bal de 13 juillet sinistre cymbales venant cla-
quer aux carreaux promenade en rase campagne
dans le noir aussi dans la ruelle entre les murs des
fermes éteintes seuls martelant la chaussée quelque
chose qui ne va pas qu'on ne recommence pas *tu ne
m'aimes plus* larmes coulant dans l'allée j'ai touché
sa joue *mais si mais si pourquoi est-ce que tu* étoiles de
thym d'origan de basilic aux narines brillant là-haut
tout d'un coup déclic

tout d'un coup choc quittant Cahors tu m'as dit
partons allons vers dans les zigzags de la montagne
calcinée route rampante de tournant en tournant

grinçant sur le goudron fondu cailloux noirs qui giclent après Bergerac s'aplatit après Libourne s'allonge droite jusqu'à Bourg après c'est gravé très exactement sais plus le nom village à flanc de coteau on a traversé la route un sentier d'herbe à travers pré on ne voyait rien encore que quelques arbres pente faible montant toujours à pas lents craintifs en haut de la côte soudain en bas le début d'embouchure lueurs sourdes d'estuaire le soir nappe plombée immobile s'ouvrant s'évasant avec des traînées laiteuses près des bords après l'aridité de roc le pic de Mercuès piscine olympique Simca du Chrysler gothique nos yeux dévalant la colline roulant au bas de la crête coulant au bain baptismal noyés d'eau tout d'un coup choc en larmes c'est venu sans y penser sanglots secoués tous deux de la poitrine à la tête tu m'es revenue intacte entière comme la première fois quand tu as vu à Dieppe la mer de la falaise quand tu as plongé parmi les éboulis de rochers au Cap Gris-Nez quand on s'est engloutis derrière la digue à Ambleteuse au flot montant

— *Let me get things straight.*

Mettre les choses en ordre. Son droit. Son devoir. Les souvenirs, les sentiments, j'admets. Confus. Les émotions, méli-mélo. Mélange tout, lieux, dates. Méli-mélodrame.

When did that «ecstasy» of yours occur, that «water scene» ? Was it

si c'était avant ou après le séjour à l'île d'Oléron quand j'ai appelé l'autre fille mon *extase* ma *scène marine*

Non, l'ordre, c'est ainsi. Mercuès, trois jours, larmes. On repart. Après Bourg, début de Gironde, extase. Là. Remonté l'estuaire, Royan en haut, Résidence de Rohan, voulu revoir. Plus de place. Deux ans plus tard, pâle, maigre. Alors, vers l'île d'Oléron. Azur marin, lumière céruléenne, pinèdes, sable de feu, château, pointe des rochers. De là, téléphoné à Nicole. Voilà les faits.

Then, what I can't understand is this : if it was so wonderful again with Elizabeth, why didn't you keep her with you ?

pourquoi n'ai pas gardé Élisabeth avec moi si c'était si merveilleux

Why did you call the other girl you didn't love ?

retentissent questions remuent mémoire quoi il veut quoi

Or was it that Elizabeth was not s'arrête un instant *all that « hot » any more, except in spurts maybe ? So that*

Élisabeth plus tellement excitante que par à-coups

she wasn't really that different from Nicole ?

Abasourdi, peux pas en croire mes oreilles. Il est fou. Élisabeth, pas différente de Nicole, mais si. Un monde de différence. Un autre univers. Pas sur la même planète. Avec Nicole, pendant le colloque de Cerisy, on a été à la plage. Plusieurs fois. S'est mise à l'eau, agréable. Fait trempette, bain de pieds salé. C'est tout. Avec Élisabeth, soleil sur la mer, sous la mer. Séisme. 69, en bas, 67, en haut de la Gironde. Là. Que ça a explosé deux fois. Désir en raz de marée. Revenu d'un coup. Des fosses océaniques. Trombe, typhon. Emportés, fétus. Épaves, ballottés. Sable d'Oléron fusionnant aux dunes brûlantes de l'estuaire, au phare de la Coubre. 69 ressoudé à 67. Rallumés, illuminés.

— Couldn't you have kept Elizabeth with you then, until the end of your symposium ?

Oui, j'aurais pu. Dix jours de plus. Sans mal. Rien qu'à laisser tomber Nicole. Ne pas lui téléphoner. Sans même être salaud : plus de place. L'Enseignement de la littérature est pris d'assaut. Regrette. Élisabeth : visa d'un mois, mari à l'ombre, à Londres. Pas gênant, un spectre. Perdu dans l'histologie, évanoui au microscope. Elle était prête à rester jusqu'à la fin de mon colloque. Dix jours de plus. Introuvables. Jamais plus. Unique. Moi qui ai dit : impossible. Moi qui ai dit : dois te conduire à Cherbourg. Elle, part à Londres. Moi, Cerisy. Sans retour. Plaie du départ. Sans cicatrice. Toujours ouverte. Lèvres fermées. Rôde, taraude. Question en vrille, *n'aurais-je pas pu.* S'enfonce en moi. Silence à présent. *Garder Élisabeth avec moi toute la durée du.* Colloque. Coloquinte. Qu'est-ce que j'avais dans. Hypothèses. *N'aurais pas pu travailler.* Absurde. Je peux me partager en deux, en dix. Compartiments, ferme l'un, entrebâille l'autre. Présence ne m'aurait pas gêné. Me cloisonne à volonté. Là, elle, en face. Aveugle, si je veux. Vois plus, pérore. PAS VOULU. Pourquoi. Elle, là, eux. Recoins de ma vie rassemblés, toutes mes bribes sous le même toit. Gallois, mon bon maître, ma khâgne. Fidèle Rosasco, ma disciple. Coup d'œil, enjambe. Quart de siècle en quart de seconde. Écartelé, Élisabeth au fond, avec ma sœur, venue exprès d'Angleterre. Collègues d'Amérique, amis de Paris. Morceaux épars. Pingaud à gauche, Gandillac à droite. D'un déclic. Recollé. Puzzle s'emboîte. Mes pièces. Palabres. Me gêne pas, j'aime.

176

malade. Ça me malaxe la tripe. Une main qui me comprime l'estomac, étau au diaphragme. Alors, voilà. Inutile de chercher plus loin. Bien simple. D'accord : avec Élisabeth, une fois encore. Sur le coteau, face à l'estuaire. Une fois de plus. Revenu. D'un coup. Empli à ras bord. Déborde, larmes. Plein à craquer. J'éclate. Je crève. Peux plus supporter. C'EST TROP. Je crie grâce. Et puis, dans dix jours, quinze. La perdre. Fini. Pouce, je ne joue plus. À Oléron, j'appelle Nicole. Avec Élisabeth, couchée sur le lit bleu, en face. La garder pendant le colloque, à quoi bon. Souffrir encore plus après. Non. L'amène directement à Cherbourg, la mets sur le car-ferry. Et sur le quai. Fait pour, les quais. Hoquets. Crise. Adieu. On sanglote ensemble. Passe sur la passerelle, silhouette à manteau bleu sur le pont. Pleure un bon coup. Je remonte dans la Mustang, je file sur Cerisy. Je reprends mon rôle. L'autre Serge. Je redeviens Doubrovsky. Dans l'amour, qu'un prénom, anonyme. Dans la vie, se faire un nom. *Sous la direction de. Colloque.* De Cherbourg à Cerisy. La bonne direction.

— *But you didn't do that at all.*
— *No, I didn't.*

Pas ce que j'ai fait, non. Me connaît. Sait que quand je dis que je vais faire quelque chose. Fais autre chose.

Instead of driving straight to Cherbourg, as I had plan-
ned, I took Elizabeth with me to Cerisy on the opening day.
— Why ? Did anything special happen ?

Fais le contraire. De ce que je dis. Que je vais faire.
Normal, c'est logique. Ma logique. Enfin décidé.
Départ d'Oléron, trois heures. On monte droit vers
Cherbourg. Dernier regard sur l'étendue de bleu, de
feu. Fin d'amour défunt. Route plate entre peupliers,
fleuve à sec. Angers, Laval, Fougères, Avranches. À
travers la lande de Lessay. La mettre à l'embarcadère. Ferry, mari. Au bout, à Londres. Est, ouest.
Rentrent à Prague. Moi, cap sur New York. Départ
sur le *France*. Premier août, prévu, réglé. Avant, je
case mon colloque.

arrivé quoi de spécial prévu réglé hôtel sur le port
Sofitel commode deux pas de l'embarcadère et très
confortable bateau partait le matin qu'à se lever
qu'à s'habiller se regarder n'ai pas pu je lui ai dit
reste j'ai hésité *au moins encore un peu un jour de plus*

L'émoi mollusque. Pulpe de poulpe en dedans. Une
amibe. Je suis fait en gélatine. Traversé de courants
contraires. Mes tropismes agitent mes pseudopodes.
Poussée par-ci, pulsion par-là. Écartelé à deux chevaux, sans cesse, on me tiraille à pile ou face. Le POUR,
le CONTRE, mon supplice. D'UN CÔTÉ, de L'AUTRE,
ma torture. Ne prends que des indécisions. Lui dire
de partir pour l'Angleterre, rester avec moi à Cerisy.
Depuis des heures, à chaque seconde, mon pouls

bat, mon pendule oscille. Je vacille. J'ai dit : *reste.* J'ai ajouté : *au moins encore un peu, un jour.* J'ajoute, je retranche. Pour ne pas trancher. Ma solution ordinaire. Rester un jour. C'est ni partir ni rester. C'est entre. Rien de spécial. Mon comportement habituel. Adieux habituels, nos déchirements accoutumés. Sofitel, un soir, notre hôtel. EN NORMANDIE. *Sur une plage (en Normandie ?) dans une chambre d'hôtel. Je suis avec une femme. Je dis : si seulement il faisait du soleil, on pourrait nager. Soudain, nous voyons une espèce d'animal monstrueux sortir de l'eau*

comme prévu c'était réglé je voulais aller à Cherbourg tout droit en finir avec ce bonheur d'agonie cette joie de mort Granville Coutances n'avions qu'à continuer tout droit mais à la Haye-du-Puits fourche soudain DEUX directions ça bifurque deux façons d'aller à Cherbourg par Valognes la voie de terre à l'intérieur ou par la mer le littoral Cotentin on peut épouser la côte

plus fort que moi ç'a été plus fort j'ai pris à gauche longer plus long mais plus beau on verra encore la mer les rochers à pic encore une fois connais bien région familière en famille je m'y retrouve tout entier je me retrouve

vers sept heures à Carteret petit port bourg sans intérêt accroupi au creux des rochers jetée barques quelques hôtels quelques Anglais de ce côté plage plate à l'abri dans les bras de l'anse balnéaire on est montés par les ruelles jusque là-haut jusqu'au phare

falaise à crête d'herbe montueuse vallonnée corniche des roches en surplomb à pied on a fait le tour
yeux gavés tête tournoyante de verdoiement infini

de l'autre côté du cap à l'opposé du port

gradins de dunes géantes sentiers tortueux de sable
tatoués de mottes rêches on a dévalé dans le vent

plage non pas plage désert de sable derrière haute
barrière droite des dunes crénelée de touffes
d'herbe croulante muraille érigée étirée sans un
accroc sans une faille une crique sans un creux
roide comme une falaise de craie jusqu'au bout de
l'horizon nous en bas au pied debout de dos

devant écume éclate en étincelles glauques mer
poudroie en taches d'opale laine blanche grondement des flots vagues se brisent doux clapotement
calme au loin soudain barre bleue bande foncée
ébrouement de coloris pépiement de teintes appels
de mouettes sur l'eau qui miroite aux filets pâles
striant le ciel déjà soleil se cache se couche

nous debout vent debout froid frais claquant invisible tintamarre en courtes rafales plage à l'infini
dénudée grève sans abri offerte pas un village une
maison un arbre personne sur la planète minérale
comme un bouchon ballottant trace à peine de
barque voile rouge au loin monte descend disparaît
le mât pointe sort de nouveau avalé englouti

cela s'est passé très vite. À mes côtés, bras nus, robe frêle frissonnant comme un drapeau sur ses jambes. D'un coup, elle l'a soulevée, enlevée. Tombant sur le sable mouillé. Soutien-gorge dessus. Le slip aussi, en tas. Sous les sandales. Pour empêcher de s'envoler au vent. Sans un mot. Abasourdi, je dis. *Quoi, qu'est-ce.* Ses cheveux courts affolés battant sa nuque, croupe bondissante. Longues cuisses blanches courant. Antilope, gazelle, biche. Bouche bée. *Qu'est-ce que tu.* Se jetant au tourbillon glacé des vagues, tête s'éloignant dans l'écume, bouchon blond bientôt attiré happé dans l'abîme

voilà pourquoi je n'ai pas pu la laisser partir, ce soir-là, à l'hôtel Sofitel. Voilà ce qui s'est passé. As I speak, I can still FEEL IT.

En parlant, m'est revenu. Amer, comme un flot de bile. Salive verdâtre dans la bouche. Comme un hoquet, un renvoi. M'a envahi. Cause, raconte. Des mots. Et puis, soudain. Là. Au creux, au ventre. Me tient, m'étrangle. Gorge serrée. Cœur en étau. Je voudrais cesser de parler. Fermer les lèvres. Ma blessure. Nostalgie saigne. Rien à faire coule, diluvienne hémorragie, phtisie galopante, plus de sang, de souffle. Goût glauque. La mer reflue sur ma langue. Bouche empâtée d'algues. Oui, j'avoue. Paupières embuées. Toute honte bue. Larmes aux cils. Oscillent. Couleront pas, les rentre. Je me reprends. Il a fini de sucer sa menthe. Accoudé au fauteuil jaune, il me regarde. Je le retrouve. L'avais perdu. Image floue, flotte. Disparu dans le liquide lacrymal. Se cristallise à nouveau, durcit. Ses yeux ont un métal qui coupe.

— *You can feel* WHAT ?
— *Feel* IT.

Sentir QUOI. Dur à décrire. ÇA. Comment expliquer. Comment dire. Aucune idée. Je ne sais pas. Pourquoi. C'est ainsi. C'est quand. Élisabeth est ressortie. Elle a dû rester dans l'eau dix minutes. À sept heures et demie du soir. Le vent aigu, la Manche glacée. Moi, là. Seul, sur la plage déserte. Une des plus belles que je connaisse. Slip, soutien-gorge, sa robe, en tas, à côté, sous ses sandales. *Si seulement il avait fait du soleil.* J'aurais pu nager aussi. Mais le soir, frio. Frileux. Peux pas. Impossible. Immobile, je la regarde disparaître dans la mer. Elle ressort

pétrifié j'en suis resté paralysé trop belle coup au cœur trop arrêté de respirer souffle coupé néréide sirène nymphe ma Norne ma Walkyrie je délire tout ce qu'on veut Aphrodite sortant des eaux toute la mythologie ma déesse ensorcelé envoûté ce qu'on voudra le soleil à présent presque noir la barque de pêche bougeant toujours un peu au loin ELLE ruisselante des pieds à la tête d'eau de rire cascade jaillissante de muscles ondulations des cuisses cataracte de ses cris rebondissant au vent *si tu savais* courant coulant vers moi en moi noyé à sec sur la plage en elle *comme c'était bon* ses yeux gris-vert maintenant visibles grandissants radieux éclats de soleil mouillé *là-bas dans* à quelques pas maintenant de moi pointes de ses seins hérissées tendues chair de poule plissant ses bras lisses la broussaille dégoulinante toute la mer lui a pissé entre les cuisses tout l'océan lui gicle aux jambes ventre écrasé son bassin vaste sa baie profonde j'ai pénétré toutes ses criques rôdé dans ses rades je l'ai naviguée tout entière elle me roule dans sa houle

— *You can feel* WHAT ?

Nausée. J'ai le tangage au cœur. Mon Bateau Ivre. Je chaloupe. Je chavire. Un truc pareil. Peut plus jamais arriver. Fini, perdu. Condamné aux souvenirs forcés. Bagnard à perpétuité. Je reproduis, je répète. Je répercute. Échos me cognent aux tempes. Me carillonnent dans la tête. Scène. Du cinéma parlant. Film sous le crâne. Danse. Une image. Pas réel. Pourtant, me point. M'empoigne. Au ventre. Je veux la revoir. LA REVIVRE. J'y arrive. Presque. Du coup. D'un coup. Ça m'est revenu. Tu m'es rendue. Je ne résiste plus. Je laisse couler mes larmes. Gouttes tièdes au coin des paupières. Lui, il n'est pas impressionné. Il me regarde. Gourmand. Il a rouvert le bocal. Il prend un autre bonbon. Au café. Lentement déplie la cellophane. Transparent. Dessous, brun, rond. Ça lui rentre dans la bouche. Salive, de nouveau il suce. Mais le bleu des yeux a viré. Se fonce. Plus aigu. L'eau de ses yeux. Comme les taches sur la mer. Changeante. S'assombrit, couleur d'orage.

— *What did you do ?*
— *What do you mean : what did I do ?*
— *When she came out of the water, ran toward you.*

ce que j'ai fait quand elle est sortie de l'eau rien j'ai regardé j'ai bu des yeux j'ai qu'est-ce qu'il veut donc que j'aie fait

Là, il cesse de sucer. S'arrête. M'arrête. Il se durcit. Son attention se tend. Me tend. Un piège. Ce n'est plus une question. Sa voix est ferme. Il affirme.

— *I bet you did something.*

Ah, oui. Rien. Une gaminerie. Pour s'amuser. Quand elle s'est approchée, à poil. Se poilant. Rire aux yeux, aux lèvres. Toute secouée, frissonnante. Peau givrée au vent. Pouliche folâtre, s'ébrouant, gambadant. Oui. J'ai pris la robe, frusques et sous-frusques. Ses sandales dans l'autre main. J'ai couru vers les dunes, elle après moi courant, criant. *Si quelqu'un venait, Serge, je t'en prie.* Sur la plage, à toutes jambes. De sa barque, là-bas, le pêcheur a dû. Elle m'a presque rattrapé. La corrida. Elle fonce, je feinte, l'évite. Pour cape rouge, la robe blanche. Matador. L'arène de sable. La reine du sable.

— *That's interesting. You call that nice ?*

Gentil. Mais oui. On a bien ri. Ça y est. Le vois venir Il se prépare. Je contre-attaque d'avance.

— *We had a good laugh, anyway. She kept giggling…*
— *I detect something else.*

regard glacial plage normande bleu acier plonge *détecte*

— *What ?*
— *Couldn't she have caught cold, on that ecstatic beach of yours ? Seven thirty, you told me it was cold and windy.*

sept heures et demie elle nue frissonnante moi oui d'accord il faisait froid du vent pas exagérer pas pneumonie pas l'hiver courir réchauffe d'ailleurs n'a rien dit elle a ri n'a pas duré longtemps à peine cinq minutes

Je m'examine. Suis là pour. Autrement, pas la peine. Tricher, trop cher. SCÈNE. Évidemment, moi, planté là, pendant qu'elle. OBSCÈNE. Le monde renversé.

Avec mon imperméable, col relevé, foulard, pour ma gorge. Rôles à l'envers. Mec, moi, mou, une gonzesse. Elle, la dure. Vrai mec. Se déshabille, se jette dans la houle de la Manche, Normandie le soir. *Chat échaudé.* Ancien tubard. *Craint l'eau froide.* Pneumo, chaque semaine, trois ans durant, grosse aiguille, regonflé. Je me dégonfle. Maintenant, ma laryngite. Frileux. Pourquoi suis resté soufflé, stupéfait. Quand sur la plage, Élisabeth. Pouvais pas croire. Trop beau. Trop belle. Flux de force, flot de vie, courant aux vagues. Trop extraordinaire. Tous ces départs définitifs, retours soudains. Nos retrouvailles, pour nous reperdre. Me remplit. Me comble. M'accable. Elle est. TROP TROP. Donc moi, pas assez. Là le hic. Où l'ébat me blesse. L'extase marine est à double tranchant. L'admiration a deux faces. Déesse sur un piédestal, me rabaisse. Quand je l'adore, je me méprise. Si je m'aime, je la déteste. Situation se retourne. Comme un gant. Scène peut se lire. À l'envers. Il me fixe. Point de mire entre ses prunelles.

— *Obviously, when she came out of the sea, it triggered some deep hostility in you. As a matter of fact, just like in your dream.*

soudain nous voyons une espèce d'animal monstrueux
sortir de l'eau   je veux tirer sur l'animal

sur une plage (en Normandie ?) dans une chambre d'hôtel
je suis avec une femme

186

dans une chambre évidemment Élisabeth je la contiens la renferme elle est sous clé rassurant au lit on est à égalité même l'initiative moi qui l'ai ébats érotiques moi le maître

DEDANS sécurisant seulement *par la fenêtre nous regardons* DEHORS pas chaud *Je dis Si seulement il y avait du soleil nous pourrions nager* mes paroles de Châtelaillon en 67 prises au mot en 69 reprises en rêve Élisabeth elle a relevé mon défi sa robe court aux vagues

la vache m'a laissé seul sur le bord Nausicaa sortant de l'eau moi drôle d'Ulysse drôle de tête immonde à l'envers Eros renversé la carne LE MONSTRE

TÊTE DE CROCODILE   moi peur de nager peur du froid pas un mec couilles coupées elle me châ-tre   femme phallique   m'a pris ma pointe elle qui bande

CORPS DE TORTUE   rond féminin mais dur cara-pace increvable *elle* ventre inaccessible organes protégés si danger signal se rétracte rentre la tête   ma queue peux pas la rentrer *moi* mon ventre est vulnéra-ble trop mou trop gras pas de muscles   rêve   carapace de tortue

monstre   capté la force animale la femme-homme   *Élisabeth* reste plus rien à l'homme-femme   *Serge*   en miroir mon anti-moi

Son œil fait feu. Visé juste. *Dû déclencher une profonde hostilité.* M'oblige à parcourir mon rêve. Restes diurnes, Racine. Accroche Théramène. Monstre. Élisabeth, lettre avant-hier, à mon bureau. Accroche la Grand-Scène, sortie de l'eau, Carteret, en Normandie. De tous nos voyages, dernière image. Jamais revenue. Rideau de fer est baissé, farce est jouée. Forcément, comme final, m'a frappé. Mes analogies marines.

— By the way, what do you want to shoot with ?

veux tirer sur l'animal, bien que je n'aie qu'une carabine à plomb, comme celle que j'avais dans mon enfance

D'accord. Pouce. Je baisse pavillon. J'admets. Feintes, esquives. Démonstration amicale. Match d'entraînement. Terminés. Au réveil électrique, 11 HEURES juste. Vingt minutes qu'on parle. Déjà. Pas croyable. Passe comme en rêve. Pire, plus vite. Une seconde, je respire. Reprends mon souffle. Reprise, nouveau round. Maintenant, on va boxer. Sans gants, à mains nues. Le vrai pugilat. Son pancrace. Hippolyte, lui. *Pousse au monstre, et d'un dard lancé d'une main sûre, Il lui fait dans le flanc une large blessure.* Mon monstre, moi

188

carabine à plomb
comme celle que j'avais dans mon enfance

— *So who is the woman in your dream ?*

Bien sûr. Femme de mon rêve, de mes rêves, évident. *La treizième revient, c'est toujours la première.* ET C'EST TOUJOURS LA SEULE. Ça le malheur, mon malheur. Pas attendu sa question. Depuis qu'on bavarde, commence à connaître le truc. *Die Sache.* La chose. Comme Freud l'appelait. Et Freud. Je l'ai lu. Aussi. Pas tout. Il y en a trop. Une bonne tartine. Connais assez bien la cuisine. *L'Homme aux Rats*, c'est moi. L'anal-yse. *L'Homme aux Loups*, encore moi. Quand une nana s'accroupit, les fesses en bosse, je bande. Par-derrière, ma position préférée. Scène primitive. J'en ai là-dessus à revendre. De quoi faire tout un chapitre, tout un livre. Freud, un peu comme le *Larousse Médical*. Quand je lis, j'ai toutes les maladies. Tubard, l'ai été. La spirochétose. Ictéro-hémorragique. Épidymite. Oreillons à l'âge adulte. Failli crever. Parle pas des méningites, des jaunisses. Crises de foie, biftecks au gril, légumes bouillis, dix ans. Le menu fretin, laryngites, les peccadilles. Sciatique, les tourments journaliers. Insomnie rebelle à tout, l'habitude. Mais vertiges soudains, en plein cours d'été, en Avignon, quand les murs des rues ont tourné, ramené en train, sur civière. Six mois alité. C'est mieux, plus sérieux. Neurologues ont dit : sur-

menage, Gastro-entérologues : amibes. Le Déca-
logue. Dans le *Larousse Médical*, j'ai tout. Artério-
sclérose, je reconnais les symptômes. Infarctus, je les
produis. Colite, je la sens. Cystite, sera pour bientôt.
Faut pas continuer à lire. Coxalgie, j'ai mal. Épis-
taxis, je saigne. Épilepsie, je tremble. Œdème, j'enfle.
Anévrisme, j'ai ma rupture. Ma hernie s'étrangle.
Métrite, vaginite, là, soulagé, peux pas. Mais prostate,
un jour. La vessie aussi. Calcul facile. Freud, pareil.
J'ai tous les signes. Toutes les névroses. L'homme-
orchestre. Le Musée Imaginaire. *Obsessionnel.* Pouvez
toujours vous aligner. Clés, je ferme à double tour la
serrure. M'en vais. Reviens. Tire la porte. Voir si elle
est bien fermée. Mais j'y pense. Et les clés. Vérifier si
je les ai. Viens de m'en servir. Mais si perdues, serait
catastrophique. L'Apocalypse. Tâte ma poche. Bien
là. Autant être prudent. Ne fait de mal à personne.
Un trousseau, ça peut tomber d'une poche. Une
poche, ça peut avoir un trou. Je glisse la main. Simplement pour voir. Être sûr. *Hystérique.* C'est certain.
Un adepte, un néophyte, un convaincu. Je convertis.
À tour de bras, à tour de rôle, le tour des jambes, à
présent, je boîte. À cinq ans, je ne pouvais plus
avaler, gosier bouché, on a pris le docteur Renard
pour plombier. À vingt ans, bandais en guimauve,
une limace, escargot à corne craintive, un zob de
mollusque, j'avais le panais en calmar. À trente ans,
un chinois en fer, une bite de béton. Seulement,
l'estomac en capilotade, débâcle aux tripes, peux
plus rien avaler, aussitôt nausée, rondelle de saucisson, dégueule. Maintenant, je bouffe, tout, des intestins d'acier. Mais peux plus pioncer. Dormir,
interdit. Ça se déplace, d'année en année, d'organe

en organe. Migrations lentes. J'ai la maladie des oiseaux. M'égosille à faire mes cours, j'ai mal à la gorge. Cordes vocales qui piaillent. *Hypocondrie.* Et comment. *Anxiété.* Pas qu'un peu. *La hantise de l'abandon.* Insécurité fondamentale, j'ai un besoin illimité d'amour. *Pervers polymorphe.* J'aime les cochonneries au lit. Des goûts particuliers. Vous ferai la liste. *Mes phobies,* faut pas oublier. Peur de nager trop loin, peur de l'avion, peur de. À avoir des suées. Et pas que les névroses de transfert. La *narcissique.* Très narcissique. Je suis en position schizoïde. Paraphrénique, un peu. Pas paranoïaque. Non, les autres ne me persécutent pas. Je m'en charge. Maso. Sado, idem. Complexes, j'affiche complet. Faut bien parler, en parler. Dans l'espoir, l'attente. Mais en direct. À même, greffé sur. Pas facile. Sans les grands concepts bateau. Les schémas chouettes. Mon Œdipe est négatif. Non, positif. Mon inconscient a viré sa cuti. Je dénombre mes instincts. D'emprise, de mort. J'ai mes pulsions partielles en totalité. Tout l'arsenal. Mon imaginaire délire, mon symbolique est malade. J'abréagis. Mes formations réaction-nelles. Tous les trucs. Les ai lus. Commode. Je ne dis pas que ce soit faux. Non, un refuge. La théorie pro-tège. Dans l'abstrait, bien sûr, j'avoue tout. Avec délice. À m'en lécher les babines. Voulu tuer mon père, coucher avec ma mère. Avec ma sœur aussi, pendant que j'y suis. Bien sûr, un homosexuel refoulé. J'ai le complexe de castration non résolu. Je suis pervers. Je passe à table. Coup de Tartuffe : *Oui, mon cher fils, parlez ; traitez-moi de perfide, D'infâme, de perdu, de voleur, d'homicide.* Je confesse tous les crimes. D'avance. Sauf CELUI. Je l'ai commis aussi,

191

naturellement. En théorie. À distance respectueuse. Dans les traités de psychiatrie, chapitre *x*, paragraphe *y*. En pratique, j'évite quand même. Je m'arrange pour. Passe sous silence. Raconter ça, pas si facile. Raconter vraiment. Mettre la main dessus. Le doigt dessus. Pouvoir dire. Faudrait être comme mon monstre. Taureau-dragon. Tortue-crocodile. Une sorte d'aigle à deux têtes. Sigmund-Proust ou Marcel-Freud. Difficile. J'essaie. À deux, avec Akeret. On s'y est mis. En anglais, pour compliquer les choses. À New York, pas le choix. Pas l'idéal. Mais l'Homme aux Loups était russe. Si on en loupe, il en reste. De quoi faire. C'est parle ou crève. Peux plus vivre. Éteint. Ma chandelle est morte. Ma seule étoile. N'ai plus de feu. Ni lieu. Suis plus nulle part. Sur aucune carte. J'erre. De jour en jour. Un homme, une âme en peine. À la recherche. Raisons de vivre, pas ça qui manque. Le vouloir-vivre. Parti, perdu. D'un coup volatilisé. Me traîne d'heures en heures, matin, une journée à tirer, le soir, m'en étais pas aperçu, je me dissipe. Nuit, m'anéantis. Mais il y a les réveils. Si j'avais le courage, m'endormirais. Barbituriques ou autres. Revolvers sont en vente libre. Je pourrais me libérer. Contre la tempe, dans la bouche. Rien qu'à presser la gâchette. Je suis trop lâche. Et tout le gâchis. Les gosses. Mes filles. Peux pas. Mon père l'aurait jamais fait. A été, avenue Foch, à la Gestapo, étoile jaune à la poitrine. Plaider son cas. Pour survivre. En 43. Gonflé. Fallait être. *Ausweis.* Auschwitz, tout droit. Voulait le permis d'exercer. Tailleur militaire. Sans permis, tous déportés. Été se fourrer dans leur gueule. Entré dans l'antre. En est revenu. Miracle. Devait jamais ressortir. Je m'en sors pas. Peux pas mourir, peux pas vivre. Là, juste, pris dans l'entre-deux. Court-circuit. D'un coup. L'ascenseur stoppe entre deux étages. Arrêt subit. Nuit noire. Panne. Panique. Cauchemar, je cogne aux parois de métal, je suffoque. Suées d'angoisse. Le moteur est mort. Ma machine s'est enrayée, mes rouages grippent, je cale. Il me coince.

oui, d'accord j'ai pas attendu sa question *who is the woman in your dream* quand il s'agit de tirer sur le monstre soudain *carabine à plomb comme celle que j'avais dans mon enfance* c'est clair c'est

— *Of course, on one level, it's my mother. But since, on some level, it's always my mother, I thought we might first explore the other possibilities. They are also there.*
— *Yes, sure.*

Commencer par les autres possibilités, bon. Il hoche la tête. Il approuve. Il sait d'avance. Où tout ça va mener. On commence par n'importe quel bout. À la périphérie. On revient peu à peu. Au centre. Invincible, irrésistible, monotone. Mais on accroche autre chose aussi, au passage. Le récit de Théramène. La lettre d'Élisabeth. Toujours pareil, mais toujours sous un autre éclairage. Faut être amateur de nuances. Au fil des jours, à la longue. Décourageant. J'ai tout dit la première fois. Dès la première séance. Dans la première heure. Tout et rien. Pour aller de rien

à tout. Impossible. Au début, passionnant. Inédit.
Comme aller à confesse. Je me dévide, me déballe.
De la cervelle au trou de balle. Retourné. Peau de
lapin écorché qui pend. Enfin aérer les viscères. On
ensoleille les boyaux. Voir ce qu'on a dans le ventre.
Dure pas. Après, on piétine. Change plus. Comme la
vie, s'immobilise. Je promène mon asphyxie. D'une
chambre à l'autre. Ici. Il joue son rôle. Sa bouche
bouge. Il va placer une autre banderille.

— *What association do you have with Normandy, a hotel
room, your mother ?*

in Normandy ? mis un point d'interrogation en écrivant j'ai déplacé la question de la femme au lieu
transféré le doute mais y en a aucun c'est bien *en
Normandie* là

quelle femme ? je questionne en évitant la question
en demandant *en Normandie ?*

mais pas si simple non plus quelles femmes se mêle
s'emmêle je maintiens que c'est *aussi* Élisabeth
quand elle est sortie de l'eau glacée si belle ce soir-
là nue sur le sable de Carteret m'est resté planté au
cœur dans la gorge

quelle association j'ai avec la Normandie une
chambre d'hôtel ma mère beaucoup d'innombra-
bles non pas un fantasme un souvenir réel c'est

— *I did take many trips to Normandy with my mother, long before I met Elizabeth.*
— *Does the dream recall any particular scene?*

Scène précise. Oui. La vérité, je ne l'ai pas dans la tête, mais dans la poche. La poche-portefeuille. Dans mon portefeuille français. Le noir. Quand je change de portefeuille, à l'arrivée à Paris. Toujours avec moi, dans ma serviette. Après la douane, je change. C'est mon vrai passeport. Mes pièces d'identité. Ont pas la même taille ici et là. Suis plus le même. Plus valable. Je me périme en débarquant. Dollars n'ont pas la forme des francs. Le portefeuille américain, plus petit. En ouvrant, s'allonge. Fait pour la tête de Lincoln, de Washington. Sur les étroits billets verts. *The greenbacks.* Dedans, carte d'immigrant en plastique, *Blue Shield-Blue Cross,* mes assurances-santé. *Social Security card.* Mon matricule américain. 012-30-5777. Je cotise. L'oncle Sam me devra un bout de retraite. Si je clamse pas d'abord. Sûr et certain, j'arriverai jamais jusqu'à l'âge. Tant mieux. Serai débarrassé de moi. Récépissés d'envois, tickets de teinturerie. Compact, solide. Mon portefeuille américain est pratique. Dans le portefeuille noir, le français, mon groupe sanguin, B, rhésus positif, carte Mutuelle Affaires Étrangères, carte d'identité consulaire, pas une vraie carte, pas valable légalement, commode quand même, et aussi. Dans les replis du cuir, odeur de suint, des paperasses. Plan du cimetière de Bagneux, section youpins, tombeaux vides, les déportés à Auschwitz, là où est enterré mon père. Ticket de la grotte du Pech-Merle, visite avec Élisabeth à Cahors. Descendus dans les entrailles, vingt-cinq mille ans, empreinte de femme magdalénienne, six doigts de pieds, sous grillage, sous projecteur, peintures pariétales, aurochs sur roc. Addition de l'Hôtel Alpenrose, à Gstaad, avec Berthe, quand on est montés vers les cimes. Jungfrau Joch, chemin de fer à crémaillère, air raréfié, j'ai failli tourner de l'œil, à trois mille mètres. J'ai défailli. La vérité est là. Dans mon tiroir, dans mon bureau, section France, pour quand j'y repartirai cet été. Dans le portefeuille noir, dans un repli. Carte pliée. Carton jauni. *Tout confort, en bordure de mer.* Un dessin. Entrée sur le côté. Mur bas, dessus, un grand comble triangulaire. Deux étages de carreaux accolés au flanc du brisis. Moi, la dernière fenêtre au premier, à droite. *Hôtel du Casino, Vierville-sur-Mer.* Correct, bien placé, pas trop cher, les w.-c. sont propres. Sur la carte, sur le dessin, on ne voit pas l'autre chambre. Elle est de l'autre côté. Face aux flots. J'ai voulu qu'elle prenne celle avec la vue en surplomb. L'immense étendue d'eau pâle. On est arrivés là, le soir, à la lumière douce qui décline. Avant dîner, on a tenu à aller voir. Dans sa chambre, qui a la vue. Fenêtre ouverte, pour respirer. S'en pénétrer les yeux, le nez. Verdoiement d'iode aux narines, papillotement d'algues aux paupières, embruns d'ombre qui halète. Un quart d'heure, plus, aucune idée, accoudés contre l'appui. *C'est si beau que ça rend triste.* En promenade sur la terrasse, à Saint-Germain, en forêt, à Fontaine-bleau, au parc de Marly. D'aussi loin que je me sou-vienne. Descend sur nous comme un voile, nous enveloppe. Ça nous serre l'un contre l'autre. Brise douce, on frissonne à peine. Triste, parce que cela doit finir. Tout passe. Moment unique. Tremble sur sa tige, pétales vont s'envoler au vent. Il faut s'en imprégner alors. Laisser descendre. Tant pis, après, redeviendra comme avant. Que l'odeur nous enva-hisse. Fugitif. Mais c'est total. Comme les roses, à Bagatelle. Franchie la grille, au-delà des arceaux enténébrés, du boyau humide des sapins. Éblouis-sement de sentiers clairs, vallée soudaine entre le monticule du kiosque vert et la verdure bombée, au loin, là-bas, des collines. Dans les quinconces de senteurs, à pas lents, marche révérente. Penchés, on hume la grosse rouge. On goûte à la petite blanche. Noms anglais, don de. Commémorer le miracle de Lourdes. Exquis. Mortel. Évanoui, ça se dissipe. Après reprendre le collier. Douze heures de parfums Pivert, qui puent. D'ascenseurs Otis, qui grincent. Après le travail, dans la tête. Montent, descendent, sur les tempes boursouflées, la nuque raide. Inclinés là, sur les roses, sur la mer, on se dissout. Relâche. La fête. La féerie. Enfuie, finie. On a refermé la fenêtre, on est descendus dîner. Le rêve, c'est là.

— *Why do you say that ?*

Comme ça. Je suis sûr. Il n'y a pas le moindre doute. Il s'agit de cet hôtel-là. Ce qu'on a vu

de cette fenêtre. Tous deux, dans l'encadre-
ment.

— *What did you see ?*
— *Nothing special, the sea, the boundless water.*

ce qu'on a vu rien la mer

— *Anything happened you can remember ? On the beach,
or during the day, or after ?*

sur la plage pendant la journée arrivé quelque
chose quoi

— *No, I can't recall anything in particular.*
— *And you're sure it's the hotel in your dreams ?*
— *Absolutely.*

Bon. On va se mettre au travail. Tâcher d'y jeter du
jour. Dépend des jours. Sans garantie. N'est pas certain qu'on y arrive. Des rêves qui résistent. On heurte
un mur. Demeurent opaques. À chaque fois, on ne
creuse pas le tunnel jusqu'à la sortie. Serait trop
beau. En pratique, cela varie. Avec de la chance. On
peut. Un peu.

qu'est-ce qu'on a fait ce jour-là Maman et moi et
puis *ce jour-là* quand était-ce au juste

d'abord quelle année quel été je ne vois ma mère que l'été pendant les vacances quand je reviens d'Amérique

c'était pas en 64 non cette année-là soutenance de thèse *Corneille et la dialectique du héros* pas un été à voyages du sérieux le pivot de ma carrière été acheter un costume gris aux Galeries Lafayette Maman m'a offert une chemise de nylon à rayures bleues faire attention présentation élégante mais sobre *sois très poli avec M. Blin écoute Mme Durry réfléchis bien à ce que tu vas dire* en débarquant à Cherbourg du *Queen Mary* foncé droit sur Paris sur la Sorbonne non pas cet été-là

alors 65 non 65 j'ai passé l'été à Amherst préparatifs de départ année sabbatique comme Dieu le septième jour un prof U.S. se repose la septième année mon tour j'ai eu bourse de la Fondation Guggenheim demi-traitement de Smith College m'apprête à revenir en France l'année entière avec armes et bagages épouse et filles Renée cinq ans alors Cathy trois mois toutes mes malles de bouquins faire un livre sur la critique c'est mon projet mon prétexte *Queen Elizabeth* on est arrivés fin août Maman venue nous attendre bien sûr mais pas pu rester avec elle revenus droit sur Paris pas alors ce n'est pas possible

quand donc n'arrive pas à me rappeler tous les étés tourbillonnent 66 non c'est l'été d'Élisabeth lorsque je l'ai rencontrée en juillet la Grande Aventure vendredi 15 aux Tuileries à cinq heures moi venant de la rue Saint-Florentin traversant au feu rouge hésitant désir de détente franchissant la grille pénétrant dans le jardin et alors

avant ça qu'est-ce que j'ai fait

été 66 *Pourquoi la nouvelle critique* sorti en avril ou mai me souviens plus pendant deux jours j'ai fait l'office au Mercure dédicacé mes exemplaires passé mon temps sur la page de garde gardé mes meilleures formules *pour X dans l'espoir qu'il appréciera ce* mon paraphe *avec mes sentiments les plus* pour Y *sincères* pour Z *dévoués* pour A *amicaux* on recommence de A à Z

aussi les malheurs jamais l'un sans l'autre pas de joie sans peine ma femme malade depuis des mois de pire en pire pendant que j'engrossais la Muse maigrissait de page en page de mois en mois un squelette pouvait plus bouffer la peau et les os quand on est arrivés à Paris fin août 65 en pleine forme peu à peu se dégonflant rue Duperré à Pigalle comme une outre qui se vide perdant sa substance vie suintant par tous les pores s'en allant exsangue la chair fondant comme neige automne hiver longue agonie au printemps un toubib a dit *c'est le foie pilules Vichy* l'autre *c'est la rate déformation congénitale* le dixième *ça ira à l'homéopathie épatant avec cent gouttes avant les repas vous verrez* on n'a rien vu plus rien à voir quinze kilos d'envolés plus de muscles seins ratatinés défaillante dépérissante moi je regarde impuissant que faire si ça s'arrête pas

200

qu'est-ce qui clavicules morceaux de tôle saillants salières engoncées au cou s'acharnant à se décharner un échalas geignant sur le lit-canapé noir qu'on ouvre le soir qu'on tire la journée allongée dans la chambre des enfants Renée rue Chaptal à l'école Cathy immobile dans son baby-parc au salon-salle à manger femme de ménage furetant partout appartement trop petit pas un coin où être malade en paix crever dans l'intimité un chat se met un rat dans un trou nid tanière endroit caché nulle part où se retirer moi enfermé dans la chambre à coucher pour écrire état critique

heureux séjour parisien enfin tombés sur un bon toubib digestion mais non rien rate gésier impec déformation de l'intestin peccadille non pas ça Purgon Diafoirus de quartier se gourent Denniker un neurologue c'est d'un tout autre côté qu'il faut d'abord remonter la pente l'appétit ANOREXIE des femmes en meurent un analeptique de choc repos d'un mois absolu et puis retour après en Amérique non pas les pilules Carter la source Hépar pas par là agonie qu'elle s'éteint rien au foie rien au gésier voir un psychiatre

me revient oui après long repos de Claire c'est *après son départ* florissante rentrée ressuscitée couleurs aux joues du Midi de nouveau des formes fin juin ma femme doit repartir à Boston Denniker a dit *médicaments momentané pour guérison faut commencer avec un* n'aime pas le mot quand même ma femme n'est pas dingue faut pas charrier moi-même quand je pouvais plus rien bouffer juste au retour du Mexique été 56 voyage de noces je décide je me fixe en Amérique à peine trois mois marié crac crise de bile au moindre extra bifteck grillé légumes à l'eau des mois des années Doctor Banks a levé les bras au ciel plus rien dans la pharmacopée américaine *devriez aller consulter un* là j'ai drôlement rigolé une belle blague son arsenal est démuni alors il lève les bras au ciel alors *devriez consulter un* ça c'est le truc américain quand on sait plus quand y a plus une flèche au carquois d'Esculape *see a headman* comme si ça se passait dans la tête mais dans la binette y a rien du vent du vide Sartre l'a dit *exister pour une conscience c'est avoir conscience qu'elle existe* l'inconscient n'existe pas une invention métaphorique concept pas sérieux et puis moi je suis normal non si je ne digère plus c'est physique simplement je ne suis pas en France si j'y étais on me soignerait comme il faut ampoules cachets séjour à Vichy

enfin si Denniker l'a dit et Delay la Salpêtrière les grands patrons faut écouter Claire doit retourner chez sa mère à Boston forces renaissantes santé refleurie il faut consolider soigner sinon peut revenir drôle de truc anorexie on meurt de faim sans maladie vraiment bizarre enfin ma femme va mieux l'essentiel n'est pas comprendre mais guérir avec les gosses pendant l'été chez sa mère repos commencer sa cure je me demande à quoi ça sert mais c'est ma belle-mère qui paie au début au moins après on verra si c'est utile moi suis obligé de rester j'ai accepté en septembre invitation de Georges Poulet au colloque de Cerisy *Chemins actuels de la critique* invitation ne peux pas laisser passer obligé de demeurer en arrière conduirai famille au bateau *Bremen* à Cherbourg elles seront très bien l'été dans la maison de fée blanche à Waban chez ma belle-mère sous les frondaisons familiales le long du bras de rivière moi je les rejoindrai en septembre pas long dans deux mois et demi moi aussi je serai bien serai pas seul puisque serai avec

MA MÈRE   maintenant me revient tout à fait   JE ME RAPPELLE

On s'est remis de nos émotions. Une sacrée trouille. Maman a dit : *je ne ferai jamais plus ça.* Un cauchemar. Pour une fois, je suis d'accord. Non, pas son imagination. Ses craintes. *Avant de traverser, regarde bien mon petit. Les voitures arrivent très vite.* Et puis, traverser *aux clous.* Nos bagarres. Moi, je veux traverser ici. Elle là. On est têtus. Elle résiste. Pas une auto. Mais on attend le feu rouge. Elle gagne. Parfois, c'est moi. *Ne nage que là où tu as pied. Après, on peut avoir une crampe.* Elle a gagné. J'ai jamais pu nager plus loin qu'à dix mètres du bord. Les angoisses. Le métro peut tomber en panne entre deux stations. Apocalypse. Asphyxie. J'étouffe. Ne jamais descendre d'un train en marche. *Tu te casseras une jambe.* Mais là, je reconnais. Non, pas ses hantises habituelles. Quand on s'est retrouvés dans la gabare, on tremblait encore tous deux. Une chaude alerte. Le cœur qui bat encore. De quoi vous retourner les sangs. On monte sur le *Bremen*, en rade. Le bateau n'a pas accosté. Gagner du temps. Port de Cherbourg, ma mère et moi, accompagnons Claire, Renée, Cathy, jusqu'à la cabine. Elles seront bien installées. Pas aussi agréable que les *Queens*, mais confortable. En tout cas, à cette date, pas le choix. Un bateau boche. Mauvais augure. On aurait dû savoir. Je dis à Renée : *viens, on visite le navire*. Main dans la main. Un peu compliqué. Les couloirs qui s'entortillent. Mur soudain, cloison inopinée. En plein milieu. C'est mal foutu. Pour continuer, faut changer de pont. Monter. Ou descendre. Sais pas. Suis pas sûr. *Queen Mary, Queen Elizabeth*, connais comme ma poche. Ici, suis un peu perdu. Maman est restée avec Claire. Elles se disent au revoir pour longtemps. Soudain, sirène. Sifflet. *Visiteurs doivent sortir*. Pris au piège. Le cauchemar des cauchemars. NE PEUX PLUS TROUVER LA SORTIE. Je tire Renée par le bras, j'erre. De corridor en corridor. Aux entrailles sombres. Égaré dans les boyaux. Dans le ventre de la baleine. D'abord. On s'amuse. Et puis, devient sérieux. Tragique. Le dernier appel. Le *Bremen* brame. *Les derniers visiteurs doivent*. Après, navire lève l'ancre. Nous dedans. Coincés. Sans passeports, sans bagages. Sans fric. Frits. Embarqués jusqu'à New York. Et retour, sans débarquer. L'hélice se met à tourner, les parois vibrent. Je délire. Personne dans les couloirs. Renée hurle : *Daddy, you must go*. Dingo. On court. On monte un escalier. Descend. Remonte. *Ausgang*. Pas un signe. Pas de sortie. Enfermés dans l'animal. Labyrinthe de tripes en métal. De quoi se cogner la tête. À mon tour, je hurle. Je l'ai perdue. Elle me tinte, me tourne. Soudain, un officemar, de la gradaille. Grand mec à galons surgit. Crie en anglais : *we can't find, please.* Je supplie. J'implore. L'officier. L'officiant. L'officiel. Une prière. Une oraison. Un Te Deum. *Follow me, Sir.* Tu parles. À la trace. Sur ses talons. Au pas cadencé. Ouvre une porte. Passerelle encore là. Presque retirée. Déjà les marins qui s'apprêtent. *Danke, danke vielmal.* Je rassemble mon allemand. Pour remercier. Mon Sauveur. Mon Christ. Renée crie. *Bye-bye, Daddy.* Je l'étreins. M'arrache. Descends la coupée. Un peu plus. En bas, sur un banc, dans la gabare. Maman. Joues en feu. Voix qui tremble. N'a pas non plus trouvé son chemin. La sortie. Des émotions pareilles. *Je te croyais perdu, mon petit.* On ne nous en refichera plus. Jamais. Fini. La prochaine fois, on saura. On ne visite jamais un navire. En rade. *C'est bien la dernière fois qu'on m'y prend.* Notre chaloupe s'est détachée du monstre noir, *Bremen* peu à peu mincissant contre la ligne des môles, maintenant glissant entre les mâchoires des jetées, épais plumet de fumée, ultime éructation des sirènes, silence à présent sur l'eau lisse.

— *Were you sad to see your wife and children go ?*
— *Of course.*

triste de quitter ma femme et mes gosses quelle question mais c'est mieux ainsi Claire sera bien soignée là-bas chez elle

— *From your story, it was quite a dramatic departure.*
— *Yes, we almost got trapped in that fucking boat.*

*— What did you feel when you landed again in Cher-
bourg?*

en débarquant à Cherbourg *éprouvé quoi* normal
soulagé

— Fantastic relief, of course.
— At what?

sonné si j'étais resté dedans catastrophe épouvan-
table indescriptible ma pauvre mère malade DE
QUOI J'ÉTAIS SOULAGÉ demande il est dingue

— Was that the only kind of relief?
*— O.K. I know what you mean. Yes, I was very happy to
remain alone with my mother.*

Si c'est ça qu'il veut me faire dire. D'accord. Soulagé
d'être enfin seul avec ma mère. Vrai. Ma femme,
avec les gosses, à Boston. Ma sœur, avec son mari, en
Angleterre. Moi, ici, avec ma mère. Pas trop tôt. Les
autres, tout autour, plus pareil. Avec mon beau-
frère, parler anglais. Ma mère, ma sœur, en anglais.
Étrange. Étranger. Plus tout à fait elles. Ma mère,
c'est ma langue. Claire, elle, parle admirablement
français. Aisance, accent, une indigène. Presque.
Mais enfin, dans la cuisine du Vésinet, attention, *il
faut surveiller la petite.* Ma fille qui court, vaisselle
qu'on casse. Avec les gosses, dur de parler. Dans

bruit, tension, attention, pas facile. La cuisine est trop petite, visites du dimanche, Claire et Renée. Pour tant de monde. Ma femme qui dit. *Serge, tu devrais sortir la petite.* Si je m'occupe de ma fille. Peux plus être avec ma mère.

— *Let's go back to your dream. You say the hotel in the dream was the Hotel du Casino. Where was it located?*
— *Vierville-sur-Mer. For once I can translate it. It's also called Omaha Beach.*

Retour au rêve. Normandie, pas seulement de l'histoire de France. Débarquement, franco-américain. Lui et moi, entre nous. Jette un pont. *Omaha Beach.* Tête de pont. L'autre nom de *Vierville.*

— *How are you so sure it's the room in your dream?*

attention soyons précis n'ai pas dit que c'était *ma* chambre dans le rêve c'est *la chambre de ma mère*

c'est elle avec la vue en surplomb tout droit sur les flots au bout du couloir je lui ai dit *prends-la* elle a dit *non prends-la toi-même mon petit* j'ai dit *non ça me fait plaisir que tu* pour une fois qu'elle voyageait je voulais qu'elle ait la vue qu'est-ce que ça pouvait faire ma propre chambre n'était pas loin à quelques mètres entre nous les w.-c. propres équidistants en cas de besoin pratique bien désodorisés agréables j'ai bien vérifié en montant en descendant j'ai dit *prends la chambre sur le devant* elle a dit *mais non il n'y a pas de raison tu seras mieux* j'ai dit *non je veux que tu aies la vue*

pourquoi je suis sûr que la chambre de l'hôtel en Normandie dans le rêve c'est cette chambre

sais pas peux pas donner de raison c'est incertain je suis sûr

sur une plage en Normandie dans une chambre d'hôtel je suis avec une femme c'est ma mère *par la fenêtre on regarde la plage* déjà tard le jour qui décline descendre dîner petit hôtel cuisine ferme nous dépêcher il faut pourtant envie irrésistible accoudés ensemble à l'appui de la fenêtre pâle opale clapotante on a regardé l'étendue penchés côte à côte on a humé la mer

je dis si seulement il y avait du soleil on pourrait nager j'ai dit ça à Élisabeth ici le rêve s'épaissit bifurque je m'en vais dans un autre sens

— *Then I'll ask you again : what did happen there, to make that evening so special ? After all, you just told me you took many trips with your mother. Why did that particular scene stick in your mind ?*

je cherche je cherche lui répondre me répondre *qu'est-ce qui est arrivé de spécial ce soir-là pourquoi ça m'est resté en tête* d'abord pourquoi ça m'est resté en poche dans le portefeuille noir carton plié jauni je l'ai toujours le porte l'emporte partout amulette mon talisman

souvenirs j'essaie en vain ne donne rien on avait fait d'autres voyages des épopées en Alsace en *59* Claire est restée à Boston cette année-là enseignait cours d'été à Suffolk University pour elle un pas important dans sa carrière future les sciences politiques suis rentré en France tout seul avec ma mère depuis que j'ai quitté la France en *55* mon mariage en *56* ma mère ma sœur venues nous voir en *57* Amérique Maman dans le grand lit à baldaquin à Waban mousseline blanche dans la maison en fête de mes beaux-parents l'année d'après *58* premier retour en France en trois ans au Vésinet avec Claire passé l'été là avec ma sœur ensemble acheté le vieux tacot noir la six cylindres traction avant de gangster vaillante ma première voiture en France d'occasion mais en bon état on a été avec Claire en Italie en *59* me souviens les premiers jets l'Atlantique en sept heures au lieu de douze cinq heures de trouille en moins appréciable sans Claire suis revenu seul avec Maman quand elle a pris ses vacances adieu Otis assez d'ascenseurs ascension des Vosges en vadrouille dans la Citroën pèlerinage aux sources vers l'Alsace

à Vierville c'était donc pas la première fois et la nuit d'avant à l'Hôtel de Tourville à Cherbourg déjà *alors pourquoi* ce soir-là quand même si je calcule *seul à seul* des voyages on n'en a pas eu tellement au fond plutôt rare exceptionnel circonstances spéciales *62-64* quand j'ai séjourné à Paris c'était en famille *65-66* en chœur aussi donc ce *premier juillet 66* à l'Hôtel du Casino c'était quand même en fait la *première fois* tous les deux depuis

depuis qu'elle ne travaillait plus que le Vésin n'existait plus les neuf chênes devant les pelouses le potager derrière tous les arbres abolis folles herbes effacées trente ans de vie vendus d'un coup énorme bloc d'être englouti coulé au fond sans trace partis sans laisser d'adresse je n'habite plus nulle part

pour la première fois en tête à tête depuis des années avec Maman

mais j'y pense soudain c'était vraiment non mais réellement la *première* fois *face à la mer* ensemble Alsace en pleine terre étranglé dans les montagnes Marseille Nice en 58 oui mais avec ma femme ma sœur hier soir l'Hôtel de Tourville près du port gris dans les maisons sans vue sans échappée *par la fenêtre* POUR LA PREMIÈRE FOIS en bas d'aplomb tremblement blême des vagues respiration sourde des flots à nos pieds de bout en bout à l'infini lambeaux de jour qui miroite derniers verdoiements de soleil

ça n'était jamais arrivé avant avec elle

c'est donc pourquoi ça m'a frappé c'est resté avec des filles au bord de la mer déjà oui au Croisic sur un rocher avec Berthe *quand* en janvier 66 *la même année* conférence sur la critique à Nantes au retour on s'est arrêtés janvier-juillet tiens *à six mois de distance* j'avais jamais rapproché

tiens et j'y ai jamais pensé non plus Élisabeth la Rencontre aux Tuileries Séduction l'Épopée marine tout le truc de *la Dispersion* ma Geste Tristan et Iseut balnéaires entre Calais et Boulogne commencé le vendredi 15 juillet 66 *15 jours après* l'Hôtel du Casino avec ma mère à Vierville pendant que ma femme à Boston

curieux j'avais jamais vu le lien *Maman-Vierville* ça se situe entre *Berthe-Bretagne* et *Élisabeth-Boulogne* c'est au cœur de mes périples au centre de ma vie maritime

rêve central revient des années après récit de Théramène Racine déclenche lettre d'Élisabeth mardi surajoute ça renvoie

— *All right. But then, what's so special about being with your mother by the sea ?*

Jamais content. À peine on trouve un bout de réponse. Il pose une autre question. Je ballotte. Je flotte. Bouchon, je sautille entre question et réponse. Tiré en bas, poussé en haut. Ma cervelle tourbil-

211

lonne. Un tourniquet. J'ai le tournis. *Pourquoi, pourquoi.* Sans cesse. Vague après vague se soulèvent. Happé, flux, reflux. La houle dedans. Je m'abandonne. Devient fatigant. La dérive permanente. On arrive jamais au rivage. Au terme. Au mot.

pourquoi c'est si extraordinaire à l'hôtel avec Maman près de l'eau

What is so special ? Rien. La banalité même. *Mère-mer.* Un pur cliché. Dans Freud. Traîne partout. Dans tous les coins. Chez Jung. Un archétype. Pour réponse, ouvrir Bachelard. *L'Eau et les rêves.* L'eau, l'élément maternel. Le liquide féminin. Promenade de Dédalus chez Joyce. Aphrodite sortant de l'onde. Adonis, Osiris, Bacchus. Les naissances. De l'Égypte, la Grèce, à l'Irlande. À travers siècles. De mythe en mythe. *Thalassa*, de Ferencsi. Doctes caboches englouties dans l'H_2O. Psychanalystes noyés. La théorie fait trempette, perd pied. On coule dans les abîmes marins. Le fluide amniotique. Dans la matrice. Mes souvenirs aqueux. Au jus de l'outre-vagin. *Mémoires d'outre-tombe.* D'avant-naissance. *Eau = urine = sperme = eaux amniotiques. L'Interprétation des rêves*, note. Symbolisme des rêves urinaires enfantins prennent chez adultes sens sexuel. Rêves de paysage ou de localités : *j'y ai déjà été.* Sentiment de *déjà-vu :* organes génitaux de la mère. Dans scènes d'eau, selon Rank, renverser le contenu manifeste : entrer dans l'eau veut dire en sortir, c'est-à-dire naître. Tous les symboles les schémas. *Monstre qui sort*, c'est l'Inconscient. *Mer*, jaillit du liquide maternel. Monstrueux désir. Je suis un monstre. *Chambre d'hôtel en Normandie*, Berthe avant, Élisabeth après : clair, veux coucher avec ma mère. Bien sûr, j'ai un surmoi, des réflexes, un garçon bien éduqué, bien refoulé : *carabine à plomb*, je tire sur moi, sur le monstre. Et puis la voix par-derrière : *Someone opens a rear window and shouts at the animal which creeps back into the water.* Voix du Père, par la fenêtre de derrière, qui veille, invisible. Il crie. Tout rentre dans l'ordre. Le monstre dans l'océan. Mon inconscient dans les ténèbres. *I am very angry that I did not have a chance to shoot.* Furieux. Pas pu tirer avec la carabine. Tirer mon coup. Frustré par le Père. Menace de castration, j'ai peur. M'entaille, me taille. Ça marche. Du classique. Beau scénario œdipien. Crève les yeux. Aveugle. Trop simple, cache. Commode, on passe à côté. Ou même dedans. Pas de différence. Trop lâche. Comme un vieux con flasque, béant, tout y entre. Mais on sent plus rien. La question, c'est : POURQUOI C'EST SI EXTRAORDINAIRE À L'HÔTEL DU CASINO AVEC MAMAN FACE À LA MER. Moi, rien que moi qui puisse dire. Ou pas. Et aussi, lui dire. À lui. Voir sa réaction. Lueur de ses yeux. Déraillement d'une inflexion dans sa voix. Déviation d'un sourire. Dérobade d'une approbation. Difficile. Dire. Enfin, faut. En route. Je prends le large sur des vagues de pensées flottantes.

pourquoi
c'est si extraordinaire
à l'Hôtel du Casino
avec   face à
pourquoi

oublier les bateaux Bachelard Jung Freud

pas si commode   fait partie comme on dit de
mon bagage j'emporte tout ça avec moi   vissé
dans ma cervelle s'en délester pas facile

l'eau *pourquoi l'eau* un mur je bute *avec Maman* aussi
pourquoi *en face*

et pas *dessus* par exemple non là ça s'éclaire tout seul
dessus ce serait dangereux une barque peut chavirer
sur l'eau on se noie risque de couler *en face* c'est
beau et tranquille pas dangereux *ne nage pas là où tu
n'as plus pied attends deux heures* pour digestion sinon
crampe présente absente Maman me surveille du
rivage eau remue mer *dessus* on a mal au cœur

comme la montagne beau *d'en face* par définition
sinon faut grimper des heures pente raide les rocs
qui roulent pas l'effort non l'effort fait du bien aux
muscles mais si le sentier cesse les caillasses devient
vague on peut plus trouver son chemin crevasse
cachée en montant on tombe

donc montagne mer ça se contemple à distance la
nature on l'aime de loin son parfum visuel volatil

vous emplit inonde on s'y baigne on s'y dissout on s'y dilate

MAIS de près de trop près dangereux vous happe avale c'est dur aigu des dents qui déchirent la chair est faible des rocs qui brisent dos se casse des mois dans le plâtre allongé ou trop mou sirupeux liquide on disparaît dedans on coule

LA NATURE   vital   essentiel mais
        pas fait pour toucher pour tripoter   SE
REGARDE SE RESPIRE

la fenêtre c'est donc idéal le lieu le lien parfaits *l'eau* on reluque renifle mais sans se mouiller

c'est le soir sans attraper froid

contraste absolu avec la veille une sacrée trouille à Cherbourg le *Bremen* en rade dans les entrailles de fer prisonniers de l'eau ballottés en plein DESSUS nous DEDANS pas de papiers de passeports

par contraste maintenant à la fenêtre bruissement paisible respiration douce accoudés à la barre d'appui immobiles dans le soulèvement à l'infini de la houle

je dis : si seulement il y avait du soleil on pourrait nager mais voilà précisément y a pas de soleil ça tombe à pic peux pas nager *veux pas nager* vérité *j'ai pas envie* un rêve c'est protéen faut l'épouser toutes les formes gant flasque toutes nos pointures pouce index faut l'enfiler pour voir la bonne taille s'étire s'allonge un élastique et nous on a des doigts sans nombre coupés repoussent têtes de l'hydre un rêve toujours un cauchemar

tentacules prolifèrent pullulent étrange mou étrangle vous suce puissant plus fort

ventouses vous pompent le sang *pourquoi pourquoi* bras souples de poulpes j'interroge du visqueux ce sont des questions de pieuvre rampent à la gorge pressent oppressent

Je sors la tête de l'eau. Réveil. 11 HEURES 5. Électrique. Temps glisse, sans un bruit, sans un battement. Je respire. Je regarde. Je m'éloigne. Il est là, en face. Tout près. Dans l'infinie distance. Bras en chemise, sans chandail, accoudé au fauteuil jaune, mains qui pendillent au bout des accotoirs luisants. Il me dit de continuer.

— *Go on.*
— *I think that, in the dream, I am glad there is no sun.*

Bouge pas un cil. Content qu'il n'y ait pas de soleil.

— *What else ?*
— *I am happy that I can't swim.*

Heureux de ne pas pouvoir nager. Dans le rêve, je dis le contraire de ce que je veux dire. M'y perds. On entre ici. Ressort là. Donne le vertige. *Ma mère. C'est Élisabeth.* Ou l'inverse. Aussi *Racine.* Trop de pistes. Trop de fils, je m'entortille. Ou alors, un mur, cogne, je bute. Dans la tête, trop vide. Ou trop plein. Déborde, ça dégouline d'indices. Dégoûtant. Monstrueux. Monstre de Théramène. Mon monstre. Qui trop embrasse. Peux plus étreindre.

Inutile. Peux plus continuer. Impossible d'aller au bout. Au but. Du rêve. Cliché. Suis tellement banal. Un brin d'Œdipe. Avec Maman à l'hôtel. Pas besoin d'être sorcier. Sourcier. Pour trouver l'origine. Sans baguette magique. Pour trouver l'eau. C'est là, dessous. Qu'à creuser, coule, jaillit, un geyser. Monstre qui sort de l'océan. *Tête de crocodile :* la grande pine, c'est mon père. Pas content, veut me punir. Il est Thésée. Fils incestueux. Je suis Hippolyte. Théâtre. Je joue du classique. Relâche. Je suis épuisé. Rideau. Vite, ma carabine à plomb. Je veux tirer. Manque de pot : monstre disparaît. Peux pas. Mon tour de pas être content. *I am angry.* On me frustre. La voix par la fenêtre de derrière. Quelqu'un ouvre, crie. L'animal retourne dans l'eau. Voix de la conscience. Surmoi. *Tu peux pas tirer sur ton.* Défendu. Vais pas au bout. Au tabou. Ma cible se dérobe. Pas tiré mon coup. Pas tué Papa. Pas couché avec Maman. J'ai l'inconscient sage. Civilisé. Je suis furieux, j'ai pas pu, *I am angry that I didn't have a chance to shoot.* La

civilisation, c'est ça. Rentre, refoule, après, furax.
J'ai fait un rêve modèle. Un petit garçon exemplaire. Hippolyte, lui, il a frappé le monstre. *D'un
dard lancé d'une main sûre, Il lui fait dans le flanc
une large blessure.* On connaît le résultat. La conséquence. Écartelé, défiguré, démembré. Tandis que
moi, pardon, minute. Intact. Sans une égratignure.
Je n'ai pas tiré, je m'en tire. Bête rentre dans l'océan,
dans l'ordre. Histoire morale.

— *Go on.*
— *Where ?*
— *Back to the water.*

l'eau encore l'eau il abuse lui ai déjà dit tout dit
content qu'il n'y ait pas de soleil heureux de ne pas
avoir à nager flotte en Normandie toujours froide
pas un plaisir un devoir *montrer que je suis un homme*
nager viril mon père qui m'a appris forcé moi voulais pas à six ans peur eau c'est traître à Molitor si on
coule on peut y rester s'avale nez gorge les poumons
remplis noyé on suffoque le père m'a flanqué une
baffe flanqué au jus gifle en pleine joue j'en jouis
encore *et si tu ne fais pas ce que je te* dégringole dans le
petit bassin glisse sur les marches 1 m 20 petit pour
mon âge m'arrive à ras de poitrine étouffe grand
profond s'avance j'avale irrespirable Javel recrache
microbes foisonnent ainsi qu'on attrape une bonne
otite floc à Molitor dans la flotte

ma trouille rend Papa furieux monter en vélo veut mais on peut tomber se faire mal alcool sur les éra- flures se casser la jambe pan beigne bonne gifle en selle *et si tu ne veux pas je* miracle je ne coule pas un peu d'eau dans les narines mais j'avance en brasse le crawl peux pas trop dur *we see the monster crawl* en anglais c'est le même mot ramper à terre crawl dans l'eau mon monstre fait les deux le père il fait tout musclé des biceps énormes soulève poids et haltères un thorax bombé une vraie cuirasse une *carapace de tortue* tellement c'est dur nage sur le dos le ventre la brasse le crawl tout et tout *tête de crocodile* dans le bain rue de l'Arcade reluquais sa bite une trompe d'élé- phant aquatique tentacule colossal dans l'ombre des poils l'herbe du bas-ventre me poussera un jour mais jamais aussi gros que la sienne la mienne du rikiki mon appendice se termine en queue de pois- son et puis autre miracle la bécane roule je file je tombe pas me fais pas mal drôlement bon agréable de nager et de rouler

l'eau ça m'obsède avec ma mère différent on la longe à pas lents nous enveloppe on la respire les quais les berges les rives les rivages sur les rochers sur les corniches du haut des phares des falaises à la lisière en bordure l'eau c'est voir envie de vue se perdre dans les vagues le vague au lointain à l'hori- zon caresses du large un bol d'air monte à la tête nous enivre capiteux l'eau du vin toutes les eaux artificielles polluées le lac des Ibis les ruisselets maculés à moustiques au Vésinet eaux contractées ça s'agrandit Seine à Bougival chemin de halage jalonné de peupliers haie raide sous nos pas hérissant la promenade à intervalles réguliers ça s'élargit du haut de la terrasse à Saint-Germain la Seine plus la même scène différente château loin derrière l'esplanade de gravier gravie parterres de fleurs après les futaies des marronniers géants au bout du tunnel des feuilles débouchant des allées parallèles peu à peu à découvert approchant balustrade de fer rouillé à pic en bas du coteau roide à vergers dévalant des yeux plus un fleuve un cours d'eau déborde le viaduc perdu dans le ciel tressaille oscille emporté rivière hors des rives en crue accrue de champs à gauche à l'infini de Sartrouville se déverse sur la plaine nue vers Houille vers où à l'horizon rayé crayeux de collines en face jungle foisonnement des dômes verts fouillis des feuilles flèche pointe voilà notre église là-bas piste droite coupant la forêt notre boulevard on peut repérer la maison deviner le gîte dans les branches notre nid sous les arbres le Pecq à perte de vue à vol d'oiseau le Vésinet l'espace se déplie bascule la mer un immense déploiement qui halète sol qui bouge vit vibre choc du ressac aux oreilles de l'eau déferlante qui tinte Maman aime bue des yeux avalée des prunelles imbibée aux rétines humides humecte bain une œillère bleue Optrex on plonge l'œil noyé au glauque aquarium s'apaise eau minérale qui fait du bien qui soigne Vichy le foie Vittel vessie Volvic fraîcheur de volcans éteints c'est pur j'ai visité les sources m'arrête toujours je déguste au gobelet je prends les eaux Luchon saumâtre sulfureux pour la gorge va guérir mes rhumatismes ma sciatique mes lombes vertèbres sacrées l'eau c'est lustral

l'eau   un mur je bute peux pas aller plus loin
après   Freud Jung Bachelard je cogne à la surface molle moite *pourquoi pourquoi* salé c'est amer au
goût la mer pas la laisser entrer dans la bouche ça
poisse dans les narines on suffoque aux yeux c'est
doux ça caresse de la fenêtre respirée inonde je jouis
joie

pourquoi sais pas

face à   clair   *de la fenêtre*   transparent

avec

pourquoi avec

l'évidence même. Aucun besoin de chercher. Avec
elle, rien n'est pareil. Tout change. Ou plutôt, tout
a besoin d'elle pour être. Elle qui fait exister. Par
elle que les choses sont. Un arbre n'est qu'un bout
de bois. Une feuille, de la chlorophylle fripée. Une
fleur, fronce de tissu végétal. Fleuve, flux boueux.
Mer, du sirop verdâtre qui bouillonne. Rien n'est.
Sous son regard, le pieu rugueux s'épanouit, palme.
Arbre. Chiffon colorié s'anime, rose à Bagatelle,
embaume. Je me penche, je respire, passe en moi,
subtil. Feuilles, nervures de chair jaune, vibrent,
tremblent. Fraîches soudain, acidulées aux yeux,

menthe picotant les paupières. Fleuve lent, Seine, un parcours, un départ, le démarrage qui commence, le voyage, mais contenu entre les berges, eau bordée au lit de la rivière, un écoulement berceur, qui doucement nous désancre, nous emporte, un rêve sage. Plage, plus de garde-fou, de rambarde, après le sable, on est arrachés sans fin, happés immobiles aux dérives, aux délires des lointains, balayés vers l'autre côté, l'autre côte, par-delà. *Vers.* Ça revient, retourne. *Où.* Sais pas. Aucune idée. Mouvement de vagues haletantes, moutonnement de désirs écumants, tourbillonne dans la tête, embruns de folie. Océan sous le crâne. Laisse les flots y danser. Farandole des rafales. À pas lents, elle vieillit, on est retournés à l'hôtel. S'appuie sur mon bras. Manteau gris, pas de couleurs trop voyantes, ou marron. Ce jour-là. *Quoi de remarquable.* Ne pas se faire remarquer. On doit passer inaperçu. À la terrasse des cafés, ne pas appeler le garçon trop fort. Ne pas attirer les regards. L'idéal, être invisible. Ce soir-là. *Qu'est-ce qu'on a vu.* À pas traînants, à Vierville, grève droite, on a marché longtemps, fin de journée, Maman dans son imperméable, ses chaussures lui font un peu mal, jambes retraitées, usées, elles veulent encore marcher. Trottine. Trottoir, une belle route goudronnée borde la plage. Plus facile que sur le sable, moins fatigant. Sans parler. Lointain bleuté, dans le soleil déclinant, qui clignote à l'horizon pâle. Seuls. Avec son père, dans les sous-bois, ne parlait pas non plus. Main dans la main de son père. Maigre, sec, fin fond, fine fleur des ghettos, montre au gousset, chaîne d'or, avec sa canne, pommettes osseuses, bosse grise de la moustache raide, nez en banane sur la bouche. Maintenant moi. Main sur mon bras, appuyée. C'est de famille. Se lègue. On m'a transmis. Avec Maman, promenades, souvent en silence.

pourquoi
avec ma mère

l'évidence m'aime   pas à chercher

FACE À LA MER   À VIERVILLE

balades du dimanche lac des Ibis au Vésinet après les pelouses champs de Chatou entre poireaux et carottes vers Bougival chemin de halage sur l'île haie familière familiale des peupliers long de la Seine

différent   parle on bavarde   *qu'as-tu fait* rue d'Ulm *à l'École cette semaine* on récapitule *cette quinzaine* lycée Pothier à Orléans *depuis un an* soupire *dis-moi c'est loin l'Amérique*

Devant la mer, impossible. Trop beau. Coupe les mots, le souffle. Infini à perdre haleine. On se dissipe. Avant, après, de toute éternité sans nous, pareille, immuable, la mort qu'on vit. On n'est plus rien. Transparence pure. Ciel creux se mire en nous, mer débordante, pleine, halète. À l'unisson, unis. Elle, moi, toujours. Elle, moi, rien. Vent du néant, évaporés dans la brise. Non, rien dit. Parler. Indicible.

Dit rien. Ne se plaint pas. Dos rond, sous l'imperméable, se voûte davantage. Presque une bosse. Le
cou se porte en avant. Sur mon bras, ses doigts fins,
flûtés, frêles, *on disait que j'avais des mains d'artiste*,
gros nœuds maintenant, articulations gauchissent,
bois se déjette, branche des phalanges se tord.
Poème préféré, Vigny, *Mort du Loup*. Voix voilée,
de basse, un peu rauque, forte, puissante, sourd,
monte, *Accomplis jusqu'au bout ta longue et lourde tâche,
Dans la voie où le sort a voulu t'appeler*, poitrine caverneuse, labyrinthe du larynx, *Puis après, comme moi, vis
et meurs*

sans parler, stoïque, alourdie d'âge, fripée de rides,
sillons chauds, disque des mots, j'enfonce les lèvres,
plis de peau tiède, effluve affleure, inflexion grave,
voix bien posée, dans le masque pour être acteur,
*après moi répète : C'est le lourd chariot dont la marche
pesante*, du thorax, demi-ton par demi-ton, s'enfle,
c'est-le-lourd-cha-ri-ot dont-la, j'essaie, m'exerce, monte,
descend, gamme du gosier, gargouille, Maman m'apprend à parler, à DIRE, vers, prose, classique, matinées
poétiques du Français, samedi ensemble, quand
c'était encore permis, avant les lois, avant l'étoile
jaune, avant, pendant la guerre, dès l'aube, à nos
risques, périls oubliés, notre périple, *j'ai pris des
billets*, Mary Marquet, Denis d'Inès dans *les Djinns*,
sa voix chante, soudain, claironnante, airain de
gorge, *après moi, dont-la-mar-che-pe-sante*, m'abandonne, baigne ma bouche, sur elle, contre elle, me
raffermis, je reprends pied, je touche terre

FACE À LA MER   JE TOUCHE AU PORT

d'abord, elle a hésité. *Tu crois, cet hôtel ?* Planté là, au coin route-plage. À l'angle. Accoté aux dunes. Solitaire, face aux flots. Pas un trois, un deux étoiles, mais construction récente, brisis racé, croisées modernes, *ce n'est pas trop beau pour nous ?* Hôtel de Tourville, hier soir, à Cherbourg, après avoir quitté les enfants, mis Claire au bateau, *Bremen* brame, silencieux, cabinets propres, avec des Anglais convenables. Nous convenait. Celui-ci est-il *abordable ?* Pas *trop* chic ? *Mais non, voyons, je vais demander deux chambres, ce ne sera pas la mer à boire.* La mer à voir.

— *What did you see ? What was so special that day ?*

a dû être très particulier spécial ai gardé carte jaunie Hôtel du Casino dans mon portefeuille français gardé souvenir pour mon rêve

essaie tente bute mur *mer* vérifié des w.-c. propres elle la chambre juste en face au bout du couloir moi l'autre de côté sur les dunes à sa fenêtre attardés avant dîner repas correct rien de mémorable d'exceptionnel respiré tous deux humé le large un moment

— *Frankly, I can't remember why that memory struck me so.*
— *Had you been to the seaside with your mother before ?*

avant au bord de la mer avec ma mère   oui une
fois   vaguement   en 58   descente esti-
vale vers le midi   avec ma femme ma sœur la
sainte famille   vers Saintes-Maries   Ca-
margue   Côte d'Azur d'usure   tellement
de monde si fatigant   crois pas qu'on ait même
aperçu les flots   furieux ai fait demi-
tour   toute la voiturée hurlante   *mais voyons Serge* Maman ricane *je reconnais bien Julien*   chaussée grouillante larves humaines   auto ai rebroussé chemin   d'autor
          sans demander l'avis de personne

— *What about going to the seaside with your mother in
your childhood ?*

enfance   là il est à son affaire   avec Maman à la plage

— *No, we didn't have enough money to take vacations.*

pas de flouze   floué   mère mer   pas
pour moi   dans l'enfance   jamais dépassé
Fontainebleau   déclic   soudain
          si   une fois

— *Once, we did go to the seaside. The whole family.*

Moment bien choisi. Premières vacances en famille. L'été 39. On a choisi la Normandie. On a choisi Asnelles. *La-belle-plage*. Conseils de qui. Pourquoi. Souviens pas. Plus haut, sur le littoral, à Ouistreham, la tante Dounia, l'oncle Moïsché, Émile. Mon cousin. Gilda, ma cousine. Plus âgée, déjà des formes. Flirte avec Émile. Venus les rejoindre. Venus nous rendre visite. Conciliabule, conclave. En famille. Le Père est ravi. Sa tribu. Tribulations d'Ukraine. Un à un. Les a aidés à sortir. Rachetés contre des dollars. Avec la dot de Maman. Frère aîné, là-bas, condamné, tribunal révolutionnaire, aussitôt on lui a envoyé du fric. Sans demander à ma mère. Sa dot, son pèse. Le Père décide. Sa famille, c'est sacré. Sa mère passe avant sa femme. Moi aussi, je suis en famille. L'autre côté, côté Maman. Loué baraque. On a emmené Tatère. Mémée morte au printemps. Lui changera les idées. En chœur. À cinq. Asnelles. Dans la bicoque. Tatère, Papa. Moi, ma sœur. On se promène. On prend l'air. Les rumeurs. Depuis Munich, plus rien n'est sûr. On en reparle. On remet ça. Tchécoslovaquie, maintenant Pologne. Toujours à l'Est. Maman lave. Linge. Vaisselle. Les courses. Les repas. On revient, affamés. *Les nouvelles sont.* À table. On s'assied. Maman sert. Debout. *Inquiétantes.* Corridor de Dantzig. On s'agite. Mais c'est l'été. Très beau. Les vacances. Il n'y aura rien. *Paris-Soir* plutôt optimiste. Les Russes sont là. Le père est rassuré. Staline ouvre l'œil. On peut dormir. Les yeux fermés. Mais. Virus, zona. Sais plus qui a commencé. Pus, cloques. Suinte de partout, ça coule. Plus assez de linge. À tour de bras, Maman doit laver. Linge sale en famille. Lessiveuse bout en permanence. On s'est repassé le microbe. Maman aussi l'a attrapé. Ça la gratte, la démange. Faire à manger. Dans ces conditions. Cuisine étroite. Cahute, à l'arrière du village. Ne sort plus de la maison. Trotte plus. Frotte. Matin et soir. Peut pas même aller à la plage. Nous, on se promène. Été voir, avec Papa, Tatère, les Trougouboff à Ouistreham, la tribu, Émile, Gilda, entre cousins, je regarde, belle, brune, lui cheveux de jais, bien peignés, grand, je remarque, les vieux sais pas de quoi ils parlent, nasillards, gutturaux, en yiddish, leur langue, leur passé, les retrouvailles de Tchernigov, éclats de rire, grelots aigrelets, la tante se pâme, elle me donne un sablé normand, je mâche, onctueux, devrais pas, défendu, avec les boutons, mais bon, au retour, me rappelle, en plein air, dans un vaste pré, un prédicateur, debout, beaucoup de monde, harangue la foule, baigneurs, pantalons de golf, à casquettes, des paysans en noir, kermesse, c'est de mauvais augure, nos péchés, on sera punis, prédit des malheurs. Je mange le second sablé au beurre que j'ai chipé. Soleil sur l'herbe, les champs ondulent. Tatère s'évente. Il fait encore chaud. Dans la bicoque, la cahute, la masure. La baraque, la barbaque. Prêtes. Maman a lavé, chemisettes, caleçons, repassés, cuisine, qu'est-ce qu'il y a pour ce soir, couverts sont mis, tous à table, moi au régime, poisson poison, urticaire, haricots verts bouillis, bifteck, on s'assied. Maman reste debout. Pour servir. C'est les vacances. Les premières. Les dernières. Juillet-août, pour une fois qu'on a loué. Le 23, pacte germano-soviétique. Septembre, le 1er, Hitler en Pologne. Le 3, la guerre. Asnelles. *La belle-plage*. Maman n'a pas dû beaucoup la voir.

— *This is all I can remember about my mother and the sea.*
— *Serge, what happened that day, before you came to that hotel ?*

Persistant. Comme une taupe. Me creuse la cervelle. Tunnel noir. Ténèbres.

ce jour-là avant l'hôtel du Casino *qu'est-ce qu'on a fait* veut savoir insiste

accompagné la veille Claire et les gosses au bateau en rade à Cherbourg incident *Bremen*

— *Didn't you tell me that Vierville was also called Omaha Beach ?*
— *Of course, now that you mention it, it's obvious.*

C'est moi qui le lui ai dit. Cinq minutes à peine. Lui qui me tend ma propre perche. Il doit se souvenir pour deux. OMAHA BEACH. Pas que j'avais oublié. Si clair, si net. Insituable. Ce jour-là. Ou un autre. INTEMPOREL.

à Utah Beah le périple a commencé entre vide mer ciel sable bien indiqué bien fléché sans réfléchir avec Maman dans ces cas-là qu'un désir pour deux on s'est dit *on va à l'autre également* se discute pas se questionne pas instinctif OMAHA BEACH

panneau marqué bien fait les traces sont organisées circuit touristique la guerre se visite on se promène au débarquement à l'autre bout de notre histoire on boucle la boucle

chemin plus étroit encore vicinale plus étranglée boyau champêtre avant Colleville le village au milieu de rien de la route à gauche encore sur panneau outremer outre-Atlantique CIMETIÈRE AMÉRICAIN en lettres blanches à peine quelques nuages par les vitres le toit de la voiture ouverts campagne crisse de silence odore de prés

on pénètre esplanade allées perpendiculaires soudain dans l'espace qui tournoie infini des tombes rangs sur rangs explose croix blanches jusqu'à l'horizon quadrillage de sépulcres dédale des dalles désert minéral des os invisibles squelettes tourbillonnent

monument marbre doré énorme comme un dôme à ciel ouvert coupole évidée cathédrale des massacres stèle péristyle le monument funéraire à droite

en face encadrée entre le fouillis vert des arbres le foisonnement des haies coincée entre les murs lointains des feuillages prise en perspective prisonnière du paysage de tombes ultime parvis au bout au-delà de la balustrade de pierre en bordure du regard bande immobile la mer bleu pâle où débuter difficile croix blanches à gauche monument à droite esplanade la mer au fond on a hésité par où

après la loge du concierge le bâtiment de l'entrée franchie l'enceinte au-delà du seuil seuls personne Maman moi sans se toucher sans bouger debout on est restés là pétrifiés pris quelque chose dans l'air un silence vertigineux aspirés ensemble dans un gouffre de clair soleil un maëlstrom de tranquillité on a retenu notre souffle

à pas lents on a obliqué vers la gauche rangées à ras d'horizon des tombes cimetière d'herbe alignement de croix blanches file après file sur la pelouse pierres nues devant derrière inscriptions on a lu vie après vie ville après ville *Iowa City* né le *Long Beach California* né le varie mort le s'arrête pile 44 en juin juillet fauché net âge entre 20 et 30 sur les plages dans les fossés au pied des haies

péniches de débarquement arrivent rampes s'abaissent en avant plus qu'à foncer dans le vide derrière plaine d'eau en tumulte juste après tempête opérations retardées ennemis d'abord surpris mais de pied ferme dans les abris bétonnés les blockhaus partout en bordure mitrailleuses au nid canons à l'affût réserves de tanks à l'arrière mur de feu le sable flambe les dunes s'allument d'éclairs tonnerre autour la mer explose

pour me protéger rien rampes s'abaissent *out* faut sortir les sous-offs gueulent *get out boys* resterais bien

encore un peu bateau les *Liberty ships* encore un bercail la rade un havre montants de métal un asile on
me pousse dos reins propulsé le barda qui cisaille
les épaules fusil en main dans la flotte je patauge à
l'assaut je monte plage rouge les types qui tombent
hurlements des mourants officiers ordres *straight on*
copains s'abattent comme des mouches titubent à
terre se tordent sable dans la bouche dans le sable
confondus retour au règne minéral mines qui sautent membres arrachés *faster boys faster*

devant ferraille grenaille mitraille lueurs sèches
dans des éclatements écarlates fumée âcre monticules ocre à ma rencontre en plein poitrail droit
dans la gueule sur la grève répit repos momentanés
on rampe reptiles à casques faut avancer je tire sur
quoi tout droit devant talus d'herbe dans les dunes
dans l'espoir

assourdi vacarme d'obus qui détonent fragments
qui sifflent tintamarre des mortiers bombes cra-
chées à bout portant trajectoires de projectiles dans
tous les sens au-dessus danse vrombissante d'acier
debout *assaut* ordre *aller de l'avant* je me redresse à
côté le type reste allongé immobile son compte est
bon bientôt le mien ceux qui se relèvent *over the top*
commandements résonnent hurlent ceux qui bougent plus toutes les postures accroupis face au sol le
visage au ciel couchés en chien de fusil soudain
pétrifiés sur le flanc moi encore intact par miracle
entier je survis de seconde en seconde condamné
pas possible de s'en tirer ordre je me relève me
redresse poids écrasant au dos du sac à la nuque du

casque en marmite ultime effort sur les genoux d'abord maintenant debout

Iowa City parmi les tombes me promène *Lincoln, Nebraska* venus d'où *Omaha* où aucune idée *Omaha Beach* nom venu d'où doux au soleil tendre tiède caresse molle de l'après-midi rangées tracées au cordeau propre net d'allée en allée un pot parfois et des fleurs pas beaucoup rare le gazon verdoie coupé tondu court entretenu un coin d'Amérique en France

à l'amble ensemble nos deux jambes en même temps nos pas voisins nos pensées d'un même élan allant à CEUX QUI en silence rien à dire cœurs en vases communicants portant l'urne funéraire elle moi chacun par une anse avançant

tous nos morts autour levés soulevés en nous debout hors des dalles Tatère Mémée envolés des lustres déjà gisant allée des Ormes de Klémer à Bagneux caveau de famille reste une place qui ira l'occuper qui d'abord *un jour quand je n'y serai plus* je lui coupe la parole je hausse les épaules n'écoute pas *tu nous enterreras tous* tassée voûtée mais increvable carcasse en fer grippe espagnole en 18 aurait dû clamser dix fois docteur Diamant-Berger avait dit perdue perdu les cheveux c'est tout indemne dans l'épidémie de mort maladies pas même une heure au plumard rhume à peine enrouée crise de bile cesse de boulonner une heure ou deux une matinée au plus *quand je n'y serai plus je voudrais que ta sœur et toi* qu'est-ce que c'est que ces bêtises je rétorque *c'est toi qui pleureras à mes funérailles* elle se fâche *ne dis pas ça même pour rire*

caveau de Papa j'ai l'adresse collectif pouvait pas se payer un mausolée individuel une crypte particulière fosse commune communiste même après la mort c'est dans ses goûts ses idées *Situation de Sépulture Nom : Doubrovsky Date de l'inhumation : 48 16ᵉ Division 1ʳᵉ ligne nᵒ 4* a pas pu s'offrir des noms d'arbres Avenue de l'Aulnaie Avenue de la Frênaie Érables Pourpres Tilleuls Argentés bonnes adresses au-delà de luxe pas dans ses moyens

là qu'on l'a laissé Kaddish le chantre rabbin en yiddish communiste ou pas la coutume quand on meurt on redevient juif voix qui se tord se love flamenco en hébreu monte on le descend énorme dalle soulevée le gros couvercle rabattu graviers dessus petites pierres on met le rite sais pas pourquoi j'ai jamais enterré personne mes débuts de croquemort pompes funèbres du ghetto tous là les anciens du shtetl ensemble sur la plaque de ciment gris noms gravés photos sur émail en colonnes

DOUBROVSKY ISRAËL *1892-1948* ses dates du 10 octobre au 13 janvier quand j'y suis retourné un choc à peine croyable émail mangé au temps aux pluies bas du visage effacé plus de menton plus de bouche il commence au nez à peine brume pierreuse le front sort les cheveux ondulent l'œil brille frappant étonnant frisson fait froid dans le dos œil pour œil dent pour dent trait pour trait son portrait MOI ici aussi collectif public autrement chacun sa tombe mais crevés d'un coup *July 1944* ça s'arrête au même moment rayés d'un geste en chœur sur les plages dans les fossés au bas des taillis tous entre vingt et trente quelques fleurs peu au pied des croix de plus près aussi des stèles en forme étoilée *Richard Shapiro Chicago* à deux pas dans rangée d'après *Louis Cohen Brooklyn* y en a beaucoup eux en un sens c'était normal

des frères venus à notre secours notre guerre on nous extermine terminé plus de youpins solution finale rappliquent Chicago Brooklyn nous défendent se défendent leur peau aussi New York c'est Amsterdam Boston c'est Berlin la Louisiane c'est Paris parricide leur race qu'on assassine leur sang qui coule sur nos plages c'est leur sable qui le boit venus crever dans les haies normandes leurs pays Israël c'est partout où il y a des juifs pareil pas de différence Varsovie ou Vladivostok

mais les autres les goyim *Dick Tavistock Kansas* Texas Arizona venus du fin fond *Jim Lowell Massachusetts* les croix en vrac en foule enfouis là à coups de canons les chrétiens éclats d'obus dans la gueule nous devaient rien fauchés mitrailleuse au ventre c'était pas leurs oignons leur affaire claquement de carabine au coin d'une haie PAS LEUR HAINE c'était pas LEUR GUERRE

PAS LA MIENNE non plus c'est là le hic là où le bât le combat me blesse l'ai pas faite ma guerre l'ai ratée trop jeune 12 ans début 16 à la fin m'en suis tiré sans tirer marrons du feu les autres ont fait feu à ma place glissant entre tous ces gisants fermiers des cambrousses bleds perdus du continent sortis de Faulkner de Caldwell *Route au Tabac* tabassés là ratatinés pourquoi de si loin de l'autre bout du monde ont jamais su Noirs envoyés à leur mort pour lutter contre le racisme une farce mais moi savais *pourquoi* pas trouvé *comment* pas prouvé *que*

JE SUIS UN HOMME obsession d'accord me lâche pas s'acharne sur moi définition d'une obsession revient sans cesse ritournelle dans la tête dans la tripe une idée fixe me paralyse défense passive peint les carreaux en bleu moindre alerte caché dans la cave peletonné étoile jaune peloton exécution au poitrail on a ordonné l'ai portée ordonnances juives obéi obtempéré l'attente passive qu'ils débarquent flics Amerloques vie ou mort les Huns ou les autres destin se joue se règle là-bas ailleurs pile ou face la tante passive

pas de couilles une vraie gonzesse CHÂTRÉ DE MA GUERRE l'agent de police en civil il a sonné à notre cloche derrière la grille dès l'aube risques et périls *à 11 heures je dois vous arrêter partez* sa peau pour nous a fait le tour youpins du Vésin la tournée des déportables lui-même si on l'avait pincé déporté à la porte lui venu nous prévenir moi couru dix mois durant me terrer à Villiers visite au cimetière américain m'enterre

— *What were your feelings when you visited the cemetary ?*
— *I just told you, I was very moved.*

émouvant oui Maman et moi on en retenait notre
souffle tant c'était calme solitaire autour apaisé
toute cette guerre immense éteinte sillons de morts
dans les rangées et nous là tous deux étreints gorge
serrée dans le soleil encore caressant brise qui flotte
au loin entre les arbres la mer

— *Yes, but did you feel anything in particular that time?*

solennité du site majesté du ciel velouté silencieux
sur les tombes blanches pelouses immaculées
immobiles puis à pas lents dans les allées après l'entrée transe muette extase négative ténèbres trouées
de soleil vert à mon bras appuyée minutes on s'est
promenés des siècles marché une éternité

— *Our feelings were enhanced by the beauty of the spot, of
course, but our reactions were as usual.*

Lui veut toujours. Le détail particulier. Événement
en manchette.

— *Didn't something occur before your trip to Omaha
Beach?*
— *You mean, that ship business?*

la veille *Bremen* l'ex-*Pasteur* teutonnisé pris au piège dans le ventre de la baleine AUSGANG cherche plus de sortie sans issue *visiteurs doivent quitter immédiatement* labyrinthe des boyaux bute soudain contre cloison au beau milieu du couloir Renée crie *Daddy you must go* sirènes sifflets juste à temps

Il hoche la tête. Là, dans les replis. Coincé.

— *As a matter of fact, you sounded pretty damn scared, Serge*

oui, bien sûr, une sacrée trouille. Évident. Je reconnais. D'accord. Pas besoin de me zyeuter ainsi. La prunelle en cran de mire. Reflets d'acier bleu aux paupières. Il s'anime. Se concentre. En vrille. Se penche. Comme pour me pénétrer, me percer. Ma carapace de tortue. Me tarauder le blindage. Engin sol-sol, regard anti-tank.

pretty damn scared, if you ask me.

Que j'aie eu peur, très peur. Suis le premier à admettre. Je vois soudain où il veut en venir. Il y a peur et peur. *Pretty damn scared*, on a eu vraiment les foies. À son inflexion, je pige. Ce qu'il veut me faire entendre. Pire sourd. *Peur et peur*. La peur *nor-*

male. Embarqués, sans billets, sans passeports. Aller-retour dans la prison pélagique. Émotion forte. Pour n'importe qui. Et puis, dedans, dessous, la peur *symbolique*. La nôtre. La profonde. La viscérale. Dans les entrailles de la bête. Boche. Pas de sortie. Pas d'issue. Faits comme des rats. Pris au piège. Quatre ans. Ça a duré quatre ans. Quinze cents jours. Des dizaines de milliers d'heures. Millions de minutes. Des centaines de millions de secondes. D'un coup, revenu. Vieille douleur endormie. Soudain rallumée. Lancine. Plaie qu'on débride. Dans les chairs, resté. La marque demeurera toujours. Ineffaçable. Un stigmate. L'étoile jaune. Beau matin de juin. Lundi 12. Pour partir à l'école. 42. Jusqu'à la gare du Vésin. Rasant les murs. Me demandant comment. Si. Ça me ronge. Peur intense. J'essaie en vain de ralentir. Rue Gallieni jusqu'à la gare n'en finit pas. Après, Saint-Germain, copains, le lycée, les autres. Le train, les marches qui montent, la terrasse. Après, la rue Au-Pain. Mon calvaire. Chemin de croix, rien à y faire. Faut y aller. Jusqu'à la gare du Vésin, d'abord. Ensuite, les rafles. Commencé, peu à peu. En douce. Puis, ouvertement. 6 000 apatrides de moins. La vermine juive. Après les Polonais, les Tchèques. Quand on aura épuisé les Roumains, les Russes. Notre tour, les juifs français. Viendra. Sûr et certain. Qu'à attendre. Partir, *où*. S'en tirer, *comment*. Gueule de loup. Mâchoires franco-boches se referment. Pétain-Himmler. Dents d'acier pointu. Indésirables aux camps de travail. Une gamelle, une paire de chaussures, des chaussettes. Le reste. Pas besoin. On laisse. À coups de pied, de crosse, les gendarmes. Autobus verts, entassés. Débordant sur les plates-formes. Direction, Drancy. Direction. *Vers*. Noms qui circulent. *Où*. Buchenwald. Dachau. Plus loin encore. En Pologne. Les grandes rafles, au début. Du spectaculaire. Ensuite, les petites, les quotidiennes. Sorties de métro. Entrées de gare. Au coin des rues. Sur les trottoirs. Le bon, le mauvais. Question de chance. Pile ou face. Chaque matin, le dernier jour. Je sors. On ne rentre plus. Soudain. Bas la culotte, aux chiottes. Papiers, pénis. On vérifie. Après, embarqués. *Bremen*. Sur le bateau boche. Haut-parleur qui hurle. *Dernier avis*.

je veux tirer sur l'animal, bien que je n'aie rien qu'une carabine à plomb, comme celle de mon enfance. Mais quelqu'un ouvre une fenêtre par derrière et crie contre l'animal qui retourne en rampant dans l'eau. Je suis furieux de ne pas avoir pu

that I did not have a chance

de ne pas avoir eu l'occasion de tirer

Le carnet dit : *I dit not have a chance*. Question traduction. *Ne pas avoir pu*. Ou bien : *ne pas avoir eu l'occasion*. Nuance. Pas pareil. Ce que j'ai écrit. Les vraies traces. Pattes de mouche dans le carnet beige. Gribouillage du réveil. Frais sorti. Encore un relent nocturne. Fumet de sommeil qui s'exhale. Le rêve, lui, a disparu. Dissipé. Tout ce qui reste. Jambages hâtifs en anglais. Interpréter. Faut retraduire. Je suis à distance infinie. À des années-lumière de moi-même. Mon texte crève les yeux. *Pas l'occasion* : pas de ma faute. Dépend pas de moi. Suis pas responsable. *N'ai pas tiré* : voulais, étais prêt. Je ne demandais qu'à. Mais voilà. C'est les circonstances. Mon premier jet. Mon premier je. Me décharge. De n'avoir pas déchargé. Je m'exonère. Pas l'occasion. Je me disculpe. En rêve. Je m'inculpe. En réalité. Mon rêve vire au cauchemar. Intime. Mes comptes avec moi-même. J'accuse. Moi. *Monstre qui sort de l'eau.* Les boches. Gris-vert. Glauque. Mon coloris obsédant. *Tête de crocodile, carapace de tortue.* Les tanks. Défilant sur le boulevard Haussmann, au coin de la rue de l'Arcade. Moi, Marc, Charles, descendus. Pétrifiés, abasourdis, plantés là. Immobiles. On n'en revenait pas. Tourelles dardées de l'avant, canons pointés, les coques d'acier roulantes. Monstres. Pavé en gémit, vitres tressaillent, Charles, Marc et moi, on en tremble. Paris, ville ouverte. Ils nous passent sur le ventre. *Vague* d'assaut, *raz de marée, fleuve* de ferraille. Métaphores au grand complet. *Déferlent.* Monstres aquatiques. *We see some sort of monstrous animal come out of the water.* C'est ça aussi qu'il raconte. Le rêve. Ce jour-là, à Vierville. Au cimetière. Le lendemain du bateau. D'un coup. Soudain. Maman et moi. On a tout revécu. La guerre. *À la fenêtre.* Rue de l'Arcade. Héring remplacé par Dentz. *Le gouverneur militaire invite la population à s'abstenir.* Place Saint-Augustin, sur l'affiche. À la fenêtre penchés. Très chaud. Le plus bel été. Depuis des années. Bleu éthéré, azur de gaze. Ciel transparent. Volets mi-clos. 12, 13 juin. On épie, on guette. Ville toute la semaine à l'agonie. Râlant. Le défilé des fuyards. La débâcle du troupeau. Maintenant vide, mort. Plus personne. Paris 40. Silence. À la fenêtre. On attend. Un bruit. Un tonnerre. Leur arrivée. Rien. Jour passe, toits autour qui se voilent d'ombre, quadrillage des rues paisibles au-dessous. Un autre jour. Soudain. 14. Au matin. *À la fenêtre.* J'ai couru. On a, tous. Cous tendus. Penchés. Dans la chape de torpeur solaire, grondement sourd, continu, au coin. Fleuve, vague après vague, un raz de marée. *Invite la population à s'abstenir de tout acte hostile.* Obéi. Me suis abstenu. *Je veux tirer sur l'animal, bien que je n'aie rien d'autre qu'une carabine à plomb, comme celle que j'avais dans mon enfance.* Mes armes. Pistolets à amorces, six coups, barillet à patates, ma carabine. *Yes, your pellet gun. Stay with that.* Je peux l'entendre. N'ai qu'à ouvrir la bouche. *La carabine.* Il est prévisible. Il va dire. *Stay with that.* Plissant les paupières. Parlons-en. Un peu plus. *Restons-y.* À la carabine.

se plie en deux le canon dans la main gauche air comprimé de la main droite je mets un petit plomb conique dans le trou je redresse le levier canon se relève

carabine c'est ma bite ça bande j'ai la queue en l'air comprimé j'appuie presse chevrotine petit calibre du plomb dans l'elle fait pas de mal pas fort pas puissant n'est pas un fusil réel un jouet d'enfant une arme infantile un fantasme *carabite* un instrument commode avec je peux caresser qui j'ai envie instrument de rêve idéal petit plomb fait pas de mâle pénètre pas égratigne la surface griffe la peau quand je me masturbe tire pas un coup réel ça jute dans l'imaginaire

draps blancs l'heure au dodo Maman monte m'embrasse me borde je me branle après doucement j'effleure les burnes berce les roustons tâte la branche en bas d'abord doigts tièdes je remonte ça se relève peu à peu la pine en bataille pas facile à obtenir

à retenir surtout c'est là l'art pas se presser d'arriver se tâter sans se hâter des trucs faut penser à autre chose faire comme si jouer avec du théâtre une vraie scène je vois une fille ouvre les flûtes lui vois le chose puis rien éteindre les feux de la rampe faire du noir

sinon désastre ma faiblesse à peine je redresse mon fût le fusil part en pure perte c'est gaspillé trop rapide tache sur mon pantalon de pyjama sur mon honneur sais pas y faire gélatine entre les doigts gluante subite gelée tiède la poisse pas de veine cartouche vide plus de balle coup pour rien tiré à blanc

voulu tirer sur l'animal on crie *retourne en rampant dans l'eau* suis furieux *pas eu l'occasion de tirer*

ça peut se lire à l'envers c'est l'inverse *j'ai déjà tiré* suis furax de quoi là le hic plus tard pareil avec les vraies filles dans de vrais lits avec ma vraie pine à deux *quand le monstre sort de l'eau* se retourne veut dire *quand j'entre dans l'eau* dans le sexe un truc visqueux machin poilu qui poisse *quand le monstre sort de la mer* c'est *quand je descends dans le con* grotte océane grouille de crabes de pinces ça va mordre dents acérées je me fourre dans la gueule du *crocodile*

ou alors juste le contraire suis pas assez dur peux pas pénétrer caverne marine est fermée on y a mis le couvercle route barrée je bute contre le bouclier une *carapace* à la porte bien protégé jupe gaine slip la morale couche par couche progrès de *tortue*

arrivé au bout au but je débande bouclier poterne herse hérissée de poils plantée de clous maculée d'algues entrée interdite *au fond y a* quoi sais pas peux pas dire au creux du buisson de varech dans les senteurs de mer sentiers de merde j'y plonge la langue salure aigre-douce fiel liquoreux englue emplâtre sirop de nuit aux papilles

rêve me souviens sais plus quel âge adolescence *veux faire l'amour avec ma sœur* l'âge de ma carabine *bien raide bien tendu un pieu un plaisir j'avance je vois comme deux moignons de bouche des mamelons de mâchoires bourrelets de chair jaunâtre striés de rouge soudain flasque mollusque je me ramollis je dé* si joli avant lisse rose-bonbon un bijou imberbe subitement d'un coup gargouille Gorgone masque grinçant rictus au pubis fosses des lèvres qui grimacent

trou *your pellet gun* ta carabine je peux l'entendre *stay with that* la quittons pas encore trou qu'est-ce qu'on met dans le trou de la carabine une chevrotine un plomb pliée en deux quand le canon est baissé c'est comme un suppositoire du doigt je pousse une balle dans le trou

de balle me branle en vain durcis pas m'allonge le macaroni reste tout mou vient pas pousse le doigt dans l'orifice je mets le plomb ça recharge déclic le canon se relève culasse remplie le fusil prêt je me décharge

pas eu le temps de faire ouf *quand le monstre sort de l'eau* qu'arrive-t-il *voix par-derrière qui crie fenêtre qui s'ouvre* suis feinté *monstre retourne à l'eau en rampant* disparu *pas eu l'occasion de tirer*

se décode se déchiffre ça veut dire *quand je rentre dans le vagin* qu'est-ce qui se passe *je me mets le doigt dans le cul* exact *someone opens a rear window* littéral quelqu'un ouvre une fenêtre par-derrière *and shouts at the animal* crie contre l'animal le coït c'est animal

tu ne penses qu'à ça   *tous les hommes sont des chiens*

on hurle quand on jouit comme une bête mons-trueux mais bref heureusement à peine sortie de l'eau la bête y retourne *à peine dans le vagin j'en res-sors* comme quand je me touchais enfance *ma cara-bine d'enfant* peux pas goder vient pas je m'enfile par-derrière empaffé paf déjà parti cri je geins je jouis l'animal a disparu fini liquidé *je suis furieux de ne pas avoir pu tirer*

Je n'ai pas pu. Pendant longtemps. *Tiré trop vite.* Partait tout seul. Comme ça. Pas de ma faute. Tout essayé. L'hypnose. Médecine. Les pilules. Comprimé de gardénal avant. Testotérone sublingual. Folliculine en piqûres. Toubibs à Dublin. Chefs de clinique à Paris. Après la guerre. Mes vingt ans. Ma belle jeunesse. Docteur Franck, derrière son bureau d'acajou. Gros tomes du codex rouges. Toutes les pharmacopées. Course épique. *Carabine, monstre.* Mon rêve, ça. Un récit d'adolescence. *Ejaculatio praecox.* Qu'est-ce qu'il disait. Paupières plissées, mèche du regard qui fouille. Tête penchée. Toujours là. Sur le fauteuil de skaï jaune. En bras de chemise. En plein novembre. Comme Élisabeth. Jamais froid. Ils sont increvables. Heureusement, il a mis l'appareil de chauffage électrique. Pour moi. Malgré chandail et chaussettes. Prendre froid, peux pas me permettre. Ma gorge, lieu sacré. Mon gagne-pain. Faire mon cours ce soir. Le récit de Théramène pendant deux heures. Déjeuner, avant, *Top of the Park.* 12 heures 30. 4 à 6, mes heures de bureau. Pour peu que des étudiants viennent. Palabres. Sans cesse. N'arrête pas de parler. Si je cessais, catastrophe. Ma laryngite chronique. Nouveau. N'avais pas ça dans le temps. Une invention inédite. Pour me gâcher l'existence. Pas attraper froid. Le ventilateur ronronne. *You sounded pretty damn scared, Serge. Que j'avais eu vachement LA TROUILLE.* C'est ça qu'il disait. Je sors des nuages. Du silence. Où donc je l'avais laissé. Ah oui, au bateau. Au cimetière. Après, me suis mis à galoper. Tout seul. Dans ma tête. J'ai pris de l'avance. Machine arrière. Faut retourner. Mais quand même, faut lui dire. Lui expliquer. Voir comment il. Mes pensées, de l'argent, du vif-argent. Pas en perdre un centième. Un centime. Des fois que j'aurais trouvé une pépite. Découvert le filon. En deux mots, lui raconter. En bref. Lui exhibe ma carabine. Ce que j'ai pris dans mes filets. Ma pêche au monstre marin. Inébranlable. Il hoche le chef.

— *All right, but let me repeat once again,*

Son œil, comme un doigt de fée. Me pousse. Repousse. Remet sur la voie. Sa voie. Gant de fer dans l'œil de velours. Il veut quelque chose. Insiste.

Serge, you were terribly frightened.

Décidément. Ma peur lui plaît. Plat du jour. Son régal. Il en redemande. Moi, lui offre. Ma carabine, ma carabite. Fait la fine bouche. Bon. D'accord. S'il en a envie. Vais lui servir. Une belle platée de frousse. Une ratatouille de trouille.

— *Well, even you would have been frightened, the big he-man, caught on that ship.*

Envoyé. Pan. Guet-apens, mon traquenard. Embar-
qué sur ce bateau. Dans cette guerre. Comme s'il
n'aurait pas eu, lui aussi, le grand balèze, les foies.

— *Maybe. But I detect something else.*

Voix calme. L'émeut pas. Pas son bateau, sa guerre.
Se penche. Petite inclinaison du menton. Commis-
sure gauche s'incurve. Inflexion câline, canine.
Montre les crocs.

— *What ?*
— *You must have hit on an old fear, a very old fear.*

d'accord j'admets suis le premier à dire   la
peur   *normale*   coincés ainsi dans la rade   et puis   dessous   en filigrane
pris   au   piège   sirènes   haut-parleurs   allemands   appel   rappel   revenue   d'un
coup   la peur   la profonde   *l'autre*   *the old fear*   l'ancienne

— *Why, sure. The situation on board ship reproduced
symbolically our situation during the war.*
— *Perhaps. But what did your situation during the war
reproduce ?*

Le suis pas. Vois pas. Situation sur le bateau boche. Répète situation pendant la guerre. Là, oui. *Situation pendant la guerre. Répète. Quoi.* Qu'est-ce qu'elle peut. Unique. 10 juin 40 au 25 août 44. Un bloc de temps. Dans ma vie. Sans précédent. Jamais rien eu de tel. Avant, après.

— *What do you mean ?*

Ce qu'il veut dire. Ne répond pas. Sur son fauteuil, son trépied. Proférations sybillines. Parfois explique. Souvent, me laisse répondre. À sa place.

une peur ancienne   très ancienne   pendant la   guerre   peur   intérieure   reproduit   peur antérieure   quelle peur   il veut   en ai toute une liste

attention en traversant aux voitures   traverser aux clous   regarde bien

me scrute   *ne nage pas là où tu n'as pas pied   tu peux te noyer*   liste de mes peurs   par couches   fouille   les anciennes   peurs de ma mère   me les a refilées au complet   *ne manger des huîtres que les mois en r sinon on risque*

peur du risque des risques   vélo on tombe   avion aussi   plus tard   chutes de

249

toutes sortes   *an old fear* cherche   parmi
mes venettes   laquelle il veut

clowns enfarinés à cinq ans ai hurlé Cirque d'Hiver on
a dû sortir le Père furieux billets pour toute la famille
très chers lui gaspille son argent gâche son plaisir   tout autour les gens se fâchent   têtes
des clowns   *ton papa il était tellement en colère*   tête de mon père

cinq six ans   *old fear*   peur de marcher
dans le jardin la nuit   m'avancer vers le potager
dans l'ombre cœur battant   obscurité on ne sait
pas   au fond   trouver quoi me force tout
seul à avancer   gravier invisible qui grince

dans l'imaginaire intrépide   ne rêve que plaies et
bosses   plaisirs guerriers   devant ma glace   enturbanné cimeterre en main trucide
          couteau de cuisine mes épées Pardaillan
          Roland à Roncevaux   tombe devant mi-
roir me relève toujours   invincible immor-
tel   couvercle de marmite mon bouclier impéné-
trable me protège   ou casque sur tête crâne à
l'abri   crâneur

*pour te déguiser tu avais beaucoup d'imagina-
tion*   drap péplum   m'enrobe de moi-
re   mémoire   essaie   d'imaginer *situation pendant la guerre*   c'est quoi   enfermés peu à peu   exclus   monde se rétrécit   *défense de interdit de*   quatre murs de
notre jardin   quatre murs de la cuisine

250

cercle de famille   claquemuré quadrature   comment résoudre   claustrophobie on
étouffe   prison suffoque   une seule pièce
un   an   quand on s'est cachés à Villiers
          sans sortir

reproduit   bateau en rade dans le ventre de la
baleine avalés sans issue tête qui se cogne aux cloisons
aux murs haut-parleurs en allemand qui hurlent   évident   dans l'autre sens

reproduit   quoi   dans mon enfance   ai tout eu pour être heureux   Père au-
toritaire mais juste   Mère aimante dévouée au-
delà du dicible   mon enfance   lointain paradis   appartement rue de l'Arcade propriété
pour les week-ends au Vésinet   années de
paix   reproduit   *quelle guerre*

— *I don't see at all what you mean.*

Vois pas. Rapport m'échappe. Lui ne dit rien. Silence,
regard vague. Il remue à peine, mouvement sur le
fauteuil jaune, s'esquisse. Relève la tête, les yeux.

— *All right. Let's take it at the other end. What did you
feel when you got out of the boat ?*
— *It is obvious, I already told you : fantastic relief.*

251

machine arrière   dans nos zigzags   retour
au *Bremen*

— *Nothing else ?*

incroyable soulagement   sorti des entrailles de la
bête   qu'est-ce qu'il veut d'*autre*   un vrai
miracle idée me frappe   soudain

— *In a way, it happened in reality just as it always happens in my dreams.*

Cette fois-là, c'est le réel. Qui s'est mis à imiter mes rêves.
Hoche la tête, vigoureux. Mes rêves. Toujours l'intéresse. Point mort. D'un seul coup, on redémarre.
Son œil luit. Comment je m'en suis sorti. Du bateau.
Dans le couloir, affolé, tirant ma fille, insecte aux
vitres, noir couloir, soudain. Officier allemand, gradaille, mon allemand grince, *bitte können Sie*, je
halète, arrive pas, supplie, supplice, *can you tell me
how to get out*, réponse aussitôt, anglais impeccable,
follow me, Sir, le suis, emboîte le pas, ma fille me suit,
moi un enfant, vers la sortie, vers la coupée, mon
divin Sauveur me guide.

— *And how does it happen ?*
— *You know, the War and Liberation pattern in my
dreams. It's striking.*
— *And how does it strike you ?*

Guerre Libération   alterne toujours   mon
cycle onirique favori mon cercle vicieux n'en sors pas

guerre on m'attaque on m'agresse la pègre un gang
des femmes en rêve en veulent à ma peau me pour-
suivent ou alors même pas déguisé restes diurnes
indigérés c'est historique les Allemands les Boches
Gestapo bombardements combats les rafles ou
plus récent déferlement d'Arabes de Chinois sur
Israël

— *It strikes me that I am always saved at the very last
moment by the intervention of an outside agent.*

oui toujours les autres qui me sauvent grâce divine
intercession céleste en ma faveur au dernier moment
au moment où

*me trouve mêlé à un violent combat où tout le monde s'en-
tretue de la façon la plus horrible certains plantent des
fléchettes empoisonnées dans les poignets d'autres se transpercent à l'arme blanche en fin de compte une jeune fille et
moi sommes emmenés loin de la mêlée sains et saufs par
un homme de haute taille avec une mitraillette comme une
sorte d'hôte de maître de maison beaucoup d'autres hommes
vêtus comme lui dans les rues j'attendais une fille avec qui
je sortais quand le combat a éclaté*

rêve parmi dix autres me revient me raconte c'est mon histoire JEUNE FILLE ET MOI ma sœur et moi MOI ET MOI mon double femelle puisque *ta sœur et toi vous êtes pareils* FLÈCHES EMPOISONNÉES armes blanches Histoire fait machine arrière retourne à la barbarie primitive médiévale heureusement MITRAIL-LETTE supérieur aux couteaux aux flèches *Et d'un dard lancé d'une main sûre* mitraillette encore plus sûr Histoire bond soudain de vingt siècles Boches ont pas de superforteresses volantes ont plus d'avia-tion plus rien que barbarie primitive médiévale POI-SON leur haine Américains ils sont grands HOMME DE HAUTE TAILLE BEAUCOUP D'AUTRES HOMMES VÊTUS COMME LUI kaki dans les rues au lieu du vert-de-gris supériorité matérielle Libération aussi supé-riorité morale HAUTE TAILLE des adultes EMMENÉS LOIN DE LA MÊLÉE ma sœur et moi moi et moi des gosses par la main on nous protège loin du danger qu'un malheur J'ATTENDAIS UNE FILLE AVEC QUI JE SORTAIS donc pas si jeune plus un enfant âge de l'amour âge de la mort pouvais porter armes QUAND LE COMBAT A ÉCLATÉ du moins quand il s'est ter-miné 16 ans en août 44.

The outside agent can be a soldier, as it happened in that dream about being led out of the fight

Il hoche la tête. Se rappelle. Souvent mieux que moi. Mes rêves. D'ailleurs, pas un rêve. Arrivé en réalité. Grands gars en jeep. Filles en jupe. Jubila-tion. Devant la mairie de Villiers. Immenses types à casques en marmite, en treillis kaki. Jus de treille, à flots. L'émotion coule. Larmes ruisselant aux joues. Jour l. 25 août 44. Vers onze heures. Fin de matinée, fin de ma guerre. D'un coup surgis, on les entoure. À boire. De partout, on offre. Baisers des filles. De partout. Dix mois enfermé dans ma chambre. Terré, premier jour dans la rue. Dehors. Devant la mairie. Liesse. Ivresse. Me monte à la tête. Soudain, plus prisonnier. Plus juif. Je marche. Comme tout le monde. À l'air. Libre.

Or the agent, of course, is my mother. Remember that bombing dream ?

Plisse les paupières. Il se souvient de mes rêves. Mieux que moi. Souvent lui qui se les rappelle. Me les rappelle.

je suis dans un train soudain il y a beaucoup de bruit c'est la guerre les Allemands bombardent le convoi je peux voir les bombes qui pleuvent le train s'arrête la fenêtre est ouverte on va sauter le visage de Maman apparaît sentiment d'une extraordinaire présence je me sens en sécurité

Train, aurais pu sauter. Par la fenêtre. M'échapper. Non. Maman, mieux. Plus sûr. Qu'à la laisser faire. *Fenêtre, Maman.* Comme dans mon rêve d'hier soir. *Avec Maman à la fenêtre.* Mêmes ingrédients. Hors de portée. Hors de danger.

bien sûr pas que le *bombardement du train* maintes autres fois peux pas me souvenir de tout mais la *série Kafka* j'ai mes *Châteaux* mes *Procès* tout un groupe dedans il y a toujours ma

me trouve en prison sans pouvoir au début me souvenir pourquoi je me trouve condamné à un an ferme et je ne peux pas obtenir d'avocat voir un juge ni personne soudain ma mère arrive et m'apporte ce dont j'ai besoin tandis qu'elle se tient à mes côtés j'arrive finalement à reconstruire et expliquer à une espèce de greffière ce qui est arrivé j'ai accroché le pare-chocs d'une voiture et le type qui était dedans m'a emmené au commissariat de police où je suis encore détenu maintenant il semble y avoir de l'espoir que les choses s'éclaircissent

Maman c'est ma mémoire moi souvent oublie ce qui m'est arrivé ma vie a des vides voudrais bien savoir ME SOUVENIR POURQUOI disparu je ne me trouve plus je suis perdu amnésie crise sais plus où je suis qui je suis ce que j'ai fait Procès Condamnation ne comprends pas

mais Kafka n'a pas prévu Maman soudain À MES CÔTÉS change d'un coup me revient me bouche me remplit les trous mémoire pleine sauvé je RECONS-TRUIS je me reconstitue *qu'est-ce que je t'écrivais de Dublin qu'est-ce que j'éprouvais à l'époque pour Josie* ma trame est interrompue je suis poreux tête et cœur en écumoire *Maman sait toujours* qu'à lui demander se trompe jamais infaillible gardienne des fastes des

archives je suis inscrit dans ses documents me col-
lectionne de A à Z

M'APPORTE CE DONT J'AI BESOIN pour qui RECONS-
TRUIRE à qui EXPLIQUER la chaîne des événements
UNE ESPÈCE DE GREFFIÈRE Maman prend ma vie
en note c'est son métier dactylo a même inventé
un système brevet pour adapter sténo française à
l'anglais 500 francs en 1920 appliquée méthode
rigoureuse un zèle implacable chacun s'en remet
à elle les patrons les grands les petits moi Pivert
Otis

aide légale ma tutrice les faits mémoire dans un procès CE DONT J'AI BESOIN aussi un AVOCAT un JUGE
c'est elle SOUDAIN MA MÈRE ARRIVE aussitôt tout
est en place la scène la mise en scène ma mère c'est
mon tribunal

GREFFIÈRE prend ma vie en note mémoire neutre
pas seulement de la sténo me juge aussi MON JUGE
quand j'ai acheté mon costume bleu croisé m'a fait
un procès d'intention quand suis resté pendant
plus d'un mois sans écrire à Dublin *ton frère est parfois bien méchant* à moi en direct *tu es trop cérébral c'est
quand tu en auras autant là* le cœur *que là* geste de la
main vers ma tête *que tu seras vraiment* en pleine
poire me lâche elle mâche pas ses mots *avec Elizabeth* ma gentille Américaine en 54 ma roue de secours
pour patienter pendant que Claire *tu te conduis comme
un goujat* elle m'aime veut m'épouser moi je *tous les
hommes sont des chiens* mais lui ai jamais rien promis
jamais menti *mon petit ce que tu as fait n'est pas bien*

d'ailleurs *quand tu fais quelque chose de mal j'ai l'impression que c'est moi*

plaide ma cause aussi forcément puisque *moi* c'est *elle* si je suis condamnable elle est coupable notre procès est commun on y reste ou on s'en sort ensemble greffière juge elle est aussi mon AVOCAT inlassable toujours sur la brèche me trouve toujours une excuse *le petit ce n'est pas de sa faute il est malade* circonstances atténuantes expertise médicale *ton frère est un égoïste mais il a été mal élevé* éducation déficiente fouiller dans mes antécédents *au fond il n'est pas responsable* demande indulgence du tribunal *c'est comme ça qu'il est fabriqué* instruction hérédité on délibère résultat invariable tribunal acquitte juge me relaxe *va je t'aime bien quand même mon coco* m'embrasse odeur de son cou de sa joue fripée son tablier à fleurs dans la cuisine

CE DONT J'AI BESOIN prison procès absolution M'APPORTE processus normal à une condition ne rien lui cacher tout lui dire ma vie mes vices mes travaux aussi avec elle pas de secrets de recoins je me dévide me délivre après me sens mieux quand lui ai parlé bien-être physique son regard est ensorceleur n'existe qu'à ses yeux sous son égide quand j'agis LES CHOSES S'ÉCLAIRCISSENT par impulsion coup de tête ou coup de dés d'idées ne sais jamais pourquoi vis sans me comprendre seulement quand je lui raconte prend un sens devient réel J'ARRIVE FINALEMENT À RECONSTRUIRE ET EXPLIQUER une voiture tu as toujours voulu une voiture ton père aussi même quand on n'avait pas d'argent en a acheté une petite une Citroën en 28 deux places on mettait ton berceau derrière pour aller à Fontainebleau le dimanche ça faisait plaisir à ton père il a dû la revendre c'était trop cher ton oncle a eu un accident en 38 avec sa Talbot tu ne peux pas aller à pied comme tout le monde j'ai horreur de l'auto le résultat voilà sans même aller vite *un accident c'est si vite* arrivé la preuve J'AI ACCROCHÉ LE PARE-CHOCS D'UNE VOITURE normal LE TYPE QUI ÉTAIT DEDANS M'A EMMENÉ AU COMMISSARIAT DE POLICE *je t'avais dit* CONDAMNÉ À UN AN FERME notre sentence habituelle un an d'Amérique d'un été à l'autre notre taule voulais mon auto *tu ne pouvais pas aller à pied comme tout le monde* soupire *enfin tu es comme ton père* biens matériels maux maternels me reconstruit m'explique soudain ME SOUVIENS POURQUOI

Opine du menton. Mon mentor. Lui aussi. À demi-mot, en silence. Se souvient pourquoi. Il n'oublie jamais. Toutes mes pondaisons nocturnes. Œufs frais du matin. On brise la coquille ensemble. Ma substantifique moelle. Ma glaire gluante. Poisse comme du sperme. Me colle aux pensées par traînées.

Or the outside helper can also be you.

Il a ses apparitions, lui aussi. Là, pour opérer des miracles. Dans mes images. Mon mage. Mon magicien. Pas que ma mère.

je vois un film où l'eau ne peut pas couler du (illisible) Cagliostro arrive et le fait couler et il observe blond cheveux bouclés Caliostro fait partie du film et pourtant il semble aussi exister dans le monde extérieur beau visage avec un bras gauche infirme le rêve se termine sur ma sœur et moi revenant du cinéma en train de marcher sur la route qui nous ramène chez nous au Vésinet

L'eau coule pas du. Quoi. *Illisible*. Pas toujours lire. Le panais. Robinet, c'est aussi. Un robinet. L'eau, de l'eau. Au Vésinet. Quand l'évier de la cuisine était bouché. Ou que le robinet ne marchait plus. Plombier, on appelle Carbilliers. Il est cher. Mais on ne peut pas se passer d'eau. J'appelle Carbilliers-Cagliostro. IL FAIT COULER. Lui, IL OBSERVE. Détaché, forcé. Pas sa cuisine, à lui. Il est hors du coup. En dehors. DANS LE MONDE EXTÉRIEUR. Assis, sur son fauteuil de skaï jaune, en face. Mon plombier, vidange d'âme. Évier bouché, il me débouche. Me fait couler. M'observe. Mon eau, quoi que je dise. Je l'apporte à son moulin. À paroles. Distant. Intervient, brusquement, brutalement. *Serge, listen to what you just said*. Existe dans sa réalité. Lointaine. Fait aussi partie de mon film. Comme les vedettes. C'est ma star. Il joue dans mon cinéma nocturne. JE VOIS UN FILM OÙ L'EAU

*soudain nous voyons une espèce d'animal monstrueux
sortir de l'eau* de la suite dans les idées aquatiques je
fais eau de toutes parts ballotté dans mon naufrage
une bouée m'accroche soudain MON MONSTRE *Serge
you are* remarque acérée la dent dure montre les
crocs MI-CROCODILE et puis silence derrière sa carapace impassible se retranche prudent renfermé
démarche lente on avance pas à pas bouge à peine
MI-TORTUE

*sur une plage de Normandie dans une chambre d'hôtel je
suis avec une femme* Maman et moi face à la mer
scène favorite mon scénario habituel par la fenêtre
on regarde notre cinéma notre film on joue on
jouit ensemble

jeux interdits monstre surgit mi-crocodile mi-tortue
double statut mi-réel mi-imaginaire CAGLIOSTRO-
AKERET veut me séparer de Maman que je grandisse
quarante ans c'est l'âge adulte indépendance rite
de passage mérite la mort

à moi fusil d'enfance *carabine à plomb* veux tirer sur
l'animal l'abattre lui régler son compte *mais quelqu'un ouvre une fenêtre par-derrière et crie* ma mère et
moi on aime pas qu'on nous dérange quand Maman
hurle a la voix forte profession refoulée talent enfoui
quand revient *de derrière* explose coffre d'actrice
aurait dû être au Français nature de tragédienne
elle aurait dû jouer Racine aurait été Phèdre

tous les deux à respirer l'arôme marin *monstre qui
rampe* forcé je résiste *rentre dans l'eau* bon débarras

tout est bien qui finit bien non grain de sable la plage grince *je suis furieux de ne pas avoir eu l'occasion de tirer* Maman m'a devancé elle a crié pas de chance a chassé le monstre à ma place

libération magique la voix qui fait mon boulot me met en boule normal frustré parfois aimerais agir tout seul faire travail moi-même *toi tu dépends toujours des autres* des jours voudrais bien être indépendant *moi mon petit je ne compte jamais que sur moi-même*

et moi compte toujours sur les autres forcé me met en fureur *j'ai pas le temps de te tenir la jambe toi il te faut toujours quelqu'un pour te tenir le crachoir* Akeret besoin de lui pour parler compagnie peux pas m'en passer mal de vivre qu'il me rende énergie vitale fasse couler *le (illisible)*

pour récompense. blond cheveux bouclés. Naturellement. Il me libère. À ma place. Moi, à sa place. beau visage avec un bras gauche infirme. Je mets Max, à Saint-Hilaire. Souvenir réel. Né avec un moignon atrophié. Type admirable de courage. Tubard en plus, dix fois plus atteint que moi. Lui qui me consolait dans la chambrée, en sana. Qui me remontait le moral. Fonction commune. Avec Akeret. Normal, je glisse Max dans Akeret. Leur donne. Un destin commun. Akeret, je lui refile mes microbes. Il est dix fois plus malade que moi. Dans son bureau, notre carrée. Me tend une main secourable. Lui rends. un bras gauche infirme. Rétribution. C'est logique. Qu'un malheur. Moralité. Pas ainsi que ça se termine. Sur ma féroce ingratitude. Farouche victoire. MA SŒUR ET MOI. *Toi et moi, on sent pareil.* Ma mère et moi. *Toi et moi, on est identiques.* On est comme frère et sœur. Ma mère-sœur. EN TRAIN DE MARCHER SUR LA ROUTE. Route barrée. QUI NOUS RAMÈNE CHEZ NOUS. Chemin impossible. Du cinéma dans la caboche. JE VOIS UN FILM. En réalité, incompatible. Mes magies sont contradictoires. Si je veux que CAGLIOSTRO me débouche. Peut pas déboucher. AU VÉSINET. Peux pas vouloir y retourner. Puisque le Vésinet est là où vont les vieilles lunes. On n'a plus qu'à recommencer.

— *Yes. Remember your Cagliostro dream, Serge ?*

J'étais dedans. J'y plongeais. Je n'ai pas ouvert la bouche. Qu'il était dedans aussi. En même temps. Lit mes pensées. À livre ouvert. *You are an open textbook, Serge.* Sur le pas de sa porte, la première fois que je l'ai vu. M'a reconduit, m'a lâché en plein visage. Un cas typique. J'existe dans les manuels. Chapitre II, paragraphe 3. Section du tableau clinique. En toutes lettres dans les traités. Mais dur à traiter. *You'll be hard to treat.* Hoche la tête, ajoute. Sur le seuil, début de cure. Incurable. Je fais obstacle à la science. Un cas. Pas particulier. Mais particulièrement difficile.

Now, what did you do to Cagliostro ?

Ce que j'ai fait à Cagliostro. On en a déjà parlé. Abondamment. Il y revient. À la charge. Sabre au clair. Il aime l'escrime. Dans son bureau, masque et fleuret. Moi, dans mon adolescence, un fier bretteur. Une fine lame. Avec Rouvier, on s'est battus à pointe nue. Épée démouchetée. Dans mes rêves, parfois, avec Akeret, duel. On croise le fer. Assaut d'esprit. On se pourfend. À l'arme blanche. À qui aura la peau de l'autre. On forme un couple d'opposés. Alter ego, mon miroir. C'est moi que j'atteins en lui. Le fou, le patraque, le malade. C'est lui. Lui refile mes BK, mon bras infirme. Celui de Max. Aussi le mien. Je souffre de paralysie. Vis à peine, mon existence est flétrie. Je suis un être atrophié. Pourtant. BEAU VISAGE. Dans ma glace, il est moi en mieux. Comme Maman. Il est mon image agrandie. Elle en sait plus. *Tu sais, j'ai de l'instinct*. Elle vise juste. Peux pas lui raconter d'histoires. Pas la peine. Quand je mens. Quand je suis triste. Si je cache quelque chose. *Je vois le bout de ton nez qui bouge*. Au téléphone, j'ai la voix guillerette. *Qu'est-ce qui ne va pas ?* Inutile. Avec elle, mes pensées se voient. J'ai le crâne en verre. D'ailleurs, pas le choix. Suis OBLIGÉ de lui dire. Puisqu'avant que je lui dise. Il n'y a rien de RÉEL. N'arrive vraiment. Que quand je lui raconte. En même temps, l'étonne jamais. *Je savais*. Quoi que je fasse ou que je dise. *Je te connais dans les coins*. Suis prévisible d'outre en outre. *Serge, you are an open textbook*. Mon cas. Mon Cagliostro. Me demande ce que je lui fais. Récompense de ses services. Salaire de ses peines. Tantôt l'embroche. À la pointe de l'épée. Duel à mort. Ici, magnanime. Me contente de l'estropier. BRAS INFIRME.

264

— *I know, I hurt him.*
— *Why ?*

Pourquoi je lui fais du mal. Évident. Me débouche, me débonde. Me sauve. Robinet, il le répare. à ma place. *Non, mon petit, ne te lève pas, je vais te donner le sel et le poivre.* Des fois, m'énerve. J'aimerais bien me débrouiller. Des fois, j'aimerais exister. Tout seul.

— *We discussed all that already.*
— *Yes, I know. But isn't it strange, there is always a lot of fighting in your deams. The only trouble is, you never fight. Like in this dream with your monster.*

Oui, bien sûr. Un tantinet paradoxal. Dans mes rêves, toujours guerre, bagarre. Mais moi. Je ne me bats jamais. Animal marin sort de l'eau. Hippolyte, lui. *Pousse au monstre. Et d'un dard lancé d'une main sûre. Il lui fait dans le flanc une large blessure.* Moi. Veux tirer. Mais ne peux pas. Avant que je tire. Monstre se tire. D'ailleurs, *carabine d'enfant.* Avec un plomb. Monstre ne risque pas une égratignure.

— *Well, you know, I would like to fight, but I can't.*
— *Why ?*
— *My weapons seem always to be toys.*

Hoche la tête. Déjà entendu ma ritournelle. J'aimerais me battre, mais impossible. Mes armes sont toujours des jouets.

— *That's right.*

on m'attaque
des gens qui sont après moi qui me cherchent qui
veulent ma peau je veux me battre pas l'envie qui
manque mais les moyens tantôt pistolet qui marche
pas tantôt cartouches trop petites tantôt ressort
cassé mes propres armes sont jamais de vraies armes
carabine à plomb que des JOUETS que faire d'autre
SI Y A LA GUERRE si j'ai pas d'armes
pour me sauver pour m'en sortir
Maman Soldats Cagliostro
faut bien qu'eux ILS ME LIBÈRENT
War and Liberation pattern
faut bien qu'ils agissent À MA PLACE
pas de ma faute
ainsi que tu es construit
ma formule mon algèbre
C'EST MA LOGIQUE

J'arrive. Je nais. Ma genèse. Jeunesse manquée. Ma mère, être actrice. Elle n'a PAS PU. Se marier à l'âge normal, pas de relations, amis de mon oncle trop gamins. PAS PU. Elle, briller, quand elle avait des amies pauvres, pas belles. Non, pas bien. Elle n'a PAS PU. Au Trocadéro, ses parents tiennent le buffet, restaurant de famille, pour des centaines, nourriture, forcé, regorge, tonnes de sandwiches. Mastiquer, lent, long, prendre son temps, son plaisir. Pendant qu'il y en a d'autres qui ont faim. PAS PU. Dissimule sa beauté. *Les autres, il ne faut pas leur faire de chagrin.* Cache sa richesse. Elle avale vite. On ne la voit jamais manger. À peine servie, assiette nette. Pas de traces. Essuie toujours la sauce, avec du pain. *Il ne faut rien perdre.* Pas laisser de restes. Invisible. *J'ai toujours été effacée.* Mademoiselle Weitzmann, Madame Doubrovsky. Dans tous ses rôles. Monter sur les planches, avait le théâtre dans la peau, *ma maman qui m'attendait le soir,* PAS PU. Lui faire ça. Quitter mon père, *oui la fois où je suis partie,* ne plus jamais revenir. PAS PU. *Il y a des choses qu'on n'a pas le droit de faire.* On se sacrifie. Fait partie de la situation. Du système. *Tu sais, moi, ça n'a pas d'importance. Moi, je ne compte pas.* Sourire amer. *Moi, j'existe pas.* J'arrive. Je nais. Genèse. *Ainsi que tu es fabriqué.* Rôle tout trouvé. CHARGÉ D'EXISTER À SA PLACE.

Tout ce qu'elle n'a PAS PU. JE POURRAI. Forcément, se joue à deux. Je suis personne. Tu seras quelqu'un. À ma place. C'est la règle. Notre pacte. On sera UN-EN-DEUX. Deux corps, un cœur. Le même être. Un seul destin double. Notre histoire s'écrit en double exemplaire. L'original. Le papier carbone. Original, c'est elle. Par définition. L'original, c'est l'origine. Peau ridée aux articulations, longues phalanges, ongles piquetés de blanc, *des mains d'artiste*. *Oui, on m'a toujours dit que j'avais des*. Curieux. Mets ma main contre la sienne. *On a les mêmes mains*. Ma gauche contre sa droite. Ma droite et sa gauche. *Allonge-les*. On mesure. *C'est les mêmes doigts*. Peux pas distinguer. Nous fait plaisir. *Ta sœur, elle a les mains de ton père*. À force d'être. Comme elle. Je serai. Elle.

Toi et moi, on est bâtis pareil en dedans. Mêmes goûts. On aime les mêmes choses. *La hampe, c'est bon. Je vais te prendre de la bavette*. Hampe, bavette, ses morceaux. Sont mes morceaux. On va au marché, *tiens, des Williams*. Ses poires favorites, je jute. *Ton père adorait les pommes*. Pommes, j'aime moins. *Ah! des Montmorency*. Saveur spéciale, un peu aigrelettes, ses cerises. Je jouis. Par son palais, sur sa langue. Dans sa salive, devient exquis. Pommes, pas mauvais. Seulement, n'ont qu'un goût banal. Naturel. Quand Maman aime quelque chose. C'est. SURNATUREL. Me surnourrit. Ce qu'elle ne mange pas. *C'est cher, on peut pas acheter à gogo*. Dit. *Tiens, c'est pour toi, fais-moi plaisir*. Je dis. *Et toi ?* Elle refuse. *Non, il n'y en a pas assez pour tout le monde, prends-le*. Moi, refuse. Elle, insiste. *J'aime mieux que ce soit toi, après tout, je suis ta Maman*. Je cède. Je mange. À SA PLACE. Ce qu'elle mange pas. Bon appétit, je mange pour deux. Ma sœur, pour quatre. Progression géométrique. Se multiplie à l'infini. En moi. Je suis moi-elle. Elle passe de l'un à l'autre. D'elle en moi. Transmigration, métempsycose. *Ton père aimait la politique, c'était un homme d'action, ta sœur, c'est ton père craché.* Nous, *tu es un schlemihl, je suis une gourde.* Tous deux timides. Incroyable. Dans les cafés. *Ton père, lui.* Nous, on n'ose pas appeler les garçons. Trop fort. Ne pas se faire remarquer. Les cabinets, c'est où. *Vas-y, non demande, non vas-y toi.* Aller demander, on peut pas. Se retient plutôt. On aura mal au ventre. Ensemble. Nous, c'est LA PENSÉE.

Les gens qui pensent, y a que ça qui compte, les autres, c'est des salades. Science, j'aime les savants. Des gens désintéressés, se dévouent à l'idéal. *J'ai l'amour de la connaissance.* Admirable, on admire ensemble. De loin. On peut pas suivre. Trop ardu. *Je n'ai jamais été bonne en maths.* Ni moi, j'y pige rien. La biologie, au moins, plus concret. *Je viens de lire Jean Rostand, voilà un grand type.* Enthousiasme. *Et puis, il écrit bien. Il tient de son père.* Pause. *Peut-être de sa mère aussi, à l'époque, Rosemonde Gérard c'était une femme poète.* Lamarck, Darwin, me plonge dans les mutations spontanées, m'intéresse. Presque comme un roman. Soupire. *Au fond, j'aurais voulu épouser quelqu'un comme un médecin.* Moi aussi. J'ai épousé la médecine.

Bien sûr, musique, peinture, sculpture. Les arts, hélas. *Je voudrais bien, mais je n'y comprends pas grand-chose.* Moi non plus. Pourtant, j'ai fait du violon. Monsieur Thévenin qui disait. *Si ce garçon le voulait, ce serait un musicien remarquable.* Mon père voulait. Fils violoniste. *Tu avais de l'oreille, tu étais doué.* Papa m'a forcé, battu. *As-tu fait ton heure de violon ?* J'ai essayé. Des mois, des années, dès cinq ans. *Ton père chante juste, comme les Russes, il a le rythme dans la peau, tu tiens de lui.* Rit. *Moi, je chante faux, à faire pleuvoir.* Beethoven, Wagner, grandiose. *Toi, tu devrais faire de la musique, ton papa, il a raison, tu as l'oreille.* Mon oreille. Me la suis fait tirer. Mes doigts. Taper dessus. Avec tous mes dons, j'ai réussi. À ne jamais faire de musique.

Nous, c'est les lettres. *Le verbe.* Trocadéro, notre terrain. D'entente. J'écoute. Avant d'être né. Sarah Bernhardt, Mounet-Sully, de Max. Par son oreille, ils retentissent dans ma tête. J'ai son tympan. Me fait vibrer. Une nature de tragédienne. Elle a du coffre. Ma caisse de résonance. Voix basse, un peu voilée. Soudain, récite des vers, éclatante, tonitrue. Voix d'airain. Sa voix, ma voie. Toute tracée. De famille, mon oncle aussi. Frère et sœur. Diseurs admirables. Poésie, classique. Forcé, au Trocadéro, matinées. Hugo aussi. Vigny, Musset, les romantiques. Baudelaire, Verhaeren, Samain, les modernes. Milliers de vers, elle et lui. Connaissent par cœur. Pour moi. Verbe. C'est au cœur.

Toi et moi, on sent pareil, on dit pareil. On a des styles identiques. D'époque. Laquelle. La belle. On déclame, un peu, pas trop. Horreur de la grandilo-quence. Mais lyriques. On se laisse aller. Poésie, il faut que ça sorte, que ça porte. Nos envolées. Mon oncle aussi. Même manière. *Mais il faut dire juste.* Essentiel, vient pas tout seul. Mettre le ton, poser la voix. Exercices. *Bien dans le masque.* Je m'applique. *Avant tout, il faut être naturel.* Je travaille. À me rendre naturel. Je recommence. *Mon petit, la page n'est pas propre, il faut la refaire.* Me croyais quitte. *En bas, il y a une tache. Et puis, ici, une rature.* N'ai plus qu'à reprendre la plume. Il faut que ce soit impeccable. *Moi aussi, je recommençais dix fois mes devoirs.* Je copie, j'imite. Sur le papier, tirant la langue. *Je n'étais pas douée, mais j'étais quand même bonne.* En dessin. Par exemple, à force. *J'avais le prix.* D'excellence. Moi aussi. Au lycée. Tableaux d'honneur, toujours félici-tations. Souvent premier. Élève appliqué. Brillant sujet. Son zèle, mon zèle. Je suis elle.

Elle est moi. Bien plus que moi. Peux pas être moi. Si je passe pas par elle. Qui vient d'abord. La poule ou l'œuf. *Je sais, je suis une mère poule.* Si quelque chose de bon m'arrive. Succès, un plaisir. Une joie. Je peux pas en jouir. Autant qu'elle. Maman m'aime plus. Que je m'aimerai jamais. Il faut que je sois heureux. Pour elle. Afin d'être heureux. Pour moi. Mes menus plaisirs. En elle. Deviennent des béati-tudes. Je me multiplie par deux. Par dix. Mes béa-titudes. Chez elle. Sont des extases. Ravissements, je ne peux pas la rattraper. Mon image. Se réfracte en elle. Se réverbère. Je m'agrandis. Au centuple.

Grandeur surnature. Miroir, je vois mon image de gloire. *Toi alors, tu n'es pas comme les autres.* Regard magique, *mon bout de chou*, nain, me transforme. *Des comme toi, on n'en fait plus.* SUIS UN GÉANT.

My weapons seem always to be toys
Mes armes ont toujours l'air d'être des jouets
That's right Serge

quand il dit *oui c'est bien ça*   veut dire *that's wrong* pas ça du tout là que je pèche que je m'empêche

JOUETS   ON JOUE   À QUOI

Différence. Ma femme. Elle fait pas si mal la cuisine. Quand elle s'y met. Trouve le temps. Mijote de bons plats. Différence. La façon dont. Pour ma femme, manger, normal. On mange par besoin. On cuit, parce que c'est nécessaire. Quand c'est bon, on a du plaisir. En silence. On n'en parle pas. Les aliments. Alimentent le corps. Pas la conversation. Manger, c'est local. Avec Maman, manger. Total. *À table, mes enfants.* Comme une cloche, appel aux fidèles. Cérémonie, messe. On partage le pain béni. *Les radis étaient meilleurs chez la petite dame.* Drame. *Je ne les prendrai plus jamais là.* Tragédie. *On m'a roulée une fois, on ne m'aura pas deux.* Saucisson la réconcilie à l'existence. *Il est bon.* Goût passe en moi. Loge dans ses mots. Sa voix, son visage. Bajoues se plissent un peu, mastique vite. Front ridé, doigts noués, *je suis pas jolie à voir.* Nourriture, pas dans mon assiette, dans ma bouche. Partout. Je regarde l'alliance de Papa qu'elle porte, sa bague de fiançailles endiamantée, phalanges grossies, déformées. Transformée. La boustifaille n'est plus la même. Soupire. *On n'a pas toujours eu ça.* Relent, revient. *Pendant la guerre.* Nourriture, c'est de l'histoire. Notre histoire. *Tu ne finis pas ton bifteck ?* Plus faim. *Mon petit, il ne faut jamais rien jeter. On n'a pas le droit.* Ceux qui ont faim. Dans le monde. Avec elle, on n'est jamais replié. Sur soi. Ma mère s'ouvre sur l'univers. Malheurs des autres, on n'oublie pas. Comme au Seder, pour la Pâque, à notre table. Toujours la place vide du Mendiant. *Rase-toi, tu as l'air d'un schnorrer.* Du prophète. *Garde de la place pour le dessert, j'ai une surprise.* Annonce. Annonciation. Le mystère. *Allons, à table.* Couteaux ébréchés, fourchettes aux dents écartelées, verres dépareillés. Sur la toile cirée trouée. Manger, ne descend pas. Élève.

JOUR DU MARCHÉ au Vésinet le mardi et le samedi Chatou mercredi et samedi à Saint-Germain le dimanche dis *je vais avec toi au marché* contente irritée *alors dépêche-toi toi tu traînes toujours tu sais je n'ai pas que ça à faire* s'affaire prend les filets *prends la poussette* rue Henri-Cloppet on trottine place de l'Église jusqu'à la place du marché *on commence par les légumes*

273

d'abord faire le tour voir où c'est moins cher coup d'œil circulaire soudain elle tombe en arrêt *tiens elles n'ont pas l'air mal les carottes* soudain carottes plus des légumes fanes forêt à fleurs vertes lianes ça bouge à l'étal ça vit terre qui colle aux poils de la barbe rouge carottes des poissons volants aquarium les mers du sud ombellifère exotique tout s'embellit *je te ferai un bouillon avec* lit chaud nid diète lendemain de crise premier jour pur après tapioca ensuite adossé aux oreillers j'attends bol à la main *une minute j'arrive* elle apparaît je ressuscite *les carottes c'est bon pour le foie* restaurant ailleurs carottes moi j'aime pas d'habitude sucré fade mais là halte tout est changé elle soupèse la botte elle touche après on respire elle d'abord moi ensuite *j'ai un pif* organe soupçonneux elle vérifie *non pas cette botte* amas mal ficelé retombe carottes plus qu'un vilain légume plus rien du tout saisit *l'autre botte* nœud de serpents aigrettes pâles langues écarlates dardées Saint-Georges affrontant le dragon *les commerçants ne sont pas toujours honnêtes* debout la botte à la main *même avec les maraîchers* pas toujours frais penchée le nez en bataille hume paupières mi-closes inhale le moment fatidique minute seconde de vérité que l'argent qui n'ait pas d'odeur *je hais l'argent* tout ce qui vit *ça sent* respire décide *on prend cette botte* puis feuilles rainurées de la romaine nervurées de la frisée feuilles un peu molles des laitues notre roman-feuilleton

murs de briques murs de moellons murs de crépi troués de grilles à jour masqués de tabliers de métal à fentes verticales horizontales de lumière percées de temps en temps des rues s'échappent en haut vers les collines foisonnantes verdure arrondie de Vaucresson galbe au loin d'arbres au bout tout droit on approche on verra depuis le carrefour dès le boulevard des États-Unis quand on aura traversé pan marron coiffant le ciment LA GRILLE c'est là à nous la nôtre on touche au port notre havre barque surchargée de butin la pêche finie marché terminé on rentre on a *tout* dans nos filets qui craquent *rien oublié* pas de listes pas le shopping américain pas eu besoin d'écrire *milk cheese bread* là-bas sur les rayons pareils on remarque pas les choses on n'y pense pas ici on n'y pense pas non plus c'est dans les yeux *on a fait le tour* dans les jambes marché légumes fruits après le boulanger après pâtissier sur la place automatique après le boucher sur la grand-rue plus bas marchand de couleurs Trassoudaine même trottoir charcuterie Au Faisan Doré mécanique inscrit là dans le corps aux muscles dans les jarrets pour le marché pas d'auto *on fait ça à pattes ça te fera de l'exercice là-bas avec toujours ta bagnole tu t'ankyloses* au but au bout arrivés devant la porte je suis plus grand *tu as de longs bras* j'attrape la chaîne j'attire le cadenas *fais attention à la clef* j'ouvre

faim-valle j'ai un appétit de cheval *ça me fait plaisir quand tu manges* samedi dimanche déjeuner radis au ravier hors-d'œuvre du saucisson frais d'abord viande légumes ensuite puis la salade après fromages *écoute j'en peux plus* salade ciboulette du jardin coupée fraîche encore sur la langue fromage *c'est trop Mais j'ai acheté exprès la moitié de pont-l'évêque* met le triangle odorant sous le nez croûte balafrée *tu aimes le coulant* oui mais *j'ai eu assez* me réserve pour le baba pour le dessert *mon coco un petit morceau* je secoue la tête déjà coupé déjà sur mon assiette trop tard *écoute pour me faire plaisir* la tête je secoue *juste un bout* je hoche rien à faire pas résistible *tu as bien encore une petite place* de la place ou non faut la faire *enfin ne te force pas* je m'efforce j'enfourne *faut pas te bourrer* elle son repas déjà fini terminé *je mange trop vite je sais* comme Mémée au Trocadéro clients à servir morceau sur le pouce faut se hâter pas lambiner *ton père mastiquait lentement d'instinct* faut l'imiter *pour la digestion c'est meilleur je sais* ma sœur elle a pigé le truc prend son temps *elle est comme ton père* plus sain moi je mange vite mais pas autant qu'elle me bat au poteau arrive avant au but à peine je commence *mais tu as déjà fini* ça ne fait rien s'essuie les lèvres nous regarde Zézette et moi manger son repas le vrai le réel

baba bien descendu *tu veux un fruit* là non halte je proteste *non je suis plein plus faim* pourtant *les cerises c'est léger ça ne pèse pas* je refuse poussette descendant le degré abrupt du trottoir dans le jardin sacs secoués *attention que ça tombe pas* sur les graviers branlante tressaille jusqu'à la cuisine feuilles de laitues arrachées les ramasse *faut rien perdre* poussette s'arrête on décharge sac après sac gonflé boursouflé les filets débordent Zézette fini de corriger ses devoirs nous aide à trois à la rescousse en s'y mettant en chœur *vous mettrez la table dehors il fait beau qu'on en profite* je lui dis *toi tu es dans le genre d'Auguste dans* Cinna elle *mais si quelques cerises juste une poignée pour me faire* elle *comment dans le genre d'Auguste* je déclame JE T'EN AVAIS DONNÉ. JE T'EN VEUX ACCABLER rigolade elle se tord non *ton frère il me fera faire dans ma* au jardin après le dessert *toi qui es calé explique-moi Sartre* je leur lirai mon Corneille sais pas encore quel chapitre *Polyeucte* ou *Horace* dépendra de l'atmosphère dehors au jardin pas pareil bouffer différent tout s'engouffre odeurs des seringas dans le saucisson résine du sapin avec la salade gravier grince dans les dents ciboulette fraîche coupée sortie de la terre qui colle au poil des carottes fromage enrobé de nuages cidre moussant de soleil acidulé de moustiques qui vibrent sur la langue c'est le potager qu'on mâche fibres aux gencives c'est des tuteurs de haricots on triture du terreau on mastique les racines ça prend un goût d'arbres ça se parfume à l'écorce d'acacia ça s'épice aux buissons de lavande avec des fourchettes en iris bleus pointus on pique des yeux dans la viande ses iris bleus pervenche fleur pâle de son regard fixé sur nous nous regardant ma sœur et moi dans le jardin manger manger le jardin Maman ça se mange c'est épais onctueux *an* emplit la bouche syllabe de pâte *m* s'allonge se prolonge *mmm* me lèche les babines *miam-miam* sent la chair fraîche ogre je dévore *man man* se répète se reproduit *man man* c'est double deux fois plutôt qu'une *tiens je t'en redonne* Maman macaroni de consonnes purée de voyelles de la compote de diphtongues dans l'œsophage anthro-

pophage ça se bouffe plein la bouche me remplit je
me dilate la rate on dit *ça fait du bien par où ça passe*
je me poile *ça passe comme une lettre à la poste* on en
peut plus *merci pour la langouste* homard se marre
j'en suis tout rouge cramoisi j'éclate *à m'en faire péter
la sous-ventrière* de rire de nourriture rire nourrit
comme la bouffe c'est bon quand c'est trop quand
ça perce quand on éclate on dit faire crever le riz
de rire pareil s'essuie les yeux je m'essuie les lèvres
repus ripaille dominicale torpeur me gagne m'enveloppe ça descend fou rire faim apaisés fini de
pouffer de bouffer nappe somnolente au ventre
paupières se plissent dans les replis de sommeil je
me reploie referme les ailes mes elles toutes les
deux à trois fête c'est le festin TOTAL sacs du marché la poussette soleil ciel arbres je dévore le jardin
je LA digère fini on a bien MAMANGÉ

mother, quand je dis *my mother*. Rien à voir. C'est pas
la même chose. Il peut pas comprendre. Pas tradui-
sible. *Th.* Dentale. Fricative. Du bout de la langue.
Contre le haut du palais. On chasse l'air. *Mother, o*
bref, ça s'expulse. Ça se crache. Ça lui retombe dans
l'oreille. *Maman*, ça rentre, ça s'avale. C'est tout le
contraire. Même *Mummy, Mom.* C'est léger. Des sons,
des souffles. Aussitôt dissipé. Du vent. *Mother*, pour
moi, veut rien dire. La famille anglo-saxonne. Froid,
distant. Même *mère*, c'est différent. *E* ouvert, bec
ouvert. L'accent grave, c'est sérieux. *È*, c'est consis-
tant, ça pèse. Et puis, *l'r.* De gorge. En français, c'est
dans le gosier. *L'air.* Ça s'enfonce profond. Là qu'on

respire. *Sans air, on étouffe. Mo-ther*, c'est du bout des lèvres. En surface. Un friselis. Vent coulis, fenêtre entrouverte. Mère, c'est comme à la mer. Brise qui balaie, laboure, l'espace tout entier qui râle

nourriture n'est pas seulement manger j'hésite *écoute cela me ferait plaisir* je dis *ce n'est pas tous les jours bien sûr mais ce soir pour mon arrivée* quoi *qu'est-ce qui te ferait plaisir mon fiston* et puis tant pis absurde de vouloir déguiser avec elle je lâche demande mon désir à peine je débarque RETOUR D'AMÉRIQUE je reviens de Jupiter à Orly j'atterris de Mars planète Vénus tombé de la stratosphère marquer le coup célébrer l'événement je dis *j'aimerais que tu viennes me border* un peu honte mais après on ne dort plus pareil sucré chaud son pas lourd dans l'escalier bois fatigué marches qui grincent après on dort dans du miel noir sommeil nourricier *j'arrive* d'en bas la voix de sa chambre au premier étage monte *je monte* j'attends tête molle sur l'oreiller *une minute je me déshabille* je dis *prends ton temps voyons* sur le palier planches fendillées gémissent ma porte l'ai laissée entrouverte visite c'est la visitation me gêne un peu Proust il avait des excuses Combray Baiser de Maman le Narrateur avait probablement dix ans moi j'en ai trente *sans compter les mois de nourrice* m'ennuie un tantinet fait un peu tante pas très viril mais après tout sa maxime *la vie est courte* son dicton *il n'y a pas tellement de plaisirs dans la vie* et puis *où y a de la gêne y a pas de plaisir* érogène tant pis couvertures tirées jusqu'au cou soirées frileuses encore fin mai elle s'assied *es-tu bien couvert* à mon chevet *les nuits sont fraîches* comme de la crème petits pots blancs coulées onctueuses plein la cuillère je consomme plein la bouche *tu as été parti bien longtemps* sa forme presque invisible je soupire *oui c'est long* dans l'ombre *enfin mon petit tu es heureux c'est l'essentiel* je dis *oui c'est l'essentiel* elle *pour moi y a que ça qui compte* moi *je sais* j'ajoute *quand même neuf mois sans toi c'est long* elle soupire *oui c'est long* passe la main sur mes cheveux mon front *quand même ça fait plaisir que tu sois à la maison* je dis *et moi donc* elle *tu vois ta chambre t'attendait je l'ai faite bien propre* je dis *c'était pas la peine* elle *sans toi ça fait vide* plénitude totale je me remplis comme une outre ses mots coulent Corne d'Abondance dedans y a tout l'obscurité s'épaissit ça se fait chair à saucisse on coupe les tomates une bonne farce au four aubergines aussi dedans c'est bon avec les courgettes la recette y en a pas fait de chic l'habitude son secret à elle pour moi pour mon arrivée me connaît elle rit *comme si je t'avais fait* je ris sucré sa présence est chaude du sirop de nuit les ruisseaux mousseux de cidre je dis *comme du pipi* elle rit *tais-toi on dit pas ça* paroles en fontaine les mots qui coulent je bois je dis *tu sais là-bas aussi pour moi y a du vide* elle hoche la tête sur l'oreiller j'attends j'entends son pas fatigué qui gravit le seuil geint varices sa journée aux jambes s'assoit *tu sais je ne peux pas rester trop long-temps demain boulot* je dis *je sais tu n'es pas en vacances* j'ajoute *pas encore quand tu les prendras je t'emmènerai* elle dit *on verra c'est cher* je dis *je m'en fous ça me fait plaisir tu as assez fait pour moi* réplique *mais c'est nor-mal je suis ta Maman* ses réponses nos répons liturgie m'embrasse m'effleure son corps est lourd matelas grince se creuse *il est tard je dois me coucher* elle soupire *quand je dépasse mon heure après ma nuit est finie* dix heures en semaine *c'est tard* aujourd'hui mon arrivée je dis *pas tous les jours dimanche* sourit dit *bien sûr mon petit* demande *tu n'as besoin de rien* elle se lève légère secousse aux draps au cou elle me borde *là tu es bien tu vas faire un bon dodo chez toi dans ton lit* à peine la force de répondre déjà submergé déjà coulé au fond je remonte à la surface des cils *dors bien toi aussi* porte se referme pas pesants sur le palier marches crissent et puis bruit s'estompe dans de l'ouate s'éteint *L'espace Efface Le bruit* Denis d'Inès dans *les Djinns* la voix sous la voûte qui s'enfle *Dieu la voix sépulcrale des Djinns Quel bruit ils font Courons sous la spirale De l'escalier profond* de l'airain qui résonne

silence au bas des marches crâne en plomb le torse en marbre je plonge au sommeil de statue repos sans fond sans faille sans interstice d'œil rouvert sans lueur d'aube pas même entendu les trains le premier soir m'ont dérangé cliquetis subit au tympan à présent pas même bourdonné aux oreilles trafic moustiques pas un bruissement pas même un chuchotement rien j'ai chu d'un bloc au bout du silence dans le puits d'ombre sans rien sans valium ni librium tout seul vous robore revivifie au réveil plein comme un œuf de substance j'éclate de force me suis refait je me lève neuf heures mère sœur déjà parties depuis longtemps au travail tout seul j'ai plus l'habitude toujours quelqu'un Claire le matin à la maison *pour te tenir le crachoir* si on veut moi seul j'aime pas ni beaucoup de monde autour multitude non plus non horreur la vie pour moi est à deux trois peut-être déjà à quatre

mais seul vraiment seul non peux pas j'ai besoin il faut de l'ouate femelle du coton du cocon autour *une présence* pour moi substantif féminin ma substance je peux pas la tirer de moi je suis pas une araignée peux pas tisser mes fils me les sortir du ventre faut qu'on m'accouche *qu'est-ce que tu veux qu'est-ce que tu aimerais qu'est-ce que tu penses* pas simplement par égoïsme *ton frère est un grand égoïste* non le contraire j'ai pas d'ego j'existe pas assez si UNE m'interroge pas mes humeurs UNE se penche pas sur mes désirs QU'EST-CE QUE TU mes fantaisies mes fantasmes suis flou reste vague je suis une pure nuée dénué d'être d'intérêt un ectoplasme ma gélatine est sans squelette amibe mentale abîmes marins dans le liquide premier dans du bain de femme mon milieu là que je me perpétue que je reproduis mes cellules faut ça pour vivre seul rien je suis rien du diaphane de l'inexistant je me dissipe en fumée m'envole en volutes j'ai pas de volume propre tout seul je fais pas le poids j'ai pas la capacité je peux pas donner ma mesure *au fond tu aurais dû être soldat* sais bien exact je regrette *le service militaire t'aurait fait du bien* absolument d'accord tubard au lieu pas idéal pas de ma faute j'ai pas choisi *portez armes* moi j'aurais aimé une vraie armée une guerre avec de vrais morts de vrais meurtres une tuerie

— *And you know what, Serge ? You love it.*
— *I love what ?*
— *You love your weapons to be toys.*

Silence, rompt. Il interrompt. Fil des pensées. Rétablit. Fil du discours. Il me renoue. À moi-même. Je connais sa ritournelle. *Si mes armes en rêve sont des jouets c'est parce que je ne veux pas de vraies armes.* Désir de rester enfant. C'est ma. Fixation infantile. Diagnostic. Pas d'aujourd'hui. *Toi, tu es toujours fourré dans mes jupes.* Rit. *C'est drôle, quand tu étais petit.* J'écoute. Dit. *Les autres gosses, ils faisaient des pâtés tout seuls à la plage. Toi, tu voulais que je les fasse pour toi.* Ajoute. *Et puis après, ton grand plaisir, c'était de les écraser d'un coup de pied.* Soupire. *J'avais plus qu'à recommencer.* On recommence.

— *I was sure you were going to say that.*

comme deux et deux font quatre certain qu'il allait dire *you love it* m'y attendais réglé d'avance les demandes les réponses comme un ballet au bout des années

But in my dream, I am ANGRY *I didn't have a chance to shoot.*

Dans mon rêve, je suis FURIEUX. De n'avoir pas pu tirer. Que le monstre s'enfuie. Voix par-derrière. Qu'elle l'ait chassé. À ma place. Il hoche la tête. Colère, lui, l'intéresse toujours. Peur, aussi. Fouiller mes fureurs.

— *Yes, there is a lot of anger in your dream. Stay with that.*

Sa formule favorite. Colère, faut *m'y arrêter.* Profonde. Faut approfondir. FRUSTRÉ. De quoi. DÉSIR DE TUER.

zigouiller oui aurais aimé à la Libé les collabos dos au mur au coin d'une rue deux balles boches aussi bien sûr ma revanche notre vengeance

être un homme on a noyé les chats ensemble dans le lac artificiel face au temple du Vésin quatre chatons dans sac de toile à l'eau jeté geste du Père *à la guerre comme à*

communiste dicton favori *pas d'omelette sans casser d'œufs* au Grand Jour quand on fera la Révolution faudra bien bousiller des types Toukhatchevski est un traître Zinoviev Yagoda et hop et puis on tuait les lapins au clapier revers brutal taquet à la nuque rien à croûter bien obligés à l'envers pendus par les pattes prêt pour l'assommoir lapin clapit couine soudain un coup sec au cou

vidés peau retournée moi me retourne animal mort peux pas toucher cadavre aime pas regarder me fascine organes à l'étal tête de mouton de veau avec persil aux narines détourne les yeux chien crevé sur une route j'évite charogne de chat peux pas ramasser

plus fort que moi comme un réflexe horreur sacrée corps sans vie me pétrifie *on ne fait pas d'omelette sans* s'aguerrir se guérir MOI VEUX TUER

— *What would you have liked to shoot ?*
— *Remember those rabbits.*
— *Sure.*

on en a déjà parlé on a déjà parlé de tout on recommence ce que j'aurais aimé descendre tirer sur quoi lapins à mains nues comme le Père impossible j'aurais jamais pu

mais avec quelque chose qui tire À DISTANCE rien que presser la gâchette oui les lapins j'aurais aimé pan coup part

armes toujours été attiré tirer stands forains brûleur de cartouches balles dans les cibles

armurier en face rue de l'Arcade dans mon enfance
Houlier-Blanchard vitrine je lèche fusils de chasse
au râtelier debout alignés carabines automatiques à
lunettes parmi coutelas les dagues brownings les
rangées de revolvers sur l'étoffe verte

— *What else would you have liked to shoot, beside rab-*
bits ?
— *You know already.*

descendre   qui   quoi   à part les lapins   meurtres lui ai dix fois fait ma liste

avant la guerre les PPF en bas officine dans notre
rue papillons jaune sur notre plaque noire *mort aux*
Père a gratté ils en ont recollé un autre

pendant la guerre évident maquisard passe pétai-
nistes au Sten-gun débarquement je fais sauter les
blockhaus aviateur je lâche du phosphore sur Dresde
j'arrose Hambourg fusille Hitler canonne Keitel
douze balles dans la peau de Laval j'abats Doriot
Darnand gendarmes français de Drancy Xavier Val-
lat Darquier j'exécute j'exulte

puis ralentis mes massacres grenades mes mitrail-
lettes je remise mon fusil au râtelier Indochine Dieu
merci j'échappe Algérie suis contre guerre Corée
suis neutre c'est plus mes batailles si quand même
fais encore le coup de feu un peu les Arabes six

cents tanks massés faut nettoyer le Sinaï hauteurs du Golan surtout quand ils bombardent les civils je fais sauter les Syriens mais strictement autodéfense sans conviction c'est sans plaisir Égypte j'aimerais visiter les Pyramides

— *In a way, your murderous instincts seem to have stopped with your adolescence, or have they?*
— *All boys play war-like games, I wasn't different from any of them.*

Jeux guerriers, jeux adolescents, et puis, après, ça passe. Secoue la tête. Pas persuadé. Agressivité, chose du monde la mieux partagée. Chez les mâles. Non. Lui suffit pas. Veut autre chose. Notre guerre. Il veut ma peau. Je me défends.

— *What else would you have liked to shoot, beside rabbits, Germans, French traitors and, occasionnally, an Arab or two?*

aimé tuer   à part en plus de   pardi   MOI

— *Myself. When I had TB, I always carried a gun and I always have barbiturates with me in case.*

Mon revolver sous l'oreiller, à Saint-Hilaire, en sana, tubard. Tube de barbituriques toujours à portée. Pas ça. Pas convaincu. Mazette, me bousiller. Pas suffisant. Ma tête sur un plat d'argent. Je me trucide. Toujours pas élucidé.

— *What else ?*
— *Well, it's all in the dream. I want to shoot at the monster.*

Retour au monstre. C'est là. Sur quoi je veux tirer. Sur lui. Sa question. La réponse est dans le rêve. Malheureusement, réponse. Il n'y en a pas une. Au moins DIX.

— *But you can't.*

Voulu tirer sur le monstre. PAS PU. Pas de ma faute. Voix par-derrière l'effraie. Fuite. *Je ne pourrais pas supporter qu'il arrive quelque chose à mes enfants.* Dit. *Si quelqu'un voulait te faire du mal, je lui arracherais les yeux.* Le monstre, il me veut du mal. Moi, je veux le mettre à mal. *Voix*, à ma place. A PU. Disparaît, en déconfiture. *War and Liberation pattern*. Toujours pareil. Bombardement du train, Maman arrive. Mêlée, les Soldats m'emmènent. Robinet, Cagliostro fait couler. Mon système. *Ainsi que tu es fabriqué.* Notre système. Bascule. Tout-ce-que-ma-mère. N'A PAS PU. Moi, JE POURRAI. Théâtre, vie. Jouer, jouir.

À SA PLACE. Se retourne. Comme un gant. CE QUE JE
PEUX PAS. C'est ELLE QUI PEUT. À LA MIENNE.

Tout ce qui arrive à mes enfants, c'est à moi que ça arrive.
Je dis. *Entre, je veux te montrer.* Le plus beau jour de ma
vie. Me redresse, comme un coq, sur mes ergots. Ici,
désormais chez moi. Droit de cité, j'ai conquis de
haute lutte. Vingt-cinq reçus, sur des centaines
de candidats. Sur le seuil, devant la grille, elle s'arrête. *Non, il faut aller prévenir ton père, il nous attend.*
Et puis, je ne suis pas habillée pour. D'autres mères,
dedans, des dames distinguées, huppées. Elle hésite.
Je veux lui faire visiter. Maintenant, suis chez moi, à
l'École. *Non, mon petit, je ne sais pas si je serais à ma
place.* Je ris, je dis. *Partout où je suis, tu es à ta place.* Lui
prends le bras, douce poussée, j'insiste. Par la porte
de la loge, avec moi. Elle est entrée à Normale.

Ma place, c'est la sienne. Le sait. *Tu es bien mignon.*
Partout où je suis, elle est chez elle. L'évidence.
Comme les deux doigts de la main. *Tiens, mets ta
main contre la mienne.* Inséparables. La preuve. À peine
entré à l'École, à peine un an. Je veux rentrer à la
maison. Vie commune, peux pas supporter, le dor-
toir. *Mais tu es mieux là-bas, c'est mieux pour toi, ici je
travaille, je ne pourrai pas.* S'oppose. M'impose. Suis
mal rue d'Ulm. Pas chez moi. Veux revenir au Vésinet. *J'y ai ma place.* Ma place, la sienne. D'accord.
Mais ça se retourne. Comme un gant. Sa place, la

mienne. Je suis rivé. À elle. À peine arrivé. Retour. Marche arrière. *Elle-entre-avec-moi-à-Normale.* Se renverse. *Je-reste-avec-elle-au-Vésin.* Ne peux pas faire autrement. C'est mon destin. C'est écrit. Mais ça se lit dans les deux sens. Notre écriture, boustrophédon. En grec ancien. Notations primitives. Système archaïque. Proto-hellène.

Protozoaire. Être asexué. Même cellule. Se divise. La même substance. *Dedans, on est faits pareil.* La forme. Est un accident. Ce qui compte, la matière. Enveloppes sont différentes. Noyaux, identiques. Le noyau, où. Le centre. Qui l'a. Varie. *Tu ne m'as pas fait signe, tu aurais dû écrire, tu ne m'as pas téléphoné. Huit heures, et ta sœur n'est pas là. Je m'inquiète. Ça m'angoisse. Vous me faites faire de la bile.* Où elle est. Au bureau. Dans la cuisine. En courses. En chair et en os. *On se sent mal dans sa peau.* Charnellement. Sans importance. Où elle est. C'est où ma sœur est. Toute où je suis. Est pas dans elle. *Rome n'est pas dans Rome, elle est toute où je suis.* Du Corneille. C'est moi, Corneille. On est où on est. EN PENSÉE. Je lis *Sertorius.* La tragédie est dans ma tête. L'être, c'est mental. Je l'emporte. À la semelle de mes souliers. En bien, en mal. Partout. Sur la table de mes concours. Sur la table d'opération. *Va, mon petit, c'est l'heure. Je suis avec toi.* On ne se quitte pas d'une semelle.

Je vois le bout de ton nez qui bouge. Qu'est-ce qui ne va pas. Mais rien. *Mais si. Tu peux rien me cacher.* Sourit. *Ta sœur et toi, je m'identifie. À la seconde. Je sens. Je vous sens.* Rit. *je te connais comme si je t'avais fait.* Elle ne nous quitte pas d'un pouce. En bien, en mal. Les bons jours, les mauvais jours. *Quand tu fais quelque chose de mal, je me sens coupable.* Concours Général. Monte avec moi sur l'estrade. Concours de l'École. Entre avec moi. Mes succès sont ses succès. *Tout ce qui vous arrive, c'est à moi que ça arrive.* Notre pacte. Notre entente. Mes réussites. *Tu sais, ton professeur m'a dit qu'il était très content de toi.* A même ajouté. *Votre fils, Madame, il ira loin.*

J'ai été loin. Irlande, d'abord. Puis, l'Amérique. J'ai la bougeotte. Tiens pas en place. *Moi, les voyages me fatiguent.* Forcément. On n'a pas le même âge. Veux voir le monde. Métro, hasard. J'entends des types. Qui parlent. Des Normaliens. Disent qu'à l'École. On donne un an de plus aux linguistes. Je file. À Dublin. Je change mon fusil de pôle. Philo, j'abandonne. Trop casanier. Le cul vissé sur la chaise. Carcan, collier. Comme Maman. Pivert, Otis. *C'est pas une vie que j'ai.* Moi, veux une vie. Je veux être LE CONTRAIRE D'ELLE. Papa qui l'engueule. Rate son existence. Pour pas faire de peine. À ses parents. Abandonne le théâtre. Se sacrifie. JE ME SACRIFIERAI JAMAIS. À PERSONNE. On m'aura pas. Au magasin. D'abord. Sous Papa. Esclave. Au bureau. Sans Papa. Ensuite. Sans cesse. On s'essuie les pieds sur elle. Un paillasson. Elle proteste. Se rebiffe. *Je veux pou-*

voir mettre mon pot de chambre sur la tête. Se rebelle. *Ta sœur et toi, j'irai vous voir, mais je veux être libre.* S'exclame. *La liberté est une belle chose.* D'accord. Je la prends au mot. JE SERAI LIBRE.

De tout souci matériel. Pour commencer. *Traîner la savate. Tirer le diable par la queue. On arrive pas à joindre les deux bouts. Sais pas comment faire pour atteindre la fin du mois.* Entendu que ça. Vu que ça. Depuis l'enfance. MOI, VEUX DU FRIC. L'aurai. Pas n'importe comment. Bien sûr. *J'ai horreur des affaires.* Moi aussi. Naturellement. *Ton père aimait ça.* Ne suis pas comme mon père. Ne le serai jamais. Clients qui le payaient pas. Poursuites en justice. Parle français avec un accent. Un étranger. Non. Aimerais mieux. Chaire en Sorbonne. Appartement au Trocadéro. Au Luxembourg. Plus pratique. Pas loin du Collège de France. On peut aller y enseigner à pied.

Je joue leur jeu. On me dit. FAUT ÊTRE. JE SUIS. Premier en classe. Prix d'excellence. Je m'applique. Enfance, adolescence. Je tire la langue. Je trime, quand les autres s'amusent. Bûche, quand ils baisent. *Une tache sur ton cahier.* Je recommence la page. Travail. J'ai jamais lésiné sur. Tubard, quinze mois, supination. J'apprends mots anglais par cœur, par listes. Dévore le *Concise Oxford Dictionary.* Temps, perds jamais. Boulot, je boulonne toujours. Seulement. Si je joue le jeu. Veux tirer. Mon épingle du jeu. En fait partie. C'est dans les règles. Je leur renvoie leur image. En veulent pas, leur plaît plus. Pas comme ça qu'ils s'imaginent. Se croyaient autres, plus jolis. Le Père, son désir, vaste atelier, commander aux ouvriers, donner des ordres, tout le monde au doigt et à l'œil. Propriété du Vésinet, quand on a choisi, dit à mon Grand-Père, *il faut prendre la plus grande.* Son rêve, être communiste. Sur son lit de mort. *Je veux m'inscrire au parti.* Justement, sur son lit de mort. Quand il pouvait plus. Pas fait avant. Attendu de mourir. Lit l'*Huma*, commente. Communiste, des mots. *Julien, tu trahis, tu t'embourgeoises.* Forcé, par définition. Culture, bourgeois. Moi, j'admets. Pas honte. Ghetto, me fait pas envie. Usine, non plus. Toute l'enfance, me menace. *Julien, si tu n'est pas premier, je t'envoie à l'usine.* Usine, veux pas y aller. Suis premier. Pas content, rouspète, *tu trahis.* Il se fâche. On se fâche. Atelier tailleur, avenue Junot. *Moi, tu sais, ça m'aurait suffi, mais ton père, il voulait.* Monter vers les Champs-Élysées. Son rêve. Devenir un grand tailleur. Il se regarde. Dans ma glace.

Moi, mon rêve. Devenir un grand écrivain. Je me regarde dans la sienne. Suis logique. Disent. *On t'a appelé Julien.* Pour la famille. Nom du cousin de Maman, quasi-frère. Tué en 15, aux Dardanelles. *mais on t'a appelé Serge pour quand tu serais.* Papa, violoniste. Maman écrivain. Prénom de plume. *Connu.* Célébrité, ont décidé. Avant ma naissance. Que je serais. QUELQU'UN. À LEUR PLACE. Mais celle du Père, pas possible. Violon, veux pas. Concerts Colonne,

colonne Morris. On verra pas mon nom sur les affiches. *Ta sœur, elle tient de ton père. Ils aiment l'action. Nous, le verbe.* Musique, politique. M'intéresse pas. LITTÉRATURE, ma vocation. Elle dit. *J'ai raté ma vocation.* J'écrirai donc. À sa place. Qu'un malheur. Les hommes de science, *ils sont désintéressés.* Des purs. *Les hommes de lettres, je ne peux pas les sentir.* Leur genre, *c'est m'as-tu-vu.* Ils se croient. *C'est des poseurs, des phraseurs.* Ma mère veut qu'on écrive. Sans faire de phrases. *Ils ramènent tout à eux.* Lyrisme, forcé, on se raconte. *Ils ne voient pas plus loin que leur nombril.* Insensé-qui-crois-que-je-ne-suis-pas-toi. Ma mère adore. L'écriture. Elle aime pas. Les écrivains.

Si elle veut. Que je sois un écrivain. Voulait avant que je naisse. Elle veut. QUE JE SOIS LE CONTRAIRE. DE CE QU'ELLE AIME. Ça se complique. Veut que *j'aille loin.* Mais *en restant à ma place.* Que je me fasse *une situation.* Mais *sans penser à l'argent.* Que j'aie *un nom,* on m'a appelé Serge *pour.* Mais sans *se faire remarquer. Tu en as une belle auto.* L'impressionne. *Moi, j'ai horreur des voitures.* La dégoûte. Avoir une bagnole, *ton père en voulait toujours une.* C'est *normal. Tu ne marches pas assez, moi je vais toujours à pattes.* C'est *sain.* Je *gagne bien ma vie,* la *rassure,* lui *fait plaisir.* J'oublie *ce que c'est ici,* ne sais plus en Amérique *combien la vie est dure,* ne connais plus *le prix des choses,* je *dépense.* Lui *fait de la peine.* Coupures de presse, elle a ma collection complète. Tous mes dossiers de l'Argus. *Tu peux pas savoir ce que Wolf m'agace, il est comme tous les gens qui aiment faire parler d'eux.* Elle veut. Les qualités sans les défauts. La médaille sans le revers. L'être. Beau, riche, célèbre. Sans les apparences. Elle veut. QUE JE SOIS LE CONTRAIRE DE CE QU'ELLE VEUT.

Je nais, j'arrive. Ma mission. Chargé d'EXISTER À SA PLACE. Chargé de mission. Délicate. Difficile. Veut dire quoi. Au juste. Se traduit comment. Je me fourre dans quelle logique. Où c'est. SA PLACE. La réelle. À la cuisine. Au bureau. L'imaginaire. Sur les planches. À la vitrine des libraires. Quand je suis à sa place réelle. À bas, à plat. *Ta sœur et toi, je veux pas que vous ayez ma vie.* Désire qu'on monte. Qu'on ait. *Ce que j'ai jamais connu.* Heureusement, l'époux de Zézette a *du bien,* tes beaux-parents sont *riches.* Je peux partir *tranquille.* Veux vous savoir *en sécurité.* Elle se fâche. Ton amer. *Toi, les autres existent pas. Tu te mets jamais à leur place.* J'essaie. Je me mets. À sa place imaginaire. Je réussis. À sa place. Mais sa place. C'est la réelle. Ma réussite, c'est un échec. J'oublie ma place. *D'où tu viens.* Là que je suis. Mais où elle ne veut pas que je sois. *Suis contente que tu repartes en Amérique, ta place est là-bas, tu y es mieux qu'ici.* Si je suis ce qu'elle voulait que je sois. Je suis le contraire de ce qu'elle aimerait que je fusse. Si je suis ce qu'elle aimerait que je fusse. Je suis l'inverse de ce qu'elle aimerait être. Je suis son reflet contraire. Je n'existe qu'à L'AUTRE place.

Je suis donc jamais À LA SIENNE. Par définition. Pas possible. Pas faisable. Ça s'expulse. Ça se rejette.

Incompatible. NI ELLE À LA MIENNE. Par principe.
Du tiers exclu. Elle est mon image renversée. Mon
pacte : *serai comme Maman*. Mon serment : *serai jamais
comme elle*. Entre les deux. Dans l'entre-deux. J'erre.
Je joue le jeu. À cache-cache. Aux quatre coins.
Elle, à ma place. Moi, à la sienne. La sienne, c'est la
mienne. La mienne, la sienne. La place à qui. Tournique, valse. Je m'y perds. Chasseur d'images. Au
miroir. Qui va à la chasse. Perd sa place. Perdu la
mienne. À tout jamais. Depuis toujours. N'en ai
nulle part. Je cours après. Du loufoque, du frénétique. Travail d'Hercule. Du Sysiphe. Décisif. Suis
résolu. À M'EN FAIRE UNE.

Trente ans, tardif. Plus l'heure, plus l'âge, grandes
amours, rêves juvéniles. Par entremetteuse, tante
Dounia, *schadchen*, tope là. Sa ristourne, tant pour
sang. Présente mon père à ma mère. La génisse et
le géniteur. Perdu première femme, veut progé-
niture. Vache amenée au taureau. *Ma fille, il faut
que tu te maries*. Maman fait une fin. C'est la monte.
On me met bas. Je nais posthume. J'existe au passé.
Ma dimension, au premier cri, sifflement d'air aux
bronches, j'arrive. En avant, marche. Tiré en arrière,
je fonctionne dans l'autre sens. Cousin Julien, aux
Dardanelles disparu. Je reparais. À sa place. *Je l'aimais comme un frère. Il était attaché à ma Maman comme
un fils*. Tué à la guerre. Suis là pour le perpétuer.
Je suis le cousin de Maman. Son frère. Je nais en
famille. Je renais. De ses cendres. *Tu es un phénix,
un nichs-noutz*. Lieutenant Marcel Étévé. Mort au
champ d'honneur. Normalien, il brille. Aurait dû
écrire. Il avait tous les dons. Musique, aussi. Comme

moi. J'aurai son destin. Grand amour perdu. Mon bel avenir. École Normale. Est un futur antérieur. Carrière tracée, je suis des traces. Suis dix en moi. Fourre-tout à rêves. Ma place. Est en cent endroits. Ma mère. J'existe. À SES PLACES. Né en éclats. Brin de ci, bout de ça, *mon bout de chou*. Cousin-frère-amant-mon-fiston. J'ai l'identité ubiquiste. Encyclopédie Quillet des fantasmes, le TOUT-EN-UN. Mais pas n'importe comment.

There is method in my madness. Ma formule. Mon algèbre. *Ainsi que tu es construit.* Ma loi. Rien qu'une. Règle du jeu absolue. Pas d'exception. Pour moi, le POSSIBLE. N'est jamais rien d'autre. Que le CONTRAIRE. De l'ordre dans mon fouillis. Agencement dans mon capharnaüm. MA PLACE. N'EST JAMAIS LA MIENNE. J'existe. LÀ OÙ JE NE SUIS PAS. Là où je suis. J'EXISTE PAS. Si je suis au bord de la mer, devant les flots. Je pense : c'est beau, la montagne. Si je suis à la montagne, je rêve d'un lac. Près d'un lac rond, je songe aux rivières. Toutes droites. En bateau, me dis. l'avion, c'est quand même plus rapide. En avion, je réfléchis. Bateau, infiniment plus sûr. J'aurais dû faire. LE CONTRAIRE DE CE QUE J'AI FAIT. Par principe. Quoi qu'on fasse. Il faut toujours REGRETTER. L'INVERSE. Si on est un. On se mutile. Être multiple, on se disperse. Faudrait pouvoir désirer tout. À la fois, ensemble. Pour se sentir exister. Y a d'existence. Que TOTALE. Une existence complète. N'existe pas. Le présent, du fragmentaire. Les instants sont successifs. On est par parcelles. Pour être ENTIER. Faut vouloir être. CE QUI VOUS MANQUE. Normal, c'est logique. EN MÊME TEMPS QUE CE QU'ON EST. Vie réelle. Moitié de vie. Veux L'AUTRE MOITIÉ. Elle est. DANS L'IMAGINAIRE. J'ai donc pas de place réelle. Sans feu ni lieu. Sans foi ni loi. Qu'une seule. Mes temps s'emmêlent, mes lieux vacillent. J'EXISTE PAS. JE CO-EXISTE. Mon corps gît en Amérique. Là que je bouffe. Y ai ma croûte. Mes livres. Sont quelque part en France. Là que je suis. Aussi en même temps. En idée. Non pas quand je suis en France. Là, je vais voir *Midnight Cowboy*. Aux Français, je parle d'Amérique. À Paris, j'évoque New York. Ma patrie, c'est la France imaginaire. La réelle, par définition, j'y suis jamais. PEUX PAS Y ÊTRE. La réelle est irréelle. Située là. Où je serai plus jamais. Interdite. *Aux juifs et aux chiens.* Pendant la guerre. Avant la guerre, rue de l'Arcade, 39. Je disparais dans mon enfance. Je reparais. Où. Sais pas. C'est pas. Réel. Là où je suis. Sans importance. Le réel. C'est JAMAIS RÉEL.

— *And because you can't, obviously, you are angry.*

mots bourdonnent phrase claque *parce que je ne veux pas tirer il est évident que je suis furieux*

évidence   soudain   ressuscite   silence cotonneux   ouate intime   voix me transperce

Yeux durs, acier pointu, pointé. Me pique. Vrille bleue, il me regarde. Tout ce temps, il ne dit rien. Moi qui me parle. Lui qui me parle. En moi. Soudain, à moi. Me parle en personne. 11 HEURES 30. Réveil, me réveille, là, lisse, glisse, temps. De nous retrouver. Aiguilles, échardes dans les chairs. Me pénètre par les prunelles. Le temps fait mal. Torturant. Comment dire. Incommensurable. Aucune mesure. Ce dont il s'agit. Ce qui s'agite. TOUTE MA VIE. Ici, au compte-gouttes. À la minute, minuté. Là comme ailleurs. Toujours courir, se dépêcher. Membres disjoints, moments démembrés. Qui ne se ressemblent pas. S'assemblent. D'un coup d'aile. Avant la guerre, rue de l'Arcade. Atelier du Père À peine j'y suis. Guerre déjà. J'y reste pas. Une seconde. Déjà ailleurs. Cimetière américain, suis à Cherbourg. J'examine, scrute. Arrêt, me pose. Pas de repos. Déjà traversé l'Atlantique, suis à New York, en 70. Départ, aussitôt, saute en arrière. Compte à rebours, je me rebrousse. J'arrive. Avant ma naissance. Sais plus où je suis. Ni quoi ni qu'est-ce. Caisse. De résonance. Si, là, je sais. Rappel à l'ordre, principe de réalité. 25 dollars, 50 minutes. Même pas une heure pleine. Écourtée, décapitée. Quoi qu'on dise, quoi qu'on fasse. LUI MANQUE TOUJOURS QUELQUE CHOSE. Heure-Akeret. Elle entre dans mon système.

Ainsi que tu es bâti. Mon Oedi-fils. Il essaie de le démolir. Pas facile. Construit en dur. Plus de quarante ans de durée. Ma mère. A vécu sans vivre. S'est toujours privée de tout. Toujours s'est tenue à carreau. Je vis au carré. Double. Me refuse rien. C'est l'inverse. Suis son image renversée. *Tu es renversant, des fois je ne te comprends plus.* Mais résultat identique. Quand on mène une vie double. Pendant qu'on a une moitié. On n'a pas l'autre. On en est privé. La moitié qu'on n'a pas. Vous MANQUE. Je reste dans le système. À l'envers. *Toi, mon petit, tu es un jouisseur. Tu ne penses qu'à ton plaisir. Les autres, ils peuvent crever.* Pas si simple. L'art et la manière. De jouir. *Tu veux tout avoir.* Vrai. Mais impossible. *Tu veux la lune.* J'ai la France. Et j'ai l'Amérique. Un an, Paris. Un an, New York. *Vous en avez de la veine.* Erreur. Dans mon arithmétique des plaisirs, deux moitiés. S'additionnent pas. Elles se soustraient. Si je suis à Paris. Dans un appartement. Ma maison, à New York, me manque. J'aime mieux voyager en France. Mais en Amérique, on roule mieux. Il faudrait les routes d'Amérique. En France. *Tu n'es jamais content.* Exact, m'arrange pour. *Tu rêves toujours d'autre chose que ce que tu as.* D'accord. Ça l'irrite. Je l'agace. Seulement. *La pomme n'est pas tombée loin de l'arbre.* Mon système revient au même que le sien. *Toi et moi, on sent pareil.* Si je désire. L'IMPOSSIBLE. Si je veux TOUT. Du moment que je n'ai pas TOUT. Il y a quelque chose. QUI MANQUE. Yeux bleus se voilent, lourde poitrine se soulève. Elle soupire. *Moi, tu sais, je n'ai jamais été satisfaite.*

— *So, you see, I don't always want my weapons to be toys. In my dream, maybe I can't shoot at the monster, but I want to.*

Faut qu'il choisisse. Si je suis furieux. De ne pas pouvoir tirer sur le monstre. Alors, c'est que je veux tirer. Si je veux tirer, je veux de vraies armes. Et si je veux de vraies armes. Je ne veux pas que mes armes soient des jouets. Mais je veux aussi l'inverse. Désir du rêve, il est où. *I want to shoot.* Manifeste. Mais en dessous. M'arrange pour faire crier la voix. Partir l'animal. Disparaître le danger. Miracle, moins périlleux que la bagarre. Dans le rêve. Je veux. TIRER. ET PAS TIRER. Sur le monstre. Mes désirs sont contradictoires. Contraires m'étranglent. Coincé entre. Résultat, forcé. Suis FURIEUX.

Pas convaincu. Hoche la tête.

— *When you want something, you know what you want. Remember the blue suit? And usually, you manage to get what you want…*

Costume bleu. Il me l'assène soudain. QUAND JE VEUX QUELQUE CHOSE. Je me débrouille pour l'obtenir. À tout prix. Pas une seconde d'hésitation. J'ai couru boulevard Saint-Germain. Ardeur, dare-dare. Chez le tailleur de Le Hung.

mon vieux tu ne sais pas t'habiller il rigole suis un niais suis un naïf il doit tout m'apprendre un coquebin vis dans ma coque un œuf briser ma coquille pour m'en sortir FAUT m'explique les règles me fait la liste des maximes après la sieste obligatoire décubitus poumon après déjeuner deux heures à Sceaux post-cure mou doit faire attention aux rechutes mais on a droit de les tomber

quatre à huit droit d'aller au Quartier Latin perme de minuit une fois la semaine le champ des activités pas immense savoir profiter patiemment Le Hung m'explique tout deux assis sur mon lit d'ex-tubard encore à pneumo tous les dix jours on me regonfle lui il est gonflé à bloc se tape l'infirmière à dentier protubérant mais ardente d'autres mômes en ville une bagnole il a sa quatre-chevaux bien fringué bien peigné belle gueule maître ès charme ses parents à Saïgon gros commerçants dans les grains je dois en prendre de la graine

en long en large me chapitre paragraphe par paragraphe ligne à *ligne italienne* enfance de l'art c'est le secret bourreau des cœurs faut la tenue de service style anglais taille étroite terminé d'avant le déluge maintenant règne du veston à ras de fesses des croisés à gros revers ma croisade cours m'adouber chez son tailleur

COSTUME BLEU CROISÉ trente mille balles à l'époque somme colossale des mois de mes économies sur mesure a pris quinze jours et quinze nuits d'attente pour être nippé me mets la ceinture tant pis mes derniers deniers y passent presque guéri post-cure encore un an à tirer faut recommencer à vivre tant bien que mal grosse aiguille entre les côtes tous les dix jours insufflation quand on enfonce fait crac liquide rouge peu à peu dans l'appareil baisse

retapé ça me remonte flambant neuf flambard avec mes nouvelles chaussures chemise en nylon rayé cravate-ficelle dernier cri tressée escarboucles coruscant à mes poignets mousquetaire requinqué enfin je respire j'ai l'air JE VAIS MONTRER À MA MÈRE

— *Yes, I remember.*
— *Well, then, there are times when you pretty well know what you want, don't you ?*

D'accord. Des fois, sais ce que je veux. Cette fois, savais ce que je voulais. Appétit de vivre, de revivre large ouvert. Dévorer le monde. Trois ans sur le dos, assez. Suffit, les listes de mots anglais. Après les mots, je veux les choses. Le chose. Oui, bien sûr. Vingt-quatre ans, normal. Pendant tant et tant de mois, sana Saint-Hilaire, postcure Quatrefages. Gyno-phage, forcé. Postcure Sceaux, scellés à la braguette, veux faire sauter. Mais pas des sauteuses. Pas comme Le Hung. *Toi, mon petit, tu es un tendre.* Grandes amours, passions féroces. Frotti-frotta, quand je m'y frotte. M'en pique pas. Pas mon genre. Voudrais. La Femme. Les Femmes de ma vie. Femme, pour moi, mon destin. Écrit. Avec une majuscule. Aux grands mots, les grands remèdes. Plusieurs mois d'économies. COSTUME BLEU. Trente mille balles. Plus que ce que gagne ma mère. Plus que son salaire mensuel.

Tu as dépensé trente mille francs. Me regarde des pieds
à la tête. Me toise de haut en bas. Papa claque,
maman claquée. S'est remise à la sténo anglaise.
Vingt ans d'intervalle, employée à domicile, au service du Père. Maintenant, après la chiourme Doubrovsky. Le bagne Pivert. Elle a pas gagné au change.
Je ne gagne pas assez pour pouvoir manger à midi. Anglais,
dur. Avec l'âge, mémoire baisse. Faut s'efforcer, se
forcer. Ma sœur est encore une gosse, lycée, elle en a
pour des années. Maison du Vésin qui branle. Délabrée, en ruine. *Tout ça, c'est sur moi que ça retombe.*
Le soir, elle s'écroule. Compresse de Synthol aux
tempes. Question de survie ou de mort.

Trente mille francs pour ce costume. Rien de plus. Rien
d'autre. À l'inflexion de sa voix. Voile du regard
bleuté. Façon de battre des cils. Orgelets bougent
sur les paupières. Elle a de la conjonctivite. Lit trop,
écrit trop petit, devrait changer de lunettes. *Il faut
que j'attende, c'est trop cher.* Cramoisie, devrait aller chez
le docteur. Se soigner. *L'argent, où veux-tu que je le
prenne.* D'ailleurs. *Avant que je m'occupe de moi, il y a ta
sœur.* Pleurésie, elle a besoin de vacances. À la montagne. Doit changer d'air. *Tu sais, tu n'es pas le seul.*
Dans la famille, non je sais. Une famille, c'est plusieurs. Ricane. *Toi, tu ne penses jamais qu'à toi.* Une
famille, c'est chacun pour soi.

Elle qui le dit. *On est toujours seul dans sa peau.*
Variante. *On est toujours seul pour crever.* Moi, veux

pas crever. Loi de la jungle. Chaque bête se défend.
Je m'aime d'abord. Elle, ensuite. Le Père disait. *Toi,
Nénette, t'as pas de besoins.* Moi, j'ai mes besoins. Elle
trime chez Pivert. Mais je bosse l'anglais. Aussi.
Elle fait des fiches de mots. Moi, des listes. *Je suis
debout du matin au soir sur mes jambes.* Moi, allongé,
réveil au coucher, sur le dos. Diplôme d'anglais, j'ai
passé l'oral sur une civière. Prépare l'agrègue au
plumard. De temps en temps, faut bien se lever. En
lever. Des filles, mon gibier. Normal, vingt-quatre
ans. C'est de mon âge. Peux pas être fagoté comme
un grand-père. Ficelé comme l'as de pique.

Pas piqué de crise. Non, rien dit. Dit. *Trente mille
francs pour ce.* À l'inflexion, plus profonde, la voix,
plus rauque. Au regard, un peu plus fané. *Eh bien,
tu dois avoir de l'argent en trop.* Un point, c'est tout.
D'interrogation. D'exclamation. Dans le timbre un
peu plus vibrant. Je dis, *mais non, je.* Veste rembour-
rée aux épaules, serge bleue. Faut bien enjoliver ma
carcasse. Soudain, un carcan.

— *Sure, I did what I wanted, but afterwards...*

oui mais quand on fait ce qu'on veut après moi en
colère elle furieuse costume bleu jamais encaissé
que j'aie décaissé quand elle avait rien à bouffer
jamais elle a digéré moi qu'elle ait pas pu avaler
m'est demeuré sur l'estomac COSTUME BLEU il nous
est resté dans la gorge

jamais passé un long procès entre nous processus de longue durée plus de quinze ans de chicane on s'assigne à comparaître tribunal de la conscience plaidoiries muettes on n'en a pas souvent parlé un mot ici un écho là retentit encore dans ma tête

toi tu es un cérébral ton père un Russe un rustre un moujik avait des excuses toi normalien lu Descartes lu Molière études qu'est-ce qu'on t'apprend dans tes livres *cérébral* veut dire que j'ai pas de cœur j'ai rien dans le muscle creux tout dans la tête

tu ne vois rien personne autour de toi si on souffre les autres tu t'en fous quand ils ont mal n'aperçois rien pire sourd que qui ne veut pas oreilles bouchées toi perdu dans tes bouquins commode ne te demandes pas ne me demande pas si j'ai mangé à midi du moment que je te fais un navarin le dimanche ou des aubergines farcies suis ton auberge

tu entres ici comme dans un moulin tu ressors quand tu veux tu sors quand ça te chante t'amuser les filles tu ne penses qu'à ça et encore pas sérieux si c'était vraiment pour de bon passe encore mais que des passades

tout ce que tu veux jouir quand les autres crèvent *ton oncle et toi* on a que ça dans la tête *tous les hommes sont des chiens* répugnant tu me dégoûtes *tu veux que je te dise* avec ton costume *tu as l'air rasta* resté entre nous à jamais tes tifs trop long Le Hung a une mauvaise influence j'aimais mieux ton ami Orieux

tu n'as plus de bonnes fréquentations ton frère
s'il continue ce sera un dévoyé un voyou costume
voyant ne te va pas mauvais tailleur ton père s'il
avait coupé ce costume aurait eu une autre allure
Julien tu prends un mauvais genre

Elle dit rien. J'entends. J'écoute. Suis pas sourd. Mais
là-dessus. J'en démords pas. Longues dents, affamé
de femmes. Mon droit. L'ai acheté de ma sueur.
Fruit de mon travail. École Normale, j'y suis entré
de haute lutte. Dans quelles circonstances. Torse nu
dans le jardin. BK du Père dans les poumons. Sans
le savoir. Quand Papa agonisait. Ses râles par la
fenêtre. M'est entré dans la poitrine. Entrer à Normale, faut se rentrer dans la tête. Batailles, Ronsard
et Napoléon. Rudes combats. Vie rentrée. Maintenant. Je sors.

Suis coureur, d'accord. Fait partie de l'expérience.
Nécessaire, d'ailleurs, peux pas me marier maintenant. La mode, larges revers, croisée. Pas moi qui
l'invente. Suis obligé de la suivre. Règle du jeu.
M'amuse pas de faire le guignol. Fatigué ou pas, jusqu'à minuit. Luxembourg, Sceaux, attendre la
rame. Quand je tombe de sommeil. Drôle de tom-
beur. Pneumo, j'étouffe. Dégonflé. L'amour dans
l'âme. Personne à qui le donner. Je me traîne. Si
pesant. Mon costume m'accable.

bien sûr, j'ai fait ce que j'ai voulu, mais après...

après FURIEUX décolère pas montre les crocs de quoi elle se mêle c'est mon argent peux en faire ce que je veux les trente mille balles à moi sont mes économies en me privant j'ai pas de comptes à lui rendre l'École me paie j'ai pris sur mes allocations ma bourse ou ma vie

après COUPABLE remords à mourir à nourrir en moi toujours costume c'est tout un côté de moi veux plaire je dépends des autres suis leur esclave Le Hung jaloux de lui veux en faire autant vaux pas mieux que lui rien à envier suis fait de la même farine je veux ma part du gâteau

même si j'enlève pain de la bouche à ma mère *toi tu marcherais sur les autres pour* costume il m'a pas porté bonheur à peine porté mode a viré plus viril pour être mâle changer d'allure déjà plus la coupe quasi neuf déjà au placard au rancart défroque rebut avec jamais eu que des rebuffades

QUAND JE VAIS CE QUE JE VEUX
LE CONTRAIRE DE CE QUE MA MÈRE VEUT
après

afterwards, you remember, I have a dream like the Spy dream !
— Yes, you do. So what ?

longtemps après vingt ans après   RÊVE DE L'ES-
PION

rêve de guerre   les vêtement et les armes sont
médiévaux   la scène est en France   un espion ennemi est capturé pendant qu'il torturait une
vieille femme après l'avoir descendue dans une des caves de l'hôtel   je le condamne à mort   il
demande   a chance to live   droit de vivre
allègue qu'il ne faisait qu'accomplir une mission   je suis impitoyable   je décide qu'il
sera exécuté par décapitation
toi tu es un cérébral   forcément punition
          partie peccante   l'espion   bour-
reau de la vieille   dans la cave   la cuisine
est froide comme une cave   le décapite
          droit de vivre   mission   ma mè-
re   comment je l'ai torturée   au nom de
quoi   COSTUME BLEU   l'espion ennemi   lui fais quoi   partie peccante   le
décapite   je le châtre

qui aime bien châtre bien   à vingt ans   panais en pâte de guimauve   chaque fois que j'ai
essayé   avec une fille   été de l'hypnotiseur
à l'endocrinologue   jeté un sort on m'a noué
l'aiguillette   testotérone sublingual piqûres de
folliculine   de toubib en toubib   pour
rien   partie pecante   peux pas bander   normal   JE SUIS IMPITOYABLE

jugement   me juge   ma mère en
moi   me juge   tout premier rêve   du
carnet beige   2-4-68   noté

fragment obscur; idée d'un acte de jugement qui se prolonge à travers tout le rêve

tout le rêve   c'est   TOUTE MA VIE

un jour le petit il aura du remords

sentence elle a passé son verdict   je l'exécute je m'exécute   JE LE CONDAMNE À MORT   droit de vivre   je le refuse

à qui   L'ESPION ENNEMI   c'est qui   *reste pas là à me regarder*   c'est MOI   évident   vêtement armes MÉDIÉVAUX   mes jeux d'enfance   vieille guerre date pas d'hier   *t'accroche pas comme ça à moi voyons fais quelque chose*   ses faits et gestes   toujours aux aguets   la surveille *l'espionne*   lui pose des questions   de drôles   à 5 ans paraît-il l'ai étonnée   *Maman tu m'aimes?*

DESCENDUE DANS UNE DES CAVES   au fond d'elle-même   question l'ai mise à la question   forcé   la tourmente   tous les deux   c'est notre vie   notre vice   doute nous torture   *as-tu bien tes clés   vérifie bien si tu as   tâte ta poche pour être sûr as-tu un mouchoir*   espionnite no-

310

tre maladie   *regarde bien on ne sait jamais*
          je la regarde

as-tu été à la selle c'était bien moulé   *tu n'as pas*
écrit depuis trois jours qu'est-ce qui te   *tu ne*
m'as pas téléphoné t'étais souffrant   *à sa ma-*
man on peut tout dire   toujours aux
aguets   mes faits et gestes   me surveille
m'espionne   se renverse se retourne   L'ES-
PION   c'est   ELLE

un enfant ça ne se quitte pas des yeux   normal   *un malheur est si vite*   *tu sais même*
quand tu n'es pas là je suis toujours avec toi   *je*
vois le bout de ton nez qui bouge   l'espion   si c'est elle   ME torture   *une*
vieille femme   MOI   puisqu'EL-
LE   c'est MOI   *je suis une vieille bonne*
femme je suis maniaque   *toi alors t'en as des*
manies   soupire   *faut pas être comme*
moi   Claire dit   *curieux tu es un autre*
homme en Amérique   *tu te tiens différemment*
tu t'habilles autrement   *quand tu es en France*
avec ta mère   sourit   *tu te mets à lui res-*
sembler tu te voûtes   je suis comme elle

ESPION   si   c'est   moi   elle
          MOI-ELLE   quand IL TORTURE LA VIEIL-
LE   se passe quoi   JE LA   JE
ME   ELLE ME   ELLE SE   TORTURE

question   *Maman, tu m'aimes ?*   réponse
Proust dans *la Prisonnière*   CAVE DE L'HÔTEL

notre geôle   « *J'appelle ici amour une torture ré-*
ciproque »   CAVE cuisine   on se cuisine

SUIS   IMPITOYABLE   LE   CONDAMNE   À
MORT   normal forcé   Nuremberg torture
vieillards   RÊVE DE GUERRE   crime de
guerre   espion   expie   tribunal   sentence   JE ME   JE LA   ELLE SE
        ELLE ME   CONDAMNE

décapité c'est logique *trop cérébral* amour de tête
faut la couper pas avec qu'on fornique trop de
tête quand on pense trop *est-ce que je vais est-ce qu'elle
me* on bande mal

A CHANCE TO LIVE   MISSION   moi veux
bander   vivre-animal être un homme   *sont
des chiens*   ma mère en moi   bande à l'envers   je débande   testotérone folliculine
hypnotiseur   je me hongre je m'anglaise
        supplice du chinois

quand tu fais quelque chose de mal je me sens responsable
le Bien vient d'ailleurs de Papa *ta mémoire te vient de
lui ton intelligence aussi* proteste mais non elle a
mémoire d'éléphant intelligence de lynx *tu sais je
pige à la seconde j'ai un pif* alors pourquoi elle se
dénigre elle se dénie *ne te tiens pas voûté comme moi*
attention *tu as mes défauts*

alors si j'ai ses défauts normal quand suis en faute
elle se condamne en moi me condamne en elle on
se damne ensemble lueur ça commence à s'éclairer

logique si je fais quelque chose de mal est responsable puisque fais le mal à sa place

le mal qu'elle AURAIT VOULU FAIRE *moi tu sais j'ai*
pas eu de vie espion *a chance to live* mission-vie *les*
hommes de ma génération ils ont été tués à la guerre résultat *je ne connaissais personne* résultat *quand on m'a pré-*
senté ton père vache-taureau résultat moi

moue de dédain elle me méprise *tu as dépensé trente*
mille francs pour ce œil bleu éteint voix voilée *eh bien*
mon petit tu dois avoir de l'argent en trop me toise me
jauge se juge COSTUME BLEU pardi *je suis comme les*
autres chiennerie aurait aimé ÇA aussi c'est SES MAU-
VAIS INSTINCTS À ELLE

QUAND JE FAIS LE CONTRAIRE DE CE QUE MA MÈRE
VEUT
JE FAIS CE QUE MA MÈRE AURAIT VOULU FAIRE

Toi, tu veux toujours l'inverse de ce qui est. Ajoute. *Tu*
désires toujours autre chose que ce que tu as. Un type.
Qui veut l'inverse de ce qui est. Qui désire toujours
autre chose que ce qu'il a. C'est un mec. *Tu as l'es-*
prit mal tourné. Qui a un vice de construction. C'est
un être. Présentant une malformation importante.
Être-présentant-une-malformation-importante. Dans
le Larousse. C'est la première définition du monstre.
Conclusion. ON VOIT UNE ESPÈCE D'ANIMAL MONS-
TRUEUX SORTIR. Le monstre apparaît. Il figure.
Ma contradiction intime. Mon défaut de construc-

tion. TÊTE DE CROCODILE. CORPS DE TORTUE. Ma torture. Ce qui est monstrueux chez moi. Pas mes vices ni mes vertus. Mes défauts ou mes qualités. MA STRUCTURE. *Tu n'es pas bâti comme les autres.* Pas mon contenu. *Tu n'es pas plus méchant qu'un autre.* C'est ma forme. Monstre, un être. Difforme. Dix formes. *On dirait qu'il y a dix types différents en toi.* Mais dix, toujours divisible par deux. Suis jamais onze. J'ai pas sept têtes. Je suis pas l'hydre de Lerne. J'en ai qu'une. Mais dans mon cerveau, deux lobes. Qui communiquent pas. Serais plutôt comme Argus. Si j'ai cent yeux. J'en garde cinquante de fermés. Cinquante d'ouverts. Forcément, entre les lobes cloisonnés. Entre les yeux fermés, les yeux ouverts. *Tu es un être déchiré, tu n'es jamais en paix.* Logique, la guerre. Si mon monstre est aquatique. SORTIR DE L'EAU. RAMPER SUR LA PLAGE. En Normandie. Aurait pas pu choisir une meilleure place. Une meilleure plage. Double. *Vierville. Omaha Beach.* Au même endroit. C'est la guerre et c'est la paix. Qui se bagarrent.

CROCODILE-TORTUE. Bisexué. Rêve du monstre. Déjà avant, autre rêve, *étrange, « lycanthropique »* : *j'attends avec Pierre (Orieux, ami d'enfance) dans un bois l'apparition du monstre. Je suis armé d'une sorte de gourdin, arme pas très efficace, Pierre aussi. Finalement, un vieillard sort, qui est plutôt amical et nous dit en français : « Je suis un homme, mais si vous voulez, je puis être une femme. »* Gourdin, Pierre et moi. On est munis, armés. Pas très efficace. Si un homme. Au coin d'un

bois. À volonté. Peut être une femme. *Gourdin.*
C'est gourde.

Mets ta main contre la mienne. On a les mêmes mains.
Tu as ma démarche, c'est mal. J'ai ses pieds, un peu
nickelés. *On a des ripatons identiques.* Quoi d'autre
encore. *Tiens-toi droit, ne fais pas comme moi.* Nos dos
sont semblables, lordose. Quand on lit un livre, voit
un film, quand on savoure un paysage. *Entre nous, il
n'y a pas de différence.* Dans la famille. *Ta sœur et toi,
pour moi, vous êtes pareils.* Scrupule. *Sauf ton petit accessoire.* Mon accessoire. Est quand même important.
Moi, je ne peux pas m'offrir de superflu. Le superflu.
M'est quand même nécessaire. RÊVE DU MONSTRE.
Soudain, déclic. Accroche, *At an inn in bed.* RÊVE DE
L'AUBERGE. Trame de ma vie, tissu de songes. Mon
étoffe, fils de ma chaîne, de l'un à l'autre, fais la
navette. Je m'entrecroise. Carrefour des rêves.

*Je me trouve en train de passer la nuit dans une auberge
au lit avec un garçon de 13 ans je suis une femme de
30 ans le garçon est timide et n'ose pas faire l'amour avec
moi je regarde entre mes jambes : j'ai un trou là au lieu du
pénis bien que l'acte d'amour n'ait pas lieu dans le rêve il
doit s'être finalement produit je dis au garçon : cela n'a
aucune importance qui a 13 ans et qui en a 30 ce qui
compte c'est qui est mâle et qui est femelle et un garçon doit
faire son devoir le jeune garçon est fier d'être un homme et
je suis très surpris d'être une femme je me réveille*

Déclic, rêve. S'accroche. À rêve. À rêve, rêve et demi. Mes deux moitiés. Me divisent. Je les additionne. *Je me trouve en train de passer la nuit dans une auberge au lit avec un garçon de 13 ans. Auberge,* c'est comme à l'hôtel. En passant, une fois n'est pas coutume. *Avec un garçon de 13 ans.* Pas dans mes habitudes. Diurnes. Désir secret, en catimini, me défoule, m'offre un mec. Rêve enculeur. Non, l'inverse, rêve d'enculé. JE SUIS UNE FEMME DE 30 ANS. Pas piqué des vers, à peine racontable. Je cesse à peine d'être tantouze. Soudain, gonzesse. Pas mieux, pas plus sortable. Rêve hétéro, mais quand même. Hétérodoxe. Mon image virile. Mon inconscient la déshonore. Mon rêve me fait honte. Femme ou pédé.

Femme de 30 ans. L'âge de ma mère. À ma naissance. Si je nais, ça nous sépare. Si l'enfant, c'est son pénis. Forcément, lorsque je nais. Ma mère n'a plus de pénis. Entre les jambes, plus qu'un trou. Un trou, c'est vide. Faut le remplir, je remplis. Mon rôle. Lui rends son pénis. *Toi et moi, on ne fait qu'un.* Faut bien que nos moitiés se réunissent.

Pourquoi un *garçon de 13 ans.* Si je suis le reflet inverse de ma mère. 13, c'est 30 à l'envers. Dans une glace. Seulement, entre 13 et 30, il n'y a pas qu'une différence. D'âge. Faut une autre différence. Pour faire l'amour, au lit. Un trou, c'est O. Il faut bien en avoir 1.

Le garçon est timide et n'ose pas faire l'amour avec moi. Garçon de 13, femme de 30. Forcé, l'impressionne.

La femme, elle pourrait être. Sa mère. Prohibition de l'inceste, *tous les hommes sont des,* pas pour les chiens. Mais si j'existe à la place de ma mère. Sa mère, ici, c'est moi. Garçon hésite. Normal. On couche pas avec un homme. *Eh bien, mon petit, il ne te manquerait plus que ce vice.* Fils dévoyé, pas pire pour une mère. On peut pas lui faire ce coup. Garçon de 13. Est timide. Ose pas faire l'amour. Avec moi.

Je regarde entre mes jambes : j'ai un trou là, au lieu du pénis. Tout rentre dans l'ordre. Je suis en règles. Avec moi-même. Déclic, accroche. Autre rêve, rêve précédent, le même. *Je vois une femme de 30 ans. Une caissière.* Blonde. *Toi, tu es si dépensier, faut bien que je tienne les cordons de la bourse.* Soudain, sous le comptoir. *J'aperçois un tampon hygiénique féminin taché de sang, ça me dégoûte profondément.* Logique. S'il y a chez moi. Des choses qui dégoûtent ma mère. *Des fois, tu me dégoûtes.* Chez ma mère. Si je suis son reflet inverse. Il y a des choses qui me répugnent. Ça se situe. Exactement là où je regarde. Entre les jambes.

13 ans. Retour de flamme, reviviscence, c'est l'âge. Résolution de l'œdipe. Moi, j'ai ma solution. Personnelle. Prohibition, je tourne. La difficulté. Coucher avec sa maman, interdit. Mais si je me mets à sa place. Je coucherai avec moi. Inceste ingénieux. C'est la masturbation parfaite. Je lève l'obstacle. *Y a plus qu'à tirer le rideau.* Dans ma scène, je tire le rideau. *bien que l'acte d'amour n'ait pas lieu dans le rêve, il doit s'être finalement produit.* Accouplement dans les coulisses.

Forcé. *Y a des choses qu'on montre pas.* Même en rêve. Moi-fils. Qui s'accouple. Au moi-mère. Moi-même. Addition. C'est arithmétique. Ma synthèse. Impossible. Je me l'offre. Une autre fois. Dans un autre rêve. Je me costume. *Tortue-crocodile.* Je reparais. Grimé en fable.

Si ma mère est la femme-homme. Si je suis l'homme-femme. Quand on se mélange. Fusion totale. L'union parfaite. Des contraires. L'unité double. Absolue. La dualité unique. Plus de problème. J'ai ma solution finale. Paradisiaque. Elle-moi. Moi-elle. Moi-moi.

Eh bien, non. Pas ainsi que ça se passe. *Je dis au garçon : « Cela n'a aucune importance, qui a 13 ans et qui en a 30. Ce qui compte, c'est qui est mâle et qui est femelle. »* Je précise. *« Un garçon doit faire son devoir. »* Au lit, champ d'honneur. *Le jeune garçon est fier d'être un homme et je suis très surpris d'être une femme. Je me réveille.*

De quoi être surpris. J'étais femme. Je me réveille. Homme. Rien à faire. Il faut RESTER DOUBLE. Pas même au réveil. En rêve. Qui a 13 ans. Qui a 30 ans. C'est pas ce qui compte. Dit, répète. *Entre nous, il y a 30 ans de différence.* Sourit. *Sous tes apparences de dur, tu es un tendre. Tu as un côté féminin.* Suis pas poli. Réponds. Pas la différence d'âge qui compte. L'autre. *Ton petit accessoire.* Est essentiel.

À peine fondu, confondu. Deux-en-un. Extase. Rappel à l'ordre. *Un garçon doit.* L'ordre, ici, un commandement. *Faire son devoir.* L'ordre, ici, l'ordre des choses. Mâle, femelle, c'est différent. *Le jeune garçon est fier d'être un homme.* À peine je m'accouple. À moi-même. Je me divise. Pour régner. Je me sépare. De ma moitié femelle. *On mélange pas les torchons et les serviettes.* Hygiéniques. La caissière blonde. Tampon taché. Elle me débecte. Le Père dit. *Monte en vélo.* Me plante sur la selle. Il me met sur la sellette. Il dit. *Plonge.* À Molitor, moi, mollis. L'eau, fait pour se noyer. Il m'y jette, tête la première. *Je t'apprendrai à être un homme.* Ricane. *Moi, mon gars, j'aime pas les femmelettes.*

Déclic. Accroche, un autre rêve. Sans trêve, mon métier. Tissu de songes, mon étoffe. Trime, trame mes nuées. Il y a une semaine. *Je suis dans un tel état d'abattement que j'ai besoin d'une espèce d'intervention chirurgicale. Mes vaisseaux sanguins sont reliés par un tuyau en caoutchouc à ceux d'une autre personne.* Tuyau en caoutchouc, un bon tuyau. Quand ça ne va pas. *Un tel état d'abattement.* Faut me brancher. Sur un autre. Je suis un animal. À branchies. Mais cette fois, c'est la même scène. Avec un acteur différent. *La personne à qui je suis ainsi relié est mon père.*

Sentiment étrange que mon cœur s'est mis soudain à battre à l'unisson du sien. Je me réveille. Rêve de la Femme et du Garçon. Je me réveille. Aussi. Étonné. Homme ou femme. *Étrange.* C'est l'un ou c'est l'autre. Surpris, je sursaute. Ça me réveille. Faut choisir. *Toi, tu veux tout.* Pénis et trou. Je veux les deux. Pas possible. L'acte d'amour. Il a lieu dans les coulisses. Invisible. Passez muscade. Mâle, femelle. Pour moi. En moi. Pas équivalent. Y a qu'à lire. *Le jeune garçon est fier d'être un homme et je suis très surpris d'être une femme.* FIER. SURPRIS. Pas pareil. Pas sur le même plan. Moral.

Les deux sexes, pénis et trou, m'accouple à moi-même. Pas ça que je veux vraiment. Si on s'accepte double. On a la paix chez soi, en soi. Tortue-crocodile. Julien-Maman. *C'est le nom de mon cousin, je l'aimais comme.* Serge-papa. *Serge va mieux avec Doubrovsky, ça fait plus russe.* Si j'accepte JULIEN-SERGE. Quand je vois CROCODILE-TORTUE. Pas envie de tirer dessus. Me fait pas peur. Bisexué, n'est plus un monstre. Mais pas ainsi que je suis fait. I WANT TO SHOOT AT THE ANIMAL.

Julien, peu à peu. Prénom désert. Plus personne qui m'appelle ainsi. Devenu *Serge.* Mon costume bleu, costume à filles. Était en *serge.* Homme-Femme. Pas mon rayon, pas mon désir. Y en a qui peuvent. Qui veulent. Polymorphes. Des pervers. Moi, vers Père. Je baise une môme. Un mec m'endauphe. Je jouis de mes deux faces. De mes deux fesses. Côté Swann et côté Guermantes. Se rejoignent au bout du compte. La route transversale. Transsexuelle. Proust l'a prise. Itinéraire fléché par Deleuze. Pas le mien. Là on se quitte. *Moi, mon petit, j'aime les gens normaux.* J'ai pas la dualité. Ambidextre. Leur chemin n'est pas sur mes voies. Urinaires. J'ai pas le stationnement. Bilatéral. Mon rut. Est à sens unique. Comme les rues. De New York. Flèches opposées. Par où on entre. Par où on sort. *One way.* On m'entre pas. Par où ça sort. Se fâche. *Y a des fois, tu n'es pas sortable.* Je suis pas. Entrable.

Je continuai en lui disant que je ferais tout ce que je pour-
rais pour lui faciliter son récit, que je tâcherais de deviner ce
à quoi il faisait allusion. Voulait-il parler d'empalement ?
Freud, *L'Homme aux rats.* Rate pas. En anal-yse. Les
arrières. Sont pas gardés. Hommes, femmes, différence. S'efface aux fesses. Si on regarde de dos.
Chèque en blanc. On vous endosse. Pareil. On tire.
De la même façon. Virilité. C'est vénérable. Mais vul-
nérable. L'anus. L'annule.

Quatre fers en l'air. Comme une poufiasse. Paris,
Ville Ouverte. Boches qui entrent, l'empallemand.
Horreur des horreurs. Le cauchemar absolu. Enculé.
Comme une gonzesse. ON ME FEMELLISERA JAMAIS.
À plat ventre, sous un type. Sous-homme. Sésame,
ouvre-toi. La tante, l'attentat. La tentation. Sata-
niques. Rien que d'y songer. Comme le Roquentin
de Sartre. *L'existence prend mes pensées par-derrière et*
doucement les épanouit PAR-DERRIÈRE *; on me prend par-*
derrière. Il court, il court le furet (par-derrière) par-derrière
PAR-DERRIÈRE, *la petite Lucille assaillie par-derrière violée*
par l'existence par-derrière. C'est à vous donner. *La*
Nausée.

Roquentin-Lucille. D'un coup. *Il demande grâce, il a*
honte de demander grâce, pitié, au secours. Secousse. De
quoi se trouver mal. Plus mâle. Sexe violé, sexe
volé. Fait plus qu'un. Sans distinction. Jouit pareil.
Homme comme une femme. Femme comme un
homme. Anus, anneau. Nuptial. Vagin d'homme.
Boucher, faut obturer. Au mastic. Si s'aimante. Se
cimente. Mec en béton. Virilité. Doit être sans

faille. Armure sans défaut. Érogène que ce soit. Hétérogène. Hétérogénital. Sexes, faut rétablir. La différence. La déférence.

Au con. Une femme baise un homme. Autant qu'un homme baise une femme. Au cul. Pas réversible. Avec une môme. L'enculeur. Peut jamais être. Enculé. Roi Dagobert. Si on met une pépée à l'envers. Les rôles ne sont plus. Retournables. *What the hell are you doing ?* Si on essaie. On est prévenus. Déjà connu ça. En Irlande. *Irish girls don't do that.* Aussi sec. Sécotine au derche. Dans les pays anglo-saxons. Pourtant. Tout permis. Cuisine variée. Livres de recettes. *The Joys of Sex. A Gourmet Guide to Sex.* Best-sellers, le zizi-panpan gastronomique. Banquette arrière, banquet. Dans les bagnoles. Sous un arbre. En plein air, dans les cinémas *drive-in.* On se suce. Au lit, Au litre, Sport national. En Amérique, droit de la femme à l'orgasme. L'organe. Se légifère. Érection. S'érige en principe. Ça s'étudie. De Kinsey à Masters et Johnson. Ça se travaille.

Écoles de pensée rivales. Réalistes et nominalistes. Scolastique du scrotum. On dispute ferme. Clique du cli-cli. Contre la secte du vagin. Où con. Doit jouir. *Liberated sex.* Attention. Orgasmes fascistes. Organes révolutionnaires. Les bonnes. Et les mauvaises voies. Il y a. Les méats à Mao. Orifices officiels. Libre de tout, pourvu que. Caresser les nénés. À la Lénine. Sinon, halte. On vous la coupe. Déviationnisme. Castrant, castriste. On se chamaille. Sur la façon de s'emmancher. Pourtant. Point capital. Capitaliste. C'est unanime. S'accorde en chœur.

Avec une môme, cul, réac. Réaction, *what are you doing, stop that*. Boucliers féministes, c'est la levée. Marlon Brandon, *Dernier Tango à Paris*. Son quart de beurre. Sale quart d'heure. Intolérable. En tôle. On vous y fourre. On pourrait. Pour avoir empapaouté une gonzesse. Contre nature. Contraire à la loi. Pour divorce, motif probant. La sodomie. A bon dos. C'est pas comme embrocher un jules. Empaffer un mec. Ça, c'est bien vu. On est du bon côté. Subversif. Un acte révolutionnaire. *Gay Revolution*. Se faire enfoirer. La foire, fête. À nœud-nœud. On danse la carmagnole. *Ah ça ira*, saillira. Entre zigues, normal. Très bien porté. Si on s'endauphe. Entre types. Fait chic. Coup dans le chouette, c'est bath. Pédication évangélique. La fellation contrôlée. La bonne marque. Marx. L'estampille apostolique, à la pastille. Mais attention, gaffe. Si par malheur. Par mégarde. Peut arriver. Terrain glissant. Dans une gare, gare. On peut se tromper. De sortie. Erreur d'aiguillage. Avec une môme. Si on monte. Dans le train. Mauvaise porte. On n'est pas. Sur la bonne voie. Un dévoyé. Vous l'envoient pas dire. *You bastard*. On dit. *But it's done in France*. France, s'en foutent. *I won't have it done to me*. Pan. Par mégarde. Mésaventure. Si on s'éloigne. De l'ordinaire. De l'urinaire. Si on taquine. Le troussequin d'une gisquette. Si on l'enfile par le disque. Si on l'enfourche par le derche. Essayez. Défoncer la pastèque d'une pépée. Cas pendable. Vous qui paierez. Le pot cassé. Si on empétarde une gonzesse. Sacré pétard. Toute une histoire. Ici, le prose. Tout un poème.

Ton papa était très sévère. Elle dit. *Une fois, il y a un danseur espagnol qui, dans le salon d'essayage.* Hoche la tête. *Je n'ai jamais vu ton père dans cet état. Il était pâle de rage, il m'a dit : Nénette, si c'était pas un client, je.* Lui avait passé les doigts dans les cheveux. *Ton papa en tremblait de rage.* De quoi. Y a des trucs. Tabou. Je suis strictement totémique. Question de principe. Y a des choses. Pas tolérables. Chez les juifs. Hommes, d'un côté. Femmes, de l'autre. Pour les services divins. Dans les synagogues orthodoxes. *On mélange pas les torchons et.* Animaux mondes et immondes. Se séparent. Tables de la Loi. Suis de la race de Moïse. Je baise cachère. Le reste. Macache.

Beau zob ciselé. Sans capuche. Mon chibre buriné. Panais décoiffé. Lui mets le bonnet phrygien. Mon enseigne. Mon insigne. Jaune, JUIF. La mort sur la poitrine. Entre les jambes. Je l'ai portée. Mon bel organe. Vieilles histoires. Boches, bacilles. Mes cicatrices. À l'aine. À l'âme. Laissé des traces. M'ont marqué. Ma youpine. M'a rendu. Exhibi-sioniste. Fallait la cacher. Je la brandis.

Brandon de discorde. À peine je bande. Bande à part. Mon côté féminin. Fait sécession. Tout entier mâle. J'ai le sexe bien accroché. Me tire en arrière. À hue et à dia. Adieu. Ma belle unité. Virile. *Mes vaisseaux sanguins sont reliés par un tuyau en caoutchouc à ceux d'une autre personne.* La personne, c'est mon père. Quand je rêve d'être un homme. C'est en symbiose. Branché comme un embryon. Naître masculin. De mon père. Je veux une virilité. Femelle.

J'ai un corps mâle. En apparence. Je suis rempli. De jus femelle. Dedans, faut le pomper. Sans cesse. Crevasses, mes fissures. J'ai que des fuites. Poreux. Je pense, donc je fuis. Faut pas un instant. D'arrêt. Une seconde d'inattention. Inanition, je suis mort d'inanité. Je vis en transfusion sanguine. Permanente. L'aiguille dans la veine de l'avant-bras. Il faut me transvaser de l'existence. Sans le liquide. Féminin. Je suis à sec. En panne, coincé. Mon moteur cale. J'ai plus d'être.

— *So what, Serge ?*

Répète. Interruption. Rompu les chiens. Moi, suis ma piste. Lui, la sienne. Déclic, je décroche. Réveil. Réveil, regarde. MIDI MOINS 20. Quelques minutes qui restent. Quasi terminé. On n'en a jamais fini. Répète.

— *So what, Serge ? What do you associate with the Spy dream ?*

Échos. De séance en séance. On tourne en cercle. De rêve en rêve, à vous donner le tournis. Toujours la même chose. On en revient au même point. Plus ça change, plus c'est. Lassitude me gagne. Parcours futile. Perdu dans mes nuées. Redégringole, fauteuil jaune. Lui, assis en face. Fatigue, on a tout épuisé. Ses ritournelles, mes refrains. Que des redites.

— I was just thinking, the Spy asked for a CHANCE TO LIVE. *And, in this dream, I didn't have a* CHANCE TO SHOOT.

Rêve de l'Espion, il demande *possibilité de vivre.* Rêve du Monstre, pas eu *possibilité de tirer.* Hoche la tête. Content. Les rapports l'intéressent toujours. Lambeaux de pensées, je m'effiloche. Tout décousu. Il aime quand on peut me faire un nœud. Partis chacun de son côté. Presque au moment de se quitter. Soudain, on renoue.

— What do you make of this?
— I don't know, I never seem to HAVE A CHANCE.

Sais d'avance. Connais sa réponse. Il va dire. Coïncidence, comment s'interprète. Sais pas. Moi, j'ai l'air de JAMAIS POUVOIR.

— Serge, you'll never HAVE A CHANCE, *as long as you don't* HAVE A CHANGE.

Dit rien. Attend. Je fais les frais de la conversation. 50 minutes, 25 dollars. Peux pas perdre une seconde. Presque au bout. À bout.

espion   veut vivre   demande sa CHAN-
CE   *monstre* disparaît   voulais ti-
rer   raté ma CHANCE   pour avoir ma
CHANCE   faudrait que je CHANGE

peux lire autrement   veut *vivre*   voulais *tirer*   pour   VIVRE   faut TUER

fatigué trop de pistes m'égare
rêves trop mou je m'entortille dans des nouilles
m'emmêle dans mes spaghettis nocturnes
voudrais les enrouler sur ma fourchette ouvre la
bouche

Il me coupe.

*— Listen, we have only a few minutes left. Why don't you
go back now to the beginning of your dream ?*

Surpris. Retour au monstre. Que je reprenne au
début. Déjà tout dit. N'ai rien d'autre à ajouter. SUR
UNE PLAGE DE NORMANDIE. L'océan meurt dans
l'écume. Pour renaître, rebattre. Rabattre ses vagues
sonores. Mousse au sable bue. Ressuscite en tour-
noiements d'embruns. En poudroiements d'éclaboussures.

*— What association do you have with Normandy, a
hotel, your mother ?*

revient retentit soudain voûte résonnante du crâne
écho

pourquoi
c'est si extraordinaire
à l'Hôtel du Casino
avec   face à
pourquoi

pourquoi *face à* compréhensible la nature beau dangereux on peut sombrer couler vaut mieux regarder
respirer d'ailleurs avec Maman c'est forcé ensemble
on peut que humer voir toucher non interdit par
définition pas possible on peut aimer que sans se
mouiller de loin *à la fenêtre*

de l'hôtel ça se précise pourquoi *hôtel* rêve du Monstre
at a hotel in Normandy celui de l'Espion descend la
vieille dans une des *caves de l'hôtel* dans dix dans vingt
autres rêves l'*hôtel* est comme l'*auto*

lieux de passe de passage *auto hôtel* on se déplace on
s'arrête reste pas on repart *auto* dépose *hôtel* repose
une nuit deux nuits un répit entracte et puis en
route autre chose plus loin aller voir me manie ma
manie mon mal

vrai mais vague mes voyages étapes instables jamais
installé c'est évident le sens obvie mais d'autres dessous faut voir *at a hotel I am with a woman* lieu de passage de passe sans femme n'est pas concevable va de
pair mathématique mon équation *auto + elle = hôtel*

l'endroit commode idéal pour un peu de pèze oasis pour oaristys orgie magique mets succulents sur un tapis volant servis par des elfes pour échansons les gobelins les capiteux gobelets monte à la tête à la chambre houris souris bref paradis

bonsoir après chacun de son côté se quitte séparation enfer pleure on sanglote *voudrais tellement que ça dure* mais justement *peut pas durer* la règle du jeu c'est la loi fait pour tortures tourments les exultations convulsives exaltations épileptiques

avec Berthe avec Elisabeth clair je pige avec *Maman* veut dire quoi *à l'hôtel* réponse rêve l'Espion la descend dans une des *caves de l'hôtel* s'éclaircit *cave / hôtel* s'oppose *en bas / en haut* ça veut dire *cuisine / hôtel* antithèse signifie *cuisine / festin féerique*

jours années siècles Maman bosse bûche combat sans trêve gagner la croûte pour ne pas crever marne trime debout cinq heures le soir s'écroule masse assommée de sommeil trop fatiguée insomnie varices aux jambes les tempes qui battent sang au visage cramoisie faiblesse défaillance pas permis jamais paupières de plomb tant pis aube debout dans la *cuisine* plats de *Papa* gamelle de ma sœur *mes* mets avant 39 après la guerre pendant l'occupation toujours occupée caveau suintant sous-sol à salpêtre dans la tombe de l'office décennie après décennie

qu'est-ce que tu aimerais schatzele aubergines farcies sauté de veau navarin blanquette *dis-moi* prend du temps j'ai pas le temps ça ne fait rien *je m'arrangerai* je préparerai d'avance le soir *veux-tu un bifteck* bavette hampe le filet trop cher *surtout pas que tu te prives* je réfléchis grave je pèse le *pour* pitchia le *contre* courgettes j'attends fléau de la balance mon verdict je veux un ragoût de mouton *bien maigre*

belle carte vaste menu je dis *choisis* non *mon petit une omelette me suffira tu sais je ne mange pas beaucoup le soir je vais me fâcher* bon gré mal gré prendra ce qu'il y a de mieux *tu vas me faire le plaisir* qu'elle le veuille ou non POUR UNE FOIS QUE JE T'INVITE

rôles renversés on intervertit les répliques cette fois c'est *mon tour* je la traite je la sors on est en vacances en vadrouille *pas tous les jours dimanche* pas souvent non *Alsace* pour notre pèlerinage *la Côte* courte pérégrination elle n'a que quinze jours de libres l'ai fait venir *en Amérique* été 57 une fois au cours des ans çà et là maintenant *en Normandie* puisqu'on s'y trouve que ça se trouve qu'on est à Cherbourg qu'on a accompagné Claire et les gosses qu'on a le week-end devant nous que lundi il faut déjà que

je la case quand ça se présente à l'occasion bien sûr me fait plaisir du fond du cœur sincère me donne une profonde joie nos randonnées quand je suis pas avec ma femme une femme une autre LORSQUE furtive échappée quelques repas mirobolants *cette fois tu n'auras pas à cuire* elle se régale *pas de vaisselle* heureuse je suis heureux comme avec une poule avec un peu de pognon lui achète un brin de rêve un jour de répit de repos nos repas *à l'hôtel* tout ce que je peux faire que je sais faire lui achète ME RACHÈTE mes paradis paroxystiques à l'occasion quand c'est commode la *cause* du voyage à Cherbourg Claire l'*effet* l'hôtel avec Maman à Vierville C'EST MA FAÇON DE LUI RENDRE

dérisoire grotesque à en devenir malade la vérité vacille chavire pas les trucs de Maman que je répète avec Berthe Élisabeth juste le contraire *c'est mes fantasmagories à gonzesses que je rejoue avec ma mère* je titube entre les deux ça se retourne les vérités je repasse de l'une à l'autre ça tournique à l'infini COMME ÇA QUE J'AIME

par saccades par secousses *fusion effusion* l'un dans l'autre l'un avec l'autre par éclats d'extases par spasmes solaires JE FULGURE après forcément goût de cendres je m'éteins peut pas durer peut pas vivre dans les enivrements s'installer dans les transports mystiques TRAUMA OU ROUTINE

JE VEUX LES DEUX enfantin c'est infantile c'est pas possible C'EST comme ça habitudes nécessaires sans peux pas fonctionner *creature of habit* mes habitudes me créent je les crée les sécrète quand n'en ai pas mon secret les fabrique instantanément j'habite dans mes habitudes où que j'aille en vingt-quatre heures elles sont prises le verre *où* boire la route *où* se promener la chaise *où* s'asseoir invariable ne souffre pas d'exception autrement intolérables souffrances affres à la moindre infraction puis habitudes devient coquille cocon suffoque étreint entrave carcan licou faut rompre palissade prison faut briser on tourne en rond en cercle étriqué on est à l'étroit faut s'ouvrir la réponse se répandre loin toujours mieux ailleurs voir là-bas autre chose ÊTRE AUTRE au contact me renouvelle phénix me ranime je reprends force forme me transforme pour revivre dois m'arracher pour changer partir je me sépare

scissipare protozoaire protiste me reproduis par segmentation me fends me divise en deux animalcule à l'infini je pullule autre moi naît autre moi-même noyau identique noyé j'étouffe dans ma substance je me refends me redivise je renais autre redeviens moi je prolifère en rond je grouille en cercle même matière je continue mes discontinuités

déjà coquille se refait cocon se referme ma gélatine se claquemure faire sauter mes murailles dynamite c'est dynamique peut-être en accélérant le rythme je me gagnerai de vitesse ère atomique pour être libre sortir de prison y a plus que les explosions en chaîne

What's so special about being with your mother by the sea l'eau *pourquoi l'eau* un mur je bute *avec Maman*

mais *la mer* n'est pas n'importe quelle eau les ruisselets du Vésin lacs artificiels les Ibis la Seine à Bougival prise comprimée écluses ou panoramique au pied de la terrasse à Saint-Germain en bas *ses eaux à elles* familières familiales à portée de main c'est paisible cours régulier c'est quotidien hebdomadaire le dimanche on y va ensemble on se désaltère ça lave un moment les soucis soif de beauté un instant on y boit fidèle source s'y retrempe nos promenades ablutions suivre les rives serrer les berges on se retrouve toujours chemin tracé sentier mesuré devant la grille tablier marron troué rouillé du 29 rue Henri-Cloppet

la mer au contraire *mon eau* la sienne aussi bien sûr elle aime on adore de concert on vibre ensemble devant les vagues va sans dire dans la nature tout ce qu'il y a de cosmique retentit en elle au tréfonds mais c'est sauvage *ça fait un peu peur* ça emporte à des dérives dangereuses des élans fous ça fait soulever les regrets remonter les nostalgies *j'y ai été en 24 avec Germaine* soupir avant Papa avant moi quand elle était encore libre *j'aime avant tout l'indépendance* avec Mademoiselle Folléna violoniste devenue folle peintre aussi tous les talents morte à l'asile voyages d'été amies d'antan

Mademoiselle Weitzmann aux bouffées salines salubres aux souffles du large à l'horizon écarquillé aux yeux renaît *Renée* revient elle ressuscite la mer agite ma mère bouillonne dans sa poitrine fermente partances errances les appels a pas pu entendre ses sirènes sonneries Pivert Otis *être à l'heure* dans sa routine enterrée vive moi pas pareil la mer c'est RÉEL j'ai été de L'AUTRE CÔTÉ connais l'autre rive bitume flottant sur l'Hudson saumâtre Verrazano Bridge statue de la Liberté mon statut collines du Havre rade de Cherbourg l'océan me borde à mon service domestiqué se mesure en jours cinq sur bateau en heures sept par avion SUIS D'UN CÔTÉ ET DE L'AUTRE écris Paris enseigne New York balade corps cœur de rive en rivage je ballotte entre mes pôles mes môles

Claire repartie à Cherbourg direction Boston nous maintenant à Vierville seuls à l'Hôtel du Casino dans deux mois pars je retourne en Amérique c'est le soir bientôt on s'accoude à coude à la fenêtre Maman et moi à l'unisson d'un même élan on regarde on respire ensemble on jouit joie humide au fin fond de l'être d'un commun accord des cils battement d'eau aux narines aux oreilles musique marine symphonies d'iode allégros d'algues senteurs vertes ensemble on sent on ressent ressac flux effluves mots abolis dans le silence on communique on communie UNIS l'un à l'autre rivés soudés la mer c'est ce qui nous SÉPARE

Chair

Henry Moskovitz, Managing Agent. Sur le panneau vert, à droite de l'entrée, accroché au mur. Peint en lettres jaunes, sous plaque. Tout là-haut, tout contre le ciel. Fuligineuses volutes. En lettres blanches, sur fond vermillon. *Hotel Paris.* Tourbillonne. Sommet de la tour crénelée. Air libre. Pris dedans. Quand il fait très froid. Glace. Engourdit, endort. Pas encore le givre de janvier. Frisquet, me saisit, me pince. Au cœur. Je me réveille. D'un seul coup de vent aux joues. La bise aigre aboie. Elle mord. Dents froides s'impriment sur mon cou. Ma gorge. West End. Mon cañon. C'est ma Vallée de la Mort. La matinée est minérale. Parois raides de brique, parallèles, du roc taillé au cordeau, remontent de chaque côté des pentes, je suis à mi-flanc. À pic, abrupt, abruti, dans le rectiligne vertigineux. Je suis au cœur du désert. Sculpté dans la lave éteinte. Cratères sales, pierre blafarde, avec des taches de suie lunaire. Astre décédé. Immobile. Sous la marquise de toile verte. En lettres argentées. Planté là. *Six hundred and ninety seven.* Cloué. Par devant. Sous les chiffres. *697.* Dans les vêtements, couche par couche, à travers, pénè-

trent. Jusqu'à la peau. Jusqu'à l'os. Les souffles. Sifflent. Sifflet du portier. Un taxi jaune s'arrête. Vieille
dame y grimpe. Portier disparaît. Des stridences acidulées de toutes parts m'enveloppent. Je suis assailli
de crécelles. Je commence à grelotter. Des picote-
ments de grésil me tatouent des pieds à la tête.
Emmitouflé dans mon foulard, engoncé dans mon
pardessus. Vrille, par-dessous, s'enfonce. Plus rien
pour me protéger. Je suis nu. Vase poreux. Par mes
fissures, toute la grisaille s'infiltre. Courants d'air
dans le corridor de West End. S'engouffrent en
moi. Portail béant. Vide. Résonnent sous ma voûte.
Plus rien. Je suis soudain à la rue. Ruades de vent.
Devant. Fond rougeâtre peinturluré de blanc, les
lettres bougent. *Hotel Paris.* Je baisse les yeux. Me
fait comme les clochers d'église. M'étourdit. Quand
c'est trop haut, contre le ciel, en loques crayeuses.
À ciel ouvert, carrière ouverte, nuages sont de
pierre. Échoué au pied de la falaise. Pas un brin
d'herbe. La mer est à sec. Les océans sont volatilisés. La lune. Sans vie. *Managing Agent.* Sous *Henry
Moskovitz.* Plus bas. *Betty Lidsky, M.D.* C'est un
immeuble de standing. Panneau vert, écussonné.
Garanti. Deux ascenseurs, dont l'un marche. Deux
garçons d'ascenseur, dont l'un boite. Dans le vestibule, banquette lie de vin, en vinyle. Un peu cabossée. Grande glace au tain tavelé. Pour l'art, tableau.
White Mountains and Aspens. Dans le gros cadre
dédoré, on entend le ruisselet sur les cailloux, qui
coule. Un clapotis tout argenté tintinnabule. Les
feuilles sont jaunes. Avec du rouge. L'automne, saison des peintres. Érables rugueux, parsemés de
bouleaux blancs, lisses. On est en pleine nature.

L'artiste aux arbres. Il a signé. *Robert Wood.* Approprié. Très beau. Comme un tableau d'Eisenhower. Pour le confort, il y a la banquette. Pour l'esthétique, *White Mountains.* Pour égayer, au pied de la grande glace. Une jardinière sur toute la largeur. Chrysanthèmes, œillets, des marguerites. Dans un pot de cuivre, un caoutchoutier. Mieux qu'en caoutchouc. Ça dure plus. Une plante solide. Matière plastique. S'astique. Les feuilles luisent. Les fleurs brillent. Plante et fleurs. On doit les faire. En même temps que les carreaux. Plastique, pratique. Un plafond bas, à caissons. Des lampes, sur des guéridons. Portier sur sa chaise. Rez-de-chaussée, *Lidsky, M.D.* Dans l'immeuble, on soigne. Immeuble soigné. Un immeuble distingué se distingue à la marquise. Dôme cossu, dehors, pour la pluie, s'allonge. Fait la longueur du trottoir. Vous accompagne au bord du taxi. Pas qu'on se mouille. Ici, on protège. Des intempéries, des intempérances. Immeuble d'avant, *Dr Hershhorn, veterinarian. Dr Etkin, dentist.* Celui d'après, *E. Freundlich, M.D. Dr M. Vasquez, Lunes, Miercoles.* Des médecins, pour toutes les maladies, dans toutes les langues. Akeret, un toubib du ciboulot. Il rafistole les fistules de la caboche. Sommité, il est au sommet. Dans la Babel des bobos, dix-septième étage. Il trône sur terrasse. Pavillon d'azur. Empyrée, il a le *penthouse.* Morceau de roi. La part du lion immobilier. Maisonnette au grand complet, avec plantes, fleurs, arbres, en fibres végétales. Pas synthétiques. Déposés sur la toiture. Palais des mirages. Tapis volant. Washington Bridge, on s'envole, là-bas, à droite, vers l'Hudson. Falaises du New Jersey, en bordure, on plane dans les airs. En œil libre. Pas à l'œil. Pas donné. À tout le monde. J'en profite. Supplément matinal. Sur la terrasse, je me promène gratis. Avant d'entrer, sors. Un instant. Hume. Me désintoxique la rétine. On respire. Après Grand Central Parkway, *exit, exit.* La Guardia en trombe, Triboro Bridge en tornade, étranglé dans le boyau de la 97ᵉ rue, râlant entre les poubelles au ralenti, tout Manhattan à traverser de biais. Besoin, bain d'yeux. Eau verdâtre de l'Hudson, œillère à Optrex. Et puis, on peut suivre la rive. Des kilomètres. Un fleuve droit comme un i. Une avenue de plus, liquide, la treizième. Parallèle. Nature au cordeau. En bas, maintenant, bouger, impossible de rester immobile. Pas encore la plongée polaire, banquises de janvier. Mais West End Avenue, dans le gel gris de midi gris. Un traquenard à rafales, froid terne. Soudain, j'ai des frissons sales. Je me secoue. Il faut. Me remettre en route. Reprendre mon élan. Mon allant. Pas élastique. À grandes enjambées. Adieu à *Henry Moskovitz,* au coin de la 94ᵉ. Panneau vert, plaque en verre. *Managing agent,* en lettres jaunes. Immeuble à écusson. À écus. Sérieux, respectable, il est propre. On y traite, building après building, les affections. Étage par étage, les infections. Moi, je souffre. De là-haut. West End, bien géré, bien digéré. Standing, on y ramasse les ordures. J'y nettoie mes immondices. C'est récuré dans la rue. À intervalles réguliers, on dératise. On extermine. Les cancrelats. On extirpe. Les cafards. J'ai le cafard. 94ᵉ, je passe. De l'autre côté. Traverser la rue. N'est rien. Traverser la vie. Une rue vide. Se traverse facilement. Pas de voitures, d'encombrement. Une vie vide. Quand il n'y a pas de circulation. Ça se traverse. Comment. Aux clous, crucifixion. À chaque fois, toujours pareil. Là-haut, pendant l'heure, me sens vivre. Revivre. Monte au dix-septième étage, après. Trente-sixième sous-sol. Parler aide. Ses yeux m'aident. Quand il me regarde. Je renais. Dans le bureau. Plantes vertes, une forêt aérienne. Me revivifie. Je me chlorophylle. Quand on est ensemble. Il se passe quelque chose. Suis moins mort. Il a une étincelle. À son iris bleu. Quand il me coince. Main dans le sac. Sa prunelle jouit. Lorsque j'ai mal. Réellement, sans chiqué. Lueur s'atténue. Son regard change de couleur. L'eau de ses yeux me baigne. Je me retrempe en lui. Je coule en moi. Soudain. Vache, la carne. Battement de cils, clin de paupières. Me fait signe. C'est le signal. FIN. Me coupe. En deux. En plein milieu. D'une pensée. D'un silence. D'une phrase. J'arrache mes croûtes. La fiente. Gagnait sa croûte. J'ouvre mes plaies. Je me débride, me débonde, me déballe. Il guigne la pendule. Signe. Signal. Réveil. MIDI MOINS 5. M'a donné. Cinq minutes de plus. M'a fait grâce. De trois cents secondes. Gratuites. Perdu dans ma tête. *Serge.* Léger mouvement de menton. *We'll continue next time.* Il me rappelle à l'ordre. Son temps. De l'argent. Précieux. Le principe de réalité. Je me réveille. Brutal. Là-haut, dans ma stratosphère, en orbite, sur ma fusée, mon fusil d'enfance, carabine à plomb, *mon petit, tu n'as pas de plomb dans la cervelle,* mon hôtel de rêve, mon monstre, voix qui hurle par-derrière, là-haut, je suis avec Maman, bon, je baigne, ballotte, des océans et des océans, sur les vagues, retombée brusque, *we'll continue next time*, atterrissage forcé, *time*, tyrannie, même là, *il faut faire vinaigre*, me la coupe, au milieu, en deux, pas eu ma ration, ma portion, *tiens reprends-en*, ma faim me tenaille, *pour me faire plaisir*, j'ai la boulimie aux tripes, *encore un peu mon coco*, je dis, *but I was just thinking*, me dit, *well, you'll tell me next time*, la prochaine fois, c'est loin, trop loin, je, elle dit, *attention, on descend à la prochaine*, l'arrêt, brusque, brutal, halte, STOP. Mes pneus grincent. Je me débonde, je me déballe, je m'emballe. Il me freine sec. Avant d'entrer, en panne. Le moteur calé. Rouages grippés. L'ascenseur grimpe pas assez vite. Paralytique, me remettre en marche. J'arrive au dix-septième étage. Le septième ciel. *Well ? Well.* Coincé. Suis bloqué. Me débloque. Je débloque. Quand je commence, peux plus m'arrêter. C'est tout l'un. Couvercle en plomb sur la langue, dans la tête. Quand je marche, essaie de penser à rien. Ou alors tout l'autre. *Tu es excessif en tout.* Les mots me dégoulinent de la bouche, un torrent, j'ai un geyser entre les lèvres. Soudain m'endigue. Je coule encore, je jaillis. Il me ferme le robinet. Flots de paroles, de pensées se pressent. M'oppressent. Je vais éclater. Je dis, *I was just thinking*, je. L'aiguille du cadran m'interrompt. Il me tranche. Au beau milieu. Il me châtre. Ma jouissance. Même là. Pas de répit. Dix-septième étage, mon septième ciel. Pas l'empyrée. Rien d'éternel. Administré au compte-gouttes, à la minute. Il fonctionne. À la minuterie.

342

Je pousse son bouton. Lueur du regard, s'allume en moi, ampoule à son plafonnier dégarni. Il m'éclaire. De 11 heures moins le quart. Ou moins dix. À midi moins dix. Ou moins le quart. Dépend du type d'avant. Le gros joufflu. Un jour, il a remplacé la blonde. Laissait son manteau sur le divan, au lieu de l'accrocher dans l'entrée. Salle d'attente, je l'attendais. Distrait un peu. Longs cheveux, elle avait l'air. *Hi*, jamais dépassé le signe de tête. Akeret m'a dit une fois, quand je suis rentré après elle. Mal remis de ses émotions. *How would you like it, Serge ?* Comment je réagirais. Si une môme pareille se jetait à mon cou, me disait : Robert, tu es le seul homme qui m'ait jamais comprise. Risques du métier. Chacun les siens. Quand même me gêne. Cette môme me mime. *Robert, tu es.* Non, halte, pas vrai. Il y en a une qui. *Je connais ma marchandise.* Sourit. *Je te connais comme si je t'avais fait.* Sur notre piste psychique, entraînement intensif, nos progrès. Sprint, nos cent mètres, marathons hebdomadaires. Pour elle, c'était déjà couru. *De toi, il n'y a rien qui me surprendrait.* Lorsque je l'embrasse au cou. Odeur chaude, particulière, moite. Moi, me penche. Elle transpire toujours légèrement. *J'arrive, je me dépêche.* Mes lèvres s'appuient, au bas des joues flasques. Là où il y a un petit pli. *Je ne rajeunis pas.* Soupire. *Forcé, c'est l'âge.* Cou, me jette à. Avec Akeret, quand même. Suis comme la gonzesse. Aux longs crins en cascade blonde. Celle d'avant ce pachyderme mafflu. Elle a disparu. Un jour. Soudain remplacée par ce type. Rotation subite. La regrette. Même un instant, me faisait du bien à l'œil. Ne coûtait rien. *Hi*, une inclination de tête, une seconde. Suffit. Pour qu'un courant passe. Me ranimer. Une étincelle. Je suis éteint. *Tout a une fin.* Ajoute. *Ça finira bien un jour.* Avec Akeret. Aussi. Ça finira un jour. *Tu sais, rien ne dure.* Alors, après lui. QUOI. Je serai. DEVENU. QUOI. Quel changement. En moi. Quel miracle. Pour l'heure. Pendant des heures et des heures. Heurs et malheurs. Ça traîne. Je me traîne. Ici. Jusqu'à quand. Y a des gens. Dure quatre ans, cinq ans. Un bail. On s'entrebâille à perpète. J'espère. QUOI. Mardi, jeudi. Sortie. On va au cinéma. Sous mon crâne. Dans ma calotte. Me déculotte. Je suis en vedette. Mon film. Je me joue et me rejoue. Je lui montre. *Tu aimes montrer ta petite boutique.* À la longue, devient fatigant. Sur le moment, ça me soulage. Ce sont nos séances. D'amour. On s'envoie en l'air. Ensemble. Au septième ciel. À son dix-septième étage. Je me rhabille. Je me rembarque. *Serge,* fait son signe du menton, signal habituel, nos rites. Pendule électrique, du temps qui ne s'entend pas, du temps lisse. Une petite éternité. Fait un trou dans la durée. Je m'y envole. Rappel à l'ordre. Faut replier les extases, ramasser les crève-cœur. *Quand on a fini de jouer, on remet les affaires en place.* Je remporte ma panoplie.

ironie là-haut l'hôtel PARIS dresse accrochée aux lambeaux fuligineux son enseigne corps saigne exsangue *Pavane pour une enfance défunte* marche funèbre on m'enterre sonnerie aux morts suis donné dingue me secoue toqué quand ça survient peux pas résister à l'attaque exilé émigré migraine soudain féroce dépression mon terrain descendant West End dégringole dans les bas-fonds plus de lumière rue fait tout noir un four fournaise me cuit à petit feu supplice de chaque minute chaque geste dure un siècle me calcine plus que des cendres refoidi frissonnant sur ma satanée satinée frimousse frimas pour la frime c'est pour rire encore ça gerce à peine pince un peu passe sur la peau caresse d'aile de pingouin promesse d'exquise banquise le pôle nord c'est pour plus tard loin long sera pas avant des semaines mais vient avance lent mais sûr faudra s'endurcir se tanner le cuir pour survivre exil au givre se barder l'épiderme va pas tarder ressens la morsure de l'air la reconnais trajet hivernal ciment gras de pluie récente gros des plaques de neige future après le coin la cour d'école sur la 96ᵉ derrière le grillage silencieuse accrochée à mi-hauteur dans la muraille morne jardin suspendu à mi-rue triste Babel Babylone sans arbres sans fleurs entre les parois de brique la prison des étages parfois s'anime ressuscite cris des gosses ballon rebondit contre les mailles du treillis marmaille piaillante la récréation vie se recrée roc fécondé zygotes gigotent cellules s'allument les embryons s'agitent braillent branle-bas de combat dans la cour *struggle for life* seuls les plus aptes survivent suis plus apte aptère à terre on m'a cassé les ailes plus d'envol plus d'envolée j'ai plus de souffle je rampe West End arrêt reptile entre mes poubelles arrive à la 96ᵉ soudain retombe au tombeau au tombereau de l'existence monceaux d'immondice morceaux de viande qui pourrissent sur des moignons d'os dans les

boîtes on n'a pas même mis de couvercles plus
besoin de contenir se retenir déborde ça dégorge
sur le trottoir où il y a de la gêne ma géhenne on
pue en chœur on pète en commun on pisse en
public on chie ensemble c'est le vomi collectif col-
lecte pas encore faite ordures humides moites lambeaux détrempés je bute sur le déploiement des
poubelles bataillons de fer-blanc cabossé tous les
résidus de la tripe dans les intestins de la ville au
labyrinthe des boyaux du duodénum au côlon du
cæcum à l'iléon Iliade à l'appendice Odyssée jusqu'au rectum circuit du cloaque c'est l'épopée de
la fange Ulysse de l'anus j'erre d'îlot en îlot insa-
lubre je vagabonde de merde en merde j'ai la nausée trottoir en face pompes à essence je suis pompé
là tout le long guimbardes mortes des gisants des
squelettes sur la chaussée m'a frappé à peine descendu repris au ventre un direct à l'estomac je
roule au tapis 8 9 10 fini liquidé j'ai mon compte les
nuages pleurent dans mes yeux pluie de suie au
coin de West End Avenue 96th Street à dégueuler

Arrivé en bas, West End, vallée en V. Vais. Où.
À gauche, ravin à poubelles, bagnoles éventrées,
châssis morts. Je reviens à mes ordures, à ma voiture. Là que je suis garé, au bout du rebut. Mon
dépotoir en cul-de-sac. Barré par l'arche de Riverside Drive, poutrelles du pont. Des rats fouillent,
sous le préau suspendu de l'école. Font la bombe.
Parfois, explosent. Cadavre éclaté, on bute dessus,

on trébuche. Personne n'y touche. Boulot des éboueurs. Parfois, aussi, un chat. Intestins étalés sur la chaussée. Crâne écrabouillé, sanguinolente bouillie. Épave sur le pavé. Personne ne ramasse. Chats, chiens, hommes. New York, l'endroit idéal pour crever. Tranquille, personne qui vous dérange. Qui se dérange. Sur le Bowery, barbe hirsute, menton en l'air, des jours, je passe. Des fois, un type, étendu raide sur l'asphalte. Personne ne voit. Question voirie. À droite, section de 96e grimpe ferme. Pente raide remonte vers Broadway, danse des journaux déchirés dans les rafales, tourbillon des boutiques dans la poussière, avenue affairée, d'affaires, on y vend, y veut de tout, foire aux denrées, dare-dare, trottoirs peuplés se dépêchent, foule, happé dans la presse. Taxis emballés, bolides jaunes, brûlent les feux rouges. Broadway, une artère qui éructe, au milieu de la chaussée, nuages soudain de vapeurs, fermentations sourdes de la ville, geysers floconneux aux entrailles des avenues, fumerolles qui jaillissent en bouffées blafardes, sous les jantes, sous les jambes. Chauffage, on dit. New York, une cité qui crache. À la figure des passants. Je tourne à droite, remonte mon col, remonte la rue. Patraque, mon haut-le-cœur matinal recommence, vagues de nausée ondulent dans l'estomac, marécage de barbituriques dans la tête, m'embourbe. Jambes cotonneuses flageolent, du duvet dans les jarrets, j'arrive en haut. Côte roide, la 96e m'a mis K.O. J'abandonne. Je m'abandonne. Moins froid, je sue. Perle aux tempes. Peux plus maintenir le tempo. Les drogues à pioncer m'assassinent. Lent, mais sûr. Suicide certain. À la longue. Mon compte est bon.

Je suis cuit. À petit feu. Feu Serge. Le défunt Doubrovsky. Julien, depuis belle lurette décédé. Mon sommeil m'enterrera. C'est garanti. J'aurai. Mes notices nécrologiques. Mon départ passera pas totalement inaperçu. Çà et là, on pleurera bien quelques lignes. Gerbes d'éloquence, sur mon cercueil, on mettra bien quelques fleurs. De rhétorique. Quand même, je mériterai. Un écho. D'intérêt local. Ici, serai un mort sans importance. Un cadavre d'importation. *Professor Doubrovsky arrived in the United States in 1955.* Récompense d'une patiente carrière. J'aurai ma stèle à l'ancienneté. *New York Times*, à la rubrique des profs crevés. Parmi les notables. J'aurai ma note. J'en ai toujours eu de bonnes. Une notule. Je claquerai. En apostille. En apposition. Aussi. Après. Dans le rang. À ma place. Entre. *Robert H. Mackey, an insurance agent for 57 years with the New York Life Insurance Company.* Parmi les compagnies d'assurances. Un mort de bonne compagnie. *Died Saturday, he was 86.* Et. *George C. Smith, an economist who once headed the St. Louis Chamber of Commerce. He was 88 yeards old.* Théâtre, télé, les annonces. *Obituaries.* C'est fourré au milieu du canard. On me fourrera au milieu des *Obituaries.* Page 50. J'aurai 100 ans. Barbituriques, bromure, comme l'alcool. Tuent lentement. Enseigner, conserve. La chaire est forte. Brevet de longévité. Je m'éteindrai sur six décennies. *Last Army Survivor, 101, of Indian Wars Is Dead.* Serai le dernier survivant de la Seconde Guerre mondiale. Jamais faite. Ancien combattant imaginaire. Décoré à l'ordre de l'Étoile Jaune. Ultime témoin. De ce que j'aurai jamais vu. Dépositaire du Secret d'Auschwitz. Où j'ai pas été. J'aurai quand même porté la marque. Le signe. L'insigne. Pour toujours. Métier, pour vivre. Seconde Guerre, c'est ma vraie. Occupation. Si on feuillette encore mes livres. En l'an 2000. S'ouvriront au même endroit. Je commence à la page 40. Mon histoire débute là, finit là. La suite, du rab. De la frime. J'aurai été vivant qu'en apparence. Pourtant, un youpin. A la peau dure. Échappé à la Gestapo. Rescapé des Arabes. Pogroms du Père en Ukraine. Mes doux souvenirs de Pologne. Mon Inquisition d'Espagne. Je parle pas de Philippe le Bel. Je remonte pas au Temple. On était bons comme la romaine. À l'époque. Je remonte pas au Déluge. Quand même, j'ai les reins solides. Lorsque j'aurai dépassé l'an 2000. J'aurai presque 6 000 ans. *Professor Doubrovsky died at 83. He is survived by two daughters and four grand-children. Two of them live in America, one in France and one in Israel.* C'est ça qui intéresse. Ici. Un cadavre. Est familial. J'aurai aussi. Ma dépouille professionnelle. On m'ornera. De mes oripeaux magistraux. *He taught successively at Harvard University, Brandeis University and Smith College, before joining the French faculty at New York University, from which he retired in 1993.* Pas de photo. Pas assez important. Pourrai pas me plaindre. Pas être ingrat. L'Amérique, elle m'aura fait vivre. Je peux pas lui demander de me faire mourir.

Je veux être enterré en France. Dans *le Figaro*, ce sera quoi. Dans *le Monde*, j'aurai droit à quoi. Ma portion posthume. Au champ des honneurs littéraires. Je tomberai. En première ligne. Dans quelle colonne. À quelle page. À peine deux mots. Notice invisible. Faudra même payer l'annonce. Peux pas savoir. Impondérable. Aucune idée. Ça me tourmente. Je l'agace. *Tu sais, tu ne seras pas là pour le voir.* Mes lubies l'embêtent. *Qu'est-ce que cela peut bien te faire.* Si. Pour moi, quand je claquerai. Silence total. Trois phrases. Ou toute une oraison funèbre. Compte. Mon trépas m'est capital. Elle hausse les épaules. *Je ne te comprends pas, tu as un côté m'as-tu-vu.* Sa sagesse tarte. À force d'être dans sa cuisine. *Tu voudrais qu'on fasse de toi tout un plat.* Quand je crèverai. Aimerais qu'on me consacre des tartines. Vivre anonyme. Me fait tartir. Suis pas Tartuffe. J'avoue. Veux pas de la tombe à Tartempion. Le Père se fâche. *Tu trahis le peuple, tu t'embourgeoises.* Veux ma dalle individuelle. J'aurai pas de caveau collectif. Enfants de la Prévoyance, son visage, sur la photo, le bas tout mangé des pluies. Lui, parmi les morts pas même morts. Cimetière Bagneux, disparus aux bagnes. Sépulcres vides. *Déportés à Auschwitz. Déportés à Buchenwald.* Par wagons entiers, par familles. Pierres tombales. Âges, dates. Pas même de dépouilles mortelles. Pas même des restes d'homme dans l'humus. Moi, je crèverai pas comme ça. Je veux laisser des traces. Derrière. De mon derrière. Qu'on bouffe encore. Ma chiasse. Après moi. Qu'on se penche sur mes laissées. Qu'on suive ma piste. Même si on refuse ma voie. *Mon petit, faut donner l'exemple.* Je me prends pas pour un exemple. Du tout. Je suis un modèle. De rien. J'offre de salut. À personne. Salaud. Je veux bien. Qu'on me trouve repoussant. Un monstre. C'est possible.

J'accepte. Qu'on veuille être. Le contraire de ce que je suis. L'idole à détruire. Je demande pas. Qu'on préserve mes idées. J'ai pas d'idées. Aucune en propre. Qu'on me dénigre. Je veux bien qu'on me bafoue. Pourvu qu'on me bafouille encore. Qu'on me prononce. Mentalement. Disparu, que mon écho résonne. Un peu, parfois. Dans le silence des têtes. Se répercute encore. Sous la voûte des crânes. Je veux qu'il reste. Quelque chose de mes maux. Dans mes phrases. Être accroché à des lambeaux sonores. Par bribes. Je suis une loque. Loquace. Je nie pas. Suis pas un héros. Prétends pas. Pas mon désir ni mon ambition. *Mensch*, je laisse ça. À mon père. Elle dit. *Pour qui que tu te prends*. Pour rien. On peut même me prendre. En grippe. Si on veut. Ça m'est égal. Simplement. L'homme à abattre. D'accord. Mais qu'on se souvienne. De moi, un peu. Pas beaucoup. Même pas passionnément. Loi de Joule, équations d'Einstein, qu'est-ce qui reste. Du mec Einstein, du jules Joule. Dedans. Qui soit à eux. En propre. Joies, fibres, humeurs, humour. Rien. Équation, pas aqueux, plus de liquide. Algèbre, c'est inhabité. Sahara de sable, étoilé de lueurs platoniciennes. Grands Noms vides au ciel du Savoir. Newton, c'était qui. Au juste. M'intéresse pas. Sang, lymphe, nerfs, chair. Je veux mettre dans ma tombe. MON MOI EN MOTS. Un point, c'est tout. D'interrogation, qu'on se demande. D'exclamation, qu'on se récrie. Me suffit. Même un point-virgule. Du moment qu'on balade mes restes graphiques dans d'autres vies. Ailleurs qu'en moi. Que je continue mes voyages. Que je cesse pas mes errances. Perpétuer ma Diaspora. Pas d'autre art poétique. Ni prophète ni saint. Pas rédempteur. Cavalier seul. Ne fais partie d'aucun groupe, d'aucune école, d'aucun clan. *Toi, tu n'as jamais eu de milieu.* Que des extrêmes. Si jamais un jour j'ai la cote. Le devrai à aucune coterie. Sera sans aide. À la force du poignet. Puisque j'ai pas vécu avec. Je veux pas qu'on m'enterre parmi. Les autres. À part. En quarantaine. Si besoin est, en pestiféré. *Last survivor, 101.* LE DERNIER INDIVIDUALISTE. Dernier survivant. Espèce éteinte. Peut-être malfaisante, mal faite. Diplodocus, dinosaures. Possible. Créatures préhistoriques. Monstres, êtres inviables. Les sauriens. Vauriens. L'histoire élimine. Évolution supprime. Progrès condamne. *Nous apprenons la mort, des suites d'un cancer, de Serge Doubrovsky, critique et écrivain, décédé hier à l'Hôpital Américain de Paris. Bien oublié aujourd'hui, le destin de cet auteur apatride et apolitique, bref, typiquement cosmopolite, nous rappelle certains errements des années 70. Maintenant que la construction du socialisme est depuis vingt ans consolidée, en France, que non seulement les conditions, mais la qualité de la vie, ont changé, l'œuvre de Serge Doubrovsky garde l'intérêt d'un témoignage sur une ère révolue. Toutes les souffrances de l'individu névrosé, dont on demandait alors la guérison à de vaines thérapeutiques individuelles, n'avaient en fait, comme la suite de l'histoire l'a prouvé, qu'une résolution : la révolution — lente, pacifique, mais irrévocable. Cela, même alors, l'auteur n'avait nulle excuse de l'ignorer, ou de faire semblant. Pour les nostalgiques du passé, s'il en reste, on recommande de feuilleter* FILS *(on peut encore se procurer ce volume, sur demande, au Centre des Éditions d'État). Cet ouvrage, à maints égards horripilant, racheté toutefois par un certain humour, que des critiques racistes d'alors avaient tenté d'appeler «juif», ser-*

vira de rappel salutaire. Ce sera dans *l'Humanité-Livres,* supplément hebdomadaire. Quand mon espèce sera éteinte. SERGE DOUBROVSKY (1928-1996). *Nous apprenons la mort, des suites d'un.* C'est vrai. Logique. Si je claque à Paris. Sera à l'Hôpital Américain.

rompu d'un coup se brise écris dans ma tête   des trucs en l'air   soudain   au bord du trottoir bascule je chavire dans le charivari

suis sur Broadway   rafales de taxis jaunes brinquebalants qui s'emballent sirènes d'ambulance en coup de vent   déambule   vacarme m'envahit New York s'engouffre dans mes oreilles

Ça m'expulse. Peux plus rester dans ma caboche. Mots dans les doigts. J'ai l'écriture dans les jambes. Quand je marche, par sauts, par gambades, les phrases bondissent. Se rythme en moi comme des strophes. Ma prose, elle est comme des vers. A des pieds. Je la promène. Écrire, faut du coffre. Un bouquin, ça a du souffle. Suis maintenant hors d'haleine. Fouet des courants d'air me cingle. Au coin, Broadway me coupe le visage. La parole. Tout un cyclone aigre de bruits, m'accroche des grelots aux tympans. Crécelle sous le crâne. Le froid me pénètre à nouveau. Parvenu en haut, arrêté, m'immobilise, tournant de la 96e, angle. Combien de temps. Pas tellement. Hésite. Quoi faire. MIDI JUSTE. Au juste. Demi-heure, avant mon rendez-vous à déjeuner. Pour tuer le temps. Qu'un moyen. Faut tuer l'espace. De quel côté aller. Droite, gauche, partout bordé de boutiques. Ou bien trottoir d'en face. Pareil. Ma coque éclate, fragments de verre me fracassent les oreilles. LA VITRINE. À deux pas. Qu'à me retourner. M'agresse. Tentant. Là, au coin, la boutique. Commode, bien agencée. La porte, tout au bout du renfoncement, éventaire divisé en deux par un couloir, étalage forme une double cage transparente. Entre les parois, abri, plus de vent, promenoir idéal pour une attente. À mesure que ma tête se vide, besoin de me remplir les yeux. Tom McAn m'en met plein la vue. Pas que les êtres. J'aime les choses. LES CHAUSSURES. *Shoe Shop*. Me botte. Florsheim, plus bas, trop cher. De l'importé, d'Angleterre, d'Italie, fait l'important. Prétentieux, des grolles à quarante dollars la paire. Tom McAn, la chaîne rivale. Ma chaîne. Regard rivé, toujours m'arrête. On y vend des chaussures qui ont l'air cher. Bon marché. Se déclenche, quelque part dans ma cervelle. Au beau milieu de l'étalage. Impudiques, éclat cuivré de leurs boucles. À bout carré, miparties, daim, cuir. Magnétique, m'attire, m'attise. 28784, 96230, numéros disposés sous chaque article. Me fascinent. Gibbosités jumelles, gonflées, s'avancent, assailli, en saillie. Chaussures, toujours par deux. Comme des seins. Par paire. Comme les fesses. *Toi et moi, on fait la paire.* On ne peut plus avoir la paix. Akeret. Me lâche plus. Elle et moi. *Tiens, mets ta main contre la mienne, on a les mêmes, tes pieds, fais attention*

comment tu marches, tu as mes. Dépareillé. Maintenant, j'erre. Pour toujours, à la poursuite. *Tu trou-
veras chaussure à ton pied.* N'arrive pas. Veux me
marier, trouve personne. *Il faut, un jour, je ne serai
plus là.* Je dis. *Je ne pourrais pas te survivre.* Elle dit,
voix douce, basse, lointaine. *Il faudra bien, mon petit.*
Je dis. *Tu nous enterreras tous.* S'exclame. *Ne parle pas
comme ça, même pour rire.* Pour trouver chaussure à
mon pied, traversé tout l'océan. Jusqu'en Amérique.
Répète. *Tu n'es pas pareil que les autres.* Forcé, difficile
de m'apparier. Essayé des années et des années. Ma
sœur, aussi. *Je voudrais tant que ta sœur se marie.* Épouser, c'est prendre une moitié. *Moi, je n'ai jamais rencontré personne.* Pour être heureux. *Il faut pouvoir
communier.* Goûts communs, êtres identiques. Qui
soient différents. *Chacun est soi.* Mais on est comme
l'autre. Le vrai couple, c'est la paire. Chaussures,
par exemple. L'une exactement pareille à l'autre.
Mais, gauche, droite. Peut pas enfiler l'une à la place.
De l'autre. Les mêmes. À l'envers, en sens inverse.
Vitrine me renvoie mon reflet.

Lancé, m'arrête plus. Akeret me talonne. Il me
tanne. *Pied*, substitut du pénis de la mère. Freud,
fétichisme. Mais si, c'est là, en long et en large. Castration, je tiens à ma queue. Peur qu'on la coupe.
Con, c'est sans queue. Con, fait peur. Je rebouche
avec un braquemart imaginaire. Dans l'inconscient,
Maman a toujours son phallus. Comme ça, pas à
craindre d'être châtré. Sais pas, arrive pas à y croire.

La pine des pépées. Elle sort de la braguette à fantasmes. Théoriques. S'entrebâille. Laisse passer. Sous forme de fétiche. Pied ou chaussure, viendrait du fait, garçonnet curieux, regarde entre les jambes des dames, voir si elles ont un scrotum. Me scrute. Si, à plat ventre, rue de l'Arcade, appartement paternel, souvenir net. Sous la table d'acajou, avec tout autour, chaises à dossier d'acajou, cannées. Canais pas. Aux réceptions d'oncles et de tantes, tentant. Rachel, son renard au cou. Fourrure, aussi, un fétiche. Gilda, elle, toute jeune, Fanny, fanée. Toute la tribu. Famille de Papa, l'Ukraine au complet, samovar d'argent, ghetto, gâteaux tout autour, thé à flots. Me coulais sous la table. Sur le tapis, nez au sol, senteurs moites, lueurs de peau humides, bas de soie arrêtés à mi-cuisses, boutons roses des jarretelles, fourrageais des yeux sous les robes. Date, bien longtemps. Érotisme d'avant-guerre. Suis pas fétichiste. Panards, m'ont jamais beaucoup excité. Pantoufle à Cendrillon, prends pas mon pied. Par le pied. Faut remonter. Vers les cuisses. Accroché aux fesses. Petites culottes. Là, m'accroche. D'accord. Une fois. Gardé une. Volé, une fois. Rien qu'une. Suffit, habitude commence au premier acte. Leibniz, cite de mémoire, me souviens. Slip rose de Josie, séjour d'Irlande, avant de partir, de la quitter, ai dérobé. L'ai conservé. Curieux, quand même. Avec ses lettres. Dans mes cartons. Alors, porté sur les dessous. Fétichiste un tantinet. Une nana qui met ses nénés à l'air toute seule, si elle enlève son slip. M'enlève mes moyens. Alors. Bon. Mais pas fétichiste de la chaussure. Raisons, j'en ai de valables. Simples. Pas tout compliquer, complexer. Mon costume marron, larges revers, trois boutons, coupé dernier cri. Mais souliers ne sont pas en règle. À la poulaine, en pointe, plus la mode. Élégance, nécessité professionnelle. Métier, il faut de la tenue. Département de français, collègues, Beaujour, il est toujours tiré à quatre épingles. Bishop à huit. Peux pas être en reste. Quarante ans, dois être. Sur mon trente et un. Objection : semelles en papier de soie, plaisirs d'été, pas pour novembre. Réponse : en Amérique, stocker. Si on n'achète pas quand on voit. On ne trouve plus quand on veut. Envie irrésistible me propulse. Désir jaillit, bous d'impatience, n°24375, prends note, s'ils l'ont, je les. Sans hésiter. Bout carré à peau très fine, très lisse, patte haute maintenue par une languette à boucle dorée. Contrefort en cuir, solide. Les ailettes en daim, joli. Mi-daim, mi-cuir. En tout, j'aime toujours. Un peu DES DEUX. Ça qu'il veut. Me faire dire. Ça, la réponse. Me précipite, je fonce vers. La porte en verre. Et contre tous, je pousse. Interprétations pullulent. Que je me grouille.

trottoir, je fais, de nouveau, ma montre, de nouveau, je regarde, il est, MIDI 5, j'ai tué, cinq minutes, paquet, main droite, par la ficelle, me tire, un peu, les doigts, trop tôt, voiture, pour retourner, de nouveau, assis, encore, je veux, marcher, le temps, quelques minutes, c'est bon, me dégourdir, les jambes, me délester, la cervelle, nettoyage, général, pensées, me récurer, le crâne, faire, LE VIDE, juste

357

un corps, qui marche, sans tête, je me, décapite, rêve de l'Espion, j'en ai, assez, aller, *à pied, ça fait, du bien*, côté pelouses, sortie, le long, barrière blanche, d'abord, passage, à niveau, baissé, on s'arrête, *non, on attendra*, train, ça vient vite, on risque, *à l'air*, on est, bien, *on a besoin, de respirer*, après, rangée, tilleuls, en bordure, de la voie, ferrée, odeur, tisane, miel chaud, aux narines, l'été, caresse, en souffle, léger, elle dit, m'allège, marcher, soulève, un peu, m'aère, en haut, se dissipe, rafale, froide, poussière, journaux, s'envolent, ailes, grises, retombent, par terre, oiseaux morts, mes verres, de contact, attention, plisse, paupières, pour pas, poussière, partout, New York, c'est la danse, des vents, grains, gratte, après, partout, dans les, rues, dans les, yeux, irrite, ça fait, mal, cils, clos, ciel, noir, paquet, tire, un peu, les doigts, dix, minutes, encore, un quart, d'heure, où, aller, calme, subit, souffles, s'affaissent, brise, retombe, j'ouvre, danger, passé, je vois, boutiques, je longe, 95e, je passe, rebrousse, chemin, Broadway, bruit

ELLE M'A ENTERRÉ maintenant écrasé sous mes décombres dans mes débris je gîte sur un sépulcre suis un gisant à plat à terre pétrifié sur le dos allongé peux plus bouger d'un coup de marbre serai sa statue si on a pas pu vivre ensemble on mourra ensemble serai sa stèle j'ornerai son monument mêmes mains les mêmes pieds on confondra nos squelettes de métal verdâtre sous les poutrelles retourné redescendu en bas au bout de la 96e rue me revient là pourquoi sais pas remonte soudain l'odeur de renfermé moisi sous les arches senteur de sentine mais c'est pas comme dans la rue ruisselets aigres humides sur les dalles de ciment sous la dalle on se croirait à six pieds sous terre Riverside Drive au-dessus du pont tremble sur la tête vibrations faibles pouls de la ville de la vie qui bat à peine au passage silence rien des types viennent pisser contre les piles ça accroche des relents suris aux narines suintements acides aux parois de la passerelle c'est ça c'est physique je suis À L'INTÉRIEUR DE MA TOMBE elle à Bagneux ensevelie avec ses père et mère *tu sais je suis pas pressée de partir allée des Ormes-*

Clémens à sa place en son lieu définitif dans le caveau de famille *Renée Weitzmann, épouse (1898-1968)* moi dans ma cave aérienne ici glacial sans feu ni lieu une âme en peine en panne pas de place plus d'endroit où être chez moi nulle part de part en part traversé des vents fantôme souterrain percé comme une outre Manche Atlantique ou France Paris ou ici baudruche perds mon air je me dégonfle pellicule me fripe me frappe sous le pont d'un coup me ratatine pire d'être un mort vivant qu'un mort mort quand elle a claqué m'a coupé le souffle de vie d'envie plus de lueur terne grisâtre sous la pluie sale caverneux aux murs de ma grotte par la fissure des moellons disjoints larmes d'urine pisse mousseuse le long des parois jaunes je m'égoutte me dégoûte je suinte je pue par tous les pores de ma peau pire crevé bec ouvert yeux ouverts que paupières baissées ma morgue empeste décomposition respire mon cadavre je hume mes asticots je lèche mes larves rentre mes larmes lutter essaie quand me prend au ventre ça me liquéfie aux cils pire qu'un coup de cafard les idées noires colorent l'existence vernis de surface dessous encore un peu de vie vibre encore un peu de flamme soudain assommé écrasé net coup d'éteignoir

bout du boyau fin de la 96e rue bute contre la passerelle de Riverside rebut détritus déposé là comme un étron étreint sous les traverses de métal dans un étau clé en main face à la portière immobile peux pas entrer dans ma voiture angoisse en plomb soudain empli enfoui sarcophage de poutrelles insoutenable peux plus vivre VEUX PLUS ai plus où aller terre maintenant inhabitable ICI m'agrippe ça me reprend elle m'est revenue entre la vitre de la voiture et moi s'interpose de nouveau ELLE cinq mois que j'ai pas eu sa visite sans déguisement sans oripeaux pas comme en rêve *a woman in a hotel in Normandy* pas celle-là pas ça ELLE même pour de vrai LÀ dit rien lèvres minces tirées le dos courbé sous la voûte de métal vert couvre-chef plastique transparent pour la pluie une mèche grise qui dégouline elle s'est trempée pour me voir *on s'est fait saucer* soudain sourit enfin elle parle nez s'allonge fatiguée elle prend l'air juif *tu as le type* pas comme moi pas tant que moi mais elle aussi elle dit *c'est un air de famille* ajoute *toi et moi on est proches parents* heureuse *même si tu n'as pas mes traits c'est normal si on se ressemble* quelque chose dans l'expression dans le débit dans la phrase ma voix se voile se couvre ma sœur dit *parfois quand tu parles on dirait Maman* l'ai dans la bouche sur ma langue mes mots c'est ma mère en anglais elle existe pas *si mon coco il faut apprendre l'anglais ta sœur aussi c'est utile* on s'en sert avec Akeret m'a servi d'instrument à tuer ma mère elle rit *tu sais il m'en faut plus que ça j'ai la peau dure* on rigole Akeret lui en veux pas fait son travail son affaire entravé entortillé dans le nœud il veut trancher gordien solution du problème *you must separate from your mother* peux pas pas possible trois ans que j'essaie que je tente qu'il attente en vain inutile PAS DE MA FAUTE dans la famille cordon ombilical PAS COUPABLE clés à la main vers la voiture contre la vitre je vais je vois LÀ c'est ELLE sous la pluie fine qui recommence pleut ça pleure d'en haut ça dégouline du ciel noir m'emplit les yeux coule des paupières noyé soudain sous le serre-tête transparent en nylon m'inonde de désir nostalgie m'empoigne j'arrive pas à croire mes yeux font mal dans cette averse venue jusqu'à la gare du Vésin m'attendre à ma rencontre *tu étais parti sans parapluie* je dis *c'était pas la peine* mèche grise qui dépasse sur son front à grosses rides sa peau côtelée velours bleu du regard fixe caresse des yeux pla-quée par la pluie deux sillons sous le nez burinent labourent le visage le nez saille *je sais j'ai des rides je me décatis* je dis *mais pas du tout mais non* elle sourit *on devient laid avec l'âge* soupire *c'est pas beau de vieillir* je dis *vieille ou pas vieille pour moi* hoche la tête *tu es mignon mais je sais que je me fripe* m'atteint au cœur je dis *c'était pas la peine de faire tout ce chemin pour m'apporter le parapluie* répond *je suis pas en sucre* vieille ou pas vieille je peux pas supporter l'invasion lente tronc rugueux se noue articulations des doigts se tordent *je suis toute gonflée* rhumatismes lui font mal je dis *va voir Lorch* docteur il est là pour il soigne elle dit *j'ai déjà été je peux pas sans cesse y retourner ça fait des frais* je dis *écoute je te l'offre va voir Lorch pour moi ça me fait plaisir* secoue la tête *tu sais je peux encore me le payer c'est pas ça* l'âge sa santé de fer se rouille squelette se mine le temps la ronge une force de la nature en vingt ans jamais malade ébullition matin au soir lave les mouchoirs du père ses lessiveuses à bacilles attrape rien à peine une grenouillette au cou avec du rimifon ça passe ma sœur pleurésie à Autran des nodules à Benenden moi caverne dans les montagnes Alpes pulmonaires trois ans à plat le père m'a allongé sur le dos elle debout intacte *écoute* non *je me fais pas d'illusion tout ça est pas beau* Cybèle ma mère increvable point de côté sous le bras gauche côté du cœur *c'est rien c'est du rhumatisme je me soigne* c'est vrai pour la première fois de sa vie elle prend ses médicaments je dis *j'aime pas ce point retourne voir Lorch* elle hausse les épaules *tu sais faut bien mourir de quelque chose* je m'écrie TU MOURRAS PAS silencieux on dit plus rien elle a disparu de la vitre pluie déserte plus que des larmes dans les yeux je pleure des pieds à la tête je sanglote des talons aux cheveux sous le crâne comme un bourdon qui tinte le glas aux tempes bruit lugubre le tocsin à la cervelle je hurle ça crie de partout de chaque fibre je la réclame mes clameurs de tous mes replis fusent tapage à la tripe vacarme d'os mon squelette tremble ça me secoue poitrine épaules ça m'étreint le torse SA MORT EST PHYSIQUE trop seul quand elle ME MANQUE TROP elle apparaît et puis elle disparaît après pire ça me laisse plus seul encore plus privé d'elle qu'avant je touche sa présence du doigt si j'avance soudain rien le vide d'un seul coup j'ai mis la clé dans la serrure ouvert la portière je l'ai refermée je me glisse sur la banquette rouge jusqu'au volant ruisseaux cascadant au pare-brise la pluie aux yeux je me sens fondre vois plus que de l'eau ça m'immerge bain soudain je plonge crié hurlé ça me revient

téléphone transatlantique attente interminable sonnerie subite me lève allongé sur le divan du salon me
précipite prostré d'un bond décroche l'appareil
posé contre le mur de la cuisine debout au bout
long silence voix de ma sœur tellement crispée
mots-crampes gosier à vif raclent l'oreille qui saigne
elle dit *Julien* s'arrête se rétracte et puis voix ferme
voix d'homme voix douce dit *Maman est morte* dis
rien hurle peux pas m'empêcher cris crèvent Claire
dit *Serge il y a les enfants* femme de ménage dans la
maison les étrangers ma mère et moi entre nous
famille ne regarde personne en bas couru dans la
cave notre caveau ma sœur dans l'oreille glas dans
la tête cogne si fort je me martelle le crâne contre le
ciment coups répétés frappe du front à me défoncer
les pensées incontrôlable me mords la langue sang
de la bouche suinte sur le menton je coule entier
mes yeux éclatent *Maman est* entends résonne se
raisonne pas à moi de crever pas à elle à perdre
souffle crié hurlé roulé à terre poitrine déchirée
cœur corps fendu suis un mauvais fils torture pas
cessé crier hurler en silence depuis trois ans continue sans s'atténuer exténuant des fois plus tranquille s'apaise et puis d'un seul coup tournant d'une
journée coin d'une rue sa mort se jette sur moi sur la
banquette mains molles inertes sur le volant pare-
brise inondé pas la force de mettre les essuie-glaces
en marche pétrifié paralysé soudain besoin d'elle
physique dans les doigts besoin de lui prendre le
bras mes lèvres besoin de l'embrasser au cou mon

oreille besoin de sa voix voilée basse vibrante *tu sais je ne suis pas immortelle* martelle encore dans ma tête tape dans la poitrine la demande la redemande dans les fibres son image a disparu elle a fui plus que l'averse le déluge fuligineux New York sale triste qui se déverse nuages crachent crèvent linceul liquide m'enveloppe suaire suie de ciel si bas descendus sur la vitre en filets s'entortillent filaments blêmes bête morte ma bagnole flotte poisson échoué œil éteint dans ma globuleuse dérive larmes goût de sel soudain virent dégoût de fiel je pleure amer trop injuste AU MOMENT OÙ pour la première fois elle s'apprête *la dernière fois c'était avec mon amie Germaine en 26* vacances d'hiver à la Côte mars dans les mimosas avec son frère un long désir impossible traverse la guerre rêve de trente ans partir s'apprête *n'ose pas y croire* ironie grecque destin frappe LÀ OÙ quand je me plains réponse rituelle *ne te plains pas tant qu'on est debout sur ses pattes* sa maxime inaltérable *le reste ne compte pas* indéfectible devise *ça vaut mieux qu'une jambe cassée* télégramme FEB 22 AI GLISSÉ SUITE BOUS-CULADE SUIS EXAMINÉE POUR JAMBE À BEAUJON SOIS SANS INQUIÉTUDE T'EMBRASSE

Ta maman se dirigeait vers le métro Pigalle. Un jeune homme qui courait l'a bousculée — involontairement, bien sûr —, le trottoir était glissant. Elle est tombée lettre de mon oncle *elle est transférée à Beaujon. Moi, je rentre pour t'envoyer le télégramme signé «maman»* dernier message déjà plus d'elle communications déjà rompues et puis lettre de ma sœur morte par correspondance un décès au téléphone naufrage transatlantique disparue au loin dans la brume *Oceano Nox* invisible ça s'est refermé sur elle pas de cadavre sans trace ma mère est MORTE PAR ÉCRIT

Mon bien-aimé Julien, cela fait trois fois déjà que je commence ma lettre mais rien ne semble pouvoir être dit avec les mots qui conviennent. Il est si banal de dire qu'il n'y a pas de mots pour ça, mais curieusement la banalité des expressions toutes faites recouvre par moments les réalités les plus profondes. Alors, profitant d'un instant de répit pendant lequel j'en parle, mais ne m'en rends pas compte, n'en prends pas la dimension ni la réalité, je vais te dire tout ce que je sais et partager tout ce qu'on peut partager

Toi, tu n'étais pas là, tu ne pouvais pas être là, puisque NUL *ne pouvait prévoir ce qui allait arriver et que je vois encore la mine étonnée du chirurgien venu à 3 h 30 voir comment elle allait, que j'entends sa question posée sur un ton affirmatif à son collègue de médecine générale appelé d'urgence en consultation : «mais ce n'est pas sérieux ?» et j'entends le silence de la réponse d'un petit docteur au nez juif et je vois son regard, bien qu'il m'ait tourné le dos. À partir de ce moment-là, tout le monde s'est affairé et enfin une* VRAIE *infirmière, une* BONNE *infirmière (humaine en plus) s'est occupée d'elle et la médecine et le savoir des hommes s'est mis en grand branle-bas de combat. On a signé un bon pour la chambre de réanimation. Au moins elle y est morte dans l'intimité — elle m'avait encore dit à Noël : «Fais ce qu'il faut, paie ce qu'il faut, mais ne me laisse pas mourir en public. Ce n'est pas un spectacle à donner aux autres»*

Il faut que je te raconte d'abord, avant la chambre de réanimation, — Maman, c'est la vérité que je te dois, n'est-ce pas ? — a beaucoup souffert moralement et physiquement entre le jeudi soir où on l'a transportée et le dimanche soir. Elle disait — sincèrement, je m'en porte garante : « Je sens que je suis en bonne santé. Je ne vais pas mourir. Mais l'hôpital, tu sais, c'est aussi horrible que tout ce que j'imaginais. » La salle commune, les gémissements des autres et surtout, bien sûr, le bassin, ou plutôt l'absence de bassin. Car à Beaujon les infirmières ou les filles de salle vous passent le bassin une fois le matin et une fois le soir, quand elles y pensent ou qu'elles en ont le temps. Alors Maman, malgré sa jambe cassée, restait couchée sur le bassin, la plupart du temps, pour pouvoir au moins « être propre ». Je lui ai apporté des langes comme à Cathy et ça lui a permis de dormir la nuit à plat sur le lit. Le dimanche après-midi, ils se sont enfin décidés à lui faire un lavement et comme il s'était bien passé, Maman était heureuse lors de la visite dimanche soir, se sentant fin prête pour l'opération qui allait, enfin, lui permettre de bouger dans le lit. Car depuis le samedi matin, elle avait le genou transpercé d'une brochette et la jambe était ainsi suspendue (ça ne lui avait pas fait mal, car on l'avait endormie localement et elle en gardait un souvenir qui l'encourageait pour l'anesthésie totale du lundi). Malgré tout, elle avait 38° de fièvre, même après le lavement

Lundi matin, je suis arrivée à 11 heures, en dehors de l'heure des visites, et j'ai demandé comment cela s'était *passé. La surveillante m'a répondu que Maman n'était pas encore sortie de salle d'opération. J'ai été attendre là où l'on m'a dit : une pièce sans fenêtre et sans chaises, avec une table, c'est tout. Je me suis assise sur la table et j'ai attendu cinq minutes. Et puis, je me suis dit que j'aimais mieux guetter le docteur dans le couloir. À 11 h 30, j'ai vu Maman passer sur la civière. La surveillante m'a dit d'attendre un peu qu'on la recouche dans son lit. Sur ces entrefaites, le chirurgien — un Martiniquais d'apparence — est arrivé, m'a dit que tout s'était bien passé, que dans quinze jours, elle serait sortie de l'hôpital. J'ai demandé quel genre de fracture c'était. Il m'a dit : «Le haut du fémur.» «En plusieurs endroits?» ai-je demandé. «C'était une fracture complexe.» C'est tout, mais il avait l'air content de son opération. Il est parti. À midi, je suis allée voir Maman qui était sous le masque à oxygène. Depuis Benenden où ma voisine qui est morte avait souvent de l'oxygène, je n'aime pas ça. Mais je n'ai jamais assisté au réveil d'une opération, surtout que l'on n'endort plus à l'éther comme pour notre appendicite. Quand je me suis rapprochée, elle m'a reconnu et nous avons parlé. Elle n'avait pas mal et était contente que ce soit fait. De sa jambe coulait dans une bouteille goutte à goutte du sang, car ils ne lui avaient pas fait un plâtre mais quelque chose d'autre, des clous, je crois, d'après Tonton et Tante Paule, cela permet de marcher plus vite. Une infirmière qui passait m'a dit : «Si vous voulez lui parler, vous pouvez lui enlever le masque.» Une autre, la seule qui savait, car c'est elle, finalement, que les autres infirmières écoutaient, m'a dit : «L'anesthésiste a dit de la laisser plusieurs heures sous le masque.» Plusieurs heures? Cela veut dire quoi? Ici commence mon drame personnel. Dans le doute, j'aurais dû aller voir la surveillante, faire* du barouf jusqu'à toucher l'anesthésiste — je ne l'ai pas fait, pas fait. Et je l'aime. Je me suis contentée d'empêcher par trois fois les infirmières de lui enlever le masque, en disant que l'anesthésiste avait dit de le lui laisser. Maman avait les lèvres grises, mais son nez n'était pas trop pincé. Elle avait son visage de vieillard, un visage qu'elle avait depuis l'arrivée à l'hôpital. — Peut-être est-ce simplement que jamais je ne l'avais vue la tête renversée, totalement à plat. Elle aimait avoir la tête haute au lit. À par ça, elle parlait : «Assieds-toi, tu vas te fatiguer. Est-ce que tu pars demain ?» J'ai dit non, «j'ai télégraphié et je reste jusqu'à la fin de la semaine». «Je m'attends à voir arriver Julien d'un moment à l'autre, il est inquiet, le petit.» Et puis, elle était fatiguée et se rendormait. Alors là, cela ne me plaisait pas, car, par moments, je ne voyais plus que le blanc des yeux par ses paupières entrouvertes. Une infirmière est venue prendre sa tension. L'appareil ne marchait pas très bien. Elle avait 13 en sortant de la salle d'opération à 11 h 30, 12 1/2, paraît-il, vers midi 30. De temps à autre, une infirmière venait, enlevait le masque, lui tapotait sur la joue et disait : «Ça va bien ?» Et Maman se réveillait, le regard intense et disait : «Oui, très bien.» J'insistais pour qu'on lui remette le masque, puisque l'anesthésiste l'avait dit. J'avais envie de parler de ses yeux révulsés, mais je n'ai — la vérité, oh! c'est sans doute qu'intimidée, moi, je n'ai pas osé. Je ne sais pas, je ne sais pas, j'avais aussi peur qu'elle s'inquiète, puisqu'elle était consciente. Et je n'ai pas parlé devant elle, mais aussi je n'ai pas couru après l'infirmière. Je n'avais jamais vu mourir personne ni râler personne, et quand Maman me disait : «C'est bien, la manière moderne d'anesthésier. On se réveille graduellement, sans vomir», je la croyais. Un côté de moi pourtant doutait. Les infirmières sont revenues, à trois, prendre son pouls et sa tension. «Tiens, j'entends pas son pouls», «Oh zut, la poire ne marche pas», «ça doit faire 12». Alors là, quand même, j'ai protesté, offert de leur en acheter un, d'appareil. Elles ont, vexées, été en chercher un autre. La vraie tension, c'était, je crois, 7. Parce que, bien sûr, on ne te dit rien, et quand sa tension était tombée de 13 à 12 1/2, l'on m'avait assuré que c'était normal, quand j'avais demandé. Comment pouvais-je savoir que cela ne l'était pas?

À 1 h 30, Tante Paule est arrivée. Le chirurgien est arrivé peu après — les visites étant terminées, sauf la mienne je n'ai pas demandé la permission, je suis restée, — Tante Paule est partie. Il a jeté un coup d'œil à Maman et son visage a pris cette expression d'étonnement inquiet dont je t'ai parlé. Il m'a demandé si Maman était toujours aussi pâle. J'ai dit : «Pas aussi grises, ses lèvres, qu'en ce moment, mais pâle, je ne sais pas.» Maman, qui avait justement ses yeux révulsés, les a ouverts, et, d'une voix forte, a dit : «J'ai toujours eu le teint pâle.» Le chirurgien s'est tourné vers l'infirmière et a demandé : «Cela fait longtemps qu'elle est comme cela?» L'infirmière, bien sûr, ne savait pas. Alors, je me suis avancée et je lui ai dit tout ce que je savais et sur l'oxygène et sur les yeux et sur le masque qui, à un moment, ne marchait pas, le sparadrap qui tenait le tube et le masque ensemble s'étant décollé. J'ai appelé et j'en ai fait mettre un autre. On venait d'en apporter un, quand le chirurgien est arrivé. Entre-temps, j'avais maintenu entre mes doigts serrés le masque et le tube. La misère des hôpitaux de France, c'est un beau titre de journal, mais c'est aussi l'assassinat de

Maman, peut-être. Le chirurgien, comme je te l'ai dit, a tout de suite tout mis en branle et il est revenu tous les quarts d'heure voir comment Maman allait. Ce qu'ils se sont dit et pas dit entre eux au-dessus du lit de Maman, bien que le chirurgien ait fait augmenter la dose d'oxygène et arranger le masque et qu'elle ait eu l'air inconsciente, elle a dû l'entendre et le comprendre : vers 8 h 30 du soir, au moment de partir, le docteur de médecine générale est revenu la voir, avec l'infirmière et la surveillante et le docteur de garde la nuit. Il a pris sa tension et elle avait remonté, 10 1/2, je crois. Ils se sont tous regardés d'un air surpris et joyeux et le docteur a ordonné quelques médicaments supplémentaires. Quand ils sont partis, Maman a ouvert les yeux et dit à Tante Paule, qui était revenue, et à moi : « Toute la journée, j'ai été entre la vie et la mort. C'est la vie. » Et elle m'a regardée. Je l'ai regardée. Ses yeux riaient de joie, intensément vivants, avec l'air de me dire « Je t'ai fait peur, hein ? » ou « Ils me croyaient fichue et ils se sont gourés, quitte pour la peur, quoi ! » Mes yeux à moi aussi, ils devaient danser une sarabande de bonheur, parce que je croyais qu'on avait gagné

Après — il faut te dire qu'on lui faisait pendant tout ce temps du goutte-à-goutte dans les deux bras, qu'elle avait une sonde dans la vessie et que l'oxygène lui était maintenant donné par des tuyaux passés dans les narines — elle avait toujours ses yeux révulsés. Toute l'après-midi et toute la soirée, je lui ai essuyé le front avec de l'eau de cologne, ou caressé le front, les cheveux ou la main. J'ai insisté pour que l'on ne ferme pas les persiennes et on les a laissées ouvertes — Maman le savait. Ils avaient fermé la fenêtre, elle l'avait entendu et m'a demandé de l'ouvrir

« parce que je manque d'air » et je l'ai ouverte un peu en disant que c'était beaucoup, et puis elle a eu froid et j'ai refermé la fenêtre. J'ai joué le jeu de la vie comme si je ne savais pas qu'on est en train de mourir quand on réclame de l'air et qu'il est en train de vous passer à pleines bouffées d'oxygène jusque dans les poumons. Je l'ai embrassée et elle me l'a rendu. L'infirmière est revenue, a pris la tension et est partie. Maman m'a demandé : « Comment est ma tension ? » J'ai dit : « Pareille, Maman, 10 1/2. » L'infirmière ne m'avait rien dit, je ne voulais pas demander devant Maman qui semblait râler inconsciente depuis le baiser, mais qui ne l'était donc pas du tout, ou pas à ce moment-là. Sa voix était forte, parce qu'elle articulait sans son dentier. Quelquefois je disais : « Tu as mal, Maman ? » et elle me répondait : « Oui, partout. » Une des dernières fois que l'infirmière est venue, elle lui a reproché de l'avoir l'avoir ligotée sur le lit et, très humainement, l'infirmière a dit : « Demain, vous verrez, vous pourrez bouger, mais ce soir il faut encore être un peu patiente, à cause de votre jambe. » Maman a aussi une autre fois dit qu'elle était tellement fatiguée, que c'était tellement fatigant de ne pas pouvoir bouger.

Voilà. Entre-temps, Tonton est venu à 6 h, quand il a vu ce qui se passait, il est allé chercher Tante Paule qui est restée avec moi. Tonton a demandé ce qu'il pouvait faire et j'ai dit : « Va me chercher à Asnières Inapassade, le médicament contre la tuberculose, il faut le prendre scrupuleusement. » Il a été, et, en revenant, il m'a apporté ta dernière lettre qu'il avait trouvée sous la porte. J'ai lu la lettre et j'ai dit à Maman : « Tonton vient d'apporter une lettre de Julien. Aimante. Je te la lirai quand tu seras moins fatiguée, tout à l'heure. » Elle a dit : « Oui, tout à l'heure. »

Vers 11 heures moins 10, le docteur est revenu. Maman avait la bave des mourants aux lèvres et aux narines. Il m'a dit de sortir, l'infirmière était là. J'ai dit : « Je reviens tout de suite, Maman. » L'infirmière parlait fort, quand elle parlait à Maman, moi, je n'osais pas, de peur qu'elle pense que je pensais qu'elle allait mourir. Elle m'entendait quand même. Je n'ai donc pas parlé plus fort que d'habitude. Je ne sais pas si elle m'a entendue, je ne sais pas si elle était consciente. Le docteur est resté avec les deux infirmières, je le voyais à travers la porte vitrée. On aurait dit qu'il lui donnait des coups. Et puis une troisième infirmière est venue. Et le docteur est sorti. Avec Tante Paule, on s'est avancées. Il a répondu à la question : « Comment va-t-elle ? » par « C'est fini »

Alors à ta question : « S'est-elle vue mourir ? », que veux-tu que je réponde ? Je me le demande moi-même, et le leitmotiv de cette lettre, l'inexcusable, l'inexpiable « je ne sais pas », « je ne savais pas », est ma seule réponse. Je n'ai pas pleuré, je ne l'ai pas fait exprès, mon inconscient, mon être tout entier, le moi que je ne contrôle pas a su me contrôler, m'en empêcher, je lui ai joué la comédie de la vie, en lui disant mon amour de par ma présence constante et par l'attouchement de ma peau contre la sienne, de ma main sous sa tête, mais sans parler, pour ne pas la fatiguer et pour ne pas me trahir. Elle ne m'a, dans la chambre (elle savait qu'elle y était seule avec moi. Tante Paule a eu la délicatesse d'attendre toute la nuit dans le couloir, mais de *nous laisser en tête-à-tête), pas dit un mot d'adieu. Rien qui m'indique si elle savait ou non. Peut-être était-elle assez lucide pour me jouer, elle aussi, la comédie de la santé. Vraiment, entre dix heures et onze heures du soir, rien ne me permet de savoir si elle était consciente ou pas, car, quand je suis entrée dans la chambre où elle était, maintenant morte, depuis environ deux minutes, elle avait la même apparence que pendant toute la dernière heure. Je n'ai pas pensé à demander au docteur si elle avait rouvert les yeux*

Je t'écris depuis trois heures de l'après-midi. Il est sept heures. Je suis épuisée. J'ai encore pourtant tellement de choses à te dire, de la douleur si aiguë de Tonton, du dévouement de Tante Paule (dont un jus de fruit — un jus d'orange — a apporté à Maman sa dernière «joie de ce monde»), de la manière dont Jacky a été affecté; de Boris, de Janine et Maurice Doubrovsky, seuls survivants du nom de ce côté-ci de l'océan

ET MOI DE L'AUTRE c'est ma honte à tout jamais ma torture supplice quotidien tourment éternel ma marque d'infamie pour toujours brûlé au fer rouge dans mes chairs une charogne mon stigmate me crucifie POURRAI JAMAIS L'EFFACER signe comme l'insigne mon étoile jaune mais on ne peut pas l'enlever pas possible de découdre c'est dans ma peau inscrit à même front contre sol au sous-sol couru en bas hoquetant en suffoquant me martelle la tête contre le ciment à genoux le crâne au mur à faire éclater ma cervelle SUIS UN MAUVAIS FILS me laboure la poitrine au torse au tronc me frappe dans tout le corps membre à membre me lancine dans chaque fibre rien à faire de nouveau m'inonde m'immerge ça me submerge là assis sur la banquette de la voiture CULPABILITÉ tombe en trombe comme la pluie sur le pare-brise en cataracte une cascade ma souillure rejaillit en crachats d'éclaboussures sur la vitre entre mes yeux me noie *je m'attends à voir arriver Julien d'un moment à l'autre* là-bas au loin cassée brisée *il est inquiet le petit* écho en vain se répercute *je m'attends* dernière attente je l'ai déçue SUIS PAS VENU

inquiet forcé dois l'être pour une fois que j'ai lieu de m'inquiéter *toi et moi on est des inquiets* je passe ma vie à l'être lettre qui arrive pas perdue chèque en retard égaré avion sursaute on tombe pneus qui grincent catastrophe coin de la rue un assassin l'univers machine à pogroms c'est programmé existence-ghetto DANGER GUETTE *il faut ouvrir l'œil* l'ai fermé plus commode pas à s'inquiéter pas grave docteur a dit on m'a assuré rassuré quand même curieux docteurs ou pas science ou pas à son âge étrange quand je DEVAIS être inquiet L'AI PAS ÉTÉ *un malheur est si vite* qu'à consulter l'oracle sur son trépied ma Pythie pitié j'avoue j'abandonne le combat vérité impitoyable quand elle n'est pas impossible impensable c'est qu'elle est fausse me poursuit implacable aurais dû dès télégramme premier avion à la seconde elle m'attendait *je m'attends à voir* renversant je peux pas croire juste l'inverse si je suis pas parti à la minute c'est pas que je m'attendais pas au pire exactement le contraire glissade bousculade bonne école connais la suite *après* jambe cassée *après* l'hôpital *après* consciemment bien sûr on m'assure rassure me laisse faire leur affaire docteurs sont doctes doivent savoir m'a pas effleuré l'esprit pas affleuré aux méninges je me ménage mais au fond dedans tu glisses et après non pas elle jamais pu y penser faire face *c'est des choses qui arrivent* pas à elle refuse d'y songer quarante années je refoule inquiet forcé fatal connais la séquence *jambe hôpital* et scénario l'ai entendu cent fois recouvre évidence rebouche fissures Lorch a dit chirurgien a dit veux pas savoir suis une ordure ça moi immondice dans mon miroir intérieur me regarde merde dans ma glace une gueule d'étron me pue aux narines un cloaque je suis infect ma mère pas voulu la voir mourir opération à son âge presque soixante-dix risques évidents pas une crainte névrotique un fait c'était objectif mal au bout des doigt Lorch la soigne examine le pourtour du cœur moi reste au bord de la question point de côté troubles de la circulation à Lorch elle a rien demandé me suis rien demandé non plus cœur le centre elle est mon centre mon sang le sien dans mes veines si elle claque du cœur j'éclate du centre me démembre m'éparpille lambeaux d'Hippolyte aux ronces mon sang dégoutte voir mourir ma mère aurais pas pu physique pas eu la force écroulement de tout l'être en avalanche m'éboule maboule plus pierre sur pierre tout mon édifice d'un coup maman mourir peux pas mettre les mots ensemble ça colle pas s'accole pas ma mère la vie

ma vie votre vie peut pas mourir avant vous ma
mère pour moi pas un corps pas une personne la
voir MORTE c'est comme si je l'avais vue NUE viole
un cadavre interdit absolu si je transgresse CABANON
instantané crise brutale dégringole à la seconde pros-
tration piqûres AURAIS PAS PU SUPPORTER arrive
d'Amérique débarque on m'embarque pour Sainte-
Anne PAS PRÉPARÉ POUR LA MORT peux pas toucher
regarder physique devanture des bouchers peux
pas voir les TÊTES moutons veaux veux peux pas
d'animal me donne la nausée triperie odeur à
dégueuler peux rien manger si je voix LA TÊTE
même de poisson peux pas couper yeux de poulets
me donnent la chair de poule oiseau tombé raide
sur la pelouse avec une pelle en tenant le manche
retenant respiration du bout des doigts je le transporte à la poubelle le traîne me traîne REGARDE
JAMAIS rat mort chat mort ample détour chien
crevé le long de la route passe au large mouette
abattue sur la plage en marchant frôle par mégarde
me raidis dégoût c'est physique si je vois j'évite
viande faut pas qu'elle ait de forme vivante VOIR LE
CADAVRE DE MA MÈRE on m'aurait mis la camisole
en cellule matelassée comme deux et deux rien
qu'à l'idée font quatre peux pas CONCEVOIR ma
conception impossible ma mère en train de faire
l'amour avec mon père pareil PEUX PAS IMAGINER
vide soudain trou dans la tête ai beau faire peux pas
le boucher tableau prohibé pas remplissable mentalement film s'interrompt projecteur s'arrête plus
d'image Maman morte blanc devant les yeux forcé
ELLE N'A PAS DE SEXE PAS DE CADAVRE vue morte
comme si je l'avais vue nue punition instantanée

sûr et certain aussitôt DINGUE pas fou y ai pas été suis pas parti hurlé à la mort à terre un chien bavé des lèvres suinté des paupières saigne en râles tant qu'on voudra voix de ma sœur dans l'oreille *Julien* au téléphone *Maman est* entre deux lettres naufrage abstrait brume obscure assez démoli dormi quatorze heures d'affilée en plein jour noyé coma ténébreux au réveil pire qu'au début dans la cave encore rien soulage cris à tue-tête à crève-cœur encore la comédie après quand lancine en sourdine régulier sans rémission sans cesse réalité quand descend dans les fibres s'infiltre au corps MAMAN MORTE vérité de pierre fait en roc bute contre écueil me fracasse et puis se transforme devient chronique supplice de jour en nuit qui prolifère sa mort me grouille dans le ventre gonfle mal cancéreux m'expulse de mon être cellules étrangères me chassent de moi malignité dedans me ronge des dents me grignote me lacère la certitude SUFFIT COMME ÇA au téléphone par lettre AURAIS PAS PU VOIR cadavre m'aurait rétamé net moi Charenton elle Bagneux inutile aurait servi à quoi pas un coup à faire À QUI là le hic hoquet m'écœure trois ans plus tard relent poisseux me revient me remonte renvoi des tripes goût encore dans la bouche pas un coup à faire À QUI réponse À MOI réponse quarante ans répétée sur tous les tons réitérée sur tous les registres une rengaine notre scie me coupe le souffle pas possible MAIS SI peux pas avaler FAUT BIEN vérité-crachat je me ravale ça me rabaisse plus bas que terre vérité blessure sanglante me débride ME SUIS PRÉFÉRÉ À MA MÈRE une fois encore la dernière ancienne habitude pas difficile de l'entraînement

378

sur son lit de mort on a rejoué le COSTUME BLEU dans notre drame c'est ma scène la reprends la reproduis sous mille formes toujours la même pas changé depuis quarante ans choix ultime quand c'est ELLE OU MOI je choisis MOI ma spécialité mon rôle dilemme cornélien *meurs ou tue* j'aime mieux tuer même ceux que j'aime que moi mourir *je m'attends à voir arriver* s'est trompée *d'un moment à l'autre* colossale illusion *toi mon petit je te connais* erreur capitale me connaissait pas PLUS avait oublié ses prédictions son propre oracle *ton frère si j'étais malade* sous le masque à oxygène *il ne me donnerait pas un verre d'eau* lui ai pas donné un regard

PAS D'EXCUSE elle dit *il y a des fois je me cracherais au visage* front se fronce sourcils s'épaississent elle se bute rare comme un rictus aux lèvres Maman a l'air doux la peau pâle cheveux clairs l'œil bleu *bête* moi je dis *pervenche* fleur du regard soudain plante vénéneuse se violace violence soudaine au visage bouche se crispe *je dis qu'est-ce que tu racontes* hoche la tête elle dit *moi je sais* je dis *sais quoi* elle dit *je ne me raconte jamais d'histoires* je dis *quelles histoires* se tait un silence suintant ancienne pourriture s'exhale *je n'ai aucune illusion* quand elle parle soudain de la moisissure aux mots des varices aux phrases elle dit J'AI ÉTÉ UNE MAUVAISE FILLE enfle ça gonfle veinules crevassées réseaux cramoisis dans les jambes je dis *ça ne tient pas debout* mollets de Mémée ils étaient pourpres à éclater avec des filets noirâtres je dis *tu délires* me regarde pas regard me traverse ses yeux au-delà de moi dans le vague eau bleutée se fige ses traits se gèlent arête du nez durcie menton se glace elle dit J'AI LAISSÉ MOURIR MA MÈRE m'exclame *tu es folle* grand-mère a eu attaque cardiaque le matin mon oncle pas là au loin travaille grand-père s'affole c'est la crise jambes depuis des années des décennies debout au buffet du Trocadéro d'un coup remonté au cœur rue Cortambert à l'autre bout de l'appartement Mémée est tombée d'une masse Tatère alarme docteur panique *vous les gosses* ma sœur et moi consignés au fond du couloir dans la cuisine pas laissés approcher pas un spectacle pour enfants rictus la contracte lèvres se tordent l'œil torve Maman très rare elle a l'air doux d'habitude elle dit *je suis descendue vous promener ta sœur et toi* me souviens pas faut la croire *pour vous distraire dans la rue et pendant ce temps* médecin venu grand-mère piqûres on la soigne crise on va surmonter *je suis partie avec vous* elle répète *pendant ce temps ma mère est morte* je dis *mais tu ne pouvais pas savoir* hoche la tête *je me dégoûte* gosier se contracte *il y a des jours où on ne peut pas se regarder en face* dis *tu es folle* regard perdu répond pas sombré dans la brume des temps juin 39

ce matin pourquoi ce matin cette fois plutôt qu'une autre aujourd'hui ça s'est rouvert d'un seul coup je suis béant plaie hébétée je tâtonne dans mes ténèbres à sa recherche manque c'est physique logé dans les doigts au nez au cou aux odeurs ses chaudes bajoues sur elle me penche peau fripée à sa rencontre je halète soudain si fort des fois enterrée des semaines et des semaines elle reste parlée nos palabres *my mother this* des heures *my mother that* pas réel on en discute à perdre haleine on en charcute on en disserte en dissèque son squelette os à os on le démonte lambeaux de chair on le dépiaute onze à douze deux fois la semaine on s'acharne sur ses traces pendant des mois ça fait maintenant des années sur sa piste sa mort on la reprend on la retourne dans sa tombe on la ressasse la rassassine POUTRELLES MARRON peut-être la travée de Riverside Drive là-bas au-dessus des arches métalliques ajours de fer jour infernal TOUR EIFFEL rappelle peut-être raccroche rebord des cils dans un battement de paupières poutrelles me strient la rétine retour au Champ-de-Mars me revient premier retour après sa mort à Paris soudain journée me reflue dans les jambes yeux perdus dans les étages cage pyramidale barreaux du regard assis en face j'ai pris une chaise dans l'allée pieds sur la pelouse scrutant les arches Tour Eiffel notre tour rue de la Tour au 22 là qu'elle habitait sa jeunesse avant mon avant-naissance mon essence volatilisée PARIS EST MORT ma mère ma France la France disparue père russe moi j'ai jamais eu de patrie qu'une matrie un amatride désert d'errances l'Amérique n'est pas mon pays mon lieu c'est où là au milieu du Champ-de-Mars m'a terrassé en face restes terrasse Trocadéro lambeaux de mémoire d'armoiries familiales que des vestiges j'ai le vertige d'inexister ma sœur fixée en Angleterre abri provisoire chez mon oncle quelques jours suis descendu grimpe aux poutrelles ICI on s'asseyait ensemble ici même l'été dernier *la tour Eiffel je la vois de ma fenêtre* deux-pièces d'Asnières dans sa tanière ça la console *ça me rappelle mon enfance* obélisque de métal piliers de foi jaillit droit de loin résurgence notre source de vie de vue oriflamme du souvenir dardé à distance en moi s'écroule Chaillot horrible crachouille ses jets d'eau là-bas Valéry pense là-haut en se frappant le fronton à belles phrases volutes verbales dans les nuages amoncelés ma pluie de pleurs tombé dessus soudain m'a pris chaise en fer allée en face secoué l'énorme masse d'acier assis m'écrase poids colossal sur la poitrine fin d'octobre terne feuilles à terre presque novembre comme à présent ciel hivernal mal hiémal pour rien pourri sans but premier retour me décompose terreau sans terre homme sans humus Julien-sans-lien *c'est bon de s'asseoir un peu ici c'est paisible* Paris effacé plus de tumulte on a pris deux chaises l'œil errant sur le gravier gris on respire parc poussiéreux au vent se soulève en odeurs de sable se tasse un peu sur sa chaise *je ne rajeunis pas* se voûte sous le dôme marron domicile là qu'elle demeure notre monument la tour *je l'ai vue toute mon enfance* photos de famille sur la terrasse Trocadéro contre balustrade de pierre promenade de ma grand-mère descendait les degrés prenait petit pont rococo en stuc bombé sur le ruisselet minuscule à moustiques *on en voit encore un morceau* parcelle de passerelle à mi-hauteur elle est incrustée dans le mur dans les jardins vers rue Chardin enchâssée scellée sous grille notre musée Paris d'antan Paris éteint

HÔTEL PARIS en lettres blanches sur fond rouge dans la pluie tremble en haut de la tour de brique sous les créneaux titube tatoue le ciel ouateux sur le pare-brise se brouille à travers larmes cloué là affalé là sur ma banquette peut-être en revenant vers la voiture m'est revenu sous le pont de River-side travée de métal comme un étage d'acier aérien assis maintenant dos tourné à l'arche monde à l'envers Paris quand j'y vais plus de lien plus un lieu hôtel ma maison que d'édition chez mon oncle mon cousin tantôt chez l'un tantôt chez l'autre maison de passe hôte de passage ça que ça veut dire en hébreu *Ivri homme de passage* en transit transatlantique *Hébreu Ivri* bateau ivre entre la France et l'Amérique navigue sans amarre démâté désemparé sans port d'attache sans Terre Promise plus personne plus que des restes un demi-moi pour toujours à la recherche de l'autre ma femme n'est plus ma moitié à peine un tiers une associée en affaires famille on gère un business soudain vue nette l'eau fuit chassée coups réguliers de l'essuie-glace pare-brise lavé jour levé à peine filaments blêmes lueurs falotes un arc-en-ciel incolore tâtonne flotte à travers les flocons fuligineux soudain lettres s'immobilisent HÔTEL toutes blanches toutes droites tout là-haut au fond du verre transparent se dressent dans les battements d'essuie-glaces verticales PARIS tout à l'heure floues flasques 96ᵉ rue dans l'aquarium glauque regard globuleux l'œil qui nage d'un coup distinct nettoyé net les buildings le long sur

les côtés là-bas redevenus rocs ville à marée basse
New York affleure resurgit rochers recouverts par
les flots mon reflux je détale en sens inverse ressac
me secoue récifs à nu arêtes aiguës cité intacte
poteau à ma droite *no parking* rejaillit raide tout
autour l'horizon durci se dresse en dents saille en
pointes m'assaille West End se hérisse à travers la
vitre limpide New York me transperce

Chaire

— *Professor Doubrovsky, telephone call for you on 41...*

Voilà. À peine arrivé. Se jettent sur vous. On n'a pas même

— *All right, I'll take it. One moment.*

le temps de. Payé pour. Boulot, pour boulotter. Faut boulonner. Règle d'or. Au maximum. C'est la maxime.

— *Do you know who it is ?*
— *I think it's one of your students.*
— *O.K. One second.*

Heures de bureau. Les miennes, de 4 à 6. Pas encore l'heure. On me donne pas une minute. Sans répit. Mettent le grappin sur vous. Pas une vie.

hall moi j'aime décor secrétaires décoratives où est l'autre sortie déjeuner tardif se relaient au mur tableau immense du Pollock pas déplaisant ton sur ton toile se marie avec le mur

bureaux trois dépasse le premier Ayleen Kate générations visages se succèdent vois noms j'oublie Elizabeth à l'autre bureau celle-ci maintenant avant c'était Matison yeux bleus brune revois voix les mêle

hi poli en passant salut de tête *hi* elle de chaise sans bouger elle a récepteur à l'oreille standard clignote lumignon m'appelle elle regarde pas répond *hi* écho mécanique œil vague vide elle hall

des fois vous répondent même pas vous saluent pas immeuble on entre un moulin notre étage *room 600* on passe fantôme on trépasse ombre on glisse sur la moquette épaisse invisible Hadès à deux à dix toujours tout seul

à gauche portes vitrées closes cellules scellées nos coquilles bureaux éteints Elsa notre administratrice en chef sortie aussi avant c'était qui vois visage rond corps replet souvenir incomplet nom me manque courte sur jambes repartie postes temporaires trop mal payées faire ses études revient s'appelait Judith

PROFESSOR SERGE DOUBROVSKY. Enseigne dorée, contre la porte. À côté, PROFESSOR THOMAS BISHOP. Lui, il a le bureau à vues perpendiculaires, fenêtres croisées. HEAD, à notre tête, normal. Il a le soleil, quand il brille. Côté University Place, coin 8e rue. Moi, ma vue, rue. J'entre. Sur 8e, jour pâle. Quand même, en me penchant un peu carrefour, à travers le carreau sale. Scintille.

— *Yes ?*
— *Hello, Professor Doubrovsky, I am very sorry to disturb you. I don't know if you remember me, I was a student in your Racine course three years ago…*

Étudiante dans mon cours, il y a trois ans. Machine électronique. Je calcule. Il y a trois ans. N'étais pas programmé Racine.

— *I didn't teach Racine three years ago.*

Il y a trois ans. C'était Corneille. Et le roman du XVIIe, *Princesse de Clèves*. Au printemps. *Contemporary French novel from Proust to.*

— *I taught Racine two years ago.*
— *Oh yes, I'm sorry. Well, my name is*

Nom, dit. Me dit rien. Pas souvenir. Vois pas. Visage. Nul. Nom, inanité.

— *Yes, I remember very well.*

Coûte rien. Le truc à Napoléon. Connaître soldats par leur nom. Remonte moral à la troupe. Pieux mensonge. Leur pincer l'oreille. De bonne guerre.

— *I enjoyed your course so much, it's one of the best I ever had. Now I need…*

besoin. Chasse le loup du bois. Aux abois. Trouver un poste. Malheurs du Job, sur le tas de fumier. Ils s'agitent. Disette causette. Avant, parlotte, à pléthore et à travers. Partout, des offres d'emploi. Maintenant, exploit. Avoir du travail, prouesse. Chaire, on fait maigre. Elle veut que je la recommande. Normal. Certificat de talent, bonne vie et mœurs, fait partie de mon boulot. Les aider à en trouver. Boulot engendre boulot, profs font des profs. Machines-outils, machine à faire des machines. Je suis à l'usine.

— *À qui voulez-vous que j'écrive ?*
— *Je fais une demande à Wellesley, Smith, l'Université du Michigan, aussi à*

Des fois, me demande. Littérature, sert à quoi. Américaine, en Amérique. Française, en France. Déjà une question. Pas si commode. Littérature française

À NEW YORK. Racine à Washington Square. Me demande. Veut dire. QUOI. L'interromps, halte.

— *Écoutez, je ne peux pas écrire partout, passer mon temps à*

Normal, les aider à. Question, des fois, me frappe. Soudain, quand j'ai garé ma voiture. Coin Bleecker Street, Mercer Street. M'estomaque. En grand, dans la vitrine de Grove Press, IONESCO. Photo géante, Eugène sourit, béatifique. Entre les camions énormes, coincé, transports routiers, entre les cargaisons qui s'empilent. Littérature fait le trottoir. Là, à l'angle. Où je me gare. Morceau de rue sans amende. Plus loin, hangars. Entrepôts, jusqu'à Houston Street. En face, teinturerie. Presque déjà la Bowery. Intéresse plus les contractuels. Section New York oubliée des flics. L'ai repérée, mon repaire. Toujours une place, m'en empare. Rouliers, aussi les roulures. Drogués, des fois, qui titubent. *Buddy, can you spare a quarter ?* Font la manche ; Perdu la boule, perdu boulot, soûlots. Les pochards, clochards. Zigues qui zigzaguent, des fois, des types menaçants. Là au coin, quand j'ai garé ma Plymouth. Toujours de la place. Me frappe au cœur, me coupe le souffle. Me demande. Quelle est LA MIENNE.

je ne peux pas passer mon temps à

Me cogne au plexus solaire. Salaire. Toute peine le mérite. S'échiner. Marché travail, la loi des reins. Il faut les avoir solides. Solidaire, normal. Gagner leur croûte, on est là pour les assister. Assistance sociale. Sinon, ils risquent le chômage. Notre empire. De mal en pire. Bouches à nourrir, sans débouchés. Comment faire. Quadrature du cercle, Washington Square. Sur la margelle du bassin, quand suis passé, barbe hirsute, en guenilles, les deux types. M'ont regardé. Drôle d'air, drôle d'œil. Tout à l'heure. Peut-être d'anciens étudiants. Cours Racine.

faire des lettres, j'en enverrai une pour vous au bureau de placement. Ça devrait suffire.

Racine, Corneille. À Washington Square. QUELLE PLACE. M'obsède, des fois. Me gêne. Me demande. Réponse chiffrée : 20 000 dollars. En 66, quand suis venu, belle offre. Ma demande : offre et demande. Œil malicieux, lunettes dorées qui luisent, Genette s'amuse, son aphorisme pétille. *La littérature, c'est ce qui nous nourrit.* C'est vrai, ici, on bouffe pas mal. 8e rue, au bout, Balducci's, fruits, fromages, exceptionnels. *Cheese Village*, aussi, très bon, pour emplettes, pour emplir. Poche estomac. Poche portefeuille. Il y a aussi le principe de Jean Paris. *Rabelais au futur*, proposition d'avenir. Dents impeccables qui scintillent, esprit aussi, la séduction parisienne, cheveux, accent, ils sont de mèche. *Mon vieux, puisqu'on fait la putain, autant la faire aux Champs-Élysées qu'à La Villette.* Principes de Genette et de Paris. Se complètent. Profession, si elle affiche complet. Économie de marché, il faut bien qu'on nous consomme. Plus de place. Ma place. Faut bien qu'il y ait des amateurs. Des jours, me demande. Ce que je fous. Littérature, à quoi elle sert. Réponse à question. La demande.

— *Of course, yes, that will be fine, thank you…*

Chaque chose à sa place. Bureau de placement. C'est la place de ma lettre. Une seule recommandation. Servira à plusieurs places. Offre et demande. La loi. Offrirai lettre de bon aloi. Ferai ce qu'elle me demande.

raccroche appareil je note le nom chercher dossier tout à l'heure faire la lettre illico locaux à peine on arrive rivets ils vous mettent les boulons boulot profession on serre la vis

ici trop chaud enlève mon manteau de cuir bonnet en tricot foulard vêtements j'accroche cours à la fenêtre on étouffe seule fissure je l'entrebâille en bas me penche heure creuse sur le gouffre au carrefour pas une voiture University Place tranchée à pic œil bouché clocheton doré au loin coiffe la tour grise au fond ferme la rue la vue

à gauche falaise en brique fleuve de lumière obstrué balcons pierreux aux paupières faux jour carreau entrouvert je hume filet frais m'irrigue les narines clair-obscur d'aquarium demi-deuil aux yeux temps d'allumer braise blanche au plafonnier néon hésite se fixe rose lueurs palpitent se figent arc-en-ciel automatique m'attable lettres en tas sur mon bureau faudrait répondre m'affale dans mon fauteuil faudrait répit repos dans mon aquarium immobile au jet de lumière jus de néon je nage

instant heureux bureau bonheur flotte quand je retrouve me retrouve quand j'y passe suis pas souvent de passage mon nid m'y recroqueville un moment après repas repos je me digère mon déjeuner me revient

retard terrible ose à peine regarder ma montre gare ma Plymouth coin Bleecker Mercer cours yeux mi-clos dans les tourbillons d'escarbilles ouragans de saletés la ville-immondice cité-ordure métropole-poussière parmi les lambeaux de journaux matière en haillons

cage en verre entre deux battements de cils oscille Loeb Student Center midi trente rendez-vous mini-gratte-ciel grimpe les marches table réservée *Top of the Park* malgré moi soudain en face horloge me crève la rétine 1 HEURE 10 dans le hall haletant

ascenseur pousse bouton fiévreux étudiants poussent c'est la mêlée pour monter parois lisses d'acier mâchoires se referment heure de manger depuis longtemps passée estomac gronde je me sermonne m'arrêter n'aurais pas dû chaussures acheter impardonnable *mon petit tu n'es pas seul sur terre* j'aurais dû bout du couloir me précipite à bout de souffle dépasse la caisse me connaissent me laissent passer à l'entrée *Professor your guest* arrivé là-bas le vois déjà à table combien de temps m'attend-il fais un grand geste *mon vieux je m'excuse il m'est arrivé* sais pas quoi dire

quelque chose d'imprévu m'assois en face trouver raison falloir fabuler rapide Todorov pas un trait tressaille se démonte pas imperturbable toison noire me toise cheveux bouclés Tzvetan y a rien qui le défrise

tu sais j'avais un rendez-vous d'affaires volubile volutes de mots *je n'ai pas pu me libérer impossible* impassible vrille noire sous ses lunettes il a quelque chose de changé un détail quoi *je suis désolé tu sais* lui toujours *cool* à la coule sang-froid garde tout son flegme *ce n'est rien Serge* à peine inflexion dans la voix battement de cils aux cordes vocales *moi-même j'arrive à peine*

bip, bip. Sonnerie soudaine. Appareil sursaute. *41* clignote, m'allume, dérangé. Furieux. Ma torpeur post meridiem, peux pas digérer en paix. Souvenirs de ma ripaille s'éparpillent. J'explose, quoi. Qui.

— *Professor Doubrovsky, you have someone on the line.*
— *All right, I'll take it.*

Pas mon heure. Regarde ma montre. 3 HEURES 10.
Moi, mes heures, 4 à 6. Suis pas censé être là. On
m'appelle en mon absence.

— *Serge…*
        voix   elle
                          je voulais savoir comment
s'était passé ton déjeuner, c'était bien ?
— *Comment savais-tu que je serais à mon bureau main-*
tenant ?
                                   rire
— *Tu sais, je commence à te connaître, tu es prévisible.*

Me gêne. La ligne ici n'est pas privée. On la partage.
À plusieurs. N'importe qui. N'importe quel collègue.
Indiscret. Suffit qu'il décroche. Peut nous entendre.
En français, au bureau. Je n'aime pas qu'on me
tutoie. Rire de gorge. Voix de fille. Et puis, on peut
la reconnaître. Elle est. Connue. Elle est. Conne.

— *Let's speak English, if you don't mind. Well, it was a*
very pleasant lunch.
— *What did you talk about ?*
— *You know, the usual stuff…*

agréable désagréable sais pas les deux j'aime pas
poursuivi bureau recoin building replis pensées à
ma recherche *mon petit où étais-tu* m'agace *nulle part*
j'ai raté le train ma vie veut pas en perdre une bou-

396

chée *tu m'en as fait faire de la bile* en même temps
bon pas être seul dans sa peau moins solitaire si on
demande quand on raconte illico écho

Rire. Elle l'a. Très profond, très enfoncé dans la
poitrine

Paris, les copains, tu sais, les trucs habituels...
— *I thought we were going to speak English...*

M'a échappé. Change de langue. Comme de chemise. En pensant à autre chose. Pas aperçu. Mots
m'échappent. À mon tour. Ris.

— *Cela n'est pas compromettant. Écoute, maintenant j'ai
du travail, je te raconterai plus tard. Ce soir, après le
cours.*

Silence.

— *Tu sais, ce soir...*
— *Quoi, ce soir?*

J'oublie de parler anglais. Après tout, à cette heure,
qu'une secrétaire. Peu de chance qu'on nous
écoute. Pas la peine de faire tout un cirque. Pour
un circuit. Retiens mon souffle.

— *J'ai beaucoup de travail en ce moment. J'ai un « paper » pour Vartanian qui est très en retard et qu'il faut absolument que je termine. Alors...*
— *Alors, tu ne veux pas venir à mon cours ?*
— *Eh bien non, je ne devrais pas. Et puis, tu sais, ce soir...*
— *Et puis, quoi ?*
— *Le récit de Théramène, ça va être vachement emmerdant.*

Retiens mon souffle. Soufflé. Me l'envoie pas dire. Théramène en pleine trompe d'Eustache. Explose. Au bout du fil, cliquetis de sa tasse sur la soucoupe. Café, boit. Entends sa gorgée qui descend, sa salive en filets dans mon oreille.

— *Racine peut-être, pas moi.*

À mon tour, lui coupe le souffle, entends hoquet.

— *Dis donc, tu ne te prends pas, comment c'est l'expression ?*
— *Pour de la petite bière.*

Tac au tac. Tactique. Notre théâtre. On échange nos répliques. Quel jeu elle joue. Ce soir, pourquoi elle ne veut pas venir. Elle est pas conne. Elle me connaît. Défaut de l'armure. Elle me frappe juste là où. Endroit sensible. Ça me blesse. Ma faiblesse. La venue de ma Vénus. J'ai besoin d'elle. Pour faire mon cours, les paroles, c'est pas en l'air. C'est en chair. Mate, peau des joues, taches de rousseur sur le nez, sous ses paupières étirées, cils alanguis. Ses yeux noirs. Jais. J'ai. Besoin d'elle. M'envahit. Son image, là-bas, au bout du fil, palpite. Dans sa chambre, dernier soleil dore la vitre, elle adore, téléphone près de la fenêtre, voir, entendre, en même temps, allongée, à demi, son grand fauteuil, ultimes rayons, jour qui baisse. Chute, soudain, de haut, de là-haut, je tombe. *Room 14-T*, du quator-zième. Cheveux noirs, aussi. Ondulent en torsades, son torse. Bombé, seins sculptés, formes de statue. Lèvres s'avancent. Un peu épaisses. M'allèchent Marion. Noblement moulée, port imposant. Sou-dain m'importe. Qu'elle vienne. Marmoréenne, éburnéenne. M'atteint aux burnes.

— *Écoute, moi, ça m'est égal, tu feras ce que tu voudras. On se voit après ?*
— *Vraiment, je devrais...*

Coup de genou dans l'entre-deux. Douleur subite, me les écrase. Fulgurante. Me lancine dans tout l'être.

— *Bon, eh bien, moi, je dois travailler maintenant. Toi aussi, puisque tu as tant à faire...*

Geste brusque, raccroche récepteur. *Ça va être vachement emmerdant.* Marion m'agace. Joue au chat et à la souris. De la chatte et du sourire. D'un geste, l'écarte. Me nettoyer les pensées. Moment de répit, repu. Me renfonce dans mon fauteuil. Encore en colère. Jet de lumière rosâtre, mijote dans mon jus de néon. Ce soir, c'est loin. On verra bien. A le temps de changer d'avis. Peu à peu m'apaise. Seins blancs, gros, fermes, pétris à pleines mains, son pétrus. Quand elle s'allonge sur le ventre, sur la plaine du lit. Monticule mou sous mes doigts, tendre beurre sur ma langue, tout mon désir qui se bossue, quand je l'empoigne à pleines fesses. Sa chair gonflée me boursoufle. À éclater. *Alas, sweet ghost.* Travail, temps d'exercer, je l'exorcise. Fantôme, à la niche. Nichons, dans l'armoire. Rabats le couvercle. LETTRE DE RECOMMANDATION. Me lever, dois la dicter. Urgent, mon ex-étudiante. Besoin de moi pour bouffer. Littérature, il faut que ça la nourrisse. Principe de Genette. L'autre principe, celui de Jean Paris. *Vaut mieux la faire aux Champs-Élysées qu'à La Villette.* Vite dit. Moi, fais la putain. À New York.

plein soleil momentané minute diaphane cage en verre transparente scintille en surplomb *Top of the Park* sur parc en bas en face 5ᵉ avenue se jette roide dans Washington Square entre falaises de brique

grise rougeâtre entre flancs fuligineux regard
rampe faille fossé à nos pieds s'ouvre à perte de vue
place en bordure liséré de maisons naines vieux
remparts de Henry James restes aristos demeures
patriciennes entourent les tours muraille d'antan
perrons y grimpent jusqu'aux lourdes portes en
bois douves devant herse des grilles hérisse l'œil
tâtonne aux toitures plates au cordeau alignées
ligne basse épure coupe nette la broussaille des fûts
énormes buildings modernes juste dessous antique
strate autre siècle strie gracieuse géologie des logis

de notre table fenêtre au coin cadre patiné façades
en face vétustes vénustes *je suis content que tu sois
venu* dit *moi aussi c'est beau d'ici* en bas au milieu
posé parc dépeuplé Arc de Washington près du bassin échoué banquise en pierre dans le désert hivernal vitre d'un coup flambe la place paisible brille
irénique derrière les verres ironique œil noir *tiens
tu n'as plus les mêmes* lunettes à monture d'écaille
épaisse maintenant besicles dorées châsse des len-
tilles en fil d'archal tient à un fil différence ténue
me frappe cheveux plus courts boucles plus drues
Serge on ne peut pas rester le même

je dis *bien sûr* ténèbres un instant éblouies ombre
embrasée notre aquarium en feu polaire soleil en
plein sur nous viré symbole viril entre hommes
atmosphère spéciale bon aussi pas que des caquets
à quéquette avec femmes jeux salivaires on s'avale se
déglutit vous engloutit face à face tête-à-tête c'est

bête-à-bête retour origine regard remonte à la source mots qui mouillent m'y retrempe avec femmes paroles on boit conversation élémentaire alimentaire avec mômes entretiens mammifères

lui moi pressés pourtant à table attardés demande *alors tu es content de ton séjour* dit *oui j'ai vu des tas de choses* tournée Toronto il revient de l'Iowa tout jeune encore dix ans de moins que moi en quelques années a fait école École Normale installé cours en Amérique séjour au Brésil pas la braise viril quoi au juste puissance un rayonnement

hommes ont vu plus fait plus leurs histoires plus inté-ressantes hommes épousent siècle femmes épousent hommes forcé femme d'intérieur jouissance intime organe interne vous interne notre abri mon refuge femme-asile quand on aime à la folie vous enferme entre en elle on rentre en soi con cocon concavité femme en creux on se recueille grotte en chambre coquille quand on a sailli rétracté ses cornes vous recroqueville homme se déploie espace se déplie

tour d'horizon *tu as rencontré des gens bien* dit *oui il y a des jeunes remarquables* façon de dire des hommes question langage femmes parlent ou écoutent mecs ils s'écoutent parler causent en échos discours double moitié pour l'auditeur l'autre pour leur nerf auditif ils se pavanent au tympan jouissent d'eux-mêmes à l'ouïe substance verbale mâles se branlent plaisir auriculaire oraculaire entre hommes à double exemplaire redouble volupté titillation réciproque causeurs poseurs ressource éblouissante coulent de source dans l'oreille l'un de l'autre cornet d'abondance l'un l'autre se sucent discours léché types c'est frotté d'éloquence conversation masturbation

même émancipées mômes libérées boucle reste trace chaîne à la langue même fortes en bec des heures caquetant d'affilée s'affichent moins s'affirment pas pareil c'est pas le discours-spectacle se gobent moins pas le même moi le même émoi femmes-mirages amis-miroirs galerie des glaces dans le palais aux fantasmes Versailles des Narcisse ça reflète pas identique on s'entre-mire on s'entre-admire différent autre système avec des mecs

aussi en faut à la langue à la longue tout autour trop de féminin m'enlace m'en lasse besoin temps en temps de types un discours homotextuel c'est bon un bonhomme m'est nécessaire comment on s'entre-aime on s'entre-aide comme on s'entre-hait on s'entre-est question de centre

homme centrifuge en vadrouille voyage ailleurs alibi aime pas beaucoup s'habiter sortir de soi fait du bien vie aventures la guerre ribambelle des batailles acteurs question de rôles masculins ils ont le beau arrivée des Mores récit Rodrigue épopée c'est rayon épée rayon soleil viril c'est vrai Chimène qu'une ombre au gynécée labyrinthe des ténèbres Phèdre descendue replis des tripes femme centripète

dit *si tu organises quelque chose tu devrais leur donner leur chance* son écurie les poulains structuralistes normal conférences au cours des tournées rencontre des jeunes il faut bien les aider nous en place à les placer universités dans les collèges les colloques copains de Yale il a ses poulains curieux pas de poules

lui demande *tu ne connais pas de filles bien* Mehlman Klein que des mâles qu'il recommande de Toronto en Iowa à Yale y a écurie course aux postes forcément aussi des pouliches dit *si mais pas du même calibre* curieux notre clientèle aux trois quarts des souris majorité matriarcale doctorats aux neuf dixièmes des gonzesses aux postes clefs mecs scrutent mecs recrutent scrotum à l'intellect instinctif déclic pédé

clarté un instant nous blanchit lumière froide salle délavée à demi vide tard on s'attarde parc en bas blême arc de Washington en sucre blanc vasque à sec dans l'averse pâle désert dessert depuis longtemps engouti café bu notre repas évaporé heure du départ *je me demande quand on se reverra* tour d'horizon on a échangé nos nouvelles ragoût des ragots parigots moi les tuyaux américains connais les fuites qui prépare quoi publie où profession trucs troc on échange des vues d'avenir vent critique quel côté souffle girouette à quel clocher elle tourne vers quoi vers qui

dit *je ne sais pas je serai à Paris jusqu'à fin juin* dis *moi je ne sais pas encore quand je viendrai* dit *après je passerai l'été près d'Aix* à Paris quand il revient moi repars New York ici apparu *Top of the Park* quelques minutes amitiés repas fugace à peine revu à peine repu agapes terminées reste sur ma fin

en mars il y aura visite d'Alain entre Chicago et Paris étape Bosquet à table ici aussi on fera brève ripaille de paroles courtes étreintes entre deux trains d'atterrissage chassé-croisé pensées se croisent lettres parfois amitiés faut mettre une croix eux dans un sens moi dans l'autre fraternité flash on file en flèche chacun en direction contraire

voix veloutée *alors Serge toujours le même* dis *tu sais à mon âge* allure féline gestes feutrés agile de corps souple de pensée douceur de tigre Tzvetan rentre les griffes quand il les sort c'est en ressort d'un seul coup de patte déchire après sourire innocent ondule des mains hanches mouvantes un prof d'habitude pondéreux matière dense lui danse taille gracile longs cils gracieux

juillet 69 me revient à Cerisy notre colloque *Enseignement de la littérature* remonte en bouche relent Cherbourg Élisabeth quand l'ai raccompagnée au bateau
ferry Thoresen sur le quai adieux aux mouettes
muette manteau bleu sur le bastingage penchée disparue Tzvetan en chemise mauve reparu sur torse
flotte dans nos séances maître de céans pantalon
de velours se glisse dans les débats rétablit ordre
ondoyant discussions quand elles s'égarent remet
en place avec doigté voluptueux flexions retorses du
coude réflexions enrubannées de politesse volutes
d'échardes matière subtile

tourbillonne se décompose vertige déjà si loin on se
revoit à des années-lumière versant à l'autre de l'espace Cerisy temps des cerises lueur palpite clarté
chemine filet obscur continent englouti mon Atlan-
tide a sombré naufrage dans l'Atlantique noyé refais
surface *tu sais à mon âge c'est difficile*

hausse les épaules pas convaincu dit *tu vis toujours à
Queens* dis *oui toujours* plus irénique œil ironique dit
quelle idée dis *c'est commode pour les enfants* dit *tu es un
mauvais garçon bien sage* vie au long cours mes navi-
gations hauturières vague à l'âme vogue la galère
corsaire des cœurs suis un forban de banlieue triste
bourlingue des faubourgs Tristan à Queens orages
levez-vous suis René mânes de Chateaubriand tempêtes passions *Vie de Rancé* le soir Raincy j'habite

Pavillons-sous-Bois terme de mes traversées destin
Asnières

tous deux vadrouille on a voyagé en sens inverse
ami-miroir je me regarde dans sa glace un moi en
mieux dix ans plus jeune je dis *au fond tu aurais pu
être juif* ajoute *tu aurais dû* rit *on m'a déjà dit ça* arrive
en France fin fond des Balkans Bulgarie c'est quoi
du yaourt trouvé aussitôt son fromage trou au soleil
de sa province rouge il arrive du Balzac-Barthes
Paris à nous deux Rastignac des structures inconnu
pauvre en moins de rien quelques années au début
boursier s'empare position prophète prof au faîte

clair et précis esprit français faut un Bulgare France
à présent dans les brumes germaniques nuages parisiens on s'enrobe de tics stylis-tics on contourne on
conforte on s'entortille on vaticine dans les volutes
verbales nuées souvent de sens dénuées pour dissi-
per faut du soleil de la Mer Noire

dis *en somme tu es content de ton séjour* dit *oui ç'a été très
agréable* demande *tu aimerais venir ici* répond *en visite*
ajoute *on m'a fait des offres presque des ponts d'or* dis *l'or
pourtant tu ne roules pas dessus* dis *à Paris* dit *non mais*
luette ludique glotte polie polyglotte français quasi
impeccable chantonne un peu monte et descend
comme le Père Slaves au larynx ils ont des montagnes russes

tu vois je me suis déjà fait une situation à Paris ajoute
j'ai déjà changé une fois de pays de langue paisible *c'est
suffisant* ferme *si j'étais venu en Amérique bien sûr
j'aurais écrit en anglais* conclut *ce n'est pas le cas*
décoche *de temps en temps j'aime bien voyager mais on
ne peut passer sa vie à faire la navette*

son cas pas le mien image inverse moi je vis en
Amérique ma langue elle est restée en France
j'écris là où je ne suis pas là où je suis je n'écris pas
la navette trame du destin on n'est pas tissés pareil
pincement subit léger au cœur SA PLACE est là où
j'aurais voulu être LA MIENNE

Tzvetan il occupe poste au Quartier Latin habite
deux pas École Normale *mon petit tu devrais retourner
à l'École c'est ta place* moi veux rentrer à la maison au
Vésinet qui va à la chasse perdu ma place à tout
jamais un fantôme un fantoche me souviens un
jour un type au café Boule d'or au Boul' Mich' lui
vois un bouquin à moi table à côté me présente dit
*suis content de vous connaître ici vous êtes un nom pas
une présence*

flotte sépulcral sur quelques pages mon linceul de
mots s'agite un nom pas en vogue un nom vague
écho me répercute *ah oui Corneille* m'accroche à
ses hémistiches *sky c'est qui* nouvelle critique ombre
falote ballotte autour d'un ancien débat autre lam-

beau mon autre bribe *la Dispersion* mes fragments je les accole on me racole *romancier juif* morceaux choisis je peux pas me recoller

Tzvetan à Paris une PRÉSENCE pas qu'un NOM renom n'est pas habitable lui il sert s'insère sincère quand il veut pas venir en Amérique il a raison présence c'est un corps corps enseignant c'est pas en esprit c'est physique esprit de corps c'est corporel corporation c'est un espace entre rue d'Ulm rue Jacob axe boulevard Saint-Germain ses coordonnées il sait où c'est

à Narcisse faut une abscisse un abcès de fixation un accès fixe incarné il faut un sol lien lieu solides quelque part planter son attente savoir où on est où on en est un repère faut un repaire sinon perdu trou une tanière moi à force de vivre entre deux rives je dérive sans arriver à rien nulle part composé de lieux sans milieu me décompose perte de vue à l'horizon sur l'Atlantique océan y a que des vagues que du vague

du vagabond pour avoir une présence faut être présent vivre au présent faut être LÀ OÙ ON EST cœur faut faire corps pas forcément LÀ OÙ ON NAÎT accident histoire on se détache on se rattache fils quand se défont tradition il faut renouer avec une autre ma sœur *Zézette* n'existe plus il y a *Paula* à Birmingham terre s'est trouvé une Angleterre

Paule elle a trouvé son pôle changer de nom il faut aussi changer de peau mariage n'est pas qu'avec un être humain pays on épouse le Père accouru de son ghetto Tchernigov Paris son socle sol de France fendu du soc enfoncé pelle au jardin il l'a caressé du râteau il l'a baisé à la bêche Tzvetan à la plume instruments sont différents chacun les siens peu à peu bouquin sur bouquin *Littérature fantastique Poétique de la prose* Todorov il a jeté l'encre

3 HEURES MOINS 2. Assis, ici, dans mon aquarium de néon rose, je nage. Poisson des mers du sud. Dans les pensées versicolores. Maintenant, pensum. LETTRE DE RECOMMANDATION. Bref répit, *20* sonne, ligne intérieure, la secrétaire.

— *Professor Doubrovsky, I took the dossier out for you.*
— *Coming.*

Faut y aller. Pas de main morte. De nos jours, style percutant. Sans cela, soupe populaire, droit au chômage. Me lève, ouvre ma porte vitrée. Hall. Elle. Sur le premier bureau, là, le dossier. Déjà sorti, préparé. Coin de table, chemise marron, me penche, chemisier mauve, lolos lilas. Frôle, froufrou aux yeux. Notes, je prends note. Mon cours sur Racine. *A*—.

Voltaire, avec Vartanian, *B+*. Remonte les siècles, Moyen Âge, correct, xvɪᵉ, brillant, xxᵉ, honorable. Nom, me dit rien. Dossier, visage, c'est qui. Deux ans déjà, les morts vont vite. J'arrive plus à la ressusciter. Des fois, me souviens du nom. Des fois, des visages. Les deux, rare. Nom ou visage, l'un ou l'autre. Nom sur visage, tient du miracle. Nom, c'est sans face. Assis en face, douzaine d'yeux, on peut pas dire qui vous regarde. Salle de classe, salle de spectacle. On interprète. De loin. Dossier a l'air bon. *Étudiante inégale, souvent brillante, parfois brouillonne. Avec elle, on ne sait pas à quoi s'attendre. Mais si elle est capable du meilleur ou du médiocre, elle est incapable du pire.* Pas mal dit. Qui a écrit ça. *Doubrovsky.* Signé. Moi. Me rappelle rien. Jugement m'est étranger. Sentence étrange. Sensation. Bloc-notes jaune, à lignes, son bic en main, je dicte. *I had Mrs X.*

— *Je ne sais pas comment s'épelle son nom, vous le vérifierez pour moi.*
— *Oui, bien sûr.*

Madame Un tel. *In one of my advanced French courses on Racine. She also audited my course on Proust.*

dis dicte remue un peu revient cours sur Proust jailli d'où au deuxième rang toujours la même place assise à ma droite maintien un peu raide appliquée prenant toutes mes syllabes en note le moindre soupir jamais le moindre sourire

411

She was a most earnest, dedicated, intelligent student.
Pause. *With a broad range of interests.* Phrase passe-
partout. On doit être en même temps. Spécialiste et
tout savoir. Spécialiste de l'universel. Université,
pour le minimum vital. Faut le maximum de savoir.
Her command of French is

m'arrête tente attends remue mémoire son français
était comment visage reparaît un peu ressuscite d'un
quart d'un tiers port roide prenant notes même
coin penchée même angle son franglais

remarkable. Dans le doute, peux pas m'abstenir. Bifteck en jeu, les jeunes. Ils peuvent pas jeûner.

prof fait pour fabriquer des profs machines-outils
outillage intellectuel ici l'usine à diplômes faut
vendre nos produits publicité nécessaire pas lésiner
sur *New York University* notre marque sur le marché
avoir la cote nos étudiants si on peut pas les écouler
on est coulés

*For all those reasons, I give Mrs. So and So my highest and
warmest recommendation.* Non, ne va pas. Ma lettre
n'est pas au point. Au poids. Il faut le volume. Trop
courte. Il manque.

— *Attendez, il faut quelque chose de plus personnel.*

Elle attend, pointe levée. J'oubliais la personnalité.
Pour un poste, ici, essentiel. *She has an engaging per-*

sonality. Engaging, engage à rien. Mais il faut, pour l'engager. Fini sa thèse, cours terminés. Le tour commence, le tour de France. Du français en Amérique. Écrire à la ronde. Tourne en cercle. Ça devient la quadrature. Aux quatre coins, labeur immense. États-Unis, vastes. Faut faire le tour d'horizon, frapper à cent portes. Porte à porte sur vingt mille kilomètres. Porte à faux, regrets, poste déjà pris. Faire vite, essayer un autre, se dépêcher. Courir le poste.

— *Je vais signer, et puis vous enverrez la lettre.*

Lui fais confiance. À toute épreuve. Lolos lilas, blanc-seing. Je signe d'avance. Gagne du temps.

— *Savez-vous ce qui est arrivé à Lucie Dirk, avec sa bourse ?*
— *Non, je ne sais pas.*

Un cas. Un tracas de conscience. Prof, suis un juge. Part du gâteau, dois adjuger. Quand il n'y en a pas pour tout le monde, portions. Comment on les coupe, comment on partage. Mon partage, dois décider. Tirage au sort, peux pas jouer à pile ou face. Visage tendu, l'autre jour, crispé. Lucie Dirk. La semaine passée. Juste avant elle, Louise Goldstein. Heures de bureau, venues me voir. Toutes deux de la même classe.

cas Louise Goldstein pas de cadeau note je donne ce qu'on mérite m'irrite grosse mémère venue rouspéter du pétard *comment vous m'avez donné un C* lui dis *oui eh bien* elle se hérisse

tous poils dehors *C* j'aurais pu encore baisser lui mettre un *F* disserte Corneille vaut *0* lui mets un *7* se fâche penchée fait la moue prend la mouche mollasse sur la table étale ses doigts boudinés fulmine plus bas s'incline encore ses calebasses rasent le bureau vont lui tomber Goldstein une gourde

mais j'ai fait un très gros travail dis *c'est possible ce qui compte c'est le résultat* s'écrie *j'ai lu tous les livres votre livre* dis rien dit *mais j'ai fait une interprétation l'ensemble du dialectique de la héros* réponds *ça ne se fait pas en six pages* dit *mais j'ai étudié l'historial de Heidegger* j'objecte *avant de faire de l'historial il faudrait faire un peu d'histoire* j'ajoute *vous me mettez* le Cid *sous Louis XIV*

crie *mais j'ai expliqué le dialectique* je dis *et puis votre français est inadmissible* prends son devoir lui cite passages pièces à conviction pas convaincue la main dans le sac la prends en flagrant délit flagrant délire grammatical ne m'émeut mie mémère se penche encore plus bas énormités pachydermiques sur mes paperasses les nichons en presse-papiers à deux doigts de mon visage griffes dehors siffle de haine *mais j'ai fait beaucoup de travail* dis *c'est possible* dit *vous comprenez j'enseigne déjà dans une high school* crie presque *alors pour moi la note est très importante* œillade assassine *Cinna* sérieux *pour mon poste* tragédies de Corneille pour elle opéra bouffe

qu'est-ce que vous voulez que j'y fasse dit *que vous me donnez une autre note* dis *si vous me faites un autre travail* dit *je ne peux pas I've got to teach I've too much work* dis *if you don't give me a better paper I can't give you a better grade* affalée à plat dit *please*

voix de fausset de faussaire s'élève plaintive grimpe les octaves *please* montée sur ses grands chevaux *vous me demandez un acte malhonnête* profession y a des scrupules pour diplômes critères on note pas à discrétion sur demande *vous me demandez de changer une note que je crois juste pour vous faire plaisir c'est inadmissible*

Dirk, après Goldstein. Heure de bureau, elles se suivent. Mais ne se ressemblent pas. Dans la même classe. Pas de la même classe. Je dis : *entrez*. Elle ferme la porte. Le bec aux cours. Première fois que je l'entends. Ici, elle ouvre la bouche. *Je voulais vous parler au sujet de mon papier.* Je dis : *de mon devoir.* Répète : *de mon devoir.* Chacun les siens. L'écoute.

415

Voilà, est-ce que vous l'avez lu ? Réponse. *En grande partie, il est là dans mon tiroir. Mais, forcément, quand on me remet un travail en retard.* Elle hoche la tête, croise les jambes. *Qu'est-ce que vous en pensez ? Pour moi, c'est très important, je fais une demande de bourse pour aller en France.* Ajoute. *Il ne me manque que votre note.*

Je sais que je vous ai remis mon devoir en retard, mais c'est urgent. Demande. *Il vous faut la note pour quand.* Répond. *Le plus tôt possible.* L'accent est bon, débit correct. Début, guindée. Sourit, maintenant se détend. Je dis. *Vous pouvez compter sur moi.* Bouge pas, reste assise, front haut. Y en a, cheveux coupés *Afro,* affreux. Perruque noire en épouvantail à moineaux, peluche capillaire. En classe, discussions. Parle jamais. Pas de la même classe. Dirk, elle est pas de la même race.

Racée, décroise les jambes, les recroise, veste verte, chemisier de satin rose flamboyant ouvert. Sur peau noire. Dit. *J'ai fait cette demande de bourse pour aller en France l'année prochaine.* Ajoute. *Je n'y ai jamais été.* Je dis. *Vous parlez bien, où avez-vous donc appris ?* Dit. *Ici, à l'école.* De toute évidence, douée. Amadouée, maintenant est en confiance. M'avoue. Pas les moyens de voyager. Europe, est plus loin de Harlem que de Scarsdale. Bourse, sa chance. Je dis. *Je sais, votre français est excellent, ce qui vous manque.* Teinture culture, le vernis vernaculaire. Source Vincennes, ressources parisiennes. Faut y puiser. Cure thermale, eaux lustrales. Fonts baptismaux, il faut des fonds. Demande de bourse, il manque ma note. Dis. *Je vais finir de vous lire.* Me remercie, se lève, disparue à la porte. J'ouvre mon tiroir. Devoir, Dirk, je refeuillette. Français correct, du travail, rempli dix pages, du remplissage. Vaut *B-*. Exactement, au centigramme, balance justice. Pour faire pencher plateau bourse, insuffisant. Il faut *B+*. Changer de signe, sinon opération nulle. Hésite, débat cornélien. *Cid, Polyeucte*, elle n'a rien à dire. Pas une idée. Mais Harlem. Plus loin de Paris. Que Greenwich Village. Louise Goldstein, des juifs à fric. Père avocat, famille à pèse. Soupèse, *please, mon poste*, travail vaut rien, lèvres qui tremblent. Se penche, rageuse. Une juive, voix blanche. L'autre, noire. Les youpins, ici. Ont pas la même couleur. Nœud gordien. Gardien de l'ordre. Justice, je tranche. Goldstein, *C*. Assez. Dirk, force la note, lui donne sa chance, mets *B+*. Vrai, je reconnais, injuste. *Summum jus, summa injuria.* Deux poids, deux mesures. Justice, quand c'est unique. C'est inique.

— *Quand vous saurez si elle a eu sa bourse, vous me le direz.*
— *Oui, bien sûr.*
— *Bon, maintenant, vous pouvez taper cette lettre pour Mrs. Ziegfield. J'en aurai d'autres à vous dicter à mon retour. Maintenant, je dois m'absenter quelques minutes.*

effort   me lève   de la chaise jaune
        mur jaune   gros œil blanc globu-

leux   3 HEURES 17   besoin   entre
déjeuner   heures   bureau   après   heures   de
cours   demi-heure   d'entracte   trouée   de
temps   tête désembourbée barbituriques brumeux
brouillards du réveil dissipés   pense hors nuages   cervelle désemmaillotée   flotte sous
crâne   éclaircie   en   profiter   afflux
de   forces   mouvoir   membres   corps   exige
      machine   dois   la   faire   marcher   MA
MARCHE   sinon Racine   marchera pas
   m'engluerai dans les paroles mélasse Théramène   impérieux   kantien   impératif   catégorique
Kant il faisait sa promenade   exception prise de
la Bastille   sortir de prison   c'est l'heure   vie de chien   il faut que je me promène
en laisse

en liesse rue frémit bon me rue ruade je piaffe mes
sabots claquent queue qui frétille pluie a cessé un
peu de jour blême levé naseaux hument fument
dans le vent frisquet rumeur autour la rue remue

horaire faut bien être à cheval maintenant ma
course avant mes cours coursier ardent comme
Hippolyte *Sa main sur les chevaux laissait flotter les
rênes*

Il suivait tout pensif le chemin de Mycènes pensif pensait
à quoi je pense à rien University Place de la 8e rue à
la 14e se hérisse tout droit devant moi cañon resserré s'étrangle entre boutiques de quel côté aller
le long de quelle paroi

418

arrêté au carrefour si tourne à droite d'avance promenade va me coûter 40 dollars *Astor-Home* tentation
satanique *Wines and Liquors* grand comme un hall
ma halle aux vins ma halte favorite poussettes en
fer dans le dédale des allées labyrinthe des cépages
mon supermarché aux ivresses ma supermarche

du lèche-bouteilles licher m'allèche Bordeaux abor-
dables crus classés moins chers qu'à Paris Corbin-
Michotte 66 et 64 à 5 dollars occasions arrivent par
caisses faut les saisir

Château Haut-Brion un 68 mauvaise année bonne
affaire pour 10 dollars châteaux surtout en Espagne
suis ma pente descends le Rhône Hermitage vers
Châteauneuf par Gigondas se violace pourpre s'épice
aux papilles

gicle mauve se poivre Espagne vers le sud quand on
descend prix baissent Marqués de Riscal Sangre de
Toro volupté écarlate velours éclate grenat grenu
sur langue Rioja *j* se boit s'aboie fin fond du gosier
me prononce

contre je tourne à gauche sur 8e ma ronde rues en
rectangles tourne en cercles de bloc en bloc tour
du globe promenade cubiste on marche sphérique
long du trottoir tous azimuts de A à Z d'Azuma
pacotille japoniaiseries à Zanzibar

pour hommes bars pour femmes goûts séparés dans
la rue tout se mélange tourbillonne parcours map-

pemonde pizza là-bas au bout debout aux comp-
toirs à hamburgers hot-dogs à cheveux longs en
blue-jeans

8e sympa ici cent pas fais le trottoir quinquets remplis mirettes reluque fais mes provisions à châsses
emplettes rétine boutiques à musique business solide
bâti sur rock tiennent le coup d'autres font faillite
Smith Bookstore a disparu au coin

boutiques Hommes Stag au passage des fois m'arrête devantures d'importation costumes Tiger vient
de Suède vestes d'Angleterre des croisés signés Cardin cravates italiennes Pucci rutile tout en soie ou
tout en cuir Mecque des mecs genre un peu mac
m'en moque

style inverti snobisme inverse pas être snob des fois
halte grotte à costumes je pénètre pantalons ils sont
bien coupés formes ils moulent pas mou un grimpant doit pas être un sac un falzar quand c'est bien
pris entre les jambes bien serré faut montrer toute
la boutique

pendeloques y a les boutiques à pendentifs bracelets
y a les breloques exotiques bazars orientaux les souks
beaded Easter eggs à côté *Tibet opium pipes* tous tuyaux
drogues narguilés en vitrine narguent au vu et au suce
soudain on bute sur lunetterie importée France à des
prix exorbitants brusquement on change d'orbite

misère jouxte luxe joue contre bijoux diamants
broches orfèvres aigrettes scintillent parmi barbes

hirsutes mendigots dépenaillés solitaires dans les vitrines dans la rue morceaux du puzzle s'entremêlent 1 Fifth Avenue bas du building couleur crème double marquise en face rombières

ronds de jambes portiers à courbettes accourent en livrée taxis s'arrêtent prendre livraison des visons mains à la visière *driveway* contre-allée incurvée demi-lune privée pour vieilles fesses halte pause des Rolls débarquement des ménopauses

quartier tinte tintamarre samedi soir Mc Dougal Street touristes Texas jeux interdits Kansas City le Kodak en bandoulière font la foire affriolante zone dangereuse d'Arizona on afflue mémères mafflues *affluent society* qui coule ici confluent samedi soir entre Bleecker et Mc Dougal Streets fleuve Fric se jette embouchure

des égouts et des couleurs se discute pas toutes les peaux les oripeaux toutes les races les rastas se déversent à gros bouillons grands couillons tourbillonnent du chef en feutre cow-boy Buffalo Bill chapeaux cuir durs à cuire porteurs de fez chéchias sans chichis toutes les têtes

qui tournent le pêle-mêle du sex-appeal pères-mères de famille fourmillent en rupture de ban de banlieue avec ou sans mioches étudiants en bandes sur les bancs parmi barbes hispides poivrots passifs barbons poussifs du poncif d'accord veux bien j'admets ici c'est Picadilly Circus cirque de la pacotille quartier à camelote j'y vends LA MIENNE

RACINE ici enseigner rime à quoi quel sens exigu
hors Hexagone ça veut dire quoi palabrer de six à
huit sur Théramène à Washington Rastasquère
ma marchandise mon bric-à-brac de l'art du bazar
baroque fait de pièces et de morceaux mon puzzle
parmi d'autres bribes s'ajoute s'ajuste *L'intrépide
Hippolyte Voit voler en éclats tout son char fracassé* éclats
de vers ma verroterie

feu des quatre fers   jeu des quatre coins
          quelle direction   mes sabots dévorent le
pavé mangeur d'asphalte *Des chevaux attentifs le crin
s'est hérissé*   soudain halte chevaux d'Hippolyte   sur moi se jettent   carrefour des rues
soudain se ruent   au galop subit dans ma tête
dans ma sacoche au bureau de travail bourreau de travail   me reviennent faut que je remonte
          là-haut faudrait consulter   Pla-
ton   le *Phèdre* pour *Phèdre*   histoires de
canassons   cheval blanc et cheval noir   ce
matin yeux furetant sur les rayons Bréhier furtif   sous cellophane fendillée papier jauni   depuis plus d'un quart de siècle inutile   tombé en arrêt tome I *Histoire de la philosophie*   déclic *chevaux*   où   je vérifie dans le Bréhier   je prends Platon   serviette boursouflée pustule rouge ma cloque en cuir
          gonflé de bouquins comme une outre   des
vents Éole école à l'air libre à présent campos
          tout à l'heure faudra   Bréhier Platon ra-
pidement que je compulse   compulsion feu

vert   droite ou gauche décider   hésitation
à angles droits   Brentano's livres dernier compte
rendu du *New York Times* en vitrine   ou vins
vers Astor tourne à droite   non vais tout droit
comme un i comme un idiot   University Place la
rue   un gratte-ciel tombé de tout son long par
terre   vitre en vitre fenêtre en fenêtre on la grimp-
pe jusqu'à la pointe   au loin là-bas après Union
Square clocher doré   vite sans changer de trottoir dépasse Cake Masters pâtisserie pseudo-française
ou viennoise longe poisonnerie rare ils ont du haddock
fumé addition pas trop salée rue pas trop sale rare pas
de journaux en lambeaux qui jonchent de poussière en
tourbillons griffant les paupières   University Place ma propre rue une rue propre   Liquor Store
        frôle du regard *Piat en pot* 1.99 *Piat Côte-du-
Rhône* 2.59 essayer devrais un jour dommage
        pas ma boutique elle est pas dans mes habitu-
des je passe   pas sérieux   dans deux heures   cours Racine récit Théramène   devrais me concentrer   je me décentre   ma
méthode chacun la sienne   pour trouver mon
chemin   d'abord faut que j'erre   que j'aère   12ᵉ rue   maintenant boutique aux plantes vertes forêt tropicale sous cage jungle sous verre   orangers nains à boules rousses   Californie de salon   Mexique en pots d'épines géantes   de bloc en bloc déambule sans dévier sans
ralentir   marcher   canalise   psychanalyse
complexes de Phèdre d'Hippolyte   les renvoie
aux calendes grecques   bibelots les chinoiseries
en gros commerce d'antiquaires entrepôts à commodes
Louis XVI divans Directoire longe l'usine à Chippen-

dale énormes tables en merisier dans les vieux immeubles poussiéreux   14e rue demi-tour droite retour
tout droit   arrivé sur Union Square rebrousse
chemin change de quartier clinquant à Klein grand magasin temple de la pacotille tapis persans à 30 dollars
catapulté Porto Rico télés radios 14e rue hurle tintamarre urbain de foule l'artère-vacarme piétons piétinent aux feux s'agglutinent   bus contre bus
queue leu leu des pachydermes qui puent tam-tam des
hippopotames en tôle   prison la rue embouteillage encombrements dans les relents au ralenti klaxons
tocsin dans la tête bourdonne glas   glaires sur
trottoirs qui luisent marche dans les crottes mangent
les hot-dogs debout au stand sous parasol jaune saucisses dans leur suaire de moutarde allongées sarcophage
de mie molle dessus couche dc suie   rue râle ça
me met à l'agonie   14e rue   poteau-
frontière   halte refais asphalte en sens inverse   rentre dans le calme aux pieds silence de ciment ruban University Place se retourne   au loin
clairière   Washington   Square   cha-
toie   Touareg au désert vers l'oasis en demi-
teinte floconneuse   me dirige à grandes enjambées encaissé entre mes parois de vitrage   vide
cotonneux poudroie à distance   bain de boue
tiède repos m'envahit détente marécageuse à la pénombre d'organes   rue vide tête vide   dans
ma croisière croise personne   fleuve boutiques
comme l'Hudson   falaises qui bordent qui bor-
nent   j'aime marcher minéral

me rapproche   rapprochement   Claude Vi:.
gée une fois début de carrière à Brandeis University   *Serge rappelle-toi tu es À Brandeis*
   mais tu n'es pas DE Brandeis   maxime
Vigée   gravée en mémoire   lettres dorées
sur les portes en verre en face   *19 University*
Place   *New York University*   de A à DE
      me résume de A à Z   mon parcours c'est
ma carrière   juste là notre building   ici
suis du bâtiment   gîte ci-gis   ma crèche
      là que je loge   habite à l'enseigne En-
seignement   après le coin après Zum Zum frichti
boche sur strapontins en bois demi-assis boit un demi
entre   deux   classes   entre   deux   fesses
   quick   tranches de bidoche entre morceaux de pain bis coincé   toujours pressé entre
vingt types   on mange en sandwich   entre
Weinstein Hall et Zum Zum   *19*   trottoir
en face sous frontons superposés   pseudo-
colonnes sur façade brique   trouée des battants
en verre   lettres clignotent   *University Pla-*
ce   université ma place   mon adresse
      mon lieu mon feu   *NYU*   sigle
mon site   droit de cité   inamovible chaire
à vie   fixé là où j'ai mon fixe   *votre fils il*
ira loin   ma fixation   *se destine à l'ensei-*
gnement   ma destinée   en face   ma
destination pour l'instant relâche   promenade   vu d'ici   fait frisquet ça me réchauffe   au passage   me ravigote   ça me
résume   sommet ma somme   sommet car-

425

rière ma réussite échoué là   mon faîte ma fête   me réjouit   mon ascension   ascenseur   des fois se bloque coincé aux étages   *sixth floor*   cinquième faut étapes
grimper   patience à pattes   des fois on
monte   dans le monte-charge   benne de
service sur 8ᵉ rue contre cinéma rampe en plein air ver-
tigineuse lenteur colimaçon sur maçonnerie   jusqu'en haut   juché crête   du bureau on
surplombe à pic   vie m'en fais une montagne   montagnes russes   hauts et bas étour-
dissants assourdissants   catapulté d'un instant
l'autre   fin fond ténèbres   au puits de nuit
d'ennui   l'essentiel   faut   remonter
          se remonter   jusque là-haut   que
je regrimpe   à pied ascenseur   ascension
          descendu   quelques   instants   des
hauts-lieux   sommet ma somme   m'assom-
me   me rue dans la rue   dans les bran-
cards anonyme un nom   pour s'en faire
un   faut s'en faire   penser qu'à
ça   être   quelqu'un   *noblesse oblige*   être personne   après repas repo-
sant   figure invisible visage au vent   repasse devant   me réconforte   tout à l'heure   faudra remonter   me remonte   *Professor Doubrovsky*   reprendre rôle
sur   ma   scène   mon   théâtre   d'opérations
          renom de guerre

promenade me purge littérature ma matière faut digérer avant faire cours labyrinthe Phèdre replis du cerveau que ça se perde aux neurones fils des idées que ça se balade aux cellules avant salle de classe besoin salle des pas perdus des pieds à la tête martelle sans rime ni raison que le rythme pensées laisser sautiller long du trottoir coin du trottoir derrière grilles notre rue privée là où on a pognon sur rue *Maison Française*

assure nos arrières arrière-boutique la boutique principale est là-bas *19* en face siège social on administre l'entreprise ici *Maison Française* on administre sacrements notre apostolat les derniers rites Culture Française on célèbre extrême onction conférenciers suaves notre chapelle Amis de la France c'est la messe mardi jeudi bouches à hostie à beau style *Maison Française* élévation

sur ruelle privée derrière des grilles à l'autre bout on met des chaînes empêcher inconnus de se garer parking réservé chasse gardée maisons basses un fragment une fragrance de vieux New York morceau d'Henry James pavés disjoints chaussée on cahote le passé ici précieux XIXe presque du préhistorique rue sous cadenas on a mis l'histoire sous clé rangée des demeures patriciennes pour nos chefs vice-présidents nos doyens serrés les uns contre les autres nos *deans* en sardines maison nous on a la plus belle au coin rue réservée on la garde pour avant-garde Paris écrit Vincennes on est à la dernière page quelquefois à l'avant-dernière parfois on est pris de vitesse oracles on écoute prophéties sur trépied sur notre estrade trépidante toutes les transes transatlantiques se déversent dernières idées nous les premiers les offre en prime à nos clients tous produits dans tous domaines Barrault Foucault sur le tréteau Ionesco Kristeva sur notre scène photos sur les murs sonnerie aux morts debout Adamov notre musée Robbe-Grillet en visite Sarraute en tournée chacun son tour

boulot de Noakes *Director* souvenirs défunts les ressuscite cimaise sur papier glacé sur affiches nécropole il entretient enthousiasme faut qu'il suscite qu'il trouve nouveaux troubadours donner aubades aux badauds du coin notre usine à conférences faut qu'elle tourne mardi jeudi faut qu'il racole du génie travail ingénieux d'ingénieur Noakes il faut qu'il nous fabrique courant sympathie afflux visiteurs marée francophile *Maison Française* qu'on y déferle par vagues paroles en ondes les conserve sur cassettes bandes magnétiques galvaniser les énergies nous il faut qu'on électrise

boulot de Tom notre grand homme capitaine Bishop à la barre lui qui est au gouvernail *Head* notre tête chercheuse nous met sur or sur orbite course au pépètes aux pépées faut qu'il trouve fric pour ça qu'il frictionne rhumatismes des rombières à sous

qu'il fricote avec philanthropes fréquente huma-
nistes à millions fringue dernière mode Alexander's
les grands jours nippé soldes Cardin qu'il soit tiré à
quatre épingles pour soutirer quatre mille dollars
à l'un dix mille à l'autre jusqu'à cent mille c'est anonyme on accepte un demi-million là on a droit à une
plaque gravé dans cœur gravé sur rue gros bonnets
leur faire boniment boulonne du matin aux soirées
de déjeuners en dîners travail pénible il définit
notre ligne il faut qu'il conserve la sienne

nos cours c'est au cours du jour bon ou mauvais
monte ou baisse profs y a ceux qui ont la cote coterie
ceux qui sont à l'écart bourse des valeurs variable la
direction joue à la hausse Bill Starr Tom Bishop
visent haut notre devise *we must become the best French
department in the country* pas facile concurrence aug-
mentent la mise *we must have visibility* dynamisme à
l'ordre du jour au cours des cours notre cote *we must
have imagination* se redresse notre lot c'est notre sort
il faut l'essor

ou bien la chute on coule à pic idées faut multiplier
programmes attirants inventer solutions neuves aux
vieux problèmes si on distance pas concurrents
boulot disparaît fabrique à ciboulots s'envole faut
jouer gros jeu ou Gros-Jean la loi y en a pas d'autre
up or out la règle s'applique universités ou uni-
versitaires pareil personnel ou collectif destin le
même

NYU on revient de loin réputation pénible plaisanterie professionnelle *to get into NYU you just have to
get out of the subway at 4th Street* faut surmonter han-
dicap remonter pente si on décline on périclite
redresser cap ou capot faut kopf ou kapout *up or out*
concurrence n'est pas commode City University
gratuit Brooklyn College Queens College le municipal est à l'œil Hunter College accepte tout le
monde nous on coûte cher on prend pas n'importe
qui nous on a des prétentions

classe nous on veut être dans haute volée là où y a
Harvard et Yale rude labeur autre bout de la ville y
a Columbia haut de la ville haut du pavé tiennent
dragée haute *Ivy League* ils nous ont à l'ancienneté
lierre aux murs c'est leurs lauriers fondation au
XVIIe on récolte fondation Ford donations de père
en fils de pèze en fric derrière leurs grilles dans leur
donjon 116e rue leur tombe du ciel pas à s'en faire

nous on est pas des aristos *Ivy League* on est pas en
lierre notre flouze pousse pas sur les murs notre
pognon n'est pas rupestre pas rupins nous on est
pauvres plébéiens nous on est des parvenus béjaunes
on est du XIXe notre nom n'est pas vénérable notre
renom pas général donateurs sont pas généreux
pour présidents nous on a pas des généraux Eisenhower à Columbia au générique nous on a quoi on a
quels titres

NYU on nous cite pour notre site Washington Square notre atout c'est atout cœur New York au centre ville Greenwich Village on est le Quartier Latin à deux pas *Little Italy* les Ritals en héritage plus bas *Chinatown* chez nous on s'amuse dans nos rues parc d'attractions notre arc de triomphe Luna-Park à nos carrefours autos-tampons on fait la fête

atout cœur dans notre jeu aussi couleur pique pointe couteau soudain lame au clair de lune en plein jour piqués qui se droguent pickpockets qui draguent coin des rues clochards soûlards y en a de doux mais y a des camés qui attaquent à main armée alarme clientèle étudiants les effarouche à nos frais on a eu beau installer projecteurs nocturnes au beffroi effroi subsiste nos bâtiments on a eu beau installer des policiers aux vestibules

avantages aussi inconvénients inscriptions du coup diminuent livres de comptes en déficit degré zéro des écritures *French Department* registre intellectuel moins de dix ans néant pas à dire Bill Starr Tom Bishop ont fait du joli travail affaire fichue coulée barque ils l'ont remise à flot *fluctuat* certes peut pas empêcher flottements hauts et bas afflux étudiants mais reflux loi des marées collègues on a tous les niveaux trouve pas que des génies équipe avec les moyens du bord ils ont rassemblé un équipage à la page

dans le vent faut être à la coule ou coulés *nec mergi-
tur* on nous renfloue on nous renflouze course faut
remonter courant rattraper Harvard dépasser Yale
eux du passé ont nom ont renom nous pour se les
faire on rame penchés avirons collectifs contre Cor-
nell contre Hopkins faut qu'on rattrape qu'on
remonte

course de vitesse de justesse au bout au but réussir
faut qu'on arrive en tête les battre d'une tête têtus
lutte serrée sinon faut se serrer ceinture si on gagne
pas aux régates après que des rogatons reste déchets
étudiants faut attirer les meilleurs sinon déchoit
course aux cours faut qu'on ait le prix programmes
faut qu'on offre mirobolants donations faut qu'on
reçoive oboles sinon abolis

notre galère courbés sur nos avirons notre navire a
des cabines cloisonnées bureaux vitrés dedans on
trime plein ciel du haut du balcon par nos hublots
vues élevées couloirs à moquette on glisse pas un
bruit vœu de silence on referme la porte tranquilles
on fait retraite à pas feutrés on est monacalfeutrés
penseurs de la pointe feutre dans nos cellules hiver-
nales bien chauffés douillet dans notre tanière prin-
tanière l'été *summer school* climatisé frais pour festival
estival cénobites on se retire pour méditer anacho-
rètes dans cloître culture on a fait vœu d'obéissance
profs on est pas des avocats ou des banquiers Ordre
Enseignement pour y entrer on a fait vœu de pau-
vreté chasteté c'est pas dans les ordres

viendra
ce soir
ou viendra pas
sais pas ce qu'elle projette ses manigances   cours
Racine   j'ignore   pourquoi   elle   m'a   dit
        quel   dessein   DES SEINS   é-
cho   sa voix

résonne. Téléphone, appareil creux. Comme une
conque. Elle est concave. *Tu sais, ce soir, le récit de Théramène, ça va être.* Soudain, se remplit. Quand elle rit,
bruissement gras. Glouglous des mots dans sa gorge.
Verbe fait chair. Soudain, convexe. Sa courbure

soutien-gorge quand elle enlève ses seins dessous
pesants mamelons mamelles femelles molles masses
quand ça s'écroule montagnes s'affaissent avalanche jusqu'à la ceinture moi ça m'écrase

trop grosses grasses modèle Fellini démons des
monstres *Huit et demi* image me hante finale bayadère
en boudin danseuse sur ses jambons s'agite rumba
gélatineuse m'enlace bras comme des cuisses de
truie détruit m'étouffe j'ai peu l'œdipe adipeux

j'ai peur nénés de nourrice calebasses qui croulent
lolos qui pendillent roberts en loukoum quand on
suce s'y englue vous engloutit chair dedans happés
tout entier dessus comme un bouchon quand on

ballotte portés sur tétons de cétacés nichons de baleine

Marion elle est juste à la limite entre œufs sur le plat qui grelottent au thorax j'aime pas non plus elle nue charnue ses globes quand elle se déshabille saille blanc fuse tout droit fût s'élance sans retomber se boursoufle sans s'affaisser comme des fesses aux doigts galbe se triture pâte élastique revient en place a repris forme

Elle rit gras. Remplit l'appareil. *Ça va être vachement emmerdant.* Sa tasse tinte sur la soucoupe, gorgée de café. Elle déborde jusqu'à moi. Cordes vocales, je descends, salive, elle m'avale. Son rire mousse. Téléphone me déglutit. Elle me résorbe. Cela m'absorbe. Viendra ce soir. Ou viendra pas. Et moi, après. Si elle est pas venue. Décider si j'irai. Ou si j'irai pas chez elle. *On se voit après ? Vraiment, je devrais.* Quoi. Question dignité. On peut s'aimer. Pas céder. Y a des choses. Question de principe. Je joue gros. Elle rit gras. Moi, je ris jaune.

SEINS   soudain me frappe   marcher à l'air
pensée en l'air   m'arrive d'où

je n'ai pas pu. Je me suis rallongé contre toi. Lentement, j'ai dû tirer le drap sur tes
SEINS
je glisse vers ton bassin lisse doux de talc à la peau de mon oreille qui t'écoute

434

mon bouquin   pourquoi j'ai commencé comme
ça   début quel but   SEINS   essentiel
     lettres capitales   typographie topogra-
phie   romanesques   dans texte se détachent   se rattache à quoi   scène des adieux
     réel   Skyway Hotel à Southamton 1ᵉʳ
août   1969   historique   mon   histoire
     chambre bleue rideaux bleus   ils *étaient*
bleus   *je n'ai pas pu*   exact   j'ai
bien essayé   *je me suis rallongé contre toi* rien
d'autre à faire   attendre le jour   jour du
départ

scène c'est réel   SEINS   pas un souvenir
réel   venu comme ça à la machine   grosses
lettres tapé seins en gros   pourtant aime pas gros
seins   pourquoi j'ai mis en relief   typo-
graphique topographique   SEINS   Élisabeth les siens   pas si visibles   plutôt petites
pointes discrètes

me transperce   évidence au coin de la place   là devant Washington Square   Southampton Skyway Hotel   rencontre ubiquiste tinte dans ma tête je me tamponne avec mon livre

SEINS. Nénés de nourrices, mon attirance-répulsion,
ambivalence. Ceux de MA MÈRE. En écrivant : *lentement, j'ai dû tirer le drap sur tes.* Changé de cadavre,
macchabée subreptice. Machine, je tape. Entre mes
doigts me glisse. À mon insu, moi je raconte. Mes

435

souvenirs, adieux à Élisabeth, chambre bleue, aube bleue. Y vois que du bleu. SEINS. Ça ressort. À la place d'Élisabeth. Quand j'écris, ma mère se met. À ma place. Notre jeu, c'est notre enjeu. Qui continue. Sous ma plume, à ma machine. LA VRAIE MORTE. Transparaît. *Je n'ai pas pu, je me suis rallongé contre toi.* Normal, mère-fils, pas possible. Ma mère. Coffre d'actrice. Une poitrine de tragédienne.

Lisse doux de talc à la peau. Métaphore, du tac au talc. Sans être Freud. *Mon coco, tu es gercé, il faut mettre de la poudre.* De perlimpinpin, magique, avec moi, instantané. Baume maternel, *tu devrais mettre de la pommade.* Ma peau, à la seconde. Elle me guérit mes écrouelles. Souverain, pour mes plaies. Pour mes plaisirs. Construit pareil. Sur même mot d'elle. Je jouis. Selon ses paroles. Mon corps est parlé. Dans son code. *Talc à la peau.* Mon codex.

De mon oreille qui t'écoute. Moi, j'écris ce qui se dicte. Ma mère s'édicte. Loi de l'écrivain, personne ne peut y échapper. Écriture, automatique. Vais droit au but, dès début. *Je n'ai pas pu.* Prendre l'avion, aller à son enterrement. Même au cimetière, l'ai désertée. *Ton frère, si j'étais malade, il ne me donnerait pas un verre d'eau.* Elle a dit. Elle a prédit. *Un jour, il aura du remords.* Ça me dévore.

Le verre rongeur. L'eau, ma sœur qui la lui a donnée. Me torture. Elle m'attendait. Suis pas venu. *Je n'ai pas pu.* Plus fort que moi. J'ai acheté le billet. Fait mes bagages. Complet gris, cravate de deuil. Pars pour Paris. Mort d'une mère. Normal, j'accours. À tire d'ailes. Peur de voler, prends pas l'avion. Sous moi, peur physique. Jambes de coton, se dérobent. *Lentement, j'ai dû tirer le drap sur.* Moi, j'ai jamais pu rien voir en face. *Je glisse vers ton bassin. Lisse doux de talc.* Vérité, il faut toujours qu'on me la poudre. Je me la farde. Soudain, fardeau. Carcasse me pèse, de nouveau. Me traîne. Pensées m'entraînent.

Fin première scène. De mon roman. Dès première page.

> *enfoncé dans l'âcre senteur alvine en toi perdu en ta toison de suint et de sel à mes narines à ma langue qui s'irrite   en ton sang descendu coulant à l'infini de tes vaisseaux je m'irrigue*

Scène réelle. Avec Élisabeth. À Southampton. Elle est imaginaire. La vraie scène. C'est la scène fictive. Avec ma mère. L'ai nichée. Dans les nichons. SEINS. Ça ressort. Protubérance. Drap, je tire. Dessus. Ventre, j'écoute. À travers toile, voile. J'ausculte toubib. M'imbibe. Le retour à la matrice. Sang, sucs. Maternels. D'avant-naître. *Enfoncé. Je m'irrigue.* Bonheur. Absolu. Malheur. *M'irrite.* Aussi. La langue. *Toi et moi, on est pareils.* Des échos. Elle veut. Qu'on soit des rimes. On est. Que des assonances. Lettres dures. Consonnes. Nous séparent.

Quand on m'irrigue. Ça m'irrite. *Dans la vie, il faut savoir nager tout seul.* Il hoche la tête. Dit. *So, how do you repay that irrigating-irritating process?* Pas long. Pas à attendre. Des siècles. Transition sans transition. Qu'à sauter un paragraphe.

     plus haut encore, tirer le drap plus haut, recouvrir ton cou, ton visage, t'enveloppe dans ce suaire, te coudre dans ce linceul, te jeter à l'eau dans ce sac

Serge, did you hear what you just said? Son truc, son tic, tactique. Ce que je viens de dire. Me force soudain à m'entendre. Je tressaille. Il m'assaille. *Doux de talc à la peau de mon oreille qui t'écoute.* Oreille, quand on écoute, écho. Pas doux. Paroi de grotte, résonne dur. Retentit brutal. Vérité, son ferrugineux. Dit quoi. J'ai écrit. Quoi. *Te jeter à l'eau dans ce sac.* De la scène 1 à la scène 2. Scènes sans lien. Dans l'Autre Scène de mon livre. Progression logique. Corps de ma mère. Après, moi, avec le Père, on va jeter. Sac au lac.

     je t'ai tuée. Hier soir, toute la nuit, ce matin, dans une sanglante agonie de moi-même. Exsangue, je gis. À mes côtés, immobile, muet, ton cadavre

moins poétique *remember your dream* rêve si je me rappelle pas voulu l'analyser trop évident aux narines pue *Une odeur bizarre et nauséabonde semble venir de la cuisine. J'y vais l'odeur vient d'une marmite. Je soulève le couvercle. Dedans la tête de ma mère qui bout* comment j'ai pu mijoter ça dans la mienne

sueur tiède perle aux tempes marché trop vite dans le vent froid après chaud et froid dans l'air qui cingle allure ralentir Washington Square au coin traverse

je tourne en rond place déserte bassin vide soudain resurgit façades de ma cour promenade entre les murs de ma caserne exercices dans ma prison fait les cent pas je tournique des yeux regards se cognent devant moi contre Loeb Center aux parois de verre se répercutent

soudain du RÉEL muraille miroitante déjeuné là-bas là-haut il y a deux heures à peine avec Tzvetan *Top of the Park* des siècles j'arrive à peine à me souvenir conversation préhistorique dans une autre ère

n'est pas sur la même planète changé de galaxie tous mes astres se malaxent ma maladie me coupe le souffle peux pas croire Todorov LÀ deux heures à peine pour moi n'est pas dans la même existence pas dans la même journée couches géologiques je me feuillette je me divise mes dix vies

peux pas passer de l'une à l'autre de strate en strate de street maintenant à Mc Dougal Street écueil me brise mes débris cent lieux sans liens entre mes moments m'émiette

narrateur proustien lui avait une sacrée veine il meurt de moi en moi au cours des ans il crève sur des décennies *car je comprenais que mourir n'était pas quelque chose de nouveau, mais qu'au contraire depuis mon enfance j'étais déjà mort bien des fois*

guimauve mémoire Madeleine Combray mes morts à moi s'étirent pas sur un demi-siècle s'allongent pas dans la pâte romanesque moi ma monade se casse atome sécable de minute en minute mes noyaux se volatilisent me divise mes dix vies c'est mes dix morts pour mourir pas des années je clamse pas sur des temps longs DANS LA MÊME JOURNÉE

RÉEL c'est quoi c'est LÀ en face en gros *37 Washington Square West* énorme immeuble briques rosâtres marquise en verre nous appartient à New York University de tous côtés tous les buildings toute la place elle est à nous MA PLACE

je m'étire m'allonge quadrilatère minéral administration doyens on les a mis au bord au nord demeures anciennes rangée patricienne ici je suis marquise en verre portier en livrée casquette galonnée

salue notre chef Président Hester quand il entre logé là *penthouse* tout en haut il a son jardin suspendu Babylone notre Babel escalade le ciel jusqu'aux cimes jusqu'au clocheton à l'italienne

440

campaniles poussent de partout toits se hérissent
sur l'église sur Vanderbilt Hall tours s'élancent
Washington Square tout frisotté de lanternes véni-
tiennes étages sur étages fronts de briques portent
rouflaquettes en ogives enjoliveuses tout bouffant
de belvédères

me tourne un peu *Judson Memorial Church* de là l'œil
saute *Near Eastern Studies* bâtiment moderne sans
fenêtres pavé de marbre orbe soudain *Loeb* œil
divague d'élégances 1900 fouillis des clochetons
jusqu'à palissade bariolée à l'autre bout trou futur
dedans on mettra notre bibliothèque l'avenir il
aura quelle forme

PRINCIPE DE RÉALITÉ pas dans les nues dans les rues
existence a un noyau DUR je m'appuie un instant
contre les tables-échiquiers menhirs dolmens en
rangées là l'été joueurs tout autour serrés grouillent
demi-assis reprends souffle seul à perte de vue dans
ma lande

my land reprends pied planète habitée là que réside
notre président Hester en haut collègues amis Vartanian au 12ᵉ Tom quel étage au temps de son
mariage nᵒ 1

quand lui ai rendu visite brique rameaux de mémoire
se couvre *37 West* végétation de souvenirs building
enserré de lianes vivantes touffes pariétaires tiges
grimpantes planète habitable sans plantes lune morte
sans chlorophylle de mémoire fils des souvenirs

réseau peu à peu me repeuple je m'humanise
retour sur terre sol vibre maintenant me réveille
torpeur de pierre je me secoue heures de bureau
peut-être étudiants m'attendent soudain 4 HEURES
passées me dépêcher plancher des vaches faut
gagner ma croûte terrestre

sueur apaisée aux tempes temps de remonter au
pas cadencé retraverse Washington Square en diagonale vers le bassin d'un pied ferme sanglé dans
mon manteau de cuir vue se retourne à l'autre bout
bâtiment des cours se dresse *Main Building*

monument de Washington je contourne frôle les
statues les deux debout sur socle l'une à bicorne
l'autre tête nue dans la paroi au milieu de la pierre
flanc me suis toujours demandé creux porte en
métal noire dedans y a quoi où elle mène

m'arrête quand même une seconde une minute
mon monument plus l'Arc de Triomphe devenu
l'Arc de Washington mes avenues plus Kléber plus
Grande-Armée 5ᵉ Avenue juste là se jette je suis à
mon embouchure

sensation   me reprend me revient   quand
je retourne à mon bureau   comme tout à l'heure   mais frappe plus fort

panté là   cloué là   plein vent manteau
cuir a beau   doublé   redouble   me
traverse

depuis combien de temps   minutes compté précieux   je perds   me perds

chemin retour   au bureau   dare-
dare   chemin   boulot   faut   reprendre   le droit chemin   l'adroit chemin

mène où   porte noire   donne sur
quoi   quel monument   escalier des marches   pas d'ouverture   dans la pierre   lisse   parois blanches quelle pierre   de quelle carrière

universitaire bien débrouillé   fait mon chemin   mon trajet   est pas   tragique   vaut mieux rire   ma vie   quel
itinéraire   pas Paris à Jérusalem   j'ai pas
de ville sainte   Paris-New York

itinéraire   prédicateur itinérant   prêche
culte culture

*chargé de mission culturelle   près ministère Af-
faires étrangères   mon statut c'est   détaché   .*

statues de Washington se détachent   flancs de
l'Arc moi mon arc   ai combien de cordes   peux pas me plaindre   veine de pen-
du   suspendu

statues   peux pas me détacher   tête nue à
bicorne statut   le mien   détaché

me rattache   à quoi   entre les piles de
l'Arc *World Trade Center*   gratte-ciel jumeaux   chatouillent paupières   fût géants
aluminium pousse   illuminé métal de lumière   seront les plus hauts du monde   dépassent *Empire State Building*   concurrence coton-
neuse dans les nuées   sous Washington montent
en flèche   dessous l'Arc   j'ai quelle corde

enseigner   c'est dans mes cordes   *détaché*
        je me rattache   à ma tâche

boulot bureau   faire vite   plafond des
nuages est remonté   Washington Square façade
sud scintille

Judson Church arrive même   clarté laiteu-
se   à être   beau debout côte à côte   péristyle de *Vanderbilt*   sud se découpe   net   au loin   maintenant
mat   tours éteintes   Centre de Commerce   futur   Centre du Monde

immobile   spectacle   arrive pas me détacher   yeux rivés   rétines saturées   de
distance

me rattache   à ma tâche   partir
        bouger   ne suis pas prêt   récit de
Théramène   pas au point   relire

cloué là   planté là   quand même encore   une minute

AI MES RACINES   DANS RACINE

Washington Square   c'est   Racine
      déraciné   Juif errant   c'est dans la
race   mon destin   Corneille Racine   écrit trois cents ans   en arrière   les relis ça me relie   mes deux côtés   amours à cocarde   mon Swann mon
Guermantes   côté cour et côté jardin   Trocadéro leurs alexandrins ronronnent   mon moteur   ce qui m'anime   · littérature me re-
remue   règne en moi   pas sans partage   pour régner je me divise   Corneille
d'abord   en face Racine   chien et
chat   tour à tour   ils s'égratignent en retour   leur mets ma griffe   ma mascarade   me déguise   cravate costume je porte
la perruque Racine   des fois me fais la tête à
Proust   me grime en princesse de Clèves
      mes grimoires   littérature   sor-
cier   coup de baguette   magique
      me transforme   lettres   me don-
nent   l'être   qui me manque   espace   je grandis   trait de génie   leur
prends leurs traits leur visage   les emprun-
te   mon empreinte les refais   à mon image   ma   mascarade   mardi   jeudi
      Mascarille   je joue Molière   quel-
ques instants pendant deux heures   six à
huit   *Main 805* mascaret soudain m'emporte   je m'étire   hyperespace mon territoi-

445

re   c'est plus Queens   Hippolyte   j'ai l'Attique   de Thésée   plus
l'attaque de migraine   Trézène résonne
          sous mon crâne   j'ai la mer qui vit tom-
ber Icare j'ai des îles de soleil féroce sur rocs
ocre   texte rayonne   six à huit   j'ai
mon moi-soleil   invincible dompteur de monstres   plus de crampes   plus de vertige   que de mots   m'enivre de livres   Racine m'intoxique   me monte à la
tête   me crois la sienne   quelques instants   fulgurants   les jours où   pas
tous les jours   soudain LUI   dans un éclair

      d'argent là-bas plantés sur le toit aux deux
frontons triangulaires cloués aux cimes symétriques
des deux côtés nos deux drapeaux flottent au sommet de *Main Building*

mon site mon signe *NYU* lettres argentées tremblent dans les plis violets là-haut ballonnent se
déploient enseigne Enseignement moins de deux
heures falloir grimper *room 805* bientôt ascension
monter estrade au pupitre sur les planches théâtre
Racine falloir plancher

pas flancher au tableau noir être en forme sur scène
là-bas qui vous scrutent tête aux pieds vous sondent
les reins cinquante paires d'yeux mon Argus me narguent

446

devient mortel parterre de glace si on rate planète morte faut réchauffer corpus comme un corps de femme s'allume que si on étincelle sinon éteint si on brille pas salle s'engourdit se refroidit mes entropies misanthropie ennui polaire

ténèbres de gel amour figé coule plus des fois grimpe estrade je monte en flèche d'autres fois tombe à plat me bats les flancs rien qui vienne fiasco complet tout mon fla-fla est flasque

peut pas prévoir on sait jamais à l'avance comme sur scène prof-acteur de profession texte en classe devant auditoire nous il faut qu'on l'INTERPRÈTE

résultat on sait jamais jamais sûr comme en amour faut être deux récit Théramène Racine me prête sa tirade moi critique lui prête ma voie on S'INTER-PRÈTE

seulement on prête qu'aux riches des fois fauché à sec plus rien dans escarcelle plus un écu dans mon cours Barthes ou Mauron que des échos

profs-acteurs profession se paie de mots les mots nous paient discours en l'air bateleurs scène ou estrade notre théâtre dans les nuées retombe en pluie d'espèces sonnantes

drôle de métier turbin troublant marchands d'illusion vends du vent *Main Building* de six à huit *room 805* la soirée des magiciens non c'est pas cynique c'est scénique

métier prof un métier-miracle métier-mirage comme
acteur comme Akeret on paie de mots les mots nous
paient pèze quelque part c'est produit OÙ y a du
RÉEL dans les lointains qui nous fabrique

usine à rêves nous on paie en monnaie de songe on
nous paie pas en monnaie de singe QUELQUE PART
ça se retourne ce qu'on joue ça devient VRAI

pas été voir je saurai jamais où c'est vérité pas mon
lieu mon milieu êtres de papier je m'y projette
dans ma profession à la longue forcé on devient
FICTIF

pâle à présent lumière douce plafond des nuages
relevé ciel moins lourd pleuvra plus de la journée
temps novembre se dégage volutes fuligineuses s'al-
lègent brume grumeleuse s'affine

nos deux drapeaux sur leur hampe en haut des remparts palpitent argent sur mauve gonfalon s'enfle
notre oriflamme en face se dresse sur le toit ondule
lentement replis du regard se déploie

sol dur allées nues arbres squelettiques morte saison reparti mes pas martellement talons claquent
étendard au vent lettres soudain là-haut disparues
me rapproche je me dépêche dépassé bassin vide
vasque hivernale en bas soudain reparues

au-dessus de la porte d'entrée *Main* entre colonnes
cannelées plantées là sur le fronton *Washington*

Square College of Arts and Science lettres de cuivre enfoncées dans la pierre clouées là accrochent l'œil

m'y raccroche destin scellé écrit là en toutes lettres sur ma façade *Main Building* trapu énorme dans moins de deux heures faudra monter frôle marches longe trottoir faire mon entrée

Monstre

À PEINE NOUS SORTIONS DES PORTES DE TRÉZÈNE

on   retrouve   ici   le   À   PEINE   AU   FILS
D'ÉGÉE   *qui ouvre le long aveu de Phèdre à la
scène 3 de l'acte I*   SOUS LES LOIS DE L'HYMEN
JE M'ÉTAIS ENGAGÉE   *etc.   On peut donc
dire que le double récit   de l'amour de Phèdre et
de la mort d'Hippolyte   en somme les* DEUX *récits tragiques   s'inscrivent dans une même structure temporelle   de l'instantanéité   ce qui
confirme   sur un autre plan   la lecture que
Mauron   avait   faite   de l'homologie   exacte   entre l'amour soi-disant innocent d'Hippolyte
pour Aricie   et la passion coupable de Phèdre
pour Hippolyte*

Depuis plus de six mois, honteux, désespéré,
Portant partout le trait dont je suis déchiré,
Contre vous, contre moi, vainement je m'éprouve ;
Présente, je vous fuis ; absente, je vous trouve ;
Dans le fond des forêts votre image me suit...

*comme fait remarquer Mauron   on pourrait prê-
ter à Phèdre sans y changer un mot   l'aveu qui
échappe ici à Hippolyte   je tiens ces analyses pour
acquises   on en a déjà parlé précédemment et je
n'y reviens pas   sauf pour constater   dans
le redoublement des   À PEINE   la rigueur
absolue du parallélisme rhétorique   dans la narra-
tion tragique   telle qu'elle encode la passion tragique   et qu'il conviendrait maintenant de déco-
der   ou du moins d'interroger   au niveau de
son signifiant temporel*

        signifie   quoi   au juste   À
PEINE   je débute   soudain   bute   arrêté net   me penche regarde scrute   dédale des notes   mon Garnier à gri-
bouillis   sur la page   perdu dans mes pattes
de mouche   griffonné en bleu noir rouge
        cafouillis tricolore   clarté françai-
se   Racine disparu   dans mes marges
        commentaires   surchargé   pensée
flotte   soudain   bateau coule

début   tirade   souligné   *À   peine*
        renvoi   au bic ai mis dessus   en dia-
gonale   « temps tragique de l'*instant* préparé depuis toujours Cf. *À peine au fils d'E.* »   effroi
panique   machine à parler   s'enroue s'en-
raie   sais plus quoi dire   instant tragi-

454

que   veut dire quoi   arrive plus   me
rattraper me déchiffrer perdu le fil   dédale
d'idées   perdu clé mon propre code

cryptogramme   *temps tragique*   *de l'ins-*
tant   doit y avoir   quelque chose
      dans Poulet   là-dessus   souviens
plus   quoi   trou de mémoire   inventer   message secret   que je sécrète
      sens   nouveau   que   j'improvise
      parler   peux pas arrêter   faut que
ça sorte   notes ou pas   avec sans sténo   Démosthène   asthénique   faut
retrouver   élan allant

au point où nous en sommes arrivés   eux rivés   yeux rivaux   texte Racine   tirade Théramène   moi   dois voir   là où
sont aveugles   les éclairer   cinquante paires   ils me regardent   fouillent mes argu-
ments   mes Argus   ils me surveillent *l'es-*
sentiel   *je dirais même*   l'essence

du tragique   langage   y a qu'à   laisser faire laisser passer   quand on est coulé   toujours coule   fontaine des
mots   ma jouvence je m'y remplis je m'y retrempe   mon tremplin   après repars   ça
rebondit abonde laisser passer laisser parler   texte

et moi   libre échange   de vues vision   soudain   VOIS   VOIE

surgit   à quatre actes de distance   le À PEI-
NE AU FILS D'ÉGÉE et le À PEINE NOUS SOR-
TIONS   fusionnent   dans une sorte d'instantanéité tragique   de ponctualité maléfi-
que   rabattant l'un sur l'autre deux moments disjoints du temps   dans la fulguration d'un même
désastre   PHÈDRE-HIPPOLYTE   dans
l'éclair double d'une catastrophe unique
le temps racinien   en somme   remue
s'agite   idée   sort   d'où   essor
        s'arrête   remonte   mémoire   textes
        disjoints   quel souvenir s'impose   sou-
dain   s'oppose   contraire de Racine   je
dirais que c'est un peu   le temps proustien à l'envers   avant   n'y   ai   jamais   pensé
        dans la bouche   arrive salive   sur la
langue   au fond si vous me permettez cette formule   le   RÉCIT   DE   THÉRAMÈNE
            c'est   l'ANTI-MADELEINE

entends   stupeur   classe   immobile
        expliquer la formule   veut dire
quoi   peut-être   une   connerie   une
idée   quand on avance   après   peut
plus reculer sans recul   quand on improvise
reprendre   après   rattraper   impossible
        je veux dire   faut continuer   que là où
la disjonction temporelle   la différence ontologi-

que   la   mort   vivante   s'abolit   chez
Proust   madeleine   pavés   de   la   cour
etc.   dans la soudure la suture des retrouvailles   dans l'instant de l'intégration   ultime
et intime   chez Racine au contraire   dans la
temporalité racinienne   disjonction et différence   s'évanouissent   dans l'INSTANT QUI
DÉSINTÈGRE

instantané ai vu à la seconde salope elle est pas
venue la carne mon discours est désincarné À PEINE
en entrant lorgne scrute chaises salle jusqu'au tréfonds rangées par rangées parcours têtes maëlstrom des visages POUR VOIR SI trombines béates en
trombe un typhon à la rétine je balaie espace béant

fucking bitch

me dépêche faut se hâter   *Main Building*
          ascenseur Racine ascension   cours j'ac-
cours   retard   regard   RIEN
          moi   COUP AU CŒUR

classe   abolie   texte   éclate   d'un
coup   me vide   l'évidence   avec
moi   joue à cache-cache   PAS VENUE

déconvenue   m'envahit   soudain subite su-
bie   très loin descend profond dedans m'effri-
te   édifice de mon discours   s'effondre

457

Marion   se marre   téléphone à peine j'arrive   bureau   m'appelle   sollicitude   soudain
        SOLITUDE   totale m'étouffe abandonné
gouffre   m'avale   salle   seul
avec moi joue au chat et à la souris   ma souris
joue avec sa chatte   voix traînante *tu sais ce soir le
récit de Théramène ça va être vachement emmerdant*
        tout à l'heure m'appelle   de là-bas là-
haut   14e   *I Washington Square Village*   caserne de luxe ensemble d'immeubles nous
appartient on nous y loge collègues à l'enseigne Enseignement *NYU* notre site notre sigle   appartement
dans son studio ensoleillé   quand je monte   faire attention ne pas croiser Tom Bishop si je
descends   lui il habite au 5e   notre chef section française   me la coupe   si je le rencontre   gênant   une fois   minuit
        *tiens qu'est-ce que tu fais là   moi
        non rien*   me gêne un peu   pas éro-
gène   zone commune   terrain commu-
nal   chasse gardée   tringler étudian-
tes   pas interdit par règlement   pas contre
nos ordonnances   pas comme il faut   faut
discrétion   je me faufile   quand j'arrive   cœur battant en bas   dans le grand hall
à plantes vertes   planton de service   casquette en livrée   maintenant ne m'arrête plus à la
porte   me connaît me reconnaît   *Miss Marion*   opine je passe   faut un laisser-

passer   entre pas comme dans un moulin
      New York on égorge   immeuble faut
montrer patte blanche   noirs desseins   d'un
pas rapide   vers un des trois ascenseurs   a-
cier luisant   premier qui s'ouvre   dedans je
saute   je m'engouffre   ouf   pas vu
Tom   une émotion   Tom il dit   *Serge I never fuck where I work*   vite dit   lui
c'est facile   pas baiser où on travaille   lui
sort dans le monde un mondain   lui un gandin
moi un Gandhi   lui un dandy moi un Dan-
din   élu domicile conjugal   penseur pansu   dans ma forteresse de Queens   mis au
ban dans ma banlieue   vois pas de gens
      connais personne   passe mon temps à bou-
lonner   si veux baiser   faut que je baise où
je boulonne   occasions   faut les prendre   où   elle se présente   *je suis Marion*   yeux d'orient diamants noirs   toison
jaillie de jais sur ses épaules découvertes   je dis
vous n'avez pas froid à cette saison   rit
non   moi je débarque New York University à New
York   première visite nouveau poste   famille elle est encore là-bas collines d'Amherst Pelham
Road dans les bois dans la verdure   premiers frimas d'automne frimousse elle a des taches de rousseur   comme les feuilles   une fille nature
elle dit *on m'a dit*   *de m'occuper de vous si vous
avez besoin de renseignements que je vous montre*   dis *c'est gentil je suis tout seul*
      moi   seul   peux pas suppor-
ter   je déteste   elle dit *d'ailleurs je dois*

459

suivre votre cours   d'enseignement en renseignement   forcé   de fille en aiguille

      là-bas là-haut   vue au soleil dans la lumiè-
re   au 14e fait jamais sombre   monter m'illumine   après   cours   Racine   *room
805*   cours   Marion   me précipite
      room 14-T   *T for tit*   *tit for
tat*   forcé   ses avantages   elle en profite   prof coureur   on le fait marcher   c'est dans les règles   joue au chat et
au sourire   tantôt l'amour tantôt la moue
      non pas ce soir j'ai pas envie   sais qu'elle
veut   sait que je veux   fait le contraire   rapports de force   épreuve de
prof   quand on est   la maîtresse du maître   dialectique de l'esclave   femme varie   ça se renverse   *Greenwich Village*   *drug addicts*   comme les camés du
coin   ma drogue la drague   amant c'est
mon accoutumance   femmes c'est mon médicament   quand suis déprimé   fin fond des ténèbres   le soir   si je bande   y a que
ça qui me redresse   Akeret fin matinée pas suffisant   mots pas assez   JE VEUX   LE
VERBE   FAIT CHAIR

Marion si je l'aime bien sûr aimer veut dire quoi
moi lui suis très attaché besoin d'elle dépends
d'aile pour m'envoler prendre mon essor quand
monte la voir cœur cognant ascenseur d'acier poli

460

quand je grimpe tout là-haut au 14e notre empire mon empyrée

vrai des fois on se tape sur les nerfs de trop près son studio on est serrés pas même de lit pour s'allonger un divan qu'on doit déplier pour deux petit avant même qu'on se mélange on s'enchevêtre

femme ou maîtresse à la longue revient au même quotidien on est à l'étroit l'un contre l'autre y a pas de place journalier ça vous étrangle Marion y a des fois restaurant italien troquet chinois bouchons du Village après qu'on a fait la ronde goûté tous les fruits défendus parfois cuisine fade

divan étriqué un lit-cage sommier trop mou dedans trop longtemps donne des crampes quand je bouge pas m'ankylose me lève *il faut que je me tire* que je m'étire dit *déjà* dis *déjà minuit et demi* temps de rentrer Queens très loin encore de la route elle dit *reste pourquoi tu ne couches pas ici ta femme s'en fout* dis *c'est pas ça* dit *alors quoi* dis *moi je ne dors bien que dans mon lit*

pour pioncer je dors que seul malheur pour vivre faut être deux pour exister se mettre en double tout seul réduit à moi vivre est au-dessus de mes moyens mais pour dormir supporte rien contre moi entre moi ni personne

si on s'aime mais oui forcé sinon ferait pas deux ans que ça dure qu'on s'endure mardi jeudi après mes cours chez Marion cours me précipite deux fois la

semaine me suffit extase on explose mais lendemain travail habituel habitude c'est régulier ma
régulière dit *quand même tu es un drôle de type* me
penche

l'embrasse nue ses seins épanouis galbe à l'air poitrine parfaite effleure ses mammes pointe après
bout moi debout déjà me refringue enfile chandail
déjà je file dit *tu pourrais quand même rester une fois*
dis *un jour demain boulot* à présent partir PRÉSENTE
JE VOUS FUIS

ABSENTE   JE   VOUS   TROUVE   me   trouble
        soudain un trou   MARION PAS LÀ
        dans la classe   salle vide   falloir
jouer devant les banquettes   banquise au cœur sur
mon estrade pointe de l'iceberg   à la dérive   océan des mots   me glace   sais
plus très bien où j'en suis   quoi que je dise   sonne faux   couac je pense   fausse note me reprendre   en étais où   dans
l'INSTANT QUI DÉSINTÈGRE

main qui se lève   deuxième rang   doigts qui
soulèvent   question timide   *mais Monsieur il me semble*   soudain elle ose   *qu'il y
a quand même une différence   entre les deux récits*   À PEINE AU FILS D'ÉGÉE et À PEINE NOUS
SORTIONS   *ce n'est pas pareil*   je dis
        pourquoi   fille astucieuse   sur ma

462

lancée à peine   débute   sur elle je bute   quand on invente sans recul   peut plus
reculer   si on improvise   question vous
prend à l'improviste

dit   *dans le cas de Phèdre il me semble que le mal
se prolonge*   fil du discours   j'aime pas
qu'on coupe   après m'embrouille   du tac
au tac   tique   réponds   *oui vous
voulez dire*   ma stratégie je reformule   *que
l'instantanéité tragique ne joue pas de la même façon
dans les deux cas   vous avez raison   dans le
récit de l'amour de Phèdre   si l'amour est immé-
diat   la destruction tragique est consomp-
tion   tandis que dans le récit de la mort d'Hippolyte   la temporalité tragique est éclatement*   parole si on la leur donne   technique
de prof   la reprendre à son profit

*vous avez raison   et vous posez une excellente
question   ma réponse   comment dire   c'est la* STRUCTURE TRAGIQUE *elle-même   l'insistance la rigueur des théoriciens
classiques d'Aubignac etc.   il faut une protase un
dénouement règle de l'unité d'action   ce n'était
pas du surajouté   vous savez ces gens-là n'étaient
pas si bêtes   ce qui explose au 5ᵉ acte   c'est
ce qui s'expose   à l'acte I   l'intervalle pro-
prement dramatique   ce qui advient entre péripé-*

ties retours retournements   est en quelque sor-
te   ce qu'on pourrait appeler   la ruse tragi-
que   celle qui semble étaler l'existence   sur
des temps longs   au sens où les historiens parlent
de temps longs et de temps courts   ce sont deux
manières de raconter UNE MÊME HISTOI-
RE   *eh bien   on pourrait dire que le temps*
long   c'est la ruse tragique   celle
qui   structuralement   de l'exposition au dé-
nouement   donne à croire aux personnages qu'il
leur arrive quelque chose   le duel entre les Horaces
et les Curiaces peut être gagné ou perdu   dans
Phèdre *même Thésée peut être mort ou pas*
etc.   mais en fait   et c'est CELA *la tragé-*
die   il n'arrive rien   qui ne soit contenu
dans la matrice originelle   vous pouvez prendre le
mot matrice   au sens biologique ou mathémati-
que   comme vous voulez

dit rien   visage immobile   l'air d'écouter   pas très convaincue   pas très convain-
cant   À PEINE NOUS SORTIONS   chemin de
Mycènes   tout tracé   question inopinée   m'a dérouté   notes confuses commen-
çais à me frayer une voie   à peine

pour reprendre ma formule   ce qui s'expose dans
le temps long de l'action tragique   mal de Phèdre
amour de Phèdre   est exactement ce qui explose
dans le temps court dans l'espace du récit de Théramè-
ne   le premier À PEINE *est une ruse supplémen-*

464

taire   une sorte de répétition dissimulée de la fin
dans le début   Phèdre éprouve l'instantanéité de la
destruction   mais par un raffinement du supplice   l'instant se dilue en durée   le mal traîne
en longueur et en langueur   la contradiction
          instant-durée   éclatement-consomption
          est simplement contraction

TU SAIS QUE DE TOUT TEMPS À L'AMOUR OPPOSÉE
pour prendre le premier exemple qui me vient à l'es-
prit   ce refus cette rigueur répressive   con-
tiennent   on admirera le mot   l'essence du
tragique   qui se libérera en s'articulant précisé-
ment à la formule inverse UN MOMENT A VAINCU MON
AUDACE IMPRUDENTE   *résultat*   PAR QUEL
TROUBLE ME VOIS-JE   EMPORTÉ   LOIN DE
MOI   *le tragique paraît alors*   le MO-
MENT   *pour un sujet et c'est vrai*   d'Hip-
polyte Aricie Phèdre X Y ou Z de tout sujet passion-
nel   le MOMENT   *de*   l'EMPORTEMENT
          est   exactement   l'INSTANT TRAGI-
QUE   *celui où le sujet se sent arraché disjoint dé-*
centré désarticulé   *par rapport à la structure stable*
et antérieure de son être   *temporellement opposi-*
tion d'un imparfait à un passé je ne dirai pas simple par-
ce qu'il est complexe mais rigoureusement défi-
ni   définitif   SOUS LES LOIS DE L'HYMEN JE
M'ÉTAIS ENGAGÉE   MON REPOS MON BONHEUR
SEMBLAIT ÊTRE AFFERMI   ATHÈNES ME MON-
TRA   MON SUPERBE ENNEMI   *à l'éclatement la*
rupture   de   la   durée   corres-
pond   l'impossibilité   pour   le   su-
jet   de demeurer en place   il est sans lieu fi-
xe   emporté il est déporté   errances d'Ores-

te de mer en mer d'Agrippine de porte en porte dans son
palais   bref   toutes   les   errances   racinien-
nes   le désancrement spatial   qui est mimé-
sis   ou conséquence   du déracinement intérieur   on les retrouve aussitôt   dans le comportement   de   Phèdre   JE   L'ÉVITAIS   PAR-
TOUT   JE   PRESSAI   SON   EXIL   éviter-
exiler   il s'agit toujours   d'un DÉPLACE-
MENT DU SUJET   il s'agit d'écarter   par
la FUITE   la rencontre impossible   la
PRÉSENCE   INTERDITE   désir   de   l'Autre   toujours lié à son évanescence   PRÉ-
SENTE JE VOUS FUIS   SUIVRE DES YEUX UN CHAR
FUYANT DANS LA CARRIÈRE   C'EST PEU DE T'AVOIR
FUI   l'intensité extrême de l'éros   l'instant
qui livre l'être à autrui sans recours   est celui qui
dérobe   l'Autre   la   seule   jouissance   possible   est donc l'impossible   ABSENTE JE
VOUS TROUVE   peut-être faut-il situer là   la
structure de la tragédie   c'est-à-dire la structure de
l'EMPORTEMENT   mouvement   radicalement   contradictoire   du Soi   vers   l'Autre   puisque l'Autre cherché est l'Autre ab-
sent   mouvement donc où le sujet littéralement se
perd   INSENSÉE OÙ SUIS-JE ? ET QU'AI-JE
DIT ?   JE NE SAIS OÙ JE VAIS JE NE SAIS OÙ JE
SUIS   MAINTENANT JE ME CHERCHE ET NE ME
TROUVE PLUS   chœur lamentable où murmure in-
différemment Phèdre Thésée ou Hippolyte   échos
indéfiniment ressassés du QUI TE L'A DIT ? d'Hermio-
ne   du EST-CE PYRRHUS ? ET SUIS-JE ORES-
TE   ENFIN ?   ENFIN   car   qui   suis-
je   ENFIN   mot admirable   car on

n'en finit pas chez Racine   *et peut-être en chacun*
de nous   *de cesser d'être*   *ce qu'on*
est   *de se chercher*   *là où on ne peut pas*
être   LÀ OÙ IL N'Y A PAS D'ÊTRE   *en-*
fin   *c'est sans fin*   *dispersion*   *à l'in-*
fini   *d'un sujet désormais*   *errant*
   OÙ SUIS-JE ?   *d'un sujet*   SANS
PLACE   *ni dans son corps*   QUE CES VAINS
ORNEMENTS QUE CES VOILES ME PÈSENT   *ni dans*
son esprit   INSENSÉE   *ni dans son langa-*
ge   QU'AI-JE DIT ?   QUI TE L'A
DIT ?   *temps tragique instant où*   MAINTE-
NANT   *la subjectivité se connaît à jamais écla-*
tée   JE ME CHERCHE ET NE ME TROUVE PLUS

preuve prof pierre   qui roule   amasse
mousse   mots font leur nid   dedans
   éclosion explosion inattendue d'idées   *c'est*
pourquoi je vous disais que le récit de Théramène est
comme une « anti-madeleine »   *en effet dans la*
recherche proustienne   *on se cherche et on se trou-*
ve   *on se retrouve*   *dans cet instant de la*
coalescence   *où le passé et le présent*   *se re-*
joignent et se conjoignent dans la PRÉSENCE

MAINTENANT   JE ME CHERCHE   ET JE ME
TROUVE   *l'expérience proustienne*   *est inver-*
sion   *de la formule racinienne*   *renverse-*
ment de l'expérience tragique   *qui ressoude le su-*
jet à soi non seulement dans la dimension temporel-
le   *mais qui rassemble recolle les espaces dis-*

*joints   lieux antithétiques du côté de chez Swann et de Guermantes   pas simplement reliés entre eux à la fin par une route « transversale »   mais incarnés en un être unique   au terme du Temps retrouvé   personnage-carrefour   personnage-madeleine   pourrait-on dire   Mademoiselle de Saint-Loup   qui est somme toute   une sorte d'*ANTI-HIPPOLYTE   *puisque le récit de Théramène   n'est autre chose que le récit   non de la mort   non de l'extinction   comme dans le cas de Phèdre   mais du démembrement   de   l'*ÉCLATEMENT
          DU PERSONNAGE HUMAIN

soudain   mots me portent   chevauche ma marotte   Proust enfourche mon dada   me trouve en selle   moi cavalier   explication cavalière   mots ma monture   on se soutient on se guide   mutuellement   vérité un pari mutuel

monture cavalier   QUI MÈNE QUI   cocher platonicien   me revient   Bréhier me remonte   *le Phèdre* dans *Phèdre*   cheval blanc et cheval noir le bon le mauvais   ce dernier quand il s'emballe   *le cocher tire encore plus fort sur la bouche du cheval emporté*   beau mythe victoire de la Raison   *ensanglante sa langue insolente et ses mâchoires*   seulement qu'un mais   le hic   apologue de la Raison   s'inscrit dans apologie de Déraison   cocher du discours de Socrate   s'insère dans panégyrique du délire   *le*

délire l'emporte en noblesse sur la sagesse   INSEN-
SÉE OÙ SUIS-JE ET QU'AI-JE DIT ?

ah oui   où en étais-je au juste   si vérité   est débridée   *monté sur mes grands che-*
vaux   critique délirante   *je devais répondre*
à votre question   je ne sais pas si j'ai répon-
du   rires   *mais vous commencez à me con-*
naître   re-rires   répondu   pondu réponse   pondre   par où   ça sort
          éclosion d'idées   labyrinthe des bo-
yaux   tropes sort des tripes   un texte à force quand on tripote   Aristote qui l'a dit
tragédie   la catharsis   PURGATION des passions   je FAIS mon cours   dans mon discours   je me soulage

mon coco tu ne dois pas te retenir   je parle
          sans retenue   me débonde   ma lo-
gorrhée   coule de source   crampes soudain
plus mal au ventre   barbotage dans barbituriques
vase matinale toutes les vapes d'après-bouffer évaporées   me sens lucide   translucide

ni mal au ci ni mal au Ça   douleur au Id
          plus mal au Yid   Juif errant fini erran-
ces   texte m'accroche   m'accroche au texte   soudain dans Racine m'enracine   sans
feu ni lieu   soudain prends feu   là mon
lieu   dans mon délirium très mince   fil
du discours   me sens guidé téléguidé

excusez-moi si   *comme Hippolyte*   *je me*
suis ici quelque peu emballé   fil du discours   fille du discours   j'ai toujours un fil
d'Ariane à la patte   à l'épate   sans elle   mort morne   pour briller ses yeux étoi-
lés   lueur de jais jaillie aux commissures amandines Marion orient de ses prunelles   *Dans l'orient*
désert quel devint mon ennui   je me repeuple

peu à peu   nuit de l'ennui   s'illumine   *d'ailleurs quand je dis que je me suis laissé em-*
porter emballer   môme si j'en emballe pas
une   *ce sont peut-être des métaphores qu'il con-*
viendrait de creuser   retombe à terre   suis
tout terne   mon traquenard infernal   élan
m'emporte   QUI MÈNE QUI elles qui me portent
          tragédie de l'emportement   mes mon-
tures   veux les monter   piège   mon
leurre mon malheur   mes canassons métaphori-
ques   femmes   mes moyens de transports

extases critiques sur estrade   ravissements sur
mon trépied   pour que je trépide   me tré-
mousse   faut qu'elles moussent   qu'elles
mouillent   salive liquide   mes lèvres sont
entre leurs cuisses   ma bouche   est au féminin   même les livres quand je bouquine
      BOUQUINER   à double sens   *li-*

re   *faire le bouc*   dorés sur tranche livres   sont à double tranchant

passif je lis   actif je parle   bouqui-
ner   bisexuel   double sens   n'en fait
qu'un   mes tics de prof   éthique de
prof   *ce n'est pas moi qui le dis c'est le texte*   me répète à satiété   connaissent mes manies   *on peut dire tout ce qu'on veut   à condition que ce soit dans le texte*   Nouvelle Critique   Monsieur Texte   eux rigolent maximes
mes formules   me savent par cœur

TOUT EST DANS LE TEXTE   ma muse ma musique   la   connaissent   explication   il
faut l'en faire sortir   femmes   il faut les y
faire entrer   ma version particulière   ma
perversion érotique   moi   si quand j'écris
ou quand je parle   suis tout entier dans mes
mots   comment   y   mettre   les   autres   dans mon verbe   je mets ma
chair   je veux y mettre   la leur

pour ça faut y mettre   du mien   faire ver-
ve chair   verge chair   tête-à-tête c'est tex-
te-à-texte   Marion si elle était venue salope la
carne   Théramène aurait été INCARNÉ   divan chez elle là-haut auprès après   étendus après
m'avoir entendu   notre entente   mon at-

471

tente ultime pacte ultime impact   jouissance suprême   BAISER DANS LE TEXTE

non c'est pas pour qu'elle acquiesce   *qu'est-ce*
que tu penses   approbation réprobation pas l'important   elle peut dire   *tu sais ton récit de*
Théramène   *il était tiré par les cheveux*
          par les chevaux   qu'elle s'écarte si elle
veut   qu'elle m'écartèle   mais après parler   lui demande pas d'être d'accord en pensée   accord des corps   un raccord
          verba volant   pour les fixer   faut
enfoncer   tropes dans tripes   paroles sans
lien   ça les rattache   paroles sans
lieu   quand on fait corps   imprimerie ça
les inscrit   ça les écrit   dans les fibres

suffisance non c'est pas par insuffisance masculine
orgueil organe mâles qu'on les caresse divan déplié
sommier Marion c'est pas mon paillasson femelle
admiratif pour qu'elle me flatte non pour pas couler pour que je flotte

astres lointains planètes mortes parmi les sphères
désespérantes roule en vain comme un vertige
entre eux moi distance sidérale me sidère me pétrifie ça m'horrifie assis estrade bouquin ouvert morceaux choisis fragments de pages encore toujours
HOMME DE PASSAGE

472

en transes en transit à travers textes pas un bruit que ma parole qui résonne je tournoie dans le silence salle de classe espaces infinis m'effraient

pari c'est mon prurit de Pascal ça me démange voudrais toucher de la chair paroles vides long soliloque je prêche dans désert astral voûte caverneuse pour la remplir grotte larynx

Princesse de Clèves Phèdre Hippolyte habité d'ombres fantômes s'agitent mon gîte est dans l'irréel travailleur de l'ectoplasme la classe comme une cloche avide me happe

personnages Barthes *dixit* êtres de papier Thésée Théramène scrute des discours imaginaires je pèse des motifs fictifs le Narrateur est-ce qu'il aime Albertine mes personnages des fois je voudrais DES PERSONNES littérature je voudrais que ÇA EXISTE

classe finie chacun se lève on s'en va je me disperse farce est jouée rideau retombe chape de plomb soudain sur la langue un sépulcre dedans je suis un cadavre traîne mes ossements décharnés squelette grelotte fin de partie après chaque cours je clamse

courir me ressusciter MARION là-haut Washington Square Village au 14ᵉ *14-T* pour moi *14-Tit* dans sa retraite mon sein des saints me précipite là-bas tout contre elle tête-à-tête penché sur ses nichons de nourrice la suce pour survivre pour pas crever Marion Cybèle cheveux en torsades *ô toison moutonnant jusque sur l'encolure* ô poison rejette mes miasmes quand je monte je me recrache je me recrée quand je sonne *entre assieds-toi* porte s'ouvre portail d'accueil sera béant

dira *tiens voilà un peu de porto* deux doigts de celui que j'aime Sandeman's du bon après cours je cours je halète m'allaite épaules blanches la bois des yeux la mange la mendie des mains prunelles amandines

après repas après repu tiens pas en place après repos dans son studio je m'arrête *alors qu'est-ce que tu as fait raconte-moi* un instant je bouge plus plante mon attente c'est ma fête des Tabernacles perds sens du temps j'ai plus de montre toquade j'ai plus de tocante me blottis espace-nid moments d'infini Marion mes moments d'éternel mômes mes mamans momentanées

insatiable insociable quel appétit monstre plus fort que moi ça me dépasse je comprends plus Marion elle est pas même assez là-bas assise main qui se lève doigt qui soulève question timide *mais Monsieur il me semble qu'il y a quand même une différence*

pas pareille pas d'ébène rousse un peu peau mate ma maladie me reprend là au deuxième rang juste en face doigts vers sa main main vers son bras me déverse sur son visage si diverses

glisse les yeux regard sa figure m'accroche image m'agrippe la rétine me griffe au passage me fouette

soudain un désir cinglant cinglé comme une digue
qui craque je suis dingue

fille à question fille en question sais pas qui c'est
nom inconnu perdue dans la foule trop grande
l'avais jamais remarquée sa remarque la fait jaillir
assise-là auburn léger chatoiement qui rutile

une Irlandaise coupés courts cheveux un peu roux
joues mates yeux je crois ils ont l'air verts de loin ou
vair ouverts j'y plonge Dublin me rappelle ma jeunesse Josie demande *quel est votre nom* ajoute

vous savez dans notre métier on a d'un côté une liste de
noms et puis d'un autre côté des rangées de visages alors il
est difficile comme on ne vient jamais vous voir pendant
vos heures de bureau rires *de recoller noms et visages* tête
s'incline elle sourit elle dit *je m'appelle Linda Rosenfeld*

ça y est on y coupe pas tignasse de feu mirettes éme-
raude mémoire en maraude retour à Dublin beauté
irlandaise *Rosenfeld* encore une juive brune blonde
ou rousse toujours russe ou polonais ici on peut pas
en sortir

ma devise *Je sème à tout vent J'essaime à tout ventre*
Larousse et la blonde pas possible désir bourlingueur balades érotiques on tourne en cercle de
famille baiser ici c'est de l'inceste New York ghetto
de la youpine braguette hébraïque

une seconde débraillée referme tant pis je dis *merci*
votre question était excellente coupés court à la gar-

çonne comme ceux d'Élisabeth mais rutilants taches de rousseur un peu saupoudrée peau en frangipane teint de miel pour pimenter pigmenter le visage nom me dit rien de loin aurais cru Maureen O'Hara enfermé dans mon harem

sérail en série suis pas eunuque la reluque Linda très belle au deuxième rang Marion en première position ma sultane favorite *le problème valait la peine d'être posé* je tourbillonne espaces infinis silence béant m'effraie

de tête en tête tournoie VERS QUOI Juif errant jouis errant éros en vadrouille VERS QUI de décennie en décennie mon calendrier se défait éphémérides mes rides à la vie au visage m'effeuille d'articles en livres de feuillets en feuillets de fille en fille

DEMANDE QUOI aux femmes EN VEUX QUOI sans elles j'étouffe suffoque qu'elles m'insufflent vie extubard qu'elles me regonflent en dedans mon mou s'affaisse mardi jeudi chaque semaine besoin d'une aiguille à pneumo sinon apnée

me réaniment à l'oxygène leur con mon ozone érogène leur sein azur laiteux je les respire faut qu'elles m'inspirent aussi si elles me donnent si elles se donnent EN FAIS QUOI évidence écrivain ça fabrique de l'écriture leurs appas ma pâte à papier

Moloch à femmes pour faire mes œuvres insatiable jamais assez de nourriture littérature faut dévorer chair jusqu'au trognon jusqu'au moignon je les croque jusqu'au squelette je les ronge jusqu'aux mots

mémoire soudain me point m'empoigne UNE FOIS si c'est arrivé rêve réel fantasme incarné cheveux courts blonds à la garçonne ÉLISABETH À MERCUÈS juillet 69 quand elle a débarqué à Orly cap vers le sud 12 juillet plus une place qu'au Château Alain m'a dit *tu verras c'est très bien là-haut* Bosquet s'y connaît conseils raffinés pour l'esthète-à-tête sur piton rocheux vue sur le Lot piscine olympique château authentique XIVe dedans refait Simca-Chrysler dans la Mustang bleue à toute allure toute la France traversée cahin-Cahors *Serge tu ne m'aimes plus* je dis *mais si* sa voix qui tremble entends ses larmes ténèbres douces minuit du midi chemin en lacets descendus buisssons d'odeurs qui tournoient après dîner à pas lents promenade sa main se crispe sur mon bras ses doigts me serrent je dis *pourquoi tu dis cela* hoche la tête *je sais je sens* haie de senteurs allée crissante gravier grillons entre les arbustes

mémoire me point m'empoigne souvenir soudain me lancine nocturne tiède MERCUÈS me revient en pleine classe m'assaille contre mon bras s'appuie pleure je dis *mais non* chambre gothique quand on est remontés là-haut elle a dit *non pas ce soir* je dis *mais je t'aime* elle dit *non je n'ai pas envie* depuis deux jours face à face faille à faille entre nous abîme par la fenêtre ouverte Lot à pic cascade tinte au fond du gouffre en plein juillet m'endors de glace entre nous sommeil de gel RÉVEIL DE LUMIÈRE cataracte de clarté dans le déluge solaire matin ébloui tourbillons de corpuscules de poussière danse ardente aux yeux tous deux nus à plat emplis d'incendie drap tiré pubis qui brûle nos poils décolorés qui flambent flammèches herbues sur nos ventres pensée me vient comme un vertige m'envahit m'enivre MON LIVRE

enfermé dans ma valise liasse de feuillets notre roman *La dispersion* doit paraître à la rentrée dû emporter les épreuves les remettre au Mercure à mon retour me lève je dis *attends j'ai une surprise* oublié n'y pensais plus tourne vers moi ses yeux gris-vert demi-clos cils de chatte battent chevelure au soleil évaporée dit *quoi* dis *tu vas voir* ouvre ma valise sous les chaussettes je fouille sous les couches vestimentaires caleçons chemises de peau littérature c'est là sa place à plat feuillets faut pas qu'ils se froissent les sors intacts liasse je la lui lance en vrac entre nous là sur les draps en désordre torrent impalpable nous aveugle je dis *tiens lis* notre rencontre en 66 notre histoire mon roman *c'est ton livre* à plat ventre tous deux sur le lit on lit penchés ses hanches *ton bassin, vaste, évasé, sous ta taille étroite, que mes mains enserrent* contre les miennes je touche mon texte *tes bras, nerveux, sveltes, durs plus que les miens* touche son bras j'effleure mes mots

478

livre nous avale *tes jambes minces, musclées, à la peau froide, mate, tes genoux pointus, qui prennent, pressent, triturent* elle et moi elle en moi on lit au lit boit ensemble on voit ensemble dans mes phrases on se retrouve une fois la fois unique LITTÉRATURE A EXISTÉ des heures au château de Mercuès un infini d'éternité VERBE S'EST FAIT CHAIR *coulant à pic dans tes yeux, au plus profond de ton regard, en plein soleil allongé, tout entier sur toi, d'un bout à l'autre de toi* basculé on a chaviré tout entiers ligne à ligne mot à mot à l'envers on a refait tous nos voyages des heures toute la journée jusqu'au déclin du soleil nus sur les draps le Lot en dessous grondant lit grand ouvert par la fenêtre baignés plein ciel vertige à pic gouffre on est tombés dedans ensemble noyés tournoyant perdus on s'est retrouvés pas à pas page à page retissés chacun dans sa tête à texte revenu c'est remonté peu à peu peau à peau passé présent tout s'abolit réel fictif plus de faille défaut d'être plus d'interstice EXTASE nus enlacés tout s'entrecroise dis *jeudi onze août tu te souviens quand on est allés vers la gare à Munich* maintenant ne pleure plus comme hier soir au bas de l'allée ténébreuse sourit toute détendue sa main me caresse ses yeux gris-vert droit dans mes yeux dit *je revois tout* dis *moi aussi c'est gravé* imprimé là corps d'imprimerie corps de chair CORPS ACCORD

en plein soleil, allongé tout entier sur toi, d'un bout à l'autre de toi en plein soleil m'allonge sur elle réel bascule tout entier d'un bout à l'autre coule à pic la pénètre MA VERGE-VERBE vertigineux je baise mon livre *ton bassin, vaste, évasé* quand j'entre en elle *tes jambes minces, musclées* j'entre en moi on s'entrejouit je m'autobaise mon VERBE-VERGE me pénètre mes mots m'enculent j'écris mâle me lis femelle soudain les deux sexes fusionnent Élisabeth elle est mes phrases mon langage devenu sa chair ÇA COÏNCIDE bouquin chavire mon livre il est tout entier réel télescopage absolu fin du voyage terrestre mon pénis impénitent fait plume explose en gerbes de vocables au lit on lit *je me suis allongé* je m'allonge *en plein soleil* en plein soleil attente de doigts tension des fibres envie quand ça vous dévore vous démange à en manger par la fenêtre toute sa chair bouffées d'odeurs BOUFFER DE L'ÊTRE sur mon livre s'est retournée en plein sur les feuilles ses fesses écrasant ma liasse épreuves en liesse son prose sur ma prose sur mon bouquin l'ai bouquinée dessus à même mes mots à ras de page raz de marée on a déferlé sur les feuillets éparpillés vague après vague sur les draps ressac au sable sperme d'encre dans sa broussaille dégoulinante entre ses cuisses écartées dos qui se cambre jailli on a juté ensemble fontaine poisseuse sur les feuillets agglutinés collés ensemble nos filaments fils de la Vierge de la verge toile d'araignée en filigrane notre tissu albuminé abdominal trame de vie évaporée trace visqueuse elle et moi soudain transparents

re-chavire   je rebascule   en pleine classe
rejeté   *maintenant il faut revenir*   monstre
marin   *au récit de Théramène*   sur le rivage vomi   Argus en face   cinquante paires
d'yeux   sur mon estrade dans mon antre me dévorent   *Le flot qui l'apporta recule*   tirade
peux plus m'en tirer   combat peux plus me déro-
ber   m'enrober de phrases   volutes intimes
internes   parler DEHORS   soudain
          LE VERBE FAIT CHAIRE

oui   je   disais   l'instant   tragique
          c'est   le   moment   de   l'emporte-
ment   PAR QUEL TROUBLE ME VOIS-JE EMPORTÉ
LOIN DE MOI   *métaphore que va actualiser on di-*
rait dans le jargon d'aujourd'hui figurabiliser   la
mort même d'Hippolyte   non pas tué par le
monstre marin   rappelons-le   mais empor-
té par ses chevaux emballés   TRAÎNÉ PAR LES
CHEVAUX QUE SA MAIN A NOURRIS

bien entendu la critique contemporaine   a déjà
vu et souligné   cet éclatement d'Hippoly-
te   moins Mauron d'ailleurs   qui a assez
curieusement négligé cet Hippolyte où il ne voit qu'un
doublet de Phèdre   que Barthes   qui voit
dans le monstre du récit   l'irruption d'une force
destinée à déchirer éparpiller disperser Hippoly-
te   depuis même on a parlé de désintégration

481

psychotique du personnage   une sorte de schizo-
Hippolyte

personnellement je crois qu'il n'en est rien   on
peut noter au contraire de la traditionnelle coupure
psychotique entre moi et monde extérieur   que
sur le plan de la réalité   Hippolyte fait précisé-
ment face   pour la première fois de sa
vie   il va affronter et tuer le monstre   tuer
c'est-à-dire s'instituer   de «fils de héros» deve-
nir officiellement «héros»   il s'agit là évidem-
ment d'un rite de passage capital   dans cet uni-
vers des Monstres   où de plus la spécialité du
Père est leur mise à mal   bref la mort d'Hip-
polyte   c'est l'inverse de la fuite dans la folie
d'Oreste   c'est l'instant même   fût-il ulti-
me   où le héros longtemps infantilisé va enfin
prendre   dans l'univers culturel et cultuel qui est
le sien SA PLACE RÉELLE

mais sa place réelle OÙ C'EST *sûrement*
pas dans son corps sa corporéité *le mal-*
heureux se voit littéralement démantibuler L'ES-
SIEU CRIE ET SE ROMPT : L'INTRÉPIDE HIPPOLYTE VOIT
VOLER EN ÉCLATS TOUT SON CHAR FRACAS-
SÉ *d'abord défiguré* N'A LAISSÉ DANS MES
BRAS QU'UN CORPS DÉFIGURÉ *on pourrait dire*
qu'il est ensuite écrabouillé TOUT SON CORPS N'EST
BIENTÔT QU'UNE PLAIE *on serait ici tenté de par-*
ler avec Lacan de fantasme du corps morce-
lé *régression à l'imaginaire le plus anxiogène et*

archaïque   et pourquoi pas   par un autre
biais jungien   Mauron évoque ici les craintes in-
fantiles sous leurs espèces archétypales   labyrin-
the-entrailles   mère-ogresse   bref   que
ce soit sous les auspices   de Freud Jung ou La-
can   il est évident que le récit de Théramè-
ne   récit des récits raciniens   point où con-
verge la tragédie de Phèdre   comme toutes les
tragédies de Racine convergent en Phèdre   il est
évident que ce texte nodal   où tout se
noue   est aussi celui où tout se DÉ-NOUE donc
où le sujet est renvoyé au niveau d'angoisse le plus pri-
mitif   celui où il se saisit comme dé-
fait   dé-voré dé-figuré dé-membré   au
point précis où il n'est plus reconnaissable QUE
MÉCONNAÎTRAIT L'ŒIL MÊME DE SON PÈRE *di-*
sons où il n'est même plus connaissable NE
CONNAISSANT PLUS CE HÉROS QU'ELLE ADO-
RE   ELLE VOIT HIPPOLYTE ET LE DEMANDE ENCO-
RE *du coup lorsque Thésée s'écrie tout à la*
fin ALLONS DE CE CHER FILS EMBRASSER CE
QUI RESTE *on peut littéralement dire que de cet*
Hyppolyte ÉTENDU SANS FORME ET SANS COU-
LEUR *il ne reste   physiquement   rien*

La PLACE RÉELLE *d'Hippolyte   enfin conqui-*
se   est donc une place vide   à l'inverse de
Thésée   héros HISTORIQUE   *tueur de sé-*
rie noire aussi progéniteur en série   semant si
j'ose dire à tout vent et à tout ventre   assem-
bleur d'empire ne l'oublions pas non plus   qui a
réuni sous son sceptre Trézène Crète et Atti-

que   à l'opposé de ce père   contre ce père
qui vit et survit   fécond dans les œuvres de la
chair et du glaive   Hippolyte est bien ce héros
stérile   hérité d'ailleurs d'Euripide par Racine   mais à la stérilité duquel il donne un sens
nouveau et précis   celui d'être un héros
         non pas   historique   mais
SYMBOLIQUE

j'emploierais volontiers ici le terme au sens laca-
nien   si l'on distingue   et c'est une distinction approximative   commode beaucoup plus
que rigoureuse   comme tout ce qui se fait en ce
domaine   donc si l'on distingue   l'ordre
du RÉEL   système des contraintes externes bru-
tes   l'ordre de l'IMAGINAIRE   système
des sujétions fantasmatiques   et l'ordre SYMBO-
LIQUE   système des codes culturels   lois
du langage règles de parenté etc.   on peut dire
que le récit de Théramène   se situe exactement   en ce point   où Hippolyte   incapable de maîtriser   le jeu des mi-
roirs imaginaires où il est pris et compris   et
dont il périt la victime   accède par la
mort   en ce lieu innommable du réel   É-
TENDU SANS FORME ET SANS COULEUR   brusquement brutalement   à l'entrée dans l'ordre symbolique   SA PLACE   désormais et unique-
ment   LÀ   héros à condition d'être man-
quant   CE HÉROS EXPIRÉ   présent à condition d'être disparu   subsistant dans la chaîne des

484

paroles   *par ses dernières volontés expri-*
mées   *dont Thésée se fera le fidèle exécuteur*

         à y regarder de plus près cependant   *il*
ne s'agit pas si l'on peut dire   *d'une simple mort*
mais d'une mort qui est CHANGEMENT DE SE-
XE   *en filigrane en pointillé dans le maillon de*
la lignée Hippolyte est remplacé par Aricie   SON
AMANTE AUJOURD'HUI ME TIENNE LIEU DE FIL-
LE   *derniers vers dernier mot de la tragé-*
die   *Hippolyte devenu Aricie*   *tenant lieu*
châtré du héros viril   *retournement soudain et*
conclusion inopinée à l'acte meurtrier   *qui l'a*
initié à l'ordre des mâles et des maîtres   *revan-*
che du monstre   *en quelque sorte*   TOUT
SON CORPS N'EST BIENTÔT QU'UNE PLAIE   *plaie*
jumelle bien sûr de la blessure de Phèdre   MA
BLESSURE TROP VIVE AUSSITÔT A SAIGNÉ   *jumelle*
aussi de cet étrange saignement du monstre IL LUI FAIT
DANS LE FLANC UNE LARGE BLESSURE   *flanc qui*
obsède Hippolyte depuis toujours   CROIT-ON
QUE DANS SES FLANCS UN MONSTRE M'AIT POR-
TÉ   *lieu identique à celui que désigne Phè-*
dre   CES DIEUX QUI DANS MON FLANC   ONT
ALLUMÉ LE FEU FATAL À TOUT MON SANG   *lieu*
du péché flanc qu'on transperce   *dont la trace*
se répand dans le récit de Théramène   DE SON GÉ-
NÉREUX SANG LA TRACE NOUS CONDUIT   *en un*
torrent qui rompt la digue des «*bienséan-*
ces»   *engluement fascinant et répugnant du tex-*
te dans la liquidité femelle   *des pieds à la tê-*
te   *c'est le cas de le dire*   LES RONCES

ÉGOUTTANTES   PORTENT DE SES CHEVEUX LES
DÉPOUILLES SANGLANTES   *bien-dire classique*
beau flux des phrases   soudain noyé   si je
puis   dire   dans   l'écoulement   périodique
héros monstrueux menstruel   ELLE VOIT
L'HERBE ROUGE ET FUMANTE   *déperdition du hé-*
ros viril dans un cauchemar dégoulinant   inva-
sion de la tragédie classique   par d'autres règles

— *Serge, think hard.*
— *I'm telling you, I can't remember a thing.*

ça y est revient recommence question répète inlassable me souvenir lui veut sous-vêtements maternels
que j'aie vus sanglants mais non pas même en imagination c'est comme ma mère baisée par mon
père tabou PEUX RIEN VOIR

souvenir de quoi sang menstruel *think hard* ma mère
non jamais vu nulle part pas trace dans ma mémoire
lessive dominicale *non je ne peux pas sortir j'ai le linge à*
faire linge sale se lave pas en famille en public non
souillé jamais vu après sorti de la lessiveuse au potager sur les fils de fer accroché pour sécher avec des
pinces linge toujours propre

d'ailleurs dessous se montrent pas dans la famille sa culotte s'accroche avec des épingles dans la rue pour pas qu'elle tombe élastique on peut pas compter dessus parfois usé slip s'attache comme verrou à double tour à double épingle

slip ça tache moi jamais vu sanguinolences du bas-ventre *Serge think hard you must have seen something* vu que du feu rien qu'une image qui surnage forêt Fontainebleau une fois visite chez oncle Boris tante Dacha accroche linge forme bizarre maisonnette dans le sous-bois vague forme de courette tante Dacha c'était pas taché attaché suspend linge qui pend en serpentins serpillères pelucheuses aux fils

so you see you remember me rappelle quelque chose vraiment pas grand-chose rien qu'un détail pourtant accrochage linge souvenir reste accroché accroc à l'oubli déchirure de mémoire fragment d'image *d'abord il n'y avait pas de sang* quand même m'est resté étrange *and then it was not my mother but my aunt* quand même tante pas très loin de mère là il rigole

friselis nerveux en sourdine   petits rires
      vite étouffés   les suffoque   un peu

culotté là en classe les déculotte   me déculotte   bouche-braguette   cinquante filles là
qui gloussent   un peu gênées   suis sans-
gêne   pour moi érogène   érotomane ma
manie   pédagogie c'est ma méthode   intellect   faut chatouiller   entre les jambes   papouilles aux papilles aux pupilles
        effronté je les affronte   face à fa-
ce   caresses de verbe   si on touche juste   attouchement attachement   nous rapproche   littérature   comme l'amour
        plaisir à plusieurs   s'y mettre à
tous   peux pas tout seul   silence polyglotte
        un instant   parler nous joint nous jouit

vous   me   direz   que   je   projette   comme   on
dit   dans   les   alexandrins   raciniens   mes
propres   fantasmes   moi   je   veux   bien
        pourquoi   pas   Platon   savait   déjà   que   le
bon   délire   est   supérieur   à   la   sagesse   en
critique   le   bon   délire   est   celui   qui   déli-
re   avec   le   texte

        alors   si vous me dites que mon interpré-
tation   est   délirante   je   vous   di-
rai   oui   mais à travers moi   dans le
texte de Racine   ce sont les mythes   uni-
versels   qui   délirent   ouvrez   par
exemple   les Structures anthropologiques de
l'Imaginaire *de   Gilbert   Durand   page*
99   *qu'est-ce qu'on lit*   On peut dire que

l'archétype de l'élément aquatique et néfaste est le sang menstruel   *ou encore*   ce qui constitue l'irrémédiable féminité de l'eau c'est que la liquidité est l'élément même des menstrues *or il y a beaucoup d'eau*   *dans le récit de Théramène*   S'ÉLÈVE À GROS BOUILLONS UNE MONTAGNE HUMIDE   *eau qui donne naissance à un monstre*   *naissance textuelle*   *qui ne nous épargne*   *ô bienséances classiques*   *aucun détail*   *s'il est vrai que*   INTER URINAM ET FAESCES NASCIMUR   *on est servis*   couleur du monstre   COUVERT D'ÉCAILLES JAUNISSANTES   *odeur étrange sur la scène de l'époque*   SA CROUPE SE RECOURBE   L'AIR EN EST INFECTÉ   *ne parlons pas du sang évidemment*   *si les menstrues sont comme un tabou suprême*   *et universel*   *le mot tabou lui-même*   *paraît-il*   *vient du polynésien*   *tabu ou tapu*   *de la famille de tapa*   *qui veut dire les règles*   *la raison en est sans doute*   *parce que vie et mort se conjoignent*   *en un même jaillissement*   *la* PLAINE LIQUIDE   *du texte racinien*   *cette eau-mère*   *pour citer encore Durand*   cette eau noire n'est finalement que le sang   que le mystère du sang   qui fuit dans les veines   ou s'échappe avec la vie   par la blessure   dont l'aspect menstruel vient encore surdéterminer la volorisation temporelle   Le sang est redoutable   à la fois parce qu'il est maître de la vie et de la mort   mais aussi parce qu'en sa féminité   il est la première horloge humaine   *c'est à cette horloge*   *si j'ose di-*

re que se marque pour Hippolyte l'instant tragique

tragique toujours paradoxal car
c'est à l'instant même où il affirme et affiche pour la
première fois sa virilité héroïque TUER
LE MONSTRE qu'il en est DESTI-
TUÉ qu'il devient tout entier blessure TOUT SON
CORPS N'EST BIENTÔT QU'UNE PLAIE corps rappelons-le ÉTENDU SANS FORME absence
de « forme » qui souligne l'ultime castration du
fils deux fois indiquée dans la pièce
quand Phèdre lui arrache son épée JE
VOUS VOIS SANS ÉPÉE INTERDIT SANS COULEUR
corps plus tard étendu sans forme ET SANS COU-
LEUR par la résurgence insistante du signifiant
castrant du sang perdu donc une première fois
quand il perd son espadon une seconde quand il
lance son dard ET D'UN DARD LANCÉ
lancé donc perdu et c'est justement ce
qui le perd la blessure ouverte au flanc du
monstre va couvrir de sang les chevaux qui
s'emballent Hippolyte ne meurt pas de n'importe quelle mort mais d'une CHUTE mot
auquel on peut donner toutes les résonances symboli-
ques religieuses culturelles d'ailleurs
dans la pièce elle-même à la MER QUI VIT TOM-
BER ICARE évoquée dès les premiers
vers correspond dans les derniers la vision du héros tombant DANS LES RÊNES LUI-
MÊME IL TOMBE EMBARRASSÉ

chute que l'on pourrait fort bien continuer à interpréter   selon les schèmes anthropologiques mais
ici   une question de méthode   se pose il
serait en effet possible   de poursuivre une sorte
de déchiffrement global du texte   mythe par
mythe   à la manière de Jung   archétype
par archétype il y a à cet égard   un livre intéressant   d'un analyste suisse   Ernest Aeppli   sur   « Les Rêves »   évidemment
il n'y a plus que les Suisses   pour être des
analystes jungiens   on peut y glaner   des
remarques pertinentes   sur le matériau mythi-
que   utilisé dans le récit de Théramène   ainsi la prégnance de la figuration animaliè-
re   l'animal est devenu en nous le symbole de ce
qui en nous est dompté et de ce qui est resté sauvage   Dieu sait si l'opposition dompté/sauvage est
marquée   dans cette scène comme dans toute
la tragédie   je dirais obsessionnellement
        ainsi tous les mythèmes du texte   se
trouvent répertoriés   MONSTRE   l'apparition du monstre annonce de grands contenus psychi-

ques qui se situent évidemment très loin de la conscience   leur signification ne peut être saisie qu'en passant par les mythologies qui sont leur patrie véritable   TAUREAU   la reproduction est son obligation première   le taureau renferme une impulsivité aveugle et indomptée   lorsqu'en rêve il poursuit le rêveur lorsqu'il le menace de ses cornes   c'est le signe que des forces naturelles extrêmement vitales se sont déchaînées   il court le danger d'en devenir la victime   DRAGON   l'image archaïque des plus primitives des plus froides énergies de cette vie au caractère dévorant   LUTTE AVEC LE DRAGON   symbole désignant le fait de devenir véritablement adulte   il peut se faire que le dragon qu'il s'agit de vaincre   désigne plus particulièrement la mère   dont l'amour puissant et tyrannique retient les enfants de force   *sans omettre naturellement les*   CHEVAUX   le même cheval négligé et maltraité   facilement   effrayé   redevient ombrageux et sauvage   SES SUPERBES COURSIERS QU'ON VOYAIT AUTREFOIS   PLEINS D'UNE ARDEUR SI NOBLE OBÉIR À SA VOIX   L'ŒIL MORNE MAINTENANT ET LA TÊTE BAISSÉE   *et d'un seul coup*   DES COURSIERS ATTENTIFS LE CRIN S'EST HÉRISSÉ   si les choses vont bien   il forme avec son cavalier une unité qui est alors un bel exemple de l'harmonie des instincts et du moi   lorsque cette relation est troublée apparaissent des chevaux qui se   cabrent   *Platon*   *d'ailleurs*   *n'avait pas attendu les psychanalystes suisses et jungiens*   *pour faire du rapport*   *cheval/cavalier*   *plus*   *exacte-*

ment   dans le Phèdre   d'une homonymie
troublante pour notre Phèdre   c'est dans le rapport cocher/chevaux   le noir le blanc le bon le
mauvais   médiatisé   comme ici par un char
          IL ÉTAIT SUR SON CHAR   que Platon symbo-
lise la maîtrise supposée de la raison sur les instincts
animaux   modèle ternaire   où l'on pourrait peut-être retrouver   sinon par homologie du
moins par analogie   le modèle tripartite freu-
dien   cocher/Surmoi   cheval/Ça   pris
entre les deux   char/Moi   instance précise
où va s'opérer l'irrémédiable brisure   l'éclatement même   VOIT VOLER EN ÉCLATS TOUT SON
CHAR FRACASSÉ

ce genre de déchiffrement   symbolique archétypal
          n'est pas faux en soi   simplement
même précisé par une étude rigoureuse   dont les
notations précédentes ne sont qu'une amorce   il
reste trop vague trop lâche   comme d'un vêtement trop grand on pourrait dire   que le texte
flotte dedans   aussi bien ce que j'appelle-
rai   LE TEXTE-LIVRE   celui   de   Racine
          que   LE TEXTE-VIE   le   nôtre   celui
que porte qu'apporte le critique   au sens où
Freud dit dans le cas Dora   c'est le malade lui-
même qui en donne toujours le texte   ce texte
commun   unique et double   fonctionne
forcément   dans un univers de FICTION
          dont personne n'invente jamais le langa-
ge   dont les thèmes les schèmes les sèmes
          appelez-les comme vous voudrez   sont

pris et compris　　　　dans un patrimoine mythi-
que　　　　de même qu'on a pu dire　　　ÇA PARLE
EN NOUS　　　on pourrait dire　　　et d'ailleurs on
dirait la même chose　　　ÇA MYTHIFIE EN NOUS
　　　　　seulement　　　　comme　　　　Lévi-
Strauss　　　judicieusement　　　nous l'a rappe-
lé　　　un mythe　　　est une histoire plurielle des
bribes d'histoires　　　sans auteur　　　un peu
comme Bachelard disait de la science　　　que c'est
un système de rapports sans supports et sans rappor-
teurs　　　un mythe n'est par définition　　　l'histoire　　　DE PERSONNE　　　un texte si vous pré-
férez　　　du mythe pris dans l'écriture　　　comme chez l'analyste　　　du mythe pris en paroles
c'est l'histoire　　　D'UNE PERSONNE　　　la différence n'est d'ailleurs pas aisément repérable
　　　puisque l'histoire de quelqu'un　　　s'énonce
forcément　　　dans le langage de tout le monde　　　cette unicité　　　est inscrite　　　dans
la plus totale banalité　　　des codes où elle tente de
se dire　　　à son tour　　　l'écouteur　　　pour
tenter de la saisir　　　doit essayer de se placer　　　à ce que j'appellerais volontiers　　　des
nœuds du langage　　　soit qu'on suive des liens des
lieux de mots constants　　　à travers un discours　　　soit au contraire　　　qu'on en relève
les failles les manques les lapsus　　　les endroits où
le texte se dénoue　　　dans ces réseaux du signifiant　　　se constitue　　　un texte second
　　　en filigrane en transparence　　　non pas enfoui　　　étalé　　　et c'est dans les rapports　　　subtils mouvants　　　insistants ou plutôt insistés　　　si je puis dire　　　des deux tex-

tes   ou si l'on veut   dans les rapports des
codes et de leurs distorsions   à cet entrecroise-
ment ténu   qu'on peut qu'on doit   tenter
de saisir   le fil d'un discours   ou d'un destin

           tout   ça   finalement   pour   dire
           qu'à s'en tenir au niveau d'une lecture mythi-
que   on obtient un déchiffrement   non pas
faux   mais   généralisant   donc   banalisant
           ainsi en va-t-il de l'analyse de Mau-
ron   le labyrinthe   comme les innombra-
bles grottes où se cache le monstre ou le dragon des lé-
gendes   est un symbole très archaïque des entrailles maternelles   Le héros doit y descendre   pour tuer l'animal fabuleux   bi-sexué
dans ses attributs   dévorateur friand de chairs
adolescentes   Jung a longuement étudié ce mythe   Il exprime le désir et surtout les peurs du
jeune garçon   devant l'initiation amoureuse   peurs inconscientes hantises de fantaisies très
infantiles   devant le père caché dans la mère   et la mère dévoratrice   ogresse
           le héros est celui qui   triomphant de ces
fixations   dans sa lutte avec le monstre
           devient adulte   on retrouve les indica-
tions   que je vous citais tout à l'heure   d'Ernest   Aeppli   Hippolyte
           lui   échoue à accomplir ce passa-
ge   ce serait   CELA   sa tragédie

et certes   c'est   CELA   mais c'est
aussi   AUTRE CHOSE qui se donne ici   à
entendre   et ce qu'il faut entendre   au
pied de la lettre   c'est ce qui   SE
DIT   d'Hippolyte   dans le texte   ce
qui   EST DIT   par lui   puisque sa
dernière manifestation   c'est ses dernières paroles   mieux encore   ce qui est   É-
CRIT   en Hippolyte   par les Dieux
cruels   et bien sûr à l'encre rouge   c'est-à-
dire son destin   HIPPOLYTE   GRANDS DIEUX
C'EST TOI QUI L'AS NOMMÉ   nomination qui
est   et pas seulement pour Phèdre   littéra-
lité tragique   puisque si   HIPPO-
LYTE   signifie   CELUI QUI DÉLIE LES CHE-
VAUX   il sera   par un ironique renverse-
ment   pas seulement de son char mais de son
nom   CELUI QUE LES CHEVAUX DÉLIENT
        et   la   catastrophe   ultime   sera
bien   pour une fois   LE DÉNOUEMENT

Régime de croisière atteint le moteur à mots ronronne je plane au ciel des paroles soudain 7 HEURES
30 même là minuté au larynx trajet tragique chro-
nométré à mon poignet là attaché destin m'empoigne d'un coup redescends regard atterrit mon
territoire salle de classe je retombe de l'empyrée
empire des mots silence en chut libre plonge au
gouffre vertigineux grotte glotte platonicienne il
faut la remplir d'échos royaume des ombres ma
voix royale vers les Idées dois remonter en vitesse
plus qu'une demi-heure verbe zélé chevaux ailés

Pégase du discours là-bas œil Linda me frotte instant d'arrêt m'érotise la rétine CROUPE je repars SE
RECOURBE monstre au lit à tâtons à tétons puis
retourné à pleine bouche pétard pétri cramponné
croupe EN REPLIS TORTUEUX vite foncer faut m'enfoncer

au   dénouement   si   quelque   chose   se   dénoue   comme   nous   avons   vu   tout   à   l'heure   épée   perdue   dard   lancé   c'est
bien   ce petit objet   pouvant être détaché
du corps   dont parle Freud   et dont j'ai
parlé peut-être trop tôt   en faisant de l'instant
tragique   du moment de l'emportement hors de
soi   dans le récit de Théramène   celui où
Hippolyte   est   transformé   en   femme
         menstruée   monstrueuse   paradoxe ironi-
que   alors même qu'il prouve sa virilité en tuant
le   monstre   et s'éprouve   fils   de   son   père
         bref   comme   on   dirait   en   an-
glais   « I   jumped   to   conclusions »   j'ai
brûlé les étapes   et suis arrivé à la conclusion   avant   d'avoir   analysé   le   commencement   MAIS PEU IMPORTE   tout texte est finalement   circulaire   en   tout   cas   la   tragédie   où la fin   est inéluctablement donnée
dès le commencement où la fin est le commencement

donc si au dénouement   le petit objet se dénoue   il faut croire   qu'il n'était pas très

bien attaché que le héros   n'y était pas tellement
attaché   regardons le texte de près   si on
demande d'Hippolyte   ce qu'Agrippine demandait de Néron   QUE VEUT-IL ?   et qui est la
question tragique   à laquelle hélas chacun de
nous doit répondre   tôt ou tard   en général on y répond tard trop tard   cela permet   aux dramaturges de faire des tragédies   et aux psychanalystes de faire leur métier   eh bien   à cette question essentiel-
le   Hippolyte   répond   différemment   au
cours de la pièce   il veut beaucoup de
choses   chercher son père   fuir Aricie
          un peu de politique aussi   arranger
les affaires d'État   régler les histoires de
succession   fuir Phèdre   garder le silence
          protéger   l'honneur   familial
          etc.   mais   à travers ces projets
multiples   quel est   comme dirait Sartre   son projet fondamental   et comme
Racine disait encore mieux   QUE VEUT-
IL ?   rien de plus banal   que ce qu'il
veut   rien de plus manifeste   IL VEUT
ÊTRE   COMME SON PÈRE   un fils modèle
en somme   il veut TUER UN MONSTRE   la
spécialité paternelle   AUCUNS MONSTRES PAR
MOI DOMPTÉS JUSQU'AUJOURD'HUI   donc comme il dit à Thésée   SOUFFREZ SI QUELQUE
MONSTRE A PU VOUS ÉCHAPPER   QUE J'APPORTE
À VOS PIEDS SA DÉPOUILLE HONORABLE   le père
aimait aussi les femmes   dans les deux cas le fils
est moins ambitieux que le père   il ne vit pas au
pluriel PROCUSTE CERCYON ET SCIRRON ET SI-

NIS   lui   le   fils   il   se   contenterait
de   QUELQUE MONSTRE   de même HÉLÈNE
PÉRIBÉE   ARIANE   PHÈDRE   ça   ne   le   tente   pas
        monogame   monomonstre   un mi-
ni-héros   chacun   sa   taille   d'ailleurs   être
fils d'un tel père n'est pas de tout repos   donc
        tuer son monstre avoir sa femme   comme
dit Horace   « Hoc erat in votis »   voilà ce
qu'il désirait   quand   au début du récit de
Théramène   il se met en route

IL SUIVAIT TOUT PENSIF LE CHEMIN DE MYCÈ-
NES   c'est quoi au juste   le chemin de Mycènes   il   mène   où   en   apparence   le
mauvais chemin   celui de l'exil   SES GAR-
DES AFFLIGÉS   ils voulaient garder un roi comme
ceux de Pyrrhus   maintenant qu'on renvoie leur
chef   ils n'ont plus rien à garder   que le
silence   IMITAIENT SON SILENCE   même les
chevaux   L'ŒIL MORNE   et quoi de plus
normal   il n'y a pas lieu de se réjouir   malédiction paternelle renvoi immérité exil   et puis
avant cela l'attentat à sa pudeur par Phèdre
        Hippolyte bien sûr   est dans une triste
situation   mais   pas   TRAGIQUE   en
effet   sur ce chemin de Mycènes   TOUT
PENSIF à quoi pense-t-il   d'abord   À PEINE
NOUS SORTIONS DES PORTES DE TRÉZÈNE   il a
justement rendez-vous avec Aricie pour l'épouser
        AUX PORTES DE TRÉZÈNE ET PARMI CES TOM-
BEAUX   la première étape n'est donc pas si dé-

*sagréable   et après   où va-t-il   ce
chemin de Mycènes relisons de près les vers 1366 et sui-
vants*

De puissants défenseurs prendront notre querelle
Argos nous tend les bras et Sparte nous appelle
À nos amis communs portons nos justes cris
Ne souffrons pas que Phèdre assemblant nos débris
Du trône paternel nous chasse l'un et l'autre
Et promette à son fils ma dépouille et la vôtre
L'occasion est belle il la faut embrasser

*l'occasion de quoi   querelle avec qui   al-
liance avec Argos et Sparte contre qui   à qui faut-
il reprendre le trône* NE SOUFFRONS PAS QUE
PHÈDRE *mais Phèdre n'a rien à voir ici   ce
n'est plus elle qui commande   c'est Thésée de retour qui décide qui a décidé   à quoi donc pense ce
fils* TOUT PENSIF *première   étape
se marier avec la femme interdite par son père   deuxième étape   se révolter contre son
père   il ne s'agit pas d'une révolte morale
mais d'un soulèvement politique* HIP-
POLYTE PART EN GUERRE CONTRE THÉSÉE

*est-ce la première fois qu'il a eu cette idée   ce fils
modèle   est-ce simplement sous le coup du ressen-
timent   qu'il se rebelle   mais non   au
moment où l'on croyait Thésée mort   quelle a été
sa première idée   acte II scène 2 avec Aricie son
premier geste* JE RÉVOQUE DES LOIS DONT J'AI
PLAINT LA RIGUEUR *mais plus précisément enco-*

500

re   l'empire que les exploits de Thésée avaient as-
semblé   le premier soin le premier désir d'Hip-
polyte

Trézène m'obéit. Les campagnes de Crète
Offrent au fils de Phèdre une riche retraite
L'Attique est votre bien je pars et vais pour vous
Réunir tous les vœux partagés entre nous

par un superbe oxymoron   c'est   en « réu-
nissant »   des   vœux   de   PARTA-
GER   ce   que   Thésée   a   rassemblé
*   de   DÉMEMBRER   l'empire   du Pè-*
re   après quoi l'on s'étonnera moins si   par
un juste retour des choses   le monstre envoyé par
le Père   LE DÉMEMBRE   d'ailleurs   si
l'on remonte plus loin   pourquoi Hippolyte a-t-il
choisi d'aimer Aricie   ce n'est pas moi qui le de-
mande   c'est lui   AURAIS-JE POUR VAIN-
QUEUR DÛ CHOISIR ARICIE   bonne ques-
tion   MON PÈRE LA RÉPROUVE   réponse
évidente   ce n'est pas en dépit de   c'est à
cause de   cet interdit paternel   ce n'est pas
moi qui le dis   c'est Théramène

Thésée ouvre vos yeux en voulant les fermer
Et sa haine irritant une flamme rebelle
Prête à son ennemie une grâce nouvelle

on ne peut pas mieux dire que   si Hippolyte aime
Aricie   c'est simplement   parce que Thé-

sée   la hait et alors   quel devient l'équivalent symbolique   d'épouser Aricie   plus
exactement   d'ÉPOUSER SES DROITS CONTRE UN
PÈRE IRRITÉ   épouser des droits ce qui conduit
nous   l'avons   vu   à   un   démembrement
          qu'est-ce que rêve de faire un fils à son pè-
re   s'il veut le démembrer   qu'est-ce que
fait Zeus à Cronos   quand il veut le détrô-
ner   justement comme Hippolyte   qui ne
veut pas qu'on le chasse   DU TRÔNE PATER-
NEL   ce qui par une belle projection   veut
dire qu'il rêve d'en chasser son père   bref
          que fait le fils   quand il veut ravir au Pè-
re   admirons   le   mot   sa   PUISSAN-
CE   c'est normal   il veut   LE CHÂ-
TRER   si on inventait des complexes comme Bachelard   on appellerait cela le complexe de
Zeus   d'ailleurs le désir du fils de châtrer le Père   il est là   littéralement   dans le
texte   tout est toujours dans le texte   dès
l'acte I scène I   c'est la donnée de base quand on
parle devant le fils des exploits amoureux du Père   TU SAIS COMME À REGRET ÉCOUTANT CE DIS-
COURS   JE   TE   PRESSAIS   SOUVENT   de
quoi   D'EN ABRÉGER LE COURS   mot nul
doute intéressant   il s'agit de «retrancher»   CETTE INDIGNE MOITIÉ D'UNE SI BELLE
HISTOIRE   histoire qui n'est pas sans nous rappe-
lez l'anecdote de la nièce de Fontenelle   laquelle
voyant dans leur carosse la braguette ouverte de son oncle   lui dit en rougissant   « mon oncle je
vous en prie cachez votre histoire»   sur quoi Fontenelle de répondre   comme eût pu le faire perti-

nemment Thésée à Hippolyte   « oh il y a bien
longtemps que mon histoire est une fable »

fable bien sûr   que va venir illustrer notre monstre   Hippolyte   démembré châtré   le
fameux « vœu » que Thésée demande à Neptune d'exau-
cer   les dieux dans la tragédie sont toujours d'une
rigoureuse justice   n'est rien d'autre   que le
retournement sur le fils   du vœu formé quant à
son père   comme nous le disions   la fin se
replie exactement sur le début   la moralité tragique est circulaire   il ne s'agit pas toutefois de nous
borner à en constater   le mouvement   il
faut aussi en chercher   le moteur   pourquoi   dans le   CAS HIPPOLYTE   au
sens du cas de « l'Homme aux rats » « l'Homme aux
loups »   Hippolyte est   L'HOMME AU
MONSTRE   le fils est ainsi dressé contre le Pè-
re   le   mythe   c'est   le   code   la   structure
          complexe   d'Œdipe   ou   de   Zeus   le
cas   c'est comment   un individu particu-
lier   y figure s'y configure   atteint à son
identité propre   dans un système d'identification
universel   eh   bien   dans   le   cas
d'Hippolyte   d'où vient   cette hostilité farouche   au côté séducteur de son père   à
son aspect   tueur de femmes   après
tout   ARIANE MA SŒUR   VOUS MOURÛTES
AUX BORDS   comme il est tueur de monstres   il n'y a pas à chercher loin   il n'y a
surtout pas à chercher   chez Hippolyte   je
ne sais quel désir incestueux projeté sur Phèdre   et

retourné sur lui   comme le propose Mauron   il n'y a pas à aller chercher Phèdre
       parce que   en fait de mère   Hipp-
olyte   il a LA SIENNE   et sa mère   n'est pas   n'importe quelle mère   c'est   ANTIOPE   et   Antiope   qui est-ce   demandons à Phèdre   CE FILS QU'UNE AMAZONE A PORTÉ DANS
SON FLANC   CET HIPPOLYTE   obsession du
flanc maternel osmose intestine qu'atteste Hippolyte   CROIT-ON QUE DANS SES FLANCS UN MONSTRE
M'AIT PORTÉ   ÉLEVÉ DANS LE SEIN D'UNE CHASTE
HÉROÏNE   Hippolyte établit semble-t-il une cu-
rieuse équation   tel ventre tel produit   sa
défense contre l'accusation dont il est victime   c'est   JE ME TAIS CEPENDANT PHÈDRE
SORT D'UNE MÈRE   alors on peut se deman-
der   avec la liste de toutes les vertus de chasteté de
noblesse etc.   ce qui passe de la mère au
fils   par contagion viscérale sinon   justement   LA HAINE DU PÈRE   car qu'est-ce
qu'une   AMAZONE   dans le code mythologique présupposé par la pièce   sinon la mante
l'amante religieuse   l'Antiope   c'est   l'anti-
homme   après   tout   les   Amazones
       sont les femmes viriloïdes   par excellen-
ce   mères phalliques idéales   tireuses
d'arc   Jeannes d'Arc   en quelque sorte
       guerrières censées même   par une fausse
étymologie « a » sans « mazos » mamelle   s'être
coupé le sein droit   pour mieux bander
       leur arc bien sûr   femmes qui en som-
me   en perdant leur protubérance femel-

504

le   deviennent hommes   comme Hippolyte   en   perdant   son   appendice   masculin
          devient femme   le destin du fils est
ici   très exactement   le reflet inverse de
l'image maternelle   ils sont construits en mi-
roir   orgueil   d'Hippolyte   C'EST   PEU
QU'AVEC LE LAIT CETTE MÈRE AMAZONE   M'A
FAIT SUCER ENCOR CET ORGUEIL QUI T'ÉTON-
NE   orgueil qui consiste surtout dans un refus de
la   condition   sexuelle   AIMERIEZ-VOUS   SEI-
GNEUR   TOI QUI CONNAIS MON CŒUR DEPUIS
QUE JE RESPIRE   DES SENTIMENTS D'UN CŒUR
SI FIER SI DÉDAIGNEUX   PEUX-TU ME DEMANDER
LE DÉSAVEU HONTEUX   cette honte attachée au
sexe   un   peu   vous me pardonnerez l'expression   comme si tous les hommes étaient des
chiens   et qu'Hippolyte intériorise   ce sont
précisément les sentiments de sa mère pour son père   pour les mâles en général   ce que sym-
bolise   la légende par laquelle Antiope attaqua
Thésée sur le pont du Thermodon   et fut vaincue
par lui   la naissance d'Hippolyte étant le résultat
d'un   viol   le   produit   d'une   rencontre
          moins au sens amoureux que guerrier

du coup tout s'éclaire   la tragédie c'est cet éclairage   dans un «sort» une «fortune» selon les ter-
mes raciniens   il n'y a pas trace de hasard
          ce qu'on croit être l'objet d'un choix   AU-
RAIS-JE   POUR   VAINQUEUR   DÛ   CHOISIR   ARI-
CIE   n'est que le résultat d'une opération mathématique   si Platon dit de Dieu qu'il est l'éternel

géomètre   *les dieux tragiques*   *sont nos éternels*   *ordinateurs*   *ils*   *nous*   *calculent*   *ainsi*   *si Hippolyte disions-nous aime Aricie*   CONTRE SON PÈRE   *c'est exactement dans la mesure où en Aricie*   IL AIME SA MÈ-RE   *c'est d'une logique si aveuglante*   *que naturellement à ma connaissance*   *on ne l'a jamais vue*   *Barthes a admirablement relevé la nature de l'amour d'Aricie*   *dans les vers célèbres*

Mais de faire fléchir un courage inflexible
D'enchaîner un captif de ses fers étonné
Contre un joug qui lui plaît vainement mutiné
C'est là ce que je veux c'est là ce qui m'irrite
Hercule à désarmer coûtait moins qu'Hippolyte

comme Barthes dit justement   Si Aricie s'intéresse à Hippolyte   c'est expréssement pour le per-cer   *or qui veut*   *percer*   *sinon les lanceuses de flèches*   *qui désirait*   *« faire fléchir »*   *« enchaîner »*   *« subjuguer »*   *« désar-mer »*   *sinon Antiope*   *luttant contre Thé-sée*   *homologie exacte au niveau même du signi-fiant*   *car la formule que Théramène applique à Antiope*   *à propos de l'amour*   SI TOU-JOURS ANTIOPE À SES LOIS OPPOSÉE   *retentit litté-ralement dans la déclaration d'Aricie à Ismène*   TU SAIS QUE DE TOUT TEMPS À L'AMOUR OPPO-SÉE   *la fixation incestueuse chez Hippoly-te*   *n'est donc nullement attachée à l'image de Phèdre*   *mais à son Imago maternelle*   *qu'il intériorise*   *et qu'Aricie extériorise*   *ou en-core*   *l'identification inconsciente du fils est à la*

mère   l'identification consciente au père   ce
qui ne va pas sans créer en lui   un tourniquet de
contraires   un système de contradictions insur-
montables   qui aboutissent à son éclatement final

donc   on avait laissé Hippolyte   IL
SUIVAIT TOUT PENSIF LE CHEMIN DE MYCÈNES
        sur le chemin de la libération symbolique des
fils   vers l'indépendance   personnelle politique érotique   qui travaille tous les héros de Racine   de Pyrrhus qui veut cesser d'être le fils
d'Achille   à Néron qui veut cesser d'être celui
d'Agrippine   etc.   séparation d'avec une figure maternelle agressive et possessive   comme l'a
bien noté Mauron   mais aussi désir de rupture
avec l'ordre avec la loi du Père   comme l'a fine-
ment analysé Barthes   à propos de Titus
        Le dilemme porte sur deux moments   plus
que sur deux objets   d'une part un passé
        qui est celui de l'enfance prolongée   où la
double sujétion au Père et à la maîtresse-Mère est vécue
comme une sécurité   sécurité dont Théramène se
fait l'écho au début de la pièce   ET DEPUIS QUAND
SEIGNEUR CRAIGNEZ-VOUS LA PRÉSENCE   DE CES
PAISIBLES LIEUX SI CHERS À VOTRE ENFAN-
CE   d'autre part   et dès la mort du Père   peut-être tué par le fils   et Barthes cite
ici le vers de Titus   J'AI MÊME SOUHAITÉ LA PLA-
CE DE MON PÈRE   vers que pourrait certes reprendre Hippolyte   un avenir responsable   où les deux figures du Passé   le Père et
la Femme   sont détruites d'un même mouve-

ment   texte remarquable et qui éclaire singulière-
ment la mort d'Hippolyte   autant que le dilemme
de Titus   en effet   sur le chemin de Mycènes   TOUT   PENSIF   Hippolyte   pense   à l'avenir   se constituer un royaume à
lui avoir une femme à lui   il est là   dans
l'intervalle même de ces deux moments   liquidant
ses liens à l'enfance   SA DOUBLE SUJÉTION

et c'est là   dans ce battement entre un passé   qu'il rejette et qui le rejette   et un avenir
d'indépendance   qu'il ose pour la première fois se
formuler à lui-même   que se situe   pour
Hippolyte   L'INSTANT TRAGIQUE quand UN EF-
FROYABLE CRI SORTI DU FOND DES FLOTS   DES
AIRS EN CE MOMENT A TROUBLÉ LE REPOS   moment du cri moment de l'apparition du monstre
        ce monstre marin   et marrant   on
en a ri   depuis des générations d'écoliers   la
brusque manifestation d'un fragment du discours de l'inconscient   dans le discours conscient voire ici di-
sert   produisant un effet comique   comme
l'a montré Freud   ce monstre   taureau et
dragon   il faut   le regarder de près
        voir un peu ce qu'il a dans ce ventre
        qu'Hippolyte va ouvrir   le monstre du ré-
cit d'Euripide   appelé par le Père envoyé par Po-
séidon   était   exclusivement   taureau
        donc   principe même de masculini-
té   s'il est vrai que sa fonction symbolique est obligation de reproduction   l'Hippolyte grec chaste et
stérile   est puni   par là où il n'a pas pé-

ché   Racine   lui   *aux* CORNES MENA-
ÇANTES   *a adjoint une* CROUPE   *et même*
frappante   SA CROUPE SE RECOURBE EN REPLIS
TORTUEUX   *dont ce qu'on appelait jadis l'harmo-*
nie imitative   vaut bien les fameux serpents qui
sifflaient sur la tête d'Oreste   rapprochement in-
sistance du signifiant   qui n'est peut-être pas for-
tuite   s'il est vrai qu'un dragon et un ser-
pent   criant ou sifflant   sont bien de la mê-
me famille   donc chez Racine   animal fabuleux   bi-sexué dans ses attributs   *nous*
disait Mauron   mais c'est un peu simple
père caché dans la mère   mère dévoratri-
ce   *certes   mais le texte nous pré-*
vient   SA CROUPE   *a des*   REPLIS
TORTUEUX   *ces replis   si j'ose di-*
re   il faudrait s'y enfoncer davantage

ça y est   connasse   qui se lève   vers la
porte   file   s'entrebâille   disparue
signal   fin   impitoyable   *écoutez il est*
presque l'heure je sais   8 HEURES MOINS
10   non   cette salope   elle est partie
avant   Oméga   garanti   8 HEURES
MOINS 14   m'a volé quatre minutes   *mais*
ceux qui veulent   peuvent partir   je ne vous
retiens pas   écoutez   ceux qui peuvent res-
ter   donnez-moi jusqu'à   HUIT HEU-
RES   *d'ailleurs   comme j'ai commencé en*
retard   vous retrouvez   le temps per-
du   plébiscite mon référendum   débandade
s'ils se débinent   débâcle cesser parler fal-

loir   tout reprendre la prochaine fois   m'y
perds m'embrouille   l'idéal tout dire d'un
coup   deux ou trois   salopards qui par-
tent   *bien sûr vous êtes libres*   *de rester ou*
de partir   plupart restent   bon signe   signal   quand même   finir   falloir terminer   boucler la boucle la
bouche   après étouffer cesse parler falloir   revivre   comme chez Akeret
        deux fois renaître   en une jour-
née   phénix de la cendre des mots   chaire
est triste   soudain vivre   après   monter chez Marion   et puis un jour   Marion   si elle existe plus   si elle me quitte
        Marion   si je lui survis   m'opprime
soudain me déprime   CROUPE   rebondir
        tente j'essaie   14 MINUTES   de sursis
répit   après   dernière fois   me raccroche   dernières paroles   mon testa-
ment   dernières volutes   mes dernières vo-
luptés

j'y reviendrai la prochaine fois   mais il faut quand
même indiquer   dès à présent   l'essence de
ce monstre   après ce n'est plus pareil   on
perd le fil   on ne s'y retrouve jamais plus
        on ne peut pas se quitter ainsi   au beau mi-
lieu   encore quelques mots   je vais fi-
nir   je vous demande votre attention   exa-
minons   attentivement   cette   croupe   c'est
la   CROUPE   À   QUI   *question du*
Sphinx du sphincter   si j'ose dire   comment

répondre   un derrière   comment ça se distingue   d'un autre derrière   pas de signe   taureau par devant   il y a un insigne
une   enseigne   CORNES   MENAÇANTES   c'est
le   poteau   indicateur   INDOMPTABLE   TAU-
REAU   d'ailleurs   en réponse au cri du taureau   la réaction des chevaux   autres animaux mâles s'il en fut   est bien à l'unisson phallique   DES COURSIERS ATTENTIFS LE CRIN S'EST HÉ-
RISSÉ   à la question   qui est ce monstre   appelé par un vœu paternel   suscité par
Neptune   principe   mâle   c'est   trop   peu   dire   un texte quel qu'il soit   fonctionne comme un rêve   s'analyse comme un rêve   on
peut répondre   sous l'image manifeste complexe   à un   certain   niveau   LE MONS-
TRE   C'EST THÉSÉE   parfaitement repérable
au signifiant de la voix   ET DU SEIN DE LA TERRE
UNE VOIX FORMIDABLE   voix chthonienne de ce
Thésée descendu dans les entrailles de la terre avec Piri-
thoüs   VOIX FORMIDABLE   que Phèdre a
déjà signalée   VOTRE VOIX REDOUTABLE A PASSÉ
JUSQU'À   MOI   d'ailleurs   FRONT   LAR-
GE   traditionnement   ARMÉ   DE   CORNES
          du cocu qu'est censé être Thésée   ce détail
si je puis dire piquant   du texte-rêve identifie indu-
bitablement ce taureau   à Thésée   tueur du
Minotaure   ici minotaurisé comme on disait pour
cocufié   à son tour   et d'autant plus mena-
çant   qu'il est puni par là où il a souvent péché

mais soudain   *le monstre change d'identi-*
té   *à la différence du Minotaure crétois*   *mi-*
taureau   *mi-homme*   *le*   *monstre*   *racinien*
     mi-taureau mi-dragon   *se désigne évidem-*
ment   *par son ample croupe*   *comme mi-*
mâle mi-femelle   *quelle est donc cette moitié fe-*
melle   LE   MONSTRE   C'EST   PHÈ-
DRE   *et ceci de par l'insistance maligne du signi-*
fiant   *comme*   *pour Thésée*   *comment ne*
pas apercevoir en ce MONSTRE FURIEUX   *celle qui*
disait   ENFIN CONNAIS DONC PHÈDRE ET TOUTE
SA FUREUR   *à Hippolyte*   SERS MA FUREUR
ŒNONE ET NON POINT MA RAISON   *à sa nourri-*
ce   *la*   FEMME-FUREUR   *inlassable-*
ment nommée dans la pièce   *et que*   *c'est*
bien normal   *après avoir refusé de la tuer*   *à*
l'acte II   *de son épée*   *Hippolyte immole*
enfin   *sous les espèces du monstre*   *à l'acte*
V   *Phèdre*   *inlassablement*   *reconnaissa-*
ble   *ou plutôt lisible*   *en ces signes du*
monstre mourant   SE ROULE ET LEUR PRÉSENTE
UNE GUEULE ENFLAMMÉE   QUI LES COUVRE DE
FEU DE SANG ET DE FUMÉE   *qui sont exacte-*
ment   *et dans cet ordre même*   *les signes du*
monstre aimant   *feu sang fumée*   JE RE-
CONNUS VÉNUS ET SES FEUX REDOUTABLES   D'UN
SANG QU'ELLE POURSUIT TOURMENTS INÉVITA-
BLES   MÊME AU PIED DES AUTELS QUE JE FAISAIS
FUMER   *avec la sûreté absolue de la logique oniri-*
que   *Hippolyte frappera du reste le mons-*
tre   IL LUI FAIT DANS LE FLANC UNE LARGE BLES-
SURE   *à l'endroit même où Phèdre désignait la*
source de la monstruosité   DE VICTIMES MOI-

en un sens donc   ce taureau-dragon   ce
Thésée-Phèdre   apparaît bien   comme ce
que Mélanie Klein   appelle   « the combi-
ned parent-figure »   le fantasme des parents combinés   dont le   Vocabulaire de la psychanalyse   de Laplanche et Pontalis   qui est
notre bible   donne la définition précise   fantasmes représentant les parents comme unis dans une relation sexuelle ininterrompue   la mère contenant
le pénis du père ou le père dans sa totalité   le père
contenant le sein de la mère ou la mère dans sa totalité   les parents inséparablement confondus dans un
coït   fantasme qui donne au texte racinien sa lisi-
bilité son fonctionnement seconds   car la femme
contenant le pénis du père   le dérobant et l'enro-
bant   c'est Phèdre   arrachant et gardant
l'épée donnée à Hippolyte par son père   tout comme le père incorporant le sein de la mère   c'est
bien Thésée   ET DU SEIN DE LA TERRE UNE VOIX
FORMIDABLE   voix contenue dans le sein de la ter-
re-mère   répondant au cri jailli des flots fémi-
nins   père d'ailleurs   et n'est-ce pas le cauchemar ultime   pour ce viril des virils ce fornica-
teur entre les fornicateurs   radicalement fémini-
sé   car sa voix   justement en cet instant   achève de changer de sexe   QUELLE
PLAINTIVE VOIX CRIE AU FOND DE MON CŒUR   la
voix   formidable ou redoutable   est devenue gémissement   RÉPOND EN GÉMISSANT À CE

CRI REDOUTABLE   *voix taurine muée en voix de*
castrat napolitain   *pis encore*   *le dieu pria-*
pique   *le héros ithyphallique*   *le voilà sou-*
dain   *comme Phèdre comme le mons-*
tre   *atteint au flanc*   MES ENTRAILLES
POUR TOI SE TROUBLENT PAR AVANCE   *s'oubliant*
à parler le langage même de l'accouchement   AI-JE
PU METTRE AU JOUR UN ENFANT SI COUPABLE
père soudain totalement fait mère   *trans-*
formation impensable compénétration impossible
des sexes   coït monstrueux   MONSTRE-
COÏT   *dans ce monstre   donc où*
nous   avions lu   Thésée   d'abord
Phèdre   ensuite   les parents combi-
nés   enfin   il faut maintenant lire
HIPPPOLYTE   *toujours de par la trace inef-*
façable du signifiant   LE CIEL AVEC HORREUR
VOIT CE MONSTRE SAUVAGE   « *sauvagerie* » *qui*
est marque d'Hippolyte   comme « *fureur* » *est es-*
tampille de Phèdre   marque avérée de sa propre
bouche   dans son aveu à Aricie   LE RÉCIT
D'UN AMOUR SI SAUVAGE   *et réitérée à travers la*
pièce   sous forme de   FAROUCHE *DE* RU-
DE   *etc.   jusqu'à   l'apparition du*
MONSTRE SAUVAGE   *cette monstruosi-*
té   qui se balade se déplace   dans la piè-
ce   sur tout un chacun   d'abord les pa-
rents   Pasiphaé   pour Phèdre   Thésée
pour   Hippolyte   puis   Phèdre elle-
même   puis Oenone   cette monstruosi-
té   se pose enfin sur Hippolyte   vu comme
un monstre par Phèdre   JE LE VOIS COMME UN
MONSTRE EFFROYABLE À MES YEUX   *puis par*

Thésée   MONSTRE QU'A TROP LONGTEMPS ÉPAR-
GNÉ LE TONNERRE   *jusqu'à ce qu'il*   S'AP-
PARAISSE   *ici   comme   monstre*   À LUI-
MÊME

*taureau-dragon   taureau   par-devant   dra-
gon   par-derrière   le* MONSTRE   BI-
SEXUÉ   *c'est   lui   sa   monstruosité*   C'EST   SA BI-SEXUALITÉ   *si le
fantasme des parents combinés   dans leur confu-
sion   coïtale   leur   indistinction   primitive
mère à pénis   père maternel   est
anxiogène   s'il est déjà angoissant   spécifi-
quement pour Hippolyte   de ne pouvoir distinguer
ici   une Phèdre munie de l'épée   d'un Thésée au cri d'accouchée   quel cauchemar est-
ce   et n'oublions pas que toute la scène est représentation littérale du cauchemar   quel cauchemar
ultime et intime   au moment où il pressent
en ce récit-rêve   le plus évident aveuglant
secret que* LA SCÈNE ORIGINAIRE   *ce n'est
pas un spectacle auquel il assiste   qu'il fantasme
là-bas en face au loin à distance   qu'il
projette   sous   forme   de   taureau-
dragon   image monstrueuse   visibilité mythologique   seule   permise   par   l'interdit
non*

RUE DE L'ARCADE AU 39 troisième étage au quatrième paillasson du voisin ai fait pipi voisin en colère descendu a porté plainte le Père me flanque une raclée flaque puante clair comme le jour moindre détails à genoux m'a fait mettre punition pipi sur palier du dessus remonte au déluge braguette quarante ans que ça s'est passé pissé

comme hier chaque détail appartement je revois tout à genoux dans l'atelier deux gros Larousse rouges à porter pendant des heures à bout de bras à bout de forces faut tenir ordre du Père punition suis en retenue tout retenu

atelier trois chaises en paille dame édentée Madame Couette machines à coudre deux grandes à pédales l'une près fenêtre l'autre face à la table de coupe planche énorme gilets giletière Mademoiselle Lebert apporte Simon le culottier hongrois défait toile noire dedans pantalons le Père examine chaque détail à la loupe les engueule faut pas qu'on loupe

moindre couture moi me rappelle couloir après atelier commence sombre à gauche waters lieu de délices envie de chier des fois tourne en rond cinq minutes tourne en cercle pas tout de suite récite poèmes du Richepin m'aider à me retenir tout retenu me rappelle si on retient après

quand on chie délices fait du bien par où ça passe le cul c'est une autre bouche à friandises connais la cuisine sur la droite pas de cuisinière émail vert sorte de réchaud petit pas de place quand même un four gratin pommes de terre lait je sens yeux du beurre vois cuisine je hume armoire gros sel où c'est je sais poignée j'en mange en cachette

long du couloir huche à charbon soulève couvercle odeur de cave poussier ténébreux c'est bon senteurs rassurantes salamandre chaud l'hiver salle à manger en acajou braise tiède quand ça rougeoie quarante ans que ça s'est passé pissé

punition moi suis pas bête m'évanouir ai fait semblant soudain patatras Larousse par terre les gros tomes le petit homme *Zizi* entends ma mère hurler *c'est de ta faute* Papa qui me prend dans ses bras me transporte d'urgence long du couloir moi rue de l'Arcade les yeux fermés

connais par cœur inscrit au cœur paupières closes d'urgence en vitesse couloir faut pas que les clients voient drame privé dames jupons roses salon d'essayage les regarde ai pas l'œil dans ma poche par la fente Père les tâte avec un peu de chance coup de veine leurs jupons si elles enlèvent

dessous vois quoi là en attente endroit mon coin connais par cœur au cœur téléphone sur vieux poêle en faïence posé soupiraux cuivre accrochées en face liasses tissus échantillons Dormeuil Frères suspendus porte à glissière doucement si on repousse on peut voir salon d'essayage j'essaie après téléphone long du couloir la salle de bains au fond au mur chauffe-eau pseudo-évanoui fiston dans les pommes long du couloir Père me porte au pas de course me mettre au lit c'est dans la chambre

à coucher Papa Maman on couche à trois après Zézette à quatre chambre y a qu'une pièce lits c'est comment le leur le mien aux murs y a quoi dedans comment c'est je recommence atelier long du couloir Père me transporte peux tâter tout au passage hume chaque recoin je connais chaque interstice arrive au bout salon d'essayage essaie après salle de bains après LA CHAMBRE Père entre MA CHAMBRE me dépose petit bonhomme dans petit lit mon lit ma chambre C'ÉTAIT COMMENT je recommence Père entre

moi à jamais reste à la porte MA CHAMBRE LEUR CHAMBRE peux pas entrer beau faire ai une mémoire de fer tout gravé c'est grave moindre détail la moindre odeur ai retenu tout est inscrit DOUBROV-SKY TAILLEUR-TAILOR sur la plaque noire dans la rue en bas le long du couloir au bout chambre à cou-cher vois quoi VOIS RIEN la chambre à coucher DU VIDE

la scène primitive   *c'est bien pire que ça*
      Hippolyte ne la VOIT *pas*   IL   LA
VIT   *à vie il la perpètre à perpétuité* EN
LUI   *taureau-dragon* LES PARENTS COMBI-
NÉS   *c'est* LUI   *le fantasme se dé-*
place   *du dehors au dedans*   *il vient occu-*

518

per ce que le sujet cherchait depuis toujours   SA
PLACE   *si vous vous souvenez de ce que nous disions au début de ce cours   que la tragédie est
toujours   à la fois   conflit de deux droits
équivalents   selon   la   formule   hégélien-
ne   et quête d'une identité toujours vacillante dérobée   d'un moi toujours déporté*   EST-CE
PYRRHUS QUI MEURT? ET SUIS-JE ORESTE EN-
FIN?   «*the crisis of self-identity*»   com-
*me je l'avais appelée   bref   si les coor-
données de toute tragédie se repèrent   par rapport à l'axe «Antigone»   et à l'axe «Œdipe»   on peut dire qu'ici   la tragédie se
consomme en son essence   sa quintessen-
ce   puisque   le Soi   c'est l'Autre en
Double   figure parentale combinée   dont
la combinaison est impossible   donc   Je
n'est pas*   UN *Autre   mais* DEUX *Autres   dont les choix les assises l'assiette
l'être   s'opposent   dans   l'absolu conflit   de deux légalités   de deux obédien-
ces   égales et de sens contraire*

FIGURE COMBINÉE   *je suis*   L'IMPOSSIBLE
COMBINAISON   *rien d'autre   que du redoublement   d'Autre   du   redoublement
d'Être   à la recherche d'une vaine coïncidence à
soi   l'homme tragique   est bien   en
ce sens   la passion inutile   dont parlait
Sartre   pauvre Hippolyte   sur son chemin
de Mycènes   en route   après Pyrrhus après
Néron après Titus   vers la libération l'affran-*

chissement l'indépendance   en un mot   son
autonomie   il découvre   si vous me permettez   cet   atroce   calembour   que   son
CHAR   n'est pas une   AUTO

Serge   the   car   is   your   working   sym-
bol   10/21/69   I   am   with   a   girl
friend   we   witness   a   car   accident   a
big   red   Pontiac   overturns   I   see   one   of   the
wheels fly off

ce char   il est tiré par des chevaux   Platon
le savait   DEUX CHEVAUX   le blanc le noir
le bon le mauvais   mais le tragique   c'est
qu'il   n'y   a   pas   entre   eux   d'équilibre   possible
          malgré   les   mécanismes   de   défense   SES
GARDES   AUTOUR   DE   LUI   RANGÉS
          le   cocher   tragique   succombe   au sens
strict   tombe   les critiques ont depuis longtemps noté   le changement sémantique
coursiers/chevaux   dompté/sauvage   l'interprétation serait   que le moi civilisé c'est-à-dire
réprimé   d'Hippolyte   serait soudain emporté par la marée instinctuelle   pulsions empor-
tant   les   digues   mais   quel   lieu   y   a-t-
il   pour lui   d'être ainsi crevé   de
crever ainsi   alors que ses instincts vont être précisément endigués   canalisés   dans les voies
matrimoniales   dans des décharges libidineuses
sanctifiées .   DES DIEUX LES PLUS SACRÉS J'ATTES-
TERAI LE NOM   ET LA CHASTE DIANE ET L'AU-

GUSTE JUNON   *dans quelles rênes tombe-t-il em-*
barrassé   DANS LES RÊNES LUI-MÊME IL TOMBE
ᴇMBARRASSÉ   *sinon dans les fils   Ariane*
n'est pas loin dans cette pièce   de son labyrinthe
intérieur   dans l'enchevêtrement inextricable de
ses identifications   Ari-cie   ça commence
comme Ari-ane   mais ça ne finit pas pa-
reil   au bout du fil   il y a quoi   LE
MARIAGE   *Mauron dit*   le héros central   c'est-à-dire le fils ou le moi   doit dé-
pouiller un amour incestueux et agressif   avant
de concevoir un sentiment plus tendre   avant de
former un vrai couple   la tragédie serait alors de
n'y pas parvenir   *Barthes avait   nous nous*
en souvenons   affiné et compliqué ce sché-
ma   en soulignant que   dans la perspecti-
ve d'un   « avenir responsable »   les deux
figures du passé   le Père et la Femme
        sont détruites d'un seul mouvement

juste rappel   ce qui se jette en travers   sur
le chemin de Mycènes   c'est bien le Père-
femme   le Taureau-Dragon   mais cette ir-
ruption   n'est extérieure qu'en apparence
        le monstre surgi devant lui   c'est lui-
même   SA CROUPE SE RECOURBE EN REPLIS TOR-
TUEUX   *cette croupe   c'est*   SA
croupe   monstre-labyrinthe   par quel fil
d'Aricie   serait-il guidé à travers soi   jus-
qu'à l'Autre   pour former couple   COM-
MENT S'ACCOUPLER   *quelle position par quelle*
combinaison   d'amour   CORNES MENAÇAN-

TES   par-devant taureau   Hippolyte perceur   il veut enfiler Aricie   COMME THÉ-
SÉE   amour normal justes noces   papa-
maman il n'y a pas trente-six façons   taureau
perceur   DES PRINCES DE MA RACE ANTIQUES SÉ-
PULTURES   rendez-vous   pour   se   marier   devant les grands totems virils seulement
voilà   il y a le tabou   s'il aime Aricie comme Thésée   d'ailleurs il l'enlève comme Thésée
spécialiste de l'enlèvement   immédiatement
aimer   COMME   c'est aimer   CONTRE
        Thésée   la situation   à peine il suit
les traces de son père   se retourne   Hippolyte   s'il veut faire papa-maman   c'est
sa loi   il faut qu'il aime   à la ma-
maman   contre papa   papa-maman   taureau-dragon   à la seconde   se sépare ça se
tronçonne   s'unir divise   être comme Thésée la loi du Père   à peine cru mort   JE
RÉVOQUE   DES   LOIS   côté   COR-
NES   d'accord   côté jardin il y a le côté
cour   le côté   CROUPE   par-devant
perceur   la situation se renverse   perçable
par-derrière   CE FILS DE L'AMAZONE   évidemment   s'il s'identifie   comme nous
avons vu   à Antiope   à un ni-
veau   et s'il identifie Antiope et Aricie   à
un autre niveau   lorsqu'Aricie l'aime   selon le mot de Barthes   expressément pour le percer   alors c'est logique   à un niveau   juste retour des choses retournement de la
scène originaire bagarre du Thermodon à l'envers   Hippolyte   veut être percé   en

*tant que Thésée   par Aricie   en tant
qu'Antiope   mais en même temps   puisque
Hippolyte   rejette Thésée pour s'identifier à Antiope être percé par Aricie   c'est vouloir être percé   en tant qu'Antiope   par Aricie en tant
que Thésée   identification lisible dans le sigle
théséen de la victoire*   AURAIS-JE POUR VAIN-
QUEUR DÛ CHOISIR ARICIE ?   *identification qui
cette fois ne renverse pas n'annule pas   la scène
originaire   le combat du Père et de la Mè-
re   mais les redouble   laissant triompher le
père le perceur   le père-sœur   aussi   à
un autre niveau imaginaire   car si l'on songe   qu'Hippolyte s'identifie à Antiope   et
qu'il identifie Antiope et Aricie   ils s'aiment en
miroir   images parallèles et inversées   de
l'Alter Ego amour du frère et de la sœur*

toi et moi on est pareils

*tous deux proscrits tous deux maudits   destins
jumeaux   la grande   angoisse   du   fils-
mère   perforé par la femme-père   tente ici
de s'apaiser   dans l'inceste latéral l'Éros soro-
sal de tous les couples raciniens de la tendresse   les   Antigone-Polynice   les   Junie-
Britannicus   mais dans cet amour de frère à
sœur   où bien sûr la fière Aricie est le frère   le tendre Hippolyte est la sœur*

ta sœur c'est ton père craché

le signe de l'inversion reste visible   car naturellement   pour être complètes   ce que savait
déjà Euripide   toutes ces histoires de famille   où père mère frère sœur   commutent
permutent   sont aussi   des histoires de
tante

accouplement   coupable de tous les côtés
          couple interdit   non par quelque règle-
ment extérieur   loi du Père dans le triangle de
l'Oedipe   Thésée-interdisant-Aricie   cela
est vrai   mais à un niveau superficiel   en
fait amour interdit   à un niveau plus profond   qui est intériorisation d'un système d'identifications rigoureusement contraires   laissant le
sujet perdu sans repères   dans la miroitante galerie des glaces   où il cherche en vain son image   l'image de l'Autre qu'il fera sienne   en
ce sens   Hippolyte est bien le doublet de Phèdre   Hippolyte   qui rejette son père Thésée   mais qui ne l'oublions pas   a été rejeté par sa mère Antiope   c'est le destin d'un fils
d'Amazone   renvoi au père retour à l'expéditeur
de l'enfant mâle   Phèdre   qui rejette sa
mère Pasiphaé   DANS QUELS ÉGAREMENTS
L'AMOUR JETA MA MÈRE   et qui sera rejetée par
son père Minos   tous deux refusant fondamenta-
lement l'identification   au parent du même sexe   et repoussés par le parent du sexe opposé   donc tous deux coincés là   dans cette
béance du sexe   où l'identité n'est possible qu'à
l'irréel   PAR VOUS AURAIT PÉRI LE MONSTRE DE

LA CRÈTE   *comme l'atteste grammaticalement la*
déclaration de Phèdre à Hippolyte   ET PHÈDRE
AU LABYRINTHE AVEC VOUS DESCENDUE   SE SE-
RAIT AVEC VOUS RETROUVÉE OU PERDUE   *ce*
monstre-labyrinthe   *où il faut se retrouver ou se*
perdre   *c'est   celui   de   l'identité   sexuel-*
le   impossible   d'être   double   et   contradictoi-
re   Phèdre aimant forcément à un niveau Thé-
sée   OUI PRINCE JE LANGUIS JE BRÛLE POUR
THÉSÉE   *par définition*   *puisque la beauté*
du fils est celle du père

ton père et toi c'est fou ce que vous pouvez vous res-
sembler

IL AVAIT VOTRE PORT VOS YEUX VOTRE LANGAGE
         mais l'objet de son désir   *à travers la trans-*
formation du père en fils   CHARMANT JEUNE
         c'est-à-dire en objet maniable guidable téléguida-
ble

VOUS EÛT DU LABYRINTHE ENSEIGNÉ LES DÉ-
TOURS   DU FIL FATAL EÛT ARMÉ VOTRE
MAIN   *donc en objet entièrement infantilisé dé-*
pendant d'elle   *au-delà de la transformation du*
père   en   fils   *la   «pudeur»   de   Phèdre*
         qu'elle projette visiblement   CETTE NOBLE
PUDEUR COLORAIT SON VISAGE   *sur Hippolyte*
         exige   *pour effacer la honte la bestialité du*
sexe   les   égarements   maternels   en   témoi-
gnent   *comme son attitude toujours négative en-*
vers sa propre maternité   DE SON FATAL HYMEN

JE CULTIVAIS LES FRUITS   *la pudeur de Phè-*
dre   qui   se   répercute   dans   son   dernier
mot   TOUTE SA PURETÉ   *exige la dévirili-*
sation ultime de Thésée   la négation violente de
sa puissance sexuelle profanatrice

Je l'aime non point tel que l'ont vu les enfers
Volage adorateur de mille objets divers
Qui va du Dieu des morts déshonorer la couche

c'est-à-dire que la transformation fantasmatique du père
en fils idéal   MAIS FIDÈLE MAIS FIER   *se pa-*
rachève spontanément ici   ET MÊME UN PEU FA-
ROUCHE

ton papa il était trop beau pour un homme

          dans la transformation ultime du fils idéal asep-
tisé   CETTE NOBLE PUDEUR   *en fille pudi-*
que

SEXE-LABYRINTHE   *où Phèdre et Hippolyte s'éga-*
reront   aux   REPLIS   TORTEUX   *d'une*
monstruosité jumelle   le taureau-dragon d'Hip-
polyte   étant exactement la réplique   de l'ac-
couplement   originaire   taureau-femme   où
s'égara la mère de Phèdre   c'est bien un monstre
de la même famille   que les dieux ont envoyé à
Hippolyte au début de la pièce   DEPUIS QUE SUR
CES BORDS LES DIEUX ONT ENVOYÉ   LA FILLE DE
MINOS ET DE PASIPHAÉ   *et que Neptune lui dépé-*
chera   à   la   fin   les   dieux   en   som-

526

*me   n'ont guère d'imagination   ils n'en ont
pas besoin   puisque les hommes donnent toujours
dans le même panneau   acceptent le même piège   car enfin   on peut se demander
        si le tragique n'est inévitable   et c'est
peut-être là le secret de l'énigme   que parce que les
hommes   ne veulent pas l'éviter   il y a ici
connivence complicité entières   entre hommes et
dieux   malgré les révoltes les plaintes les dénéga-
tions de surface   celui qui vend la mèche   c'est Oreste*

J'étais né pour servir d'exemple à ta colère
Pour être du malheur un modèle accompli
Eh bien je meurs content et mon sort est rempli

*il n'y a de tragédie   que s'il y a   volonté de
tragédie   au sens où Nietzsche parlait de
        volonté de puissance   volonté de tragi-
que   qui est exactement   volonté d'impuis-
sance   et ce n'est pas par hasard   si c'est
Nietzsche   malgré son enflure lyrique juvéni-
le   qui a le premier osé faire face   au tragique   c'est-à-dire à ce désir de malheur   à
cette autodestruction   à ce morcellement dyonisia-
que du dieu déchiré   dont le corps éclaté d'Hippolyte   reprend sans doute ici l'allégorie
        cet impensable   cet impossible tragi-
ques   bien sûr   les philosophes rationalis-
tes   d'Aristote à Hegel   se sont efforcés de
ne pas les penser   leur substituant d'harmonieuses
taxinomies de belles classifications   de situations
parfaitement définissables   dont on veut régler la*

logique   Aristote c'est au fond le premier structu-
raliste   ou à l'autre bout   avec Hegel   on perçoit génialement le moteur contradictoire du mouvement tragique   conflit de deux forces égales en valeur et en droit   mais pour en pos-
tuler la résolution ultime   dans quelque «Aufhe-
bung»   miraculeuse   de l'histoire future
          vision du tragique que reprend   plus près
de nous   Lucien Goldmann   qui perçoit lui
aussi   admirablement   la loi tragique du
          TOUT OU RIEN   de l'implacable union des
contraires simultanés   mais lui aussi   pour
les   dénouer   heureusement   dialectique-
ment   dans quelque futur paradis socialiste

Racine aussi   d'ailleurs   quand il cesse
d'écrire   pour penser   cherche à atténuer à
désamorcer à sécuriser   si j'ose dire   son
propre tragique   dans sa Préface   il se rassure   Phèdre n'est ni tout à fait coupable
          ni tout à fait innocente   il la cons-
truit   comme son monstre   par moitiés
          mi-taureau   mi-dragon   mi-coupable
          mi-innocente   en somme   il tente de
couper la poire d'angoisse en deux   comme Platon
avec les deux chevaux de son Phèdre   le blanc le
noir le bon le mauvais   qu'il suffirait de distinguer   comme Descartes voulait   distinguer   le vrai du faux le noir du blanc   pour
ensuite maîtriser   et Descartes aussi est philosophe
de la maîtrise   le rationalisme   au
fond   c'est   ça   désir   de   répartition

de bipartition   bon   mauvais   vrai
faux   on divise pour régner   thèse antithèse   après il y a la fameuse synthèse   mais la
tragédie   la pensée tragique mieux le désir tragique   ne   fait   pas   les   choses   à   demi
      les   DEUX MOITIÉS CONTRAIRES   il
les veut   TOTALEMENT ET ÉGALEMENT

Serge you can't have your cake and eat it

proche en cela peut-être   de la névrose obsession-
nelle   et il y a des pages intéressantes de Mauron
sur la névrose des jansénistes du jansénisme   mais
radicalement différent d'elle   par le refus du
compromis   ce compromis   qui caractérise
au   contraire   le   pacte   intime   du   névrosé   c'est-à-dire du médiocre   à son désir   la névrose c'est   TOUT ET RIEN
        la tragédie   TOUT OU RIEN

du   coup   l'homme   tragique   devient   héros   de s'assumer   TOUT
ENTIER CONTRADICTOIRE   sans solution résolution révolution   SES DEUX MOITIÉS CONTRAI-
RES   il les existe   EN MÊME TEMPS ÉGALE-
MENT ET JUSQU'AU BOUT   c'est-à-dire jusqu'à
éclatement   et c'est bien en quoi   le destin
d'Hippolyte est ici exemplaire   c'est là qu'il ne
faut pas se méprendre   s'il est bien   LE
MONSTRE   s'il est   LE TAUREAU-DRAGON
        cela ne veut nullement dire qu'il soit   MI-
TAUREAU   MI-DRAGON   bi-sexué c'est-à-dire

mi-mâle mi-femelle   comme Phèdre n'était ni tout à
fait   coupable   ni   tout   à   fait   innocente   car
alors   tous   ses   problèmes   seraient   résolus
        il   aurait   la   joyeuse   bisexualité   moder-
ne   il n'aurait nul besoin d'éclater   puisqu'il se livrerait au ballet   des pulsions partielles   comme   Deleuze   l'a   bien   vu   chez
Proust   la   partie   mâle   d'Aricie   pourrait
s'accoupler   à   la   partie   femelle   d'Hippolyte   la   partie   femelle   d'Aricie   se   combiner
délicieusement à la portion mâle d'Hippolyte   il
n'y a plus conflit   mais sexualité en éparpillement
infini   en combinatoire illimitée   Morel pédé dans LA RECHERCHE finissant par jouir le plus agréa-
blement du monde   avec la lesbienne Léa
qui le traite de   « grande sale va »   au profond étonnement de Charlus   qui lisant la lettre de
Léa à Morel   se demande   ce qu'ils ont bien
pu faire ensemble   de quelle saleté il s'agit entre
eux   et peut-être le comble de la perversion proustienne   ce serait   un papa-maman retrouvé   mais par quelles retrouvailles   où ma-
man-Morel   en s'accouplant à la papa   avec
la partie mâle de Léa   produirait   la plus
exquise sodomie   de mâle à mâle   puis la
partie femelle de Morel   avec la portion femelle de
Léa   « Triebe » de tribades   sarabande go-
morrhéenne   Sodome Gomorrhe   taureau-
dragon   corne-croupe   abolis jusqu'en leur
fondement   si je puis dire   en leur classique
opposition binaire pinaire   le pavillon mâle abais-
sé   on replie le drapeau phallus   libres et
égaux   sans   distinction   de   classe   ni   de   se

xᵉ   castration universelle   comme le vo-
te   démocratique   en tout cas voulue assu-
mée   l'unisexualité polymorphe   et peut-
être est-ce la route de l'avenir   je n'en sais
rien   mais ce n'est pas   le chemin de Mycènes   la voie tragique   la vocation tragique   évidemment   on peut ne pas l'aimer   de Robbe-Grillet à Deleuze   en passant par Barthes   on peut vouloir   détragi-
fier   comme on dit désinfecter désodori-
ser   chacun ses goûts   à chaque culture son
culte   je comprends qu'on puisse ne pas aimer le
tragique le désir tragique   ce n'est nullement une
raison de vouloir en dégoûter les autres

chemin de Mycènes   qui est comme le chemin de
Damas   illumination   au bout de toutes les
tragédies où le héros   rêve son indépendance   Pyrrhus libéré du rôle d'Achille   Néron
de celui où l'a assigné Agrippine   Titus voulant se
débarrasser de la mère-maîtresse   comment y au-
rait-il jamais affranchissement de cette   DOUBLE
SUJÉTION   parentale   si la loi d'être à quoi
elle est assujettie   constitue la personne
        non comme une   non comme multi-
ple   mais   comme   double   MONS-
TRE   non   pas   mi-mâle   mi-
femelle   mais   TOUT ENTIER MÂLE ET TOUT
ENTIER FEMELLE   contraires   non pas ré-
partis bipartis   mais rigoureusement coextensifs à
la totalité de son être   occupant tout son territoire   ne laissant littéralement au sujet   PAS

531

D'AUTRE PLACE   *aucune autre image où il puisse*
se figurer   *le Père la Femme*   *il ne peut se*
projeter en rien d'autre   *avenir qui est au pas-*
sé   *double cheminement contradictoire et simulta-*
né d'Hippolyte   THÉRAMÈNE JE PARS ET VAIS
CHERCHER MON PÈRE   JE SUIS MÊME ENCORE
LOIN DES TRACES DE MA MÈRE   *Père et Mère*
          qu'il rencontre sur le chemin de Mycè-
nes   *fusionnant*   *confondus*   *compénétrés*
          mais non compossibles   *sinon dans l'image*
fantasmatique mythologique   *qui lui barre le che-*
min   *la scène l'obscène originaires*   *provo-*
quant évoquant   *comme à l'accoutumée*   *u-*
ne violente poussée sadique   *vision vécue en tant*
qu'agression du père   *contre la mère*   *si*
bien que le héros n'a qu'une ressource   *un seul ac-*
te paradoxal   *véritablement tragique*   *para-*
doxe même du tragique   *au moment même où*
Hippolyte   *d'un geste meurtrier d'initiation viri-*
le   ET D'UN DARD LANCÉ D'UNE MAIN SÛ-
RE   *vise la partie peccante*   *le corps du délit*
tragique   IL LUI FAIT DANS LE FLANC UNE LARGE
BLESSURE   *au moment où il affronte incarne au-*
thentifie   *le fantasme originaire*   *assumant*
sa terrible rigueur   *bref*   *au moment*
où   *poussant au monstre*   *il va enfin être*
comme son père   ET D'UN DARD

arbre près de la cabane à charbon acacia énorme
fût contre le mur mitoyen dans le jardin tout contre
à côté le sureau entre les faux lauriers qui pousse
longues tiges droites sureau a de longues baguettes

robuste roide ronde baguette sans nœud comme
un tuyau de flûte rempli de sève toute blanche couteau avec on fait une entaille longueur de la taille
qu'on veut bois lisse dedans c'est vite évidé sureau
je gratte avec un surin

sureau mon arbuste à flèches incision je fais une
large coche puis je coupe j'ai ma méthode baguette
dedans je mets la bague morceau de plomb dedans
tout rond je l'introduis métal on en trouve dans le
garage sous l'établi là où le Père range ses clous y a
la ferraille

ferrailleur un vrai d'Artagnan de naissance toujours
aimé m'escrimer devant la glace tombe me relève
Durandal d'estoc et de taille entaille d'abord de
tout bois on peut pas faire flèche faut savoir sureau
c'est sûr bague de plomb après la perce sur l'établi
trouve une vrille métal malléable je pénètre

jouets pas d'argent trop cher je les fabrique moi-
même me débrouille à la guerre comme à la guerre
plomb mets l'embout dans le sureau dedans insère
longue aiguille de Maman à tricoter piquant comme
une seringue de docteur ça fait une flèche affilée

à l'autre bout fais une rainure pour la corde à son
arc il faut en avoir plusieurs ai essayé chêne résis-

tant d'abord pas facile à plier après pourtant sacrée détente

guerre de mouvement on suit au fil rouge Armée Rouge sur la carte avec des épingles on se déplace Stalingrad le Père a prédit comme Moscou tombera pas Boches reculent sur le Dniepr au mur on avance le tracé toujours à jour en première ligne

rien à faire nous qu'à attendre qu'on nous embarque ou qu'ils débarquent les Martiens les Américains comme en Afrique va-et-vient Rommel et l'Afrika-korps la victoire est dans les sables énigme du Sphinx

je coupe la branche burine la rainure bout de bois embout de plomb dedans aiguille juste pour voir un peu j'ajuste pointe contre index gauche replié de la dextre je tends la corde de l'arc muscles saillent

sur quelle cible acacia j'ai qu'à tirer sur viser contre flèche siffle arc jaillit bois qui gémit plaisir guerrier acacia n'est que l'écorce que l'apparence faut cor-ser vraie volupté pour la jouissance réelle pointe faut faire entrer dans la chair

moi debout contre la cabane à charbon aigrettes d'herbes dans l'allée à l'abandon longs brins vous démangent les jambes ombelles vous grattent entre le maigre gravier je regarde là-bas au loin trop loin il n'y a aucun danger

près du sapin Minou est hors de ma portée chat perdu on l'a recueilli gardé avec le chien Moby

chien et chat ils font bon ménage chat de ma sœur
ronronne à vos pieds fidèle se roule en boule noire
banal chat de gouttière maman un peu la dégoûte
les bêtes moi je ne leur veux pas de mal

mais les chats faut pas qu'ils s'y frottent *je ne peux
pas supporter quand ils me touchent* entre les jambes
pelage de velours quand ça frôle vous donne le frisson chats elle a la chair de poule mais là-bas au
moins au loin

à vingt mètres rien qu'une idée rien que pour voir
que pour rire juste une plaisanterie j'ajuste jailli
gémi hurlé Minou se tord le chat cloué moi planté
là je peux pas croire

aiguille de part en part perforé seringue de docteur
dans le ventre dans l'allée au pied du sapin transpercé se débat fiché en terre le chat essaie de s'arracher plaie béante sang qui gicle à mesure qu'il
tire s'étripe et boyaux qui hurlent

and your mother oui ma mère elle là l'après-midi où
elle serait *and your sister* oui me rappelle ma sœur
assisté à la scène son chat elle était témoin

then what happened et puis arrivé quoi après chat qui
gueule ont dû entendre après m'engueuler savon
sauvage fils assassin on badine pas avec un meurtre
and your father mon père a dû voir la flaque de sang
me flanquer sacrée raclée quand plus tard est
revenu

me revient pas APRÈS il s'est passé quoi le coup il est parti tout seul boucan chat crevé flèche fichu vacarme moi j'entends rien revois plus rien ma sœur non plus mémoire coupée coupable *your father and your mother*

ont dû être furieux punition exemplaire Minou cloué le sang qui pisse je revois la flèche qui vole une arête dans mon gosier souvenir ça me transperce râles tourbillonnent larmes me tintent Minou le croyais hors d'atteinte

mains qui tremblent lèvres en tumulte JE L'AI TUÉ pas possible JE N'AI PAS PU la seule fois de ma vie eu envie tirer pour de vrai mais pour rire faire semblant de tuer je mime un meurtre Minou je l'aime

comme Moby animaux pendant la guerre frères de souffrance moi fais pas de mal à une mouche suis pas méchant le chat *what happened* flèche jaillit arc claque là empalé dans l'allée cloué au ventre pointe tendue idée en l'air juste pour voir j'ajuste

APRÈS quoi s'est passé quoi tuer m'évertue reconstituer motifs y a aucun mobile mon père ma mère APRÈS ont dit quoi fait quoi essaie s'est passé comment recommence muscles saillent arc-bouté arc bandé je tire là-bas soudain bête trouée APRÈS trou de mémoire

536

LANCÉ D'UNE MAIN SÛRE   *voilà donc qu'au mo-*
ment précis où il veut être où il va être   COMME
SON PÈRE   *Hippolyte*   *châtré saignant*
béant   N'EST BIENTÔT QU'UNE PLAIE   *de-*
vient   COMME SA MÈRE   *l'acte viril l'activi-*
té perceuse   se muent en passivité percée
          rendant ainsi inutile   par une tragique iro-
nie   qui est l'ironie de la tragédie   le com-
bat contre le monstre   puisque les chevaux en
prennent aussitôt la relève   TRAÎNÉ PAR LES CHE-
VAUX QUE SA MAIN A NOURRIS   *toute illusion pla-*
tonicienne dissipée   le maîtrisé le méprisé repre-
nant la direction   le dressage se défaisant le défai-
sant   tel est bien le dénouement   activité tout
entière déçue désamorcée   l'emballement des che-
vaux reproduit exactement   le paradoxe même du
monstre   le cheval   symbole paternel s'il en
fut du petit Hans   lieu de l'identification masculi-
ne de la maîtrise   aux yeux d'Hippolyte comme de
Phèdre   qui aimait   SUIVRE DE L'ŒIL UN
CHAR FUYANT DANS LA CARRIÈRE   *devient image*
de l'emportement passif   de l'éviscération de l'évi-
ration sanglantes   DE SON GÉNÉREUX SANG LA
TRACE NOUS CONDUIT   LES ROCHERS EN SONT
TEINTS   *mais trace séchée   parallèle à la*
trace laissée   derrière elle   par la paro-
le   rochers devenus   si je puis emprunter un
admirable titre de mon ami Yves Bonnefoy   PIER-
RES ÉCRITES   *écrites en rouge   mais est-il*
pour l'écrivain   une autre encre   puis-
que   pour s'accomplir   au sens d'Oreste

537

POUR ÊTRE DU MALHEUR UN MODÈLE ACCOM-
PLI   *il doit accepter le cauchemar*   *de sa*
castration de sa mort   *pis encore de la déposses-*
sion   radicale   de   son   être   *imaginaire   ou*
réel   *c'est la même chose*   *pour trouver en-*
fin   *au bout de son chemin de Mycènes de Da-*
mas   *chemin   des   Dames   aussi   ensanglan-*
té   *ce   qu'il   cherchait   depuis   toujours   en*
vain   *sur terre et qu'il espère en vain rencon-*
trer   *au-delà de son propre éclatement*   *au*
terme de sa dispersion charnelle   *dans quelque lieu*
de parole   *qu'indiquent les derniers mots d'Hip-*
polyte   DIS-LUI QU'AVEC DOUCEUR IL TRAITE SA
CAPTIVE   QU'IL LUI RENDE   *lieu que dési-*
gnent naïvement les derniers mots de Thésée   REN-
DONS-LUI LES HONNEURS   *lieu qu'appellent les*
derniers mots de Phèdre   REND AU JOUR QU'ILS
SOUILLAIENT TOUTE SA PURETÉ   *lieu où il s'agi-*
rait de   RENDRE   *le perdu*   *par*
quelque équivalence symbolique   *lieu donc qui*
tient lieu   SON AMANTE AUJOURD'HUI ME TIENNE
LIEU   DE   FILLE   *c'est-à-dire   lieu   imposs-*
ble   *pour   le   sujet   humain*   *à occu-*
per   *et c'est peut-être cela la consommation du*
tragique   *découverte*   *pour   Hippoly-*
te   *qu'il n'y a nulle part*   *dans quelque re-*
gistre que ce soit   *corps sexe vie langue*
UN LIEU   *qui soit*   UNE PLACE

Queens, Paris, Queens,
Paris, Queens, Manhattan,
Saint-Aventin, Paris,
Manhattan, Provincetown,
Queens, Paris

1970-1976

DU MÊME AUTEUR

Au Mercure de France

LA PLACE DE LA MADELEINE : ÉCRITURE ET FAN-
   TASME CHEZ PROUST, 1974
LA DISPERSION, roman, 1969
POURQUOI LA NOUVELLE CRITIQUE : CRITIQUE
   ET OBJECTIVITÉ, 1966
LE JOUR S, 1963

Aux Éditions Gallimard

CORNEILLE OU LA DIALECTIQUE DU HÉROS, 1964,
   Bibliothèque des Idées.

Aux Éditions Grasset

LAISSÉ POUR CONTE, roman, 1999. Prix de l'Écrit intime
L'APRÈS-VIVRE, roman, 1994
LE LIVRE BRISÉ, roman, 1989. Prix Médicis

Chez d'autres éditeurs

AUTOBIOGRAPHIQUES : ESSAIS, PUF, 1988
LA VIE L'INSTANT, roman, Balland, 1985
UN AMOUR DE SOI, roman, Hachette-Littérature, 1982 (repris
   en Folio, n° 3555.)
PARCOURS CRITIQUE : ESSAIS, Galilée, 1980
FILS, roman, Galilée, 1977 (repris en Folio, n° 3554.)

Composition Interligne
et impression Bussière Camedan Imprimeries
à Saint-Amand (Cher), le 13 août 2001.
Dépôt légal : août 2001.
Numéro d'imprimeur : 013745/1.

ISBN 2-07-041945-2./Imprimé en France.

2380